修羅と豊饒

沖縄文学の深層を照らす

平敷武蕉
Heshiki Busho

コールサック社

修羅と豊饒

——沖縄文学の深層を照らす

目次

一章　小説

二章　俳句・短歌・詩

三章　社会時評と文芸

四章　書評の窓

修羅と豊饒

――沖縄文学の深層を照らす

平敷武蕉

一章　小説

内的必然と作品との関係

――大城立裕「普天間よ」

盆で親族の家を巡回した。私も連れも両親はすでになく、兄と姉二人ももういない。両方の祖父・祖母はもちろん、義兄・義姉や甥さらに両親の兄弟姉妹やら親やらも鬼籍の人になった。それらご先祖様のトートーメー（位牌）が島の全域に散らばっている。身体のあちこちがきしみ始めた中期高齢者の身にあってはこれらすべてを一人で廻るのは大変だ。ウンケーから始まって三日がかりである。若いころは疎遠にしてきたことへの罪滅ぼしという側面もある。

長姉の仏前を訪れた折、たまたま親族が鉢合わせになった。お互いの家族の無事を確認し近況を語り合ううちに、姉の一人が、最近、亡き父親が夢枕に現れたという話を始めた。父が亡くなってからすでに四十数年、今までにそんなことはなかったという。その亡父は夢の中で姉に向かって「チャーンネーンサ、大丈夫ヤグトゥヌーンシワーサンキヨー」（何ともないからね、大丈夫だから何も心配しないでね）という言葉を繰り返し、盛んに姉を励ましていたという。姉は何のことかわからず夢枕のことは忘れかけていたが、それから二、三日して、突然、夫が動脈瘤破裂で倒れ入院。病状は重く、もはや回復は望めないかも知れない、と半ば諦めかけていたころ、夫は奇蹟的に回復し、今は普通の生活を営むまでになっているという。亡父が夢枕で「大丈夫」といっていたのはこのことだったのだ、と姉は言う。親というのは、時が経っても今なおグソー（あの世）から、子供たちの無事を必死に見守っている。トートーメーは大事にしないといけない。ユタに伺ったら、ご先祖さまは、最近の御願不足を嘆いているという御託宣があったとのこと。言われてみれば、最近はウークイもバラバラで一堂に会したことがない。ご先祖様をないがしろにすると罰が当たる。年に一度のウークイぐらいは両親の仏前にみんな集まって丁重に供養しようというのが、姉の結論。これには、ウチアタイしてみんなうなずいた。

親族の老齢化が進み、それに連れて、かつてのようにお互い同士が親密に行き交い、ユイマールで支えあうこともままならない状況にあっては、兄弟姉妹間の紐帯もゆるみがち。旧盆のウークイには親族全員が揃い深夜まで御馳走を広げて酒を酌み交わし、談笑した。ウークイは全員が集うのを待って、午前0時をもって長男の主導で執り行ってきた。それが、各人の都合や翌日の仕事ということが優先され、ウークイも早めにきりあげる。旧来のしきたりも簡素化され、形骸化され、今風に近代化されていく。それだけ関係も希薄になるので各自が抱えた問題を気軽に相談するというわけにはいかなくなる。身内の者が当てにならないとあっては、いきおい、グソーの霊やユタ・神仏を頼みにするようになったとしても致し方ないことである。姉の話は、身近な親族においてもお互いを気遣う余裕がないほど、それだけ生きづらくなっていることを告げていた。二〇〇九年の一月の「文芸時評」で、私は次のように書いたことがある。

「年末年始の首都東京の日比谷公園は、『派遣切り』『雇い止め』で職と住居を失った人々が、食事と寝場所を求めて長蛇の列をつくった。寒空に放り出された人々は、ボランティア団体や労組が急造したテントの派遣村で新年を迎えた。戦後いかなる不況にあっても現出したことのないこの悲惨な光景は、今日の日本がいかなる事態にあるかを示す象徴的な光景であり、終戦直後の避難収容所か大災害の避難所以外には目撃できない衝撃的光景である」と。まさにその二年後の三月に東日本大震災によって、これを上回る「衝撃的光景」を体験、目撃することになろうとは……。

去る三月に亡くなった吉本隆明氏は、同じ二〇〇九年に発刊した著書『貧困と思想』において、日本を〈第二の敗戦期〉とでも呼ぶべき貧困が襲っているといい、将来の見通せない不安や様々な重圧からくる時代の生きにくさ、つまり近代のシステムが人々を苦しめていると述べていて、時ならぬ『蟹工船』ブームの背後に、貧困と時代の生きにくさが横たわっていることを喝破してみせた。ここで述べている限りにおいて、吉本氏の慧眼は老いてなお健全であるとみなしていい。

人がユタや信仰にすがろうとするのは現世に欠陥が存在するということであり、欠陥を他で代行しようとするのは一種の自己合理化であろう。だが、欠陥はその根源の因を打開することなしに他で代替することはできない。欠陥のまま、止揚されることはない。

「宗教が存在することは欠陥が存在することであるから、この欠陥の根源は、国家そのものの本質のなかに求められるほかはない。宗教はわれわれにとってもはや世俗的な偏狭さの原因ではなく、ただその現象にすぎない」（マルクス・『ヘーゲル法批判序説』岩波文庫・城塚登訳）

大城立裕氏の新著『普天間よ』（新潮社）が話題を呼んでいる。それはそうだ。普天間基地問題が政治問題化し、全国的にも注目されているなかで、沖縄を代表する作家がその普天間飛行場の問題を題材に作品を書いたのである。大城氏は今年85歳。高齢をものともせず、アクチュアルな問題に果敢に挑戦する創作姿勢には驚嘆するばかりである。

大城立裕氏はかつて、「沖縄戦や基地をモチーフにしているというだけで関心を持たれる」のは、文学の「危機」であり、「視野が狭い」と発言してきた（『うらそえ文藝』第十号座談会）。このような氏の発言からすれば、「普天間よ」は従来の創作姿勢の転換ともとれる画期的作品集であるといえる。『普天間よ』には7編の短編が収録されていて、表題の「普天間よ」は、そのなかの一編である。他の6編も沖縄戦をテーマにした作品である。つまり、この短編集はすべて、「沖縄戦と基地」をテーマにした作品集である。まさに、「沖縄戦や基地をモチーフにしているというだけで関心を持たれている」のが、この「普天間よ」という作品集である。

同著は当初、既発表の作品から、沖縄戦をテーマにした作品を選定し一冊にまとめるものとして計画され、「普天間よ」は計画になかったが、出版社の要請で書き下ろし作品を加えることになったという。この辺の事情について大城氏は朝日新聞のインタビューで次のように語っている。

「短編集を出そうとなったとき、出版社から普天間をテーマに書いてくれと頼まれました。びっくりしましたね。あんな大きな問題をと。一瞬思案しましたものの、逃げてはいけない、受けて立とうと考えた」（朝日新聞、7月7日）と。この辺の事情については『普天間よ』の「あとがき」でも、「題材として普天間を提案したのは、新潮社のスタッフたちである。膨大な問題をかかえた普天間基地を短編に収めるのは冒険であったが、書き下ろしでこういう形になった」と書き記している。

このように、出版社の要請に応じて書いた作品であり、自らの内的必然に突き動かされて書いたわけではないとはいえ、普天間を巡る切迫した大状況が、この作家の姿勢をも転換させしめたということであろうか。

勝方＝稲福恵子氏（早稲田大学教授）は次のように述べている。

「物語の時代設定も、作者が実際に執筆したのも、2007年、『集団自決』の軍関与問題を巡って『記憶・証言』の有無が問われ、沖縄が哀しみをこらえて忘却の蓋を外し始めたときだった。／およそ作家というものは、リアルタイムな出来事をモチーフにしようとはしないもの。とりわけ政治的に過ぎる2007年や、「普天間」の現実は、小説にせよと言われても、そう簡単に書けるものではない。作品化するためには、事件の背後にある現実の襞を幾重にも掘り下げてテーマを発酵・醸成させるだけの時間が要るからだ。／しかし文学の常識をひょいと越えて、この作品は、この小さな島が耐えている現実の重みを、崇高なまでに凝縮してみせている」（琉球新報・2011年7月31日）。


このように「文学の常識をひょいと越えて」できた作品であるが、では、この作品は「この小さな島が耐えている現実の重み」をどのように描き出しているであろうか。表題の「普天間よ」は「渦中の普天間飛行場の問題を正面から取り上げた」とされているが、作品は必ずしも普天間を正面から取り上げているわけではない。というより、取り上げかたが少々違う。その点については作家自身で述べている。「表向きは政治問題なんだけど、そういう常識にのった描き方はしてない。なぜ普天間がわれわれにとって問題かといえば、やはりアイデンティティーの問題だろう。基地によって奪われた自分を取り返そうということだ。あの土地から追い出された、取り戻したい。飛行場に入って鼈甲の櫛を見つけにいこうとするおばあさんがそれだ」（琉球新報・7月8日）と。

記者のインタビューに応えての発言である。発言からほとばしる作家の意欲に感心しつつも、これを読んで少々奇異に感じた。的はずれであり、「普天間問題」の核心からずれた発言だと思えたからである。果たしてわれわれにとって普天間が問題なのはアイデンティティー、すなわち、基地によって奪われた自分を取り返すためであり、追い出された土地を取り戻すためなのであろうか。もし、そうだとすれば、普天間問題は一部の土地所有者の問題であるにすぎない。普天間に居住する多くの住民は必ずしも土地所有者ではない。二千人余は居るとされる土地所有者の多くは他所に移住し、今居る多くの住民は土地所有者ではない。まして、土地所有となんら関係ない普天間以外の県民にとっては、他人事になってしまう。

普天間問題の核心は、人口の密集する市のど真ん中に「世界一危険」とされる米軍の軍事飛行場が存在し続けていることである。しかもその飛行場は米軍に武力で接収された土地であり、それが60年余も続き、さらに今後も継続使用されようとしている。基地の存在の仕方そのものが、そこに住む住民の命を軽視し馬鹿にし、差別していることの証左である。こんな理不尽なことは米国はもちろん、世界のどこでも許されてないことである。ではなぜ、沖縄においてそれが許されるのかと問うたとき、ここに日米安保に象徴される「構造的沖縄差別」の問題が浮上する。軍事ヘリによって飛行場周辺の人々は日々爆音に悩まされ、いつ墜落するかもしれない生命の危機にさらされる生活を余儀なくされている。欠陥機オスプレイの配備でその危険度はますます倍加する。しかもその飛行場が他国の民を殺戮する海兵隊の出撃訓練基地として機能している。戦争のための基地が住民の生活と生命を脅かしているのである。この基地機能の本質を問うことを抜きに、沖縄人のアイデンティティーの回復云々の話をもちだすとき、問題の核心がぼかされ、怪しげなものへと方向がそれてしまう。それは普天間問題の核心を歪曲しネグレクトするものであり、この核心を離れたテーマ設定はどのような大家が「想像力」を駆使して描いたとしても、小説としては滑稽な筋書きを招くにすぎない。

ところで、作品への反応はすべて好評である。県内外の新聞書評にも取り上げられていて、7月23日付の沖縄タイムスには宮内勝典氏（作家）の書評が掲載されていて、「大城文学の頂点」と、手放しで絶賛している。

「（略）そしていま『普天間よ』という大城文学のもう一つの頂点に出会うことができた。（略）作中のおばあは、戦火のさ中、いまの普天間基地のどこかに埋めた櫛を掘りだそうとする。その櫛は代替できないものだ。この島、この地上で生きてきた自分の証だから」と。この評は、作品のテーマは、奪われたアイデンティティーの回復にあるとする作者のねらいに沿った書評になっている。

「大城文学のもう一つの頂点」と絶賛するこの書評は、作品のなかの「首里城下町線」等に対する評としては頷けないわけではない。同作品は、確かに、七篇の作品のなかでも出色の出来栄えであり、文句なしの秀作である。私もこの作品が『新潮』（２００８年2月号）に発表された時点で次のように評したことがある。

「沖縄戦の記憶を克明に回顧しつつ展開される一篇である。学徒兵として召集された少年兵らの戦場での苛烈な体験が正面から取り上げられている」「これらの挿話が巧みに織り込まれつつ、現在に続く戦争後遺症の問題が露わになる。作品は単線的な戦争回顧といったことから、より深みのある重層的なリアリティーを付与され、過去が現在を孕み、現在が過去を孕むという、すぐれて現代的な

『戦争の記憶の継承』という問題を浮かび上がらせることになる」「鈴木兵長の姪は『戦死した日付と場所を知りたい』と『私』に依頼したのであるが、『命日はいつでもよい』のであり、問題は鈴木兵長が『いつどこで死んだか』という以上に、なぜ死なねばならなかったかということである。同様に、『集団自決』も、軍による強制があったか否かという以上に、何故それが起こったかということこそが本質的な問題なのである。惨劇を二度と繰り返さないために、生きている者が、どのように死者と向き合うことができるか、この一篇はそのように問いかけているのだ。政府による沖縄戦の改ざんという重大な局面において、大城立裕は、記憶と現実を反転させる独自の方法と視点で、沖縄戦の記憶を鮮やかに作品化して見せたのである」(沖縄タイムス・2008年1月30日)

「収録作品で一番の秀作は『首里城下町線』である。この作品は学徒兵の戦場での苛烈な体験を書きとめただけでなく、苛烈な戦場での記憶の継承という問題を問いかけた作品としてインパクトがあり、文句なしの秀作といえる。それはまた、文科省が教科書から軍命による『集団自決』を削除し、沖縄戦を偽造せんとする動向への、文学的抵抗を示した作品として意義を持つものであり、作家としての内的必然に突き動かされて書いた作品といえる」(『天荒』四一号)。

このように「首里城下町線」を称賛したのであるが、しかし、「普天間よ」の作品を含めて「大城文学の頂点」とすることには、いささか抵抗がある。

同作品について、私は何度か評したことがある(沖縄タイムス・2011年7月31日。『天荒』四十一号)が、ここでは、「内的必然」との関連で論じてみたいと思う。が、その前に作品のあらすじをみておこう。

主な登場人物は6人。主人公の「私」とその父と母、祖母、弟それに「私」の恋人の新聞記者である。

「私」＝25歳。新聞社の社長秘書。琉舞の師匠である母の元で琉舞を習っていて優秀賞をめざしている。沖縄国際大学在学のとき大学構内に米軍ヘリコプターが墜落する事故に遭遇している。

祖母＝80歳余。先祖が地頭様から貰った鼈甲の櫛を戦火に追われて家の近くの拝所に埋めた。そこは米軍に接収されて、今、普天間飛行場になっていて、その櫛を基地の中から掘りだしたいと思っている。

父＝若いころから祖国復帰運動に熱心に関わっていて、今も基地返還運動の事務所に勤めている。

母＝琉球舞踊の師匠で、普天間基地の近くで琉舞道場を開いている。

平安名究＝27歳。「私」と同じ新聞社に勤める新聞記者。「私」の大学の先輩で「私」の恋人的存在。

弟（貞道）＝沖縄国際大学の学生。柔道部。あと、金を貰ってインチキ占いをする巫女《ゆた》と弟の話のなかに出てくる沖縄国際大学の山城教授や市役所職員などが登場する。

「私」の家は普天間飛行場の北端の新城《あらぐすく》部落にある。戦前は新城部落でも目立つ立派な家だったというが、戦争に追われ、新城部落は、丸ごと米軍に接収されて、普天間飛行場周辺に追いやられたのである。今は、軍用機が屋根すれすれの超低空で、轟音を落として飛ぶ場所にある。「私」はそこに家族五人で住んでいる。祖母と両親と弟である。ある日、80歳余になる祖母が「先祖の誉れを言い伝える鼈甲の櫛を掘りだしてほしい」という。鼈甲の櫛とは五代前ぐらいの先祖が地頭様からご褒美に頂いたもので祖母の代まで大切に受け継がれたというが、先の沖縄戦で、戦火に追われる中、家の近くの拝所にかくしたのだという。今その拝所は、普天間基地になっているのである。父も母も今更時代遅れだとしてとりあわない。しかし、この話を「私」から聞いた平安名は、「鼈甲の櫛を懐かしさで求めるというのは、時代遅れかもしれないが、米軍基地がしっかり閉じられたのを、無理やりにもこじ開けようとするのは、いまできる最高の抵抗だといえないか」と、支持する。結局「私」がついて行くことになるが、その前に巫女に伺うことにする。当初、基地内で巫女に櫛の所在を占うつもりであったが、それでは基地立ち入りの許可が下りないので、基地には行かず、代わりに、村の守り神が祀ってある普天間権現で占うことにする。普天間権現の洞窟《がま》には基地に滅ぼされた五つの部落の霊《まぶい》が生きている。巫女《ゆた》を買収して基地には入らず普天間権現が代用して櫛の所在を当てることができるようにしてくれと頼む。結果は、櫛の所在は具体的に当てることはできなかったが、巫女はとにかく祖母を納得させることに成功する。

　何日かあと、「私」の携帯に新聞記者の平安名究から「助けてくれ」と救助を求める悲鳴がはいる。普天間権現の洞窟に入って遭難したのだという。消防隊によって無事救助されるが、新聞社内では物笑いになり、会社からは始末書を書かされ、その後北部に左遷される。本人は、「普天間に基地を上回る権威があることを、立証したかった」という。「私」はあきれるが、同時に「彼の世間離れした理想主義のようなものに、秘かな敬意をいだき、基地社会のひとつの生き方だろう」と思う。

　祖母がせっかく巫女のインチキ占いに言いくるめられて納得し、基地立ち入りを断念していたのに、市役所から基地への入域を許可するという知らせが入る。父が秘かに市役所の友人に頼んでいたのである。余計なことをしてくれた父のお蔭で基地立ち入りが許可され、結局また「私」が、祖母について行くことになる。

「飛行場のなかは、やたらに広く感じられた。もとの新城のはるか南に、タッチアンドゴーの飛行機のライトが昼の陽光のなかに光り、それがゆっくりとこちらへ流れてくるかと見る間に、飛び立って、私たちの頭上を越え学校の上を越えて、なお権現の上を越えて、また廻って南端へ戻るようであった。／かつての農耕地と五つの部落を磨り潰し、住民をことごとく駆逐して、外国の軍隊が戦争にそなえる飛行機とヘリコプターだけのために造り替え、余所者の兵隊どもが、寸分の疑いもなくタッチアンドゴーの訓練に明け暮れている」。二人が櫛を捜す間も軍用機が爆音を落として頭上で訓練を繰り返している。「お祖母さんよ。がんばれ……」。「私」は思わず胸のなかでつぶやく。だが、すさまじい爆音にさらされつつそれらしき場所を掘るのであるが櫛はみつからず、むなしくそこを去ることになる。祖母はさぞ落胆しているに違いないと思って、「お祖母さん口惜しい？」と「私」は訊く。ところが、祖母は意外とさっぱりしていて、笑みさえ浮かべ「アメリカーとのつきあいは、そんなものだ」と言う。櫛が掘りだせなくても悠々と帰途につく祖母に「このような図太さが自分にあるだろうか」と感心し、「基地とのたたかいとは、そういうものなのかもしれない」と思う「私」である。

夕食のときに、めずらしく弟が大学の話をする。歴史の山城先生が大学にヘリコプターが墜落した時の話をして、その時の光景が戦争の記憶とつながると述べたと言い、その話を弟は、「ヘリコプターや、それを抱き込んだ基地を、戦争の記憶にからめて憎む山城先生は見事だ」という。その山城教授の話をヘリコプター後遺症だと笑う学生がいるが、そいつは軍用地料を貰っている家庭の息子で、ベンツを乗り回している。ヘリコプターに麻痺しているのであり、世間の批判に麻痺しているのだと弟は言う。

ヘリコプター墜落事故というのは、基地を飛び立ったヘリコプターが、沖縄国際大学の構内に墜落した事故のこと。それは六年前のこと。夏休みだったが「私」も補習授業を受けていた。「いきなり全身を打撲するような轟音があり、頭がぶるんと震えた」。「墜落だ！」と叫ぶ声があがり、現場に駆けつけると人だかりがしていて、黒煙が湧き上がっていた。「私」は混乱する現場で「身動きもできず、何の考えも浮かばないままに、残骸を見つめたままだった」。

そのとき、一九五九年六月に石川市の宮森小学校であった墜落事故のことが思い出された。伝聞や資料で知ったことではあるが、授業中に米軍のジェット戦闘機が校舎に墜落し、児童ら十七人が死に、二一〇人が負傷する大惨事であった。

ヘリ墜落の際、大学は米軍に占拠され、県警もＭＰによって締め出されていた。沖縄の新聞は連日大きく扱ったが、本土紙はほとんど扱わなかった。また。首相も夏休みを理由に見にも来なかった。まるでよそ事のようであった。

山城教授は、「シジフォスの神話」の話もしたという。

そして、落ちてくる岩をいくら押しやっても次々落ちてくる空しい行為と解釈するのではなく、「落ちても落ちても押し上げる」というように解釈したといい、その話は説得力があったという。これを聞いた「私」も、これは沖縄問題すべてにあてはまることだと納得する。そしてそのように解釈する山城教授の姿勢は、櫛が掘りだせなくても平然としている祖母の図太さと共通するものだと「私」は思う。時が経つとヘリコプター墜落事故について、世論は麻痺していった。一九九五年の米兵による少女暴行事件のときはどうであったろうか。「私」はまだ十歳であったが、「沖縄全体を、もはや綻り戻せない反米、基地撤去運動に括り付けたと言ってよい」。一九九五年の事件以降、「問題に麻痺していようがいまいが……、沖縄全体が基地撤去という一つの方向に決まったといえるだろう」と、「私」は強く思う。

父が蒸発した。基地返還運動の事務局長に訊ねると、父は返還運動に展望が見えなくて、絶望したのではないかという。祖母のことを「戦前の人は偉いなあ」と尊敬をこめて言っていたという。ただ祖母は父の蒸発をそんなに心配していなかった。数か月後、北部に左遷された平安名から父を見つけたという知らせがはいる。辺野古のある民宿で事務の手伝いをしているという。「私」は父を呼び戻すために平安名と出かけ、蒸発の理由を聞く。「普天間基地と戦っているだけの暮らしが、嘘に思えた」といい、やはり、自分の運動に偽善を感じ、絶望してのことであった。だが「私」は、蒸発は父の我儘だと、二つの意味を込めていう。一つは家族の心配を考慮しないで黙って蒸発する直接の我儘であり、二つは、「基地に生活を押さえつけられて生きている者の、どうにも動きの取れない」者たちを裏切る我儘であり、その立場を理解しましょうとの思いを込めたものだった。小学校五年生のとき、莫大な軍用地料を貰っている人が、父の基地返還運動を根に持ち、家に怒鳴り込んできたことがあった。冷蔵庫やキッチン、これだけの物を揃えることができるのは、基地のお蔭でないと言えるのかと迫るその人に、父は一言も反論しなかった。軍用地料を貰ってないとはいえ、ひろく考えればたしかに、基地のお蔭だといえるかもしれない、という思いがあったからであろう。今度の父の蒸発もそのときの後ろめたさ、恥の気持ちが関係していると「私」は思う。

父は「私」と一緒に家に帰った。

穏やかな日常にもどり、「私」は舞踊コンクールに向けた練習に専念する。ある日、雑念を打ち消して、踊りに打ち込んでいると、ヘリコプターの爆音がテープレコーダーの歌三線を消してしまった。稽古場のすぐ上空を旋回しているようで、爆音はいつもより異常に近く長い。「私」はひたすら踊りつづける。歌があらわれて聞こえたとき、音曲と手振りが見事に合っていた。「私」は上空へこころの声を投げた。〈あなたに勝ったよ……〉と。「コンクールのときにも同じようにヘリコプターが通過すればよいのに……という思いがふと頭をかすめた。不遜なことだが、普天間で踊りを学ぶ者の特権ではないか、と思えたのだった。」

やや詳しくあらすじをたどったのは、この作品の特徴を捉えるためである。まず、普天間基地とはどういうものか、その成り立ちの経緯と性格・実態が詳細に描かれている。米軍が「農耕地と五つの部落を磨り潰し、住民をことごとく駆逐して戦争にそなえる飛行機とヘリコプターだけのために造り替え」た軍事飛行場であること。それがすさまじい轟音をまきちらすだけでなく、ときには墜落して住民の生命と財産を脅かしている実態が描きこまれている。また、軍人による非道なレイプ事件も後を絶たない。米軍側がよく、普天間基地は危険というのにどうして基地の周辺にこれだけの住宅が集まってきたかといい、あたかも基地ができた後に人家ができたかのような言い方をすることで、普天間がそれほど危険な基地ではないことの証拠にしようとする。だから、普天間基地の成り立ちの経緯について書くことは、その論理の欺瞞性を暴くためには必要なことであり、作者もそのような米軍の傲慢な発言を意識してのことであろう。作品には、沖縄国際大学へのヘリ墜落事故、95年の少女暴行事件、宮森小へのジェット機墜落事故、「由美子ちゃん事件」など、史実に基づいた事件・事故が取り上げられている。このように見てくるとこの作品は「基地告発小説」としても読める。普天間をめぐる緊迫した政治状況が、基地告発小説を嫌うこの作家の創作スタンスをも転換させしめたのかと、目を瞠らしめるものがある。これだけ基地沖縄の不当な現実を書き込んでいるわけだから、したがって、作品のテーマに即して描くのであれば、米軍や日米政府の動向、基地の利権に絡む勢力の動向、基地に苦しむ住民の苦悩や怒りが、活写されねばならない。そして、住民の怒りや苦悩をわがものとして基地に立ち向かおうとする基地反対運動のことが当然描かれねばならない。これは作品が作者に要請する当然の成り行きであり、内的必然である。だが、作品のなかに、基地周辺に住む住民の不安や悩み、憤りなど具体的な声はでてこない。また、住民の悲惨や痛みをわが痛みとして基地に正面から立ち向かう人物は登場しない。基地返還運動をする父が登場するがいかにも影がうすく、しかも、闘いらしい闘いもないままに、運動を放棄し、蒸発する。大衆的闘いも登場しない。基地にまつわる事件・事故が史実に基づいてかなり具体的に取り上げられているのと比したとき、これは解せないことである。これまで普天間基地をめぐる闘いは様々に展開されてきた。何度かにわたる普天間基地包囲闘争があり、幾多の抗議集会があり、討論集会もある。辺野古の座り込み闘争や高江のヘリパッド建設阻止の闘いも普天間と連動する闘いである。地元には普天間爆音訴訟団やカマドゥー小《ぐゎ》の集いなど恒常的な団体を組織しての独自な闘いも継続されている。作者が、これらのことを知らないはずはない。だが、こうした闘いについては一切語られてない。わずかに、黒焦げの壁を残そうという運動のことが触れられているが、「夏休みが明けると、現場の黒焦げのビルの壁を残そうという運動が、大学の内部で多くの教授職員を中心にして起きた。私もその運動の事務の手伝いをした」と、たったこれだけである。「基地沖縄」というとき、何も集中する基地の実態や基地の引き起こす様々な被害状況だけを指して言うわけではない。基地の利権にからむ動向や繰り広げられる反対運動の状況も当然そこに含まれる。ところが、この作品には、それらが完全に欠落しており、そうすることで「基地沖縄」の現実が非現実的な歪んだ像を導き出すことになっているのである。つまりこの作品は、まともな基地反対運動を除外して成り立っているのを特徴としているのである。

さて、普天間問題とは、米軍が住民を駆逐して戦争のための軍事基地を建設し住民を苦しめているというのが原点である。したがって、この基地とどう対峙し、どのように基地を撤去させるかというのが問題の核心である。しかし、大城氏はただの「基地告発小説」は書きたくないという。それは、氏が一貫して批判してきた「俗流抵抗文学」と変わりがないからと考えているからである。それはまた、沖縄戦を扱うときの氏のスタンスとも通じる姿勢である。「あとがき」で氏は述べている。「一九六七年に芥川賞をもらったとき、『沖縄で作家になると、戦争を避けては通れないだろうな』と思った。ただ、私は戦闘体験がない。（略）ひとと同じことをやりたくない、という思いも手伝って、よくある『悲惨な戦場』を書くのは他に任せて、自分は違う戦争を書こう、と考えた」と。この考えは、普天間基地問題についても貫かれているとみなしていい。いうまでもないことであるが、大城氏は、基地反対運動の渦中にいたことはない。まして、反対運動のリーダーであったためしなどない。しかし、「沖縄で作家になると、基地反対運動を避けては通れない」。かといって、「ひとと同じことをやりたくない」し、「俗流抵抗文学」を書くわけにはいかない。「よくある『基地反対運動』を書くのは他に任せて、自分は違う抵抗運動を書こう、と考えた」のであり、それが、この「普天間よ」である。

この作家らしいと言えばその通りだが、そこで氏の「想像力」によって導き出されたのが、「普天間よ」に出てくる次のような四つの「奇妙なたたかい」である。

一つは、「私」の祖母の、基地から鼈甲の櫛を掘り出そうとする試みであり、二つは「私」の、琉球舞踊で基地と対峙するたたかい、三つは父の基地返還運動であり、四つが新聞記者平安名の洞窟潜入というばかげた行為である。

まず祖母のたたかい。祖母は戦火に追われるさ中、家の近くの拝所に先祖から受け継いだ鼈甲の櫛を埋めた。今は普天間飛行場となったその基地内に立ち入って、それを掘りだしたいという。「戦世《いくさよ》を凌いで、今まで生きてきた証を残したいわけさあ」。家の名誉を賭けたものであり、「アメリカの飛行場になった土地だけど、その飛行機の邪魔をしようというわけでもないのだから、こういう年寄りの願いを叶えてくれてもよさそうなものだよね」と。母は「無理な願い」だといって最初から取り合わない。「復帰運動も返還運動も一生懸命にやっているのに、この願いを断るのか」と迫る祖母に、父は「こまかいことに関わっては大筋を見失う」といって断る。鼈甲の櫛をかりに米軍の了解で掘り当てたとする。そのような細かいことを受け入れて、米軍はいい気になって、大筋の運動を相手にしなくなる、というのが父の言い分である。父と母が祖母の願いを断る理由は違うが、「時代遅れだ」というのが、その本音であり、いまさら、誰も、鼈甲の櫛など、誇りとも大切だとも思ってないのである。

ところが、祖母の願いである基地立ち入りは曲折を経て実現するが、結局、櫛を発掘することはできない。それでも祖母は落胆などせず「アメリカーとの付き合いは、そんなものだ」と平然としている。

この祖母のたたかいをめぐる話には、いくつかの暗示が込められているように思える。まず、一つは、地獄の沖縄戦をくぐってきた祖母の世代のしたたかさ、「生きてきた証」を持つ者の図太さということである。それは、父のように、たたかいに行き詰まっても簡単に挫折せず、また次の手を考えるしたたかさを秘めている。「私」が「このような図太さが自分にあるだろうか」と問い、「基地とのたたかいとは、そういうものかもしれない」といい、また、「シジフォスの神話」に対し、空しい行為ではなく、「落ちても落ちても押し上げる」図太さを発見するという山城教授の解釈が、祖母の抵抗ともつながると感心するものとして設定されている。新聞記者の平安名が、「米軍基地がしっかり閉じられたのを、無理やりにもこじあけようとするのは、いまできる最高の抵抗」と賛同するのもこの「したたかさ」に対してである。また、父も、祖母のたたかいを表面では否定しつつも、秘かに支援し、「戦前の人は偉いなあ」と、敬意を払っている。つまりこの作品は、基地に対しては、正面から大勢で基地反対を掲げて挑む正攻法の闘いよりも、個人個人が、知恵を絞ってしたたかなたたかいを捻出することの方が効果があり、息の長いたたかいとして持続できるのだと暗示しているのである。これは過激な大衆運動を批判するためにひと頃よく言われた、基地に対しては「鋭角的な闘い」より、「鈍角的な闘い」をという主張を想起せしめるものである。父が長年にわたって基地返還運動にかかわりながら、家人の協力や共感さえ得られず、闘いに絶望し家出するのに対し、祖母は「私」の共感と協力を獲得し、記者の共感を得て洞窟に潜入するという愚行さえ誘発する。また、父や「私」、巫女や市役所職員をも巻き込んで基地内に立ち入ることに成功するという設定はそのことを裏付けているように思える。だが、そのように、米軍に許可を得て基地内立ち入りを何回繰り返しても、基地はびくともしない。

実際、米軍は基地立ち入りを一切拒否しているわけではない。「墓参」と旧住居跡と部落の新城井《あらぐすくがー》の清掃については認めている。カーニバルなどには基地を開放してむしろ積極的に勧誘しているほどである。基地機能に支障がない範囲で「良き隣人」として基地立ち入りを認めているのである。問題の核心は基地撤去であり、基地立ち入りではない。

二つ目の暗示は、基地に反対するたたかいのなかには、反戦を基底に据えて、事件・事故や騒音に反対する大筋の願いだけでなく、祖母のように鼈甲の櫛を発掘したいという細かい願いが存在するということの指摘である。祖母のような生きた証＝アイデンティティーが埋め込まれていると執着する人たちがいる。この作品は、この細かいところに執着する祖母に焦点を当てていると言える。そしてそのことは、基地返還運動といった大筋のたたかいへの批判にもなっている。大筋のたたかいは、「鼈甲の櫛を掘りだしたい」という願いに象徴される祖母のような庶民の細かい願い（実は生きた証）を「時代遅れ」として取り入れてないとする指摘である。庶民の生きた証を取り込めない父の基地返還運動が挫折することとして描かれていることのなかに、既成の反基地闘争への批判が込められているのである。

三つ目は、こまかい願いに対する批判的視点も込められているということであろうか。祖母自身が述べているように、鼈甲の櫛を掘りだしたいという細かい願いは、「飛行機の邪魔をしようというわけでもない」ものであり、米軍の許容する範囲のものである。父が指摘しているように、それは「大筋を見失う」危うさをまとっている。とはいえ、作品は、祖母のような大筋ではないたたかいに力点をおいている。そのことは、基地返還運動をたたかう父の大筋のたたかいが、具体的には何一つ描かれないままにみじめに挫折することのなかに端的に表れている。それはこの作家が、大衆運動の渦中にいた経験がないということにも規定されて、この種の闘いを描くことを苦手としているからだと思われる。この間、基地の重圧下に置かれ、理不尽な人権侵害と基地被害に苦しめられた県民は、様々な反基地闘争を闘ってきた。ときにはそのことによって、ジャーナリスティックに「怒りの島」とか、「闘いの島」などとメディアでも報道されてきた。また、たとえば、大城立裕の「カクテル・パーティー」を授業実践した北谷高校の教研レポートは、次のように書き記している。

「戦後五十年を迎えた一九九五年の九月、小学生の少女が米兵三人に拉致暴行されるという非道な事件が発生した。方法も形態も異なるとはいえ、米兵が沖縄の婦女子を暴行するという理不尽さにおいては作品の事件内容と変わらない。いやむしろ、今回の事件は作品以上に悪質を極めている」。

「一九九五年十月二一日、『米兵による少女暴行事件を糾弾し地位協定の見直しを要求する集会』が開催され、八万余という空前の規模の人々が結集した。中央会場となった宜野湾市の海浜公園は、立錐の余地もないほどで、全島各地から結集した人々の熱気に包まれ、思い思いのゼッケンやプラカードの波が怒りで揺れた。労働団体はもちろん、村ぐるみ、企業ぐるみの参加もあれば、家族連れや個人参加もあり、参加形態は様々である。高校生や中学生などの参加もかなりの数にのぼっている。生徒会で独自の取り組みを行って参加した学校もあるようである。（中略）集会がこれはどの盛り上がりをみせたのは、もちろん、小学生の少女に対する米兵のあまりに非道な仕打ちへの怒りが県民に共通してあるからにほかならない。しかも、このような凶悪な犯人に対し、県の警察が、地位協定に阻まれて、犯人の身柄を拘束することさえできないという地位協定の不当性がまざまざと浮かび上がってきたのである。人の子であり、少しでも人権意識を持っている者であれば、沖縄県民でなくとも怒り心頭に発するのは当然である。ことここに至って、戦後五〇年、復帰後二十三年経ってもなお、米軍基地の重圧下に置かれ、様々な人権侵害と基地災害に苦しんできた県民の積年の怒りが、少女への非道な振る舞いを契機に爆発したのである」（高教組第29次教研レポート・平敷武勝（蕉）・「十年目の『カクテル・パーティー』」より）

このようなダイナミックな基地反対の闘いが、作品から完全に排除されて、おばあの「したたかな」基地立ち入りがアイデンティティーの回復というテーマを背負って描かれているのが、「普天間よ」の作品である。この一九九五年の少女暴行事件を突き付けられ、沖縄中が怒りを爆発させたというのは先のレポートが記述する通りであるが、しかし、その闘いにさえ、次のように書きつける作家がいることを、忘れてはならない。

「三名の米兵が少女を強姦した事件に、八万余の人が集まりながら何一つできなかった茶番」「反戦だの反基地だの言ったところで、せいぜい集会を開き、お行儀のいいデモをやってお茶を濁すだけのおとなしい民族」「最低の方法だけが有効なのだ」「今オキナワに必要なのは、数千のデモでもなければ、数万人の集会でもなく、一人のアメリカ人幼児の死なのだ」（「希望」・目取真俊）。

小説のなかで、現実を何一つ変えることのできない沖縄の闘いのあり方に絶望した主人公の青年は、アメリカ人の幼児を殺害し、自らも焼身自殺してしまうという衝撃的な物語を描いて見せた。作品は少女強姦事件後、四年をへた一九九九年に発表されたのであるが、この作品を書く基底的動機は非道な事故への憤怒と現実の闘いへの絶望であろう。現実の闘いがそうであるように、この憤怒と絶望を痛みをもって受け止めるところから小説もまた始まらなければならない。くだんのおばあ＝祖母の基地立ち入りは、この憤怒と絶望を受け止めているであろうか。

たとえば、仲里効氏は、沖縄国際大学へのヘリコプター墜落事故の際、次のように述べていた。

「ここが肝心なことだが、事件後メディアで報道される『沖縄の声』や『県民の声』が九五年の『少女レイプ事件』とその後の経験をどの程度内在化したところから発せられているのかということである。というのは、あの時のムーブメントが、政治的な『落としどころ』や『振興策』に絡めとられていった苦い経験をわすれてはいないはずだから。／そこですぐに思い浮かぶのが、目取真俊の掌編『希望』である。『希望』は少女レイプ事件をきっかけとして立ち上げられた声や行動が現実を『何一つ変えることが出来なかった』という痛覚から書かれたといえよう。（略）それはまた『復帰後最大』などといわれた『島ぐるみ』的異議申し立てが、普天間基地の辺野古移設という『例外状態』の拡散を招いてしまった結末に対しての『根源的なノン』の想像力でもあった」と。

祖母の、米軍の許容する範囲での基地立ち入りは、この「根元的なノンの想像力」とあまりにかけ離れた茶番でしかない。

二つ目に提示されているのが、「私」の踊りのたたかいである。それは最終章に描かれている。へリコプターの爆音で音曲がかき消されるが、「私」は構わず踊り続け、音曲が再び聞こえたとき、音曲と手振りが見事に合っていた。「私」はヘリコプターに向かって、「あなたに勝ったよ」と、つぶやく場面である。この場面は「私」の踊りが爆音に勝った瞬間であり、確かに作中でも最も感動的な場面である。だが、この感動はどこからくるのであろうか。それは、爆音にも左右されないほどに習熟した見事な踊りの深さにたいしての感動である。この「爆音」を、沖縄を襲った歴史の厄災と読みかえ、踊りを沖縄の伝統的文化と読み替えれば、文化こそあらゆる災難をのりこえる武器だと読める。あるいはまた、どんな理不尽な暴力をもってしても、その民族の伝統的文化をつぶすことはできない、とも。ここで読者は、優れた文化の偉大さを確認しそれを守ってきた沖縄人魂に感動するのである。だが、それでも、普天間基地は存在し続ける。このことは、どんなに踊りに習熟し、文化に磨きをかけても、基地はびくともしないということを私たちに告知している。普天間問題とは何だったのか。それは、爆音にさらされながら、それに負けないで踊りをいかに習熟するかという問題ではない。踊りの習熟がテーマであれば、ヘリコプターの爆音でなくてもいい。赤子の泣き声や蟬の大合唱で音曲がかき消されたりすることもある。あるいは逆にテープレコーダーの故障で音曲が切れてしまうこともある。それに打ち勝って音曲と手振りが見事にあっていれば、私たちは同様の感動を覚えるはずである。普天間問題とは、戦争のための飛行場が市街地のど真ん中に存在し、住民の命と生活を脅かしているということであった。爆音は基地から発生している。この基地をどうするかということが、作品の意志＝内的必然として要請されている。作者はもはやこの作品の意志に従って書くしかない。この爆音は、それを発生せしめている普天間基地を撤去することなしには、解消しえないものなのである。作者は、ここでしかし、見事な手品で、問題をすりかえている。いや問題がすり替えられただけではない。主人公「私」は、音曲と手振りがぴたりあったことをもって、あたかも爆音問題が解決したかのような錯覚を「私」に与えている。当たり前だが、踊りがいかに完璧に熟達されようと、基地はなんの支障も受けないしびくともしない。この種のスリカエが他にも行われている。平安名記者の行動がその一つ。記者が洞窟に潜入し、そこに祀られた普天間権現の威厳を誇示してみせようが、それによって米軍基地の存在がいささかも脅かされるわけではない。平安名記者の行動は、あまりに間抜けな行動であり、新聞記者にそのような愚かな発想をさせる作者の「想像力」の貧困さにあきれるしかないのである。父の、正攻法ともいえる基地返還運動にかすかな希望があるが、こちらはまた逆に、作品によって貶められている。その父は、何の困難や悩みも提示することなく突然蒸発し、闘いを放棄する。これは闘いの戯画化である。米軍を脅かし、基地に打撃を与えることができる闘いとはどのような闘いがあるか、作品に示された四つのたたかいはあまりにお粗末であり、その問いと想像力を放棄したところでこの小説は成り立っているのである。

　では、なぜ、問題が、すりかえられてしまったのであろうか。それは、作者にとって、普天間問題が、解決しなければならない切実な問題として受け止められていないことによると思うしかない。かつて大城氏は、「内面から書きたい衝動をもたない人は無理して書くに及ばない」（『那覇文藝　あやもどろ』十五号）と述べたことがあるが、この作品はまさに「内面から書きたい衝動」もないままに書いたものであって、いわば、当初から、出版社の要請に応じて書かれたものであり、書かねばならない内的必然をもったテーマではないのである。内的必然を欠落させた作品は、終章で、主人公の「私」

をとんでもない方向に向かわせる。

「私」は三度も優秀賞のコンクールに落選している。それは爆音のせいだと不平を言うと、母に「仕方がないんじゃない?」と言われ、「与えられた条件にどう忍従するか、または突破するかだ」と「私」は思う。基地周辺には二〇軒余もの琉舞道場があり、その同じ条件での勝負なのだと言われたような気がする。父も突破することと忍従することは紙一重なのだという。ここでいう「忍従」は爆音を我慢することであり、基地との共存を容認することであって、「突破」とは、爆音下でそれに打ち勝つ方法を見つけ出すことである。ここでは、踊りの習熟で爆音を「突破」したのである。どちらも爆音はそのままであることにおいては変わりがない。だから「紙一重」なのである。

終章で、爆音に「勝った」主人公が、「コンクールのときにも同じようにヘリコプターが通過すればよいのに」との思いが頭をかすめ、「不遜なことだが、普天間で踊りを学ぶ者の特権ではないかと思えたのだった」と、決意を込める形で作品が終えているのを、私たちはどのように受け止めればいいのであろうか。ここでいう「不遜」とは、ヘリコプターの爆音を待ち望む気持ちのことである。日々爆音に脅かされ、自分のコンクール失敗も爆音のせいだと、あれほど爆音に不平を言っていた「私」が、ヘリコプターの通過を待ち望むまでに変質していることを知ることになる。「不平」が「望む」に変わったわけで、無残な変質である。作者は主人公のこのような変質を描くことで、基地は撤去しなくてもそれを突破できる方法は存在するのだということを、この作品で暗示したかったのであろうか。あるいはまた、自分でも知らないうちに自己合理化によって基地を容認していくようになってしまう人間のあざとさを示したかったのであろうか。

私には、禍々しい基地の現実と爆音の街普天間で生きる人々の痛みや不安をいかに内在化しえたかという想像力の質の問題だと思えてならない。早世した屋嘉比収氏が、著書『沖縄戦、米軍占領史を学びなおす』（世織書房）の中で説く「当事者性」の獲得の問題である。

本浜秀彦氏（沖縄キリスト教学院大学准教授）は述べている。「体験していない戦争を…私たち一人ひとりの経験とするためにはいったい何が必要なのだろうか。／おそらくそれは想像力だ。／ただ、そのことばを軽々しくは使えない。戦争で死んだ『死者』、『戦争の体験者』、そして戦争の被害を今どこかの場所で受けている『他者』のそれぞれのことばに、どれだけ私たちが、静かに、謙虚に耳を傾けられるか。それができなければ、本当の想像力は立ち上がってこない」（琉球新報・6・29）と。

期せずしてというべきか、さきほど取り上げた目取真俊氏の「希望」を評した新城郁夫氏もまた次のように想像力について説いていた。「主人公によって何らの理由もなく殺害されたアメリカ人幼児と、小説の最後自らの身体に火を放って死んでいく主人公と、その二人の死を前に、そこにいかなる暴力の重層と連鎖がかかわっているのかについての想像力、その困難な想像力が今こそ求められている」（沖縄タイムス・二〇〇一年一月）。

九月九日、オスプレイ配備に反対する県民大会が十万余という空前の数を結集して開催された。少女レイプ事件抗議の八万余を上回る規模であり、基地問題に関するこの種の大会は復帰後最大だという。だが、大会はわずか一時間ちょっとであっけなく終了し、デモすらなかった。日米両政府は大会の声を一顧だにせず、予定通りにオスプレイ配備を進めると宣言した。大会は何の効果もなかったのである。「今オキナワに必要なのは数千人のデモでもなければ、数万人の集会でもない」と、何一つ現状を変えることができない闘いのありように絶望し、アメリカ人の幼児殺害という個人テロに走る「希望」の主人公の「最低の方法」を私たちが否定するとき、では、次は、私たちにどのような方法があるのか？　県民大会に集った10万余人の民衆が、もし、普天間基地を包囲し、封鎖したらどうなるか、基地機能は完全にマヒするしかない。

最後に、この作品の全体に散見できる〈奇妙な文体〉についてふれなければならない。

「大学生のうちにもらってもよさそうなものだが、と母が言うのは、なかば審査委員としての厳しさの言葉である。今年こそはと私なりにお腹に力をこめる思いを、かみ締める」

「まさか、と思わせるほども米軍が勝手至極に基地を造り上げ、松並木もその中に呑みこんでしまった」

「戦後になって基地を造る設計のためにか測られたことがあり」

「母はそれだけを言って、あとを絶句するしかないという表情になった」

「巫女に言葉が潰されたかと思われたが、おもいがけなく健康によみがえった」

「私はひそかに、うれしさ半分で呆れたが、彼はそれへの想像をしたかどうか」

「かつて一度も思ったことのない言葉を、胸の中で確かめていると、市役所の若い職員が一人、カリユシウェアの軽装で従いてきてくれたのが、手元の地図と見比べながら、元の新城の部落はこのあたりですと、地面をなでまわすような仕種で、教えてくれた」

ざっとこうしたたどたどしい奇妙な文体が地の文の随所に綴られている。このような文体を大城氏は、「幻影のゆくえ」でも用いたことがある。
「ここに来るまでにも多勢の死者を見た。避難民がやたらに艦砲弾に当たって死んだ。死者たちが道路にも畑にもわがままに散らかっていて、その一つにヤスが蹴躓いて、思わずあげた悲鳴は、その方が照男には驚きの種になった」と。そのことについて私は、「戦時中方言で戦場をさ迷った沖縄の住民の雰囲気をどのように実相に沿うように表現するかという言語表現の問題」を、この作品で新しい実験として試みたものであり、「作者が『亀甲墓』で用いたと自負する実験的方法を、会話だけでなく地の文にも拡大適用することで、よりリアリティーのある戦場での沖縄人の風俗と心情を書きとめようとしている」と、評価したのであった。そこには、「奇妙な文体」で書く内的必然性があると考えたからである。だが、「普天間よ」においてそうした文体を用いる理由を捜せずに、戸惑うばかりである。このような文体の破綻もまた、「内的必然」の欠如に関わってのことなのであろうか。

（『非世界』№25　二〇一二年十月二十五日発行）

戦場での罪
――目取真俊《めどるましゅん》「露」を読む

久しぶりに目取真俊の作品を読む。『三田文學』一二七号に発表された短編小説「露」と、同誌の一三一号に発表された原稿用紙一〇〇枚程度の中編小説「神ウナギ」である。ここでは「露」について触れることにする。同作品については仲里効が『越境広場』四号の目取真俊との座談会「行動すること、書くことの磁力」の中で触れている（同誌四号は特集「目取真俊　野生の文学、〈否〉の風水」を組んでいて、ベテランの評者に加え、若手の研究者や韓国の評者など、多様な視点から目取真作品を論じている）。また、座談会についても、二〇ページに及ぶ膨大な内容になっていて、作家・目取真の文学への姿勢、危機的現実への認識、作品の特徴やこれからの広がり等について、質問する仲里が鋭く聞き出していて、読んでいてヒリヒリするような深みのある内容になっているが、ここでは、「露」についての評に絞る。

《先ほど、近代に入って沖縄も徴兵制が敷かれ、アジア地域への侵略戦争に加担していったことを同時に考えなければならないということを話されました。去年、目取真さんは『三田文學』に「露」という短編を発表しています。この作品に注目したのは、目取真さんが時間とエネルギーを注ぎ込んでの高江のヘリパッド建設阻止闘争の只中で発表されたということと、これまでの沖縄戦の傷や記憶を掘り進むことを主題的な線にしながらも、アジア太平洋地域に兵士として、また移民として渡った人たちの戦争体験が視野に収められていることです》《「露」はこれまでの沖縄戦からアジア太平洋での戦争体験まで伸びていく予感を十分感じさせる短編になっているように思えます》《「露」を読むこととは、そうした沖縄戦に流れ込んでいるアジアの民衆の〈傷〉をたじろがず観ることになるはずです》

仲里は、小説「露」の重要な点について、二つの文脈において注目している。一つは、この作品が、高江のヘリパッド建設阻止闘争や辺野古の海でカヌー隊の一員としてその只中で書かれた作品だということについてであり、二つ目は、これまでの沖縄戦をテーマにした作品から、アジア太平洋での戦争体験を視野に入れた広がりを見せていると捉えていることである。そうすることで、沖縄戦の傷だけでなく、アジアの民衆の〈傷〉をも視野にいれていると捉えているわけである。

まず、一つ目の、目取真が高江の闘いにおいて、どのような日々を送っていたか、写真を示しながら、その現場を自ら語っている。

《最後の抵抗ということで谷間に座り込んで木の伐採を阻止していたら、機動隊が降りてくるわけですよ。これが平坦地だと簡単に排除できますが、谷底ですから上に引き上げるのが大変なわけです。それでも体にロープを結びつけて強引に引き上げて、それが大きな問題になって新聞で批判されたりした》

さらに海での闘いはどのようなものであるか。「やんばるの深き森と海より」（『三田文學』一三一号）で書いている。

《カヌーによる抗議行動は、ふだんは一〇数艇で行われている。午前八時前後に海に出て、午後四時頃に浜に引き揚げる。昼食時は休憩をとりながら浜に戻ることが多いが、カヌーの上や船で弁当を食べることもある。／午前、午後と三時間ずつ、一日に六時間カヌーに乗る》《こういう生活をしているると本を読むこともままならず、原稿を書く時間もない。仕方がないのでカヌーを休んだり、気象条件が悪くて海に出られない時を利用して、書く時間を確保している》

この「露」という作品も、このような現場を連日抱え、心身くたくたになりながら、闘いの合間を縫って、書かれている。思いっきり小説に向かいたいと切願しつつ、それができない作家の苛立ちと口惜しさが率直に述べられている。短編にならざるを得なかった作家の歯ぎしりするような強い思いを、仲里はここでよく汲み取っている。

二つ目の、目取真作品の、アジア太平洋への広がりということについて。「露」のあらすじと人物像をたどってみよう。主な登場人物は七名。「私」は大学を卒業して港で荷揚げ作業のアルバイトをやっていて、六人一組で仕事に当たる。メンバーは上原さん、宮城さん、盛勇さん、安吉さん、勝弘さんに「私」の六名で、これに港湾事務所務めの金城さんが参入する。

ある夏の土曜日、金城さんの呼びかけで飲み会が開かれることになる。私以外の人たちは地元出身で、根っからの漁師だけあってそれぞれ一癖も二癖もある人物ばかりである。上原さんは七十三歳、シベリア抑留の体験を持つ。シベリアの収容所で六年間抑留された。そのため、収容所でソ連共産党の洗脳を受けたと目され、戦後も周辺から「アカ」と疎んじられている。宮城さんも従軍体験がある。初年兵の頃、上官から名前を聞かれ宮城だと答えると、（天皇の）宮城を名乗るとは何事かとビンタを張られた経験があり、以来、ヤマトゥンチューが大嫌いになったという。安吉さんは、沖縄戦のとき、洞窟に隠れていて、米軍の火炎放射器で顔を焼かれた体験を持つ。盛勇さんは、サイパン生まれ。

家族を戦争でなくし、天涯孤独の身である。

さて、飲み会に向け準備が整う。若い勝弘さんが港で釣り上げたバケツ一杯のミジュンを安吉さんと盛勇さんが見事な手さばきで処理する。サザエ、アワビなどが手際よく料理され、それを肴にビールや泡盛が汲み交わされる。金城さんが犬の殺し方を披露し、犬汁を振る舞う。犬汁など食べたことのなかった「私」も勧められるままに食べ、なかなか美味だと思う。皆もお代わりして鍋が空になるまで食べ尽くす。ところが金城さんが、皆が食べた肉は港内に棲みついて皆もよく見かける白い犬の肉だと言い出したので座は険悪になる。吐こうとする者や顔をしかめる者。なかでも宮城さんが激怒し、「お前如き者は《いやーぐてーぬむんや》叩き殺して《たっくるち》とぅらす」と起ちあがり、ブロックの破片を手にする。宮城さんの怒りに怖れをなした金城さんが、冗談だ、別の犬だと説明して何とかおさまるが、座は白けてしまう。

とはいえ、ここで作者は、港湾にたむろする野良犬を殺して犬肉を犬汁にして平気で食う場面を提示している。あるいはミジュンを酒の肴にして平然と喰らう場面が出てくる。ここには、他を殺して食うことで生きていくしかない人間の、原罪とも言える加害者性が提示されている。この人間の持つ加害者性については、先の座談会でもヘリパッド建設の工事現場から救い出したランの花やイボイモリについて述べるという形で触れている。

《これはたまたま救い出されましたけれども、それ以外の多くの生き物が轢き殺されて死んでいったわけです。森の中で踏みにじられた命の象徴みたいなものですよ、この姿は。自分たちが何を殺したか、これと同じ仲間を数知れず殺したわけですよ。一本一本の木、一本一本の草、そこに棲むバクテリアを含めてですよ》

ここで言う《自分たちが何を殺したか、これと同じ仲間を数知れず殺したわけですよ》という言葉は、平然と港湾内の犬を殺して犬汁にする金城の野卑な振る舞いや、肉汁を何のひっかかりもなく賞味する人たちと重なって映るのであるが、同時に、強面に見られがちな目取真俊という作家の極めてナイーブで繊細な側面と重なることを示すものとして、注目したい。

座の雰囲気を変えようと思ったのか、金城さんが《汝達《なったー》や戦争中、中国居《う》てぃ良い思いしちゃんてー。あそこの女子《いなぐ》何名うち食《くわー》らったが?》と、上原さんに話を向ける。答えない上原さんに金城が畳みかける。《我達《わったー》伯父さんの話やしが、支那居《う》てぃ、殺《くる》ちゃい、強姦しちゃい、やりたい放題やたんでぃ言うしが、汝《なーん》むそうとうしちゃんな?》と。それには答えず金城をにらみつける上原さんの傍から、宮城さんが口を開く。それは、中国での行軍中の凄惨な体験であった。

飲み水が一滴もない状況のなかで、行く先々の村の井戸は村人によって毒が投げ込まれて飲めない。水がなくて同僚たちがばたばた倒れていく。《倒れとる仲間の口開けてぃ、白くなとーぬ舌引っ張り出して、自分の唾を指先につけてぃ舌にすりこんでとらし》たという。そうすると、よろよろと立ち上がって、歩き始めるのだが、それでもダメな者はもう最期。見捨てていくしかなかったという。この、水のない渇きのため、中国人への憎しみが募る。《次の村つきねー、なー収《うさ》まらんよ。わじわじーしちふしがらん。シナ人を見つけしだい殺《くる》さんねー、気がすまん。男《いきが》や逃《ぴんぎ》げてぃ、年寄、女子《いなぐ》、童《わらび》しか居らんてぃん、見境は無《ねー》いらん。片っ端から皆殺してー。女子は強姦して、陰部《ぼー》んかい棒を突っ込んでぃ蹴《き》り殺《くる》ち、童は母親の目の前で切り殺して、足を掴まえてぃ振り巡らち頭を石で叩き割ったしん居ったさ。泣ちゅぬ親も強姦しそち、家に火着けて生きたまま焼き殺したてー。いま考えりねー狂《ぶ》てぃ居りたんでぃる思われしが、水《みじ》の《ぬ》飲《ぬ》まらぬ苦しさや我慢ならん。（略）戦場で水飲まらぬ苦しさ。当たてーぬ人《ちゅー》しか分からんさ。これのどこが良い思いが？》と、金城さんを見据える。

ここで宮城さんは、中国戦線で体験したおぞましい出来事を皆の前で語っている。中国人への日本軍による極悪非道な鬼畜同然の振る舞いである。そして、その中にまぎれもなく沖縄人がいたのであり、宮城さん自身がその中の一人だったという厳然たる事実である。詩人、八重洋一郎の言う「二千万のアジア人をなぶり殺し」た「日毒」そのものである。そしてこのことこそ、仲里が指摘する《これまでの沖縄戦からアジア太平洋での戦争体験まで伸びていく予感を十分感じさせる短編》とする内容の一つである。また、それこそ、仲里の言う〈植民地的身体性〉〈アジア的身体性〉と称する作品の注目点なのである。

この宮城さんの話を受けて、普段は人前でしゃべらない安吉さんが話し始める。その話は、身の毛もよだつ凄まじい体験であった。小禄の洞窟《がま》で死んでしまった鉄血勤王隊の中学生と二人で隠れているときのことであった。

《洞窟の入り口の近くによー、平たい岩の有り《あぃ》たんよ。中学生引き摺ってこの岩の上に置いてよ、丸裸にしたわけやさ。明け方なてぃ気温の下がるさや、岩の表面によ、人の体から出た水分の露《ちゅ》なって落ちるわけよ。人の体の周りを囲むようによー。露が光ってよー。我やよー、その露をなめ《ん》てぃ生き延びたさ》。

安吉さんが話を終えると、金城さん始め盛勇さんや宮城さんまで、作り話だろうと笑い飛ばしたので、安吉さんは怒ってその場を立ち去ってしまう。後を追おうとする「私」を、金城さんが「相手にするな」と引き止める。解散になってあと、安吉さんの家の前に来たとき、安吉さんが、猫にえさをやっていた。私があいさつして立ち去ろうとした時、安吉さんがあの言葉をつぶやく。

《我《わん》や、露《ちゆ》なめてぃ生き延びたんよ》。

そうつぶやく安吉さんは、うつむいたまま数匹の猫の体をなでていた。

バイトをやめた「私」は、それっきり彼らと会うことはなかったが、六年後の冬、大みそかに帰郷したおり、安吉さんが心筋梗塞で死んだことを母から知らされる。

《自宅で倒れているところを近所の人が見つけ、救急車を呼んだが、すでにこと切れていた、という》《ずっと独り者だったみたいだねー。さいごにねー、水を含ませてあげる人もいなかったんだね……。》と、母がつぶやいているのを聞きながら、「私」は、返事をせずに食事をつづける、が《テレビの画面を向いていても目に見えるのは、洞窟の中で岩にへばりつき、裸の死体のまわりに落ちた露をなめている安吉さんの姿だった。

我《わん》や、露《ちゆなん》なめてぃ生き延びたんよ。

安吉さんの声が聞こえた。数匹の猫が安吉さんの体をなめて起こそうとしている様子が目に浮かび、箸を置いてゆっくりとコップの水を飲んだ》。

作品は、ここで終わっている。

さて、作者がここで描いていることから、私たち読者は何を読み取ればいいのであろうか。

まず一つは、安吉さんのように戦場で喉の渇きのあげく、死体の体から落ちる体液＝露をすすって生き延びたという特異な体験をした人の持つ心の闇と傷の深さについてであろう。そのことは、普段も寡黙で、独り者で、猫を相手にしているだけで、死に水をとる人さえいないという生活スタイルの中に滲み出ているように思える。しかも、彼がこれまで誰にも話さず封印してきたのであろう特異な体験は、同僚に話すと「作り話」だと一笑に付され、みじめに傷を深めることになってしまう。若い「私」だけが、その闇の深さを受け止めようしているように思える。

二つ目は、宮城さんのように、中国戦線で、苛酷な体験を味わうとともに、中国の人々に暴虐の限りを尽くした者たちの存在をどう見るかということについてである。しかも重要なことは、そのような日本兵のなかに、沖縄人が居たという厳然たる事実をどう見るかということである。沖縄戦においては、ほとんど被害者としてのみ描かれてきた沖縄人が、中国においては本土兵同様、悪鬼として振る舞ったという圧倒的事実についてである。宮城さんの話は、そのことを示しているのである。そのような蛮行を、「百人切り」やら、「強姦もやりたい放題だった」と得意げに語るヤマトゥ兵がいる中で、宮城さんの場合はまだ反省的に述べている分わずかな救いではあるが、蛮行を働いた事実は消えないのである。中国における沖縄人の蛮行――。そして、仲里氏が「これまでの沖縄戦の傷や記憶を掘り進むことを主題的な線にしながらも」、「アジア太平洋地域に兵士として、また移民として渡った人たちの戦争体験が視野に収められている」としているのも、そのことである。

もっとも、目取真作品は、沖縄人の被害者性のみを描いてきたわけではない。「群蝶の木」においては、〈村〉という共同体のひどい仕打ちと村人からの忌避によってぼろぼろの生涯を送る、ゴゼイという遊女を描いていた。ゴゼイは、米軍占領下にあって、村の婦女子を米兵の性欲から守る盾として、米兵相手の売春宿で働くことを村から強制される。また、ゴゼイに心を寄せるショーセイという狂人（を偽装）が、日本兵にスパイ容疑で捕らえられ惨殺されるが、その実行者には沖縄人が加わっていたことを描きだしていた。村人や庶民の加害者としての残酷な側面をも抉り出している。だが、それは国内における加害の問題であった。

沖縄人の戦争体験が、沖縄内にとどまらず、アジア太平洋地域まで視野を広げるとき、侵略戦争に出征した沖縄人の加害者としての罪と責任の問題が浮上してくるのである。

三つは、金城に見られるような人物の存在についてである。戦争への何の反省もなく、また、戦争体験者のどのような悲惨な体験にも真剣に耳を傾けようとせず、むしろ、「支那居てぃ、殺ちゃい、強姦しちゃい、……汝むそうとうしちゃんな？」と野卑な関心を向ける人物の存在をどう見るかという問題である。本質的には右翼であり、日本軍の蛮行を肯定する者たちに底通する体質であると言えるが、国による沖縄戦の歴史改竄や軍事基地建設の強行そのものが、沖縄へのヘイトスピーチを強める風潮を促進しているというべきであろう。

そうしたなかで、目取真俊の作品が注目を浴びている。アジアやアメリカでも翻訳され、読まれていて、特に韓国では、『風音』『水滴』『魂込め』『眼の奥の森』『魚群記』など、ほぼ全作品が翻訳されているという。

今日、目取真俊の〈否〉の文学を読む意義は大きい。

（『天荒』60号　二〇一八年五月一日発行）

「忘《わっし》れてぃやならんど」とは

——目取真俊「神ウナギ」

チビチリガマが少年たちによって荒らされた。チビチリガマは、過去において、右翼らの襲撃を受け、彫刻家の金城実が村民らと建設した平和の像が破壊され、ガマも荒らされたことがある。だから今回も、すぐに、右翼らの仕業であろうとの推測が働いたのであるが、捕まった犯人は、開けてびっくり。地元の少年たちであった。警察の取り調べに対し少年らは「肝試しでやった」と述べていて、これまたびっくり。警察は、いち早く、政治的背景はないとし、マスコミなどもあっさりこの見解を受け入れているが、疑念は消えない。現場は、案内板が叩き壊され、折り鶴は引きちぎられ、遺品や遺骨も踏みつぶされた状態であり、少年らによる「肝試し」とするには、荒らし方がひどい。それに、当初の報道では、他にも現場を逃げた少年らがいたということだが、その後どうなったのか。捕まえた少年らに問い質せばすぐに判明するはずであるが、その後の報道がないのもおかしい。もし、政治的背景がないとすれば、少年たちは、恨みも利害関係もない、抵抗もできず、声を上げることもできない「死者」をひたすら殺したことになる。殺人にもそれなりの「理由」はある。殺す理由もなく「肝試し」のためにやったというのであれば、これは、生者を殺した以上に理不尽なことではないか。罪の意識もなく、死者たちを冒瀆するというこのような酷いことを、少年らがよく成しうるのであろうか。報道によると、その後、少年四人が、保護司らに付き添われてチビチリガマを訪れ、平和の像を建立した金城実氏らと野仏を制作し、遺族に謝罪したということであるが、少年らの心の闇から突き刺さった衝撃の刺は、疑念とともに、私の胸に食い込んだままである。

かつて、大江健三郎は『沖縄ノート』(一九七〇年発刊)で次のように書き記したことがあった。復帰前のことである。

「僕は、リハビリテイションへの設備に欠けていることはもとより、定員の二倍をこえる少年たちが収容されている、琉球少年院の傷だらけの金網のなかの秩序がなんとか保たれていることの根拠として、そこに収容されている少年たちの年齢においては、沖縄戦で絶望的な潰滅の戦闘に加わらねばならなかった者たちである、教官たちの異様な努力と、それにこたえる非行少年たちのストイシズムとがあるのではないかと空想した」。

大江がここで、幾重にも屈折した難解な「悪文」で述べている「空想」というのは、分かりやすく読み解けば、次のような主旨であろうか。

〈琉球少年院の少年たちは、定員の二倍も収容されるといった劣悪な設備にあっても暴動や脱走もせずに堪えている。それは彼らが、沖縄戦を潜った教官たちに反抗するようなことは控えるといったストイシズムがあるからではないか〉と。

つまり、大江がここで言いたいのは、本土ではすでに風化し忘れ去られている戦争の記憶が、沖縄では、今なお忘れられることなく記憶されていて、それは非行少年の中にも息づいている、ということなのである。

この大江の「空想」はその後、非行少年たちが集団脱走を相次いで繰り返すことで、文字通り甘い空想にすぎなかったということが明らかになるのであるが、しかし、その頃は広く、地獄の沖縄戦を潜った体験者に対しては、県民誰もが痛みをもって接する雰囲気があったのは確かである。住民の四人の一人が犠牲となり、身内や親族に必ず沖縄戦の犠牲者を抱える沖縄において、戦争はまだ過去の出来事ではなく、人々の生活の場で意識されている。まして、戦没者、しかも追い詰められて肉親同士で殺し合う集団自決（強制集団死）を強いられるといった地獄絵図の果ての死者たちを冒瀆するなど考え及ばないことであって、そのことは、たとえ、非行少年と言えども例外ではありえなかったのである。

あれから四十数年という歳月は、その死者たちを「肝試し」で冒瀆する少年たちを現出させしめたというのか。ある遺族は、「チビチリガマの死者たちは三度も殺された」と述べる。一度は国策で、二度目は右翼に、三度目は地元の少年たちによって。沖縄の少年たちも、とうとう、そこまで精神が荒んでしまったというのか。いや、しかし、チビチリガマの死者だけではない。この島の地下に眠る夥しい数の死者たちは既に何度も殺されている。住民の土地を銃剣とブルドーザーで強奪してできた巨大な軍事基地そのものが、死者たちの骨を敷きならして建設されているのだから――。（『南溟』四号の國吉高史の小説「再会」参照）

沖縄戦では、二十万人余が戦死したとされている。一言で「戦死」というが、死んだ人の個々の歴史や死に方はみな違う。二十万の死があるということは、二十万の生きて来た足跡と死に方があるということである。チビチリガマの惨劇のように強いられた集団死がある。米兵が攻めて来ると知らされ、パニックに陥った一四〇人余の住民のうち、八十五人の住民らが「天皇陛下バンザイを叫んで死んでいった」とされているが、十一人は五歳以下の幼児であった。「自決」なんてものではなく、訳も分からぬうちに、肉親の手で殺められたにちがいないのである。他にも、日本兵によるスパイ視殺害や事故死、戦病死や栄養失調死や餓死など様々な死が埋もれているに違いない。戦闘中の死だけが戦死ではない。多くの戦争体験記が発表されているが、それらは生者の体験であり、死者は語ることすらできない。埋もれた戦争死を死者に代わって語ることができるのも文学の力である。

『三田文學』131秋季号（2017年11月刊）に目取真俊の新作小説「神ウナギ」が掲載されている。沖縄戦をテーマとした原稿用紙百枚ほどの中篇小説である。沖縄からヤマトゥに出稼ぎに出たウチナーンチュの男が、戦争中に父親をスパイ容疑で殺害した日本軍の隊長と、四十数年ぶりに遭遇する。男は、その元隊長に謝罪と責任を求めるのだが、今は良き市民に成りきっている元隊長とその娘に反撃され、有効な論駁ができないまま、みじめに追い返される話である。戦時の時は軍の論理で平和な日常を破壊されたあげく父親を殺され、殺害者の娘には、穏やかな生活を乱さないでくれと、生活の論理で追い返される。同じ生活の論理で、なじみの居酒屋の女将にも店への出入りを断られる。いずれにおいても、馬鹿を見たのは真っ正直に生きたウチナーンチュだけである。

主人公の安里勝昭は五十代半ばの男である。故郷の沖縄には、妻と三人の子どもがいる。戦争中は国民学校の中学生であった。十代で沖縄戦を体験している。塹壕や防空壕掘りをやり、グラマン機の爆撃の中を逃げ回り、避難する体験も味わっている。戦争中に、日本軍の隊長赤崎に、父がスパイ容疑で斬首されている。殺されたのは父だけではない。村人も殺されている。村の命の泉うぶがーの守り神である神ウナギも赤崎ら日本兵の手で殺されている。

勝昭は、現在、子供たちの学資を稼ぐためにヤマトゥに来て出稼ぎ労働に携わっている身である。その日の仕事を終え、なじみの居酒屋で泡盛を飲んでいる。その居酒屋で、父を日本刀で斬首殺害した日本軍の元隊長、赤崎と遭遇する。話はそこから始まる。

《確かにあの男やたん。／居酒屋のカウンター席に座った安里勝昭は、泡盛を口に含みながら、胸の中でくり返した。最後にその姿を見てから四十年以上が経ち、男は七十歳前の老人となっていた。短く刈り上げた髪はほとんど白髪になっていて、日に焼けた地肌が透けて見えた。しかし、面長の頬に走る縦皺《ぬいきが》と細く鋭い目、長身の立派な体格は変わらなかった。》

勝昭は、父、勝栄がスパイ容疑で殺害された日の記憶を今も鮮明に覚えている。

《集落から二キロほど離れた砂浜で勝栄の遺体が発見されたのは、五月の十日だった。（略）人だかりをかき分けて前に出ると、浜の西端にある岩の陰に、勝栄がうつぶせに倒れていた。首には大きな切れ目があり、ハエが黒く群がっていた。麻縄で後ろ手に縛られ、裸にされた下半身は尻や太ももがどす黒く腫れあがっている。傍に転がっている丸太でさんざん殴られたうえで、ひざまずかされて後ろから首を切られたらしかった。首は完全には切り落とされず、後頭部を踏みつけられたのか、顔は砂にめり込んでいた。背中や脇腹には何か所も銃剣で刺された傷があり、そこにもハエが群がっていた》《その日、友軍に殺されたのは勝栄だけではなかった。村役場の兵事主任をしている嘉陽とその弟も夜、家から連れ出されて芋畑で斬殺されていた。その二日後にも、防衛隊から離れて家に戻っていた金城という教員が、深夜に友軍に連れ出され、銃剣で刺殺された》

ここで展開されている惨劇は、まったくのフィクションではない。特殊な事例でもない。作品に描き出されている惨劇の事例も、実際に「久米島事件」として広く証言されている事例と重なる。このような事例は日本兵の駐屯する至る所で発生しているということについては、多くの住民が証言していることであり、私自身も、姉の口から、家族自身に降りかかった災難として直接聞いた話でもある。日本軍の蛮行は住民殺害だけではない。村人からの食料調達と強奪に飽き足らず、村の守り神でもある神ウナギも食料用として捕らえ、殺害する。

《湧き口には昔から大きなウナギが棲んでいた。長さは一メートル半ほどもあり、太さも三合瓶より大きかった。（略）うぶがーの守り神であり、村の守り神でもある。（略）もし神ウナギを捕ったり、傷つけると泉は枯れてしまい、水を失った村人は暮らしていけなくなる。そう言い伝えられていた》。その神ウナギが日本兵に捕らえられ、死にかけている。《殺さないでくれと地面に額をつけて頼み込む勝栄》に対し、日本兵は《この島の連中は、ウナギを神と崇めるのか?》と笑いとばし、《そういう非科学的なことを言っているから、お前たち沖縄人は駄目なんだ》と、《赤崎が吐き捨てるように言った》のち、神ウナギは赤崎の手にした銛で頭部を突き刺されて、もだえ苦しみつつ殺されたのであった。

勝昭は何度か居酒屋でその男の様子をうかがう。男はこの店の常連のようであり、地域の少年たちに剣道を教えているらしく、地域の人たちからも信頼されている風である。《酒で顔が赤らんだ赤崎

は快活で、子どもたちに指導している様子を楽しそうに話していた》

ある日、勝昭は意を決して、赤崎の跡をつける。

勝昭に、赤崎の過去を問い詰めることに迷いがなかったわけではない。《四十年以上もたった今となって、赤崎の行為を問い詰めたところで何の意味があるのか、という思いを抱き始めていた。赤崎に謝罪させたところで、父親が生き返るわけでもなければ、自分の人生がやり直せるわけでもない》《赤崎の過去を暴露して信用を失墜させ……赤崎の暮らしをかき乱しても、後味が悪くなるだけのような気がした》と。

このような迷いを振り払って、ある日、勝昭は、赤崎を呼び止め、謝罪させようと決意する。そのまま何もせずに沖縄に帰ることは、《自分が臆病で卑屈なように思えた》からであり、《（赤崎に殺された）彼らからすべてを奪い、家族に苦しみを与えた赤崎が、何事もなかったかのように幸福に生活していていいのか》《もし問わないままに終わったら、一生後悔する》と考えたからである。

だが、過去のスパイ視殺害事件を問い詰められた赤崎は、謝罪するどころか、《君の父親は米軍のスパイだった》《スパイは処断しなければならない。私は当然のことをしたまでだ》と開き直り、殺害を正当化してくるのだった。

二度目は、五歳くらいの孫を連れて公園で遊んでいる赤崎を呼び止めた。《赤崎さん、お孫さんはかわいいでしょう。私の父も孫の顔を見たかったはずだ》《父だけじゃない。あんたに殺されたほかの人も、今のあんたのように孫と遊びたかったんだ》《私はあなたに一言、謝ってほしいだけだ》と詰め寄ると、《子どもの前だから、黙れと言っているんだ》と真っ赤になって怒り、《まったく常識がない。だから駄目なんだ、お前たち沖縄人は》と言い放つ。勝昭がこみ上げる怒りを抑えかねて、爆発寸前の時、赤崎の娘がやってきて勝昭にまくしたてる。《あなたは沖縄の人らしいですけど、父は戦争中、沖縄で戦って、沖縄県民のために尽くしたんです。それがどうして、あなたに変な言いがかりをつけられないといけないんですか》とたたみかけ、もうこの街には来ないでください。これ以上やると警察を呼びますよと、睨みつけて赤崎を促して立ち去る。3人が帰ってあと、《女に何一つ反論できなかった自分が情けなく、腹立たしく……自嘲の笑いが込み上げた》のであった。

この場面で勝昭は、一方的にまくしたてる女に対し、一言も反論しない。なぜ反論しないのであろうか。心の中では赤崎が村でやったことをぶちまけようかとか、いろいろ考えるが、最後まで黙ったままである。これにはいくつかのことが考えられる。一つはウチナーンチュ特有とも言える心やさしい気質のせいである。対決すべき相手を徹底的に追い詰めず、相手の立場にも配慮する。ここでも、父親の所業をぶちまけてしまうと、母親にしがみついて怯えている男の子まで傷つけてしまうのではないか、と考えて思いとどまっているのである。赤崎に対しても、謝罪を求めてはいるが、彼の過去を暴いて世間の信用を失墜させ、家庭を乱そうと思っているわけではない。そもそも、赤崎を徹底的に追求しようと思うのであれば、直接彼の家に乗り込んで、家人の前でぶちまければいいはずだがそうはしない。人目を避けて帰り道や公園などで呼び止めているのである。

居酒屋の女将さんから、沖縄の人を差別するわけじゃないので誤解しないでほしい。店の客とトラブルを起こしては困る、昔からの常連さんとはいい関係でいたいので、もう来ないでほしいと、言われた時も、ひどく傷つき不当な仕打ちだと胸の内で思ってはいるのだが、《いつもおいしかったです。

もう来ません》と礼を述べて立ち去る。本土人はそうしたウチナーンチュの人の良さにつけ込む。この辺は実にずる賢いというか巧みである。赤崎もそのような典型的人物である。地元で信用もあり常連さんでもあることをいいことに、居酒屋の客や女将さんを味方につけ、勝昭を店から追い出すことに成功するのである。

反論できなかった理由の一つに、言葉の問題があったとも思える。標準語でまくし立てて来る本土人に対し、ウチナーからの出稼ぎ者である勝昭が、それと対抗できるほど標準語に習熟しているとは思えない。そのことは冒頭の文で「確かにあの男《ぬいきが》やたん」と、ウチナーグチでつぶやいていることのなかに示唆されている。この言葉の壁は、沖縄からヤマトゥに渡ったウチナーンチュたちが、等しく味わった苦い体験である。

さて、反論できなかったもう一つの、そして本質的とも言える理由は、ヤマトゥンチュの中に広く浸透しているウチナーンチュへの偏見と差別の根深さである。私はこのことを『南溟』二号の「あとがき」でも次のように書き留めたことがある（一部、誤植や脱字など訂正）。

《それ（沖縄への贖罪意識）をかなぐり捨てて、再び差別意識を復活させて沖縄にヘイトを浴びせている。時代は一気に敗戦直後、いや戦前へ舞い戻ってしまった。山之口貘はすでに書いている。〈アネッタイ！　と女はいつた／亜熱帯なんだが、僕の女よ、／眼の前に見える亜熱帯が見えないのか！／この僕のやうに、／日本語の通じる日本人が、即ち亜熱帯に生まれた僕らなんだと僕はおもふんだが、／酋長だの土人だの唐手だの泡盛だのの同義語でも眺めるかのやうに、／世間の偏見達が眺めるあの僕の国か！〉（山之口貘「会話」より）》と。

二〇一八年一月二六日付の沖縄タイムス「金平茂紀の新・ワジワジー通信」は、同じくこの貘の詩を引用して、次のように書いている。《この詩が発表されたのは1935年。それから81年の年月を経て、沖縄で米軍基地反対運動に加わっていたウチナーンチュに対して、大阪府警の機動隊員が「土人」という言葉を浴びせたことは記憶に新しい。「世間の偏見達」は亡霊のように生き延びている》と。

この「ウチナーンチュへの偏見と差別」は作品の中でも随所に顕現する。居酒屋の女将が「沖縄の人を差別するわけじゃないので誤解しないでほしい」わざわざ断って話すのも、ほかならずその差別意識が存在することを示しているようなものであり、居酒屋の客たちが、ある日を境に急によそよそしくなり、店主がそっぽを向いて露骨に迷惑そうに振る舞うのも同質の意識から来るものである。おそらく、赤崎から沖縄人の悪口を吹き込まれているのだ。その赤崎は、戦時中も村人を見下し、塹壕掘り、軍への住居や食料提供などを命令し、奴隷のようにこき使ったのである。村人が崇める神ウナギを捕え、泉に戻してくださいと必死に懇願する勝栄に対しても《そういう非科学的なことを言っているから、お前たち沖縄人は駄目なんだ》と、侮蔑もあらわに吐き捨てるのである。その時の差別意識は四十数年経った今も変わらない。先ほど赤崎が言い放った《まったく常識がない。だから駄目なんだ、お前たち沖縄人は》という言葉はそのことを示している。しかし、このウチナーンチュへの「偏見と差別」は、ひとり、赤崎や女将さんや店主だけの意識ではない。日本人の大多数、いやこの国自身が沖縄に向けている歴史的・現在的な差別意識であり、政策なのである。「構造的沖縄差別」として、明治以来、この国が取って来た施策の中にそれが表れている。今日、高江、辺野古で振り下ろされている新基地建設の暴挙は、その突出した暴力的露呈なのである。だから、赤崎のような人間は、国が育て、支えているのである。ということは、赤崎のような人物がほかにも無数に存在するということである。もし、たとえ、赤崎が勝昭に対して、謝罪したとしても、第二、第三の赤崎が存在しているのである。赤崎の行為を許さず追求するとは、それを生み出し育ててきた親元である国の差別政策とたたかうことなのである。それは、一介の庶民にすぎない勝昭一人でなしうることではない。勝昭はよそ者、この国そのものがウチナーンチュにとっては異郷。当初から勝昭に勝ち目はない。《同じことのくり返し……。何か、決定的に変える力がほしかった。しかし勝昭にはそれが見いだせなかった》と、無力感を噛みしめて帰郷するしかないのである。

この話には後日談がある。タイトルにもなっているうぶがーに棲む「神ウナギ」のことである。後日談と言ったが、ここにむしろ作品のもう一つのテーマが敷かれている。出稼ぎの期間を終えて古里、沖縄に帰ってきた勝昭は、ある日の晩、うぶがーに出かけ、神ウナギを釣り上げる。赤崎が殺した神ウナギの何代目かのウナギである。

《村人がうぶがーを使わなくなり、その存在を忘れても、水底の湧き口で神ウナギは代をつなぎ、ずっと生き続けていたのだった。》

だがやがて勝昭は、苦労して釣り上げたばかりの神ウナギを、うぶがーに戻す。《神ウナギをうぶがーに戻すよう、赤崎に頼み込んでいる父の姿が目に浮かんだ》からであり、《父はたった一人、赤崎にものを言い、日本軍に抵抗した。父の勇気ある行動が誇りに思えた》からである。

勝昭はうぶがーから夜の十一時過ぎに家に戻り、父の名が刻まれた仏壇の位牌に手をあわせ、胸の中で自分に言い聞かせた。

《忘《わっし》れてぃやならんど》と。

さてこのうぶがーと神ウナギの場面をどのように読み取ればいいのであろうか。神ウナギの話は二つある。後篇の話は、勇気あるがゆえに日本軍に殺された父への鎮魂の様子として読めるし、前篇は、沖縄戦における日本軍の実相、その悪行を書き留めたと読むのもその一つであろう。あれほど村の守り神として崇め、父が命を懸けて抵抗してまで守ろうとしたうぶがーが時代の変移とともに村人から見向きもされなくなり、草ぼうぼうに荒れ果てている。このような、失われゆく聖地の末路を見て、近代に侵食される伝統文化の運命として読み取ることも可能であろう。あるいはまた、戦争中日本兵の理不尽な振る舞いに翻弄された沖縄の人々のありようを描いたともいえる。

だが、作者はここで、沖縄の人々のそのようなみじめなありように、批判の目を向け、抵抗し叫ぶ民であることにこそ誇りを持つべきであると訴えているように思える。

父の勝栄が日本軍にスパイとして疑われたのは、こじつけと偏見からくるものであり、冷静に状況を判断すればたちどころに解消できる理不尽なものであったが、それでもなお疑う口実にしているのは、次のようなことからである。父がハワイの移民帰りであり、アメリカの文化や国力の状態に通じていて、英語が話せたこと。そしてそのお蔭で、勝栄には、時代の狂気に流されず、冷静に見極める判断力があったからであった。

《米国との戦争が始まったとき、日本政府、軍部の無謀さにあきれた。ハワイで目にした米国の工業力、生産力、豊かさを思い出すと、日本が勝てるとは思えなかった。（中略）アメリカの国力がいかに巨大であるか、日本が太刀打ちできる相手ではない。（略）／政府の首脳や、狂《ふ》りてぃる居《うぃ》りる》

近藤芳美に、次のような歌がある。

世をあげし思想の中に守り来て今こそ戦争を憎む心よ　　近藤芳美

ここで言う「世をあげし思想」とは、翼賛体制下の軍国主義思想のことである。世はまさに、世をあげて戦争を賛美する軍国主義思想が荒れ狂う時代であった。だが、そのような時代にあっても、「戦争を憎む心」を失わずにきた、という意味である。

沖縄の、そのまた片田舎に住む勝栄が、その同じ時代に、これだけ的確な情勢分析を為し得たこと自体、瞠目すべき炯眼だと言えるが、こうした洞察のもとに、彼は秘かに戦争を憎んでいたと思える。息子の勝昭が、学校から帰って軍人に憧れる話をするとこっぴどく叱りつけた。また、理髪店を経営する勝栄は、戦争の行方にあまりに楽観的な考えを述べる客にはそれを諭したりした。だが、なかには、嫌な顔をする客もおり、怒り出す客もいた。妻のフミも心配し、勝栄の父親にも、ハワイ移民帰りは間諜と疑われやすいから注意しろと言われていた。さすがに勝栄も、村に友軍がきてからは、細心の注意を払っていた。

だが、村に日本軍が入って一か月半ほどが経ったころ、神ウナギの事件が起きる。この時、必死に神ウナギの由来を説き、村の守り神なので殺さないでほしいと村の為に必死に懇願した勝栄は、日本軍から決定的ににらまれることになるのであるが、この時、村人は誰一人、勝栄を援護する者はなく、黙って見ているだけであった。十・十空襲以降、米軍の空襲が激しくなり、その攻撃が的確さを増すと、日本軍は、沖縄人の中にスパイがいるとあらぬ疑いを強め、移民帰りの勝栄は益々疑われる。軍だけではなく、学校の同級生なども勝昭をスパイの子と言わんばかりにはやしたてる。担任の教師まで勝昭を差別扱いする。村人も勝栄を疑い、防衛隊から外すなど、差別扱いした。

そうしたなかで、米軍が島に上陸し、村人が避難している洞窟にまで迫ってくる。

《米軍は男を捕らえると睾丸や目玉を抉って八つ裂きにする、女は強姦したうえで遊び半分に殺す。だから絶対に捕虜になってはいけない。そう教えていたのは友軍の兵隊だけではなかった。村の在郷軍人たちも、自分たちが中国戦線でやってきたことを語りながら、捕虜になればどれだけみじめか、どれだけ酷い目に遭うかを話していた。若い娘がいる家はどこも、強姦されてなぶり殺しにされるという話に怯えていた》。

《勝栄は、内心、米軍がそんなことをするはずがない、それは捕虜になるのを防ぐために大袈裟に言っているにすぎない、と考えていた》が、それを口にすると、すぐに通報されて日本軍に捕えられるのは目に見えていて、誰にも話さずにいたが、村人をパニックから救うには、今、話すしかない、と考え、村人に投降すべきことを必死に説得する。決死の覚悟で自ら白旗を掲げて投降し、米軍とも英語で交渉する。お蔭で全員無事に助かり、集落に帰ることも許可された。その後も、米軍との交渉は勝栄が一手に引き受け、食糧の配布など、村人の為に働くが、その勝栄の活動を、スパイとして日本軍に通報したのは村人であった。そして、敗残兵となった日本軍から付け狙われていた勝栄は、ある日、スパイとして捕まり、赤崎隊長に、斬首、殺害され、非業の最期を遂げたのである。

追い詰められた住民が勝栄の説得で投降し、全員一命をとりとめる話は、チビチリガマと対比的に語られる「シヌクガマ」のことを想起させる。捕虜になると米兵に酷い目にあう。絶対に捕虜になるなという戦時訓を信じ込み、集団死に走ったチビチリガマの人々の悲劇。それに対し、同じ村内にあるシヌクガマにあっては、避難民の中にハワイ移民帰りの人達がいて、「アメリカは捕虜を殺すことはない」と説得して村人を投降させ、千人余の命が助かったという史実の存在である。が、勝栄の場合は、村人の裏切りで密告され、惨殺されたのである。

いったい、命の恩人を密告する村人とはどういう存在なのであろうか。臆病で、自分勝手で無知。権力に弱く、不平不満があっても抗うことをしない事大主義。逆に抵抗する人を陰湿に妨害する。この作品において、村人たちが困っている人を助け合うといった美談は一つも出てこない。

ここには、沖縄の民は、戦争の被害者というだけでなく、加害者の側面もあるという、作者の民衆に対する批判的視点がある。これと関連して、作品の中に、在郷軍人の役割について触れた場面がある。米軍になぶり殺しにされる前に、自分たちで死んだほうがいいと、今にも自暴自棄に走ろうとする村人たちを、勝栄が必至におしとどめている場面においてである。

《(米軍は捕虜をなぶり殺しにすると)そう教えていたのは友軍の兵隊だけではなかった。村の在郷軍人も、自分たちが中国戦線でやったことを語りながら、捕虜になればどれだけ惨めか、どれだけ酷い目にあうかを話していた》と。

わずか数行の記述で、さらっとしか書いていないが、村に住む在郷軍人の役割が書き留められている箇所である。同じウチナーンチュでしかも、自ら体験し、実行したという話は、日本軍が訓示する以上に人々に浸透し、影響力は大きいはずであり、集団自決を発生せしめる大きな要因にもなった、と言いうるのである。ではいったい、かれら在郷軍人は中国戦線で、どのようなことをやったのであろうか。この作品では、具体的には描かれていないが、一昨年発表した「露」という作品（『三田文學』一二七号・二〇一六年十一月）で次のように書かれている。

《シナ人を見つけしだい殺《くる》さんねー気がすまん。男《いきが》や逃げ《ぴんぎ》てぃ、年寄、女子《いなぐ》、童しか居らんてぃん、見境は無いらん。片っ端から皆殺してー。女子は強姦して、陰部《ぽー》んかい棒を突っ込んでぃ蹴《き》り殺《くる》ち、童は母親の目の前で切り殺して、足を摑まえてぃ振り巡らち頭を石で叩き割ったしん居ったさ。泣ちゅぬ親も強姦しち、家に火着けて生きたまま焼き殺したてー。いま考えりねー狂《ぷ》てぃ居りたんでぃる思われしが、水の《みじぬ》飲《ぬ》まらぬ苦しさや我慢ならん》

これは、港の荷揚げ作業を終えた男たちが、酒盛りの場で、中国戦線に従軍した時の体験談として語ったのであるが、同様の悪行を中国で振る舞って帰還した沖縄出身の軍人たちが、村にも居たのである。こんな恐ろしい体験談を、軍以外の情報が閉ざされた中で身近な人から聞かされたのでは、投降を考える人などいない。捕虜になるより、自害を選ぶしかない絶望的状況にあったのである。だが、そのような絶望的状況にあって、「生きて虜囚の辱《はずかしめ》を受けず」と降伏を禁止した軍の戦陣訓に逆らい、投降して生きる道を示し、実践したのが、勝昭の父、勝栄であった。また、神ウナギ事件の時も、軍に身体を張って抵抗したのも彼であったし、敗残兵となった日本兵から村人を守ったのもまた勝栄であった。彼は戦時下にあっても、理不尽なことを許さず、戦争を憎み、勇気をもって果敢に抵抗した。日本軍は、彼の勇気をこそ一番恐れて殺害したのだ。最後に主人公が、父の遺影に向かって「忘《わっし》れてぃやならんど」といっているのは、その勇気のことにほかならない。

ただ、最後に、主体的に捉え返すことが許されるのであれば、なぜ、勝栄は、村人を味方につけることができなかったか、たった一人で惨殺され、しかも、誰にも弔われることもなかったか、というのはある。これは、みじめに帰郷せざるを得なかった息子の勝昭にも突きつけられた問いであり、作者の目取真俊自身にも問われている、極めて重要な課題であるように思える。

（「南溟」第4号　二〇一八年二月二十二日発行）

〈陽性の惨劇〉・戦後世代作家の力強い挑戦

――大城貞俊『記憶から記憶へ』

詩人・作家として活躍する大城貞俊の短編集『記憶から記憶へ』（文芸社）が発刊された。作品集の帯の文には《戦中から戦後へ、沖縄を舞台に繰り広げられるオムニバス形式の三つの物語》とあり、さらに、《戦後60年、私たちには、忘れてはならず、語り継がねばならない記憶があります」と書かれている。

このような帯の文章でも明らかなように、この短編集は、作家大城貞俊が、戦後60年の節目に当たる年を意識して、《忘れてはならず、語り継がねばならない記憶》として、沖縄の戦中・戦後の検証を、小説の形態で表出したテーマ小説である。

私はまず、大城氏の、作品を書くにあたってのこうした執筆姿勢に敬服する。大城氏は別の場所で、この執筆活動にかかわる姿勢についてより明確に述べている。

司会　大城さんが、沖縄戦にこだわる執筆活動について伺いたい。

大城氏　私の作品で単行本になった三作品とも沖縄戦を描いているが、私の意識の中では三作品には差がある。（中略）『記憶から記憶へ』では戦後を舞台にしているが、真正面から沖縄戦に向かった。戦争を書けなかった理由は、戦争はどこまで人間を変えるのか、変わらないのは何か、戦争を体験していない僕らには書くことにためらいがあった。戦後60年たって、沖縄戦は人間性を剝奪する出来事が僕らの想像をはるかに超えて起こっていたのではないか。書けないものはもうないという意識を持っている。これからも表現者の一人として沖縄戦に関わる執筆活動をライフワークとして続けていきたい。／戦後六十年という言葉を使っているが、ひょっとしたら「戦後」という言葉が形骸化していくんじゃないか、「戦後」という言葉も奪われてしまうのではないかという恐れがある。戦後という言葉が奪われないような戦後を、戦争を考え続けていくというのは、沖縄に生きる者にとって重要な姿勢じゃないかという気がする。

（琉球新報「沖縄戦新聞座談会・戦後60年検証さらに」二〇〇五年十月十九日）

大城はここで、極めて注目すべき発言をしている。その一つは、これまでの沖縄戦について書くことへのためらいを払拭して、真正面から沖縄戦を書く、書けないものはもうないと宣言し、《戦後を、戦争を考え続けていくというのは、沖縄に生きるものにとって重要な姿勢》と決意を述べているということ。私たちはここに、戦争に真正面から対峙する戦後世代作家の誕生を力強く確認することができる。それは言わば、戦争を体験してない世代による戦争への文学的挑戦である。そして、作家をこのように決意させた動機の基底にあると思えるのは、「戦後という言葉が形骸化していく」時代への強い危機意識である。

このような姿勢が今日なぜ重要かということは、例えば、次のような発言と比較すれば歴然とする。

大城（立裕）　沖縄戦や基地をモチーフにしているということだけで関心を持たれるというのが私が危機だと言っていることであり、視野が狭くていけないというのです。

星（雅彦）　それは言えますね。というのは、俳句でも短歌でも、沖縄からヤマトに送ってみると、しばしば取り上げられるのは、やっぱり沖縄の基地問題らしいのです。それは読みとる視線の問題であり、基地を扱っているものはすべて光っているというふうに見てしまう。沖縄では目新しくないどころか、つまらないものにすら見える。そういうとらえ方をする現象が現に流行しているようですね。

（『うらそえ文藝』第十号座談会「沖縄近現代文学・社会状況の狭間から」）

大城貞俊が、《沖縄戦に関わる執筆活動をライフワークとして続けていきたい》としているのに対し、大城立裕は《沖縄戦や基地をモチーフにしているというだけで関心を持たれる》のは、文学の《危機》であり、《視野が狭い》と言い、星雅彦は《基地を扱っているものは……つまらないものにすら見える》と述べている。

これが、戦後六十年、今なお巨大な戦争出撃基地を抱える今日の時代への、両者の現実感覚である。そもそも、本土の文壇において《基地を扱っているものはすべて光っているというふうに見てしまう》現象なんてどこにもない。むしろ逆。沖縄の大学校内に米軍の軍事ヘリが墜落・炎上しても、盆の帰省ラッシュのニュース以下にしか扱わない本土マスコミと同様に、戦争や基地問題なんて本土文壇でとりあげること自体がタブー視されているというのが実状である。イラクに自衛隊が派遣され、憲法改定作業が具体化するという戦後史を画する重大事態が起こってもそうであった。

私はそのことを「俳人にとっての新年」(二〇〇四年一月『天荒』十八号)という論考で、俳人における危機意識の欠如として俳句作品を例に引きながら実証的に述べたことがある。そこで明らかになったことは、時代の危機と関係なく、花鳥諷詠と身辺人事に興じる俳人たちがいかに跋扈しているかという退廃した風景であった。

《日本の2004年は、とりわけ重苦しい気分の中で明けた。間もなく政府はイラクへ自衛隊を送る。(略)初めて戦火のやまぬ国へ、危険を覚悟の派遣である。折しも小泉首相は自衛隊を名実ともに軍隊にしたいと言い、自民党は改憲案づくりを始めた。》

流星雨見よと窓開け夜学の師　(金子兜太選)
賀状書く水戸黄門も観ずに書く　(金子兜太選)
金泥の一字を足して賀状とす　(長谷川櫂選)
深空へと羽子に思ひを託しけり　(長谷川櫂選)
掃くも禅掃かぬも禅や散紅葉　(川崎展宏選)
水きりの石よくはづむ冬の水　(川崎展宏選)
娘と同居白菜漬を任されし　(稲畑汀子選)
冬日和風も日ざしも潔し　(稲畑汀子選)

冒頭の引用文は、今年の朝日新聞の1月1日の「社説」であり、その次の掲句は、同じく朝日新聞の1月5日と1月12日付の「朝日俳壇」の四人の選者が選んだ、それぞれ第一席の句を抄出したものである。両者を並べてみたのは、同じ時代にありながら、「社説」と俳句の内容があまりにも違いすぎることを一目瞭然の形で示したかったからである。

「社説」は、《日本の２００４年は、とりわけ重苦しい気分の中で明けた》と正当に論じているのに対し、俳句は、この《重苦しい気分》と関係なく、まったく別の花鳥風月と身辺人事を詠み、選者はそれを選んでいる。まるで同じ日本の時代には住んでいないかのようである。もっとも、投句のすべてがそのような内容であれば、選者としてはその中から選ばないといけないわけだから、これは必ずしも選者の責任ではない、とも考えられるが、選評を読むとそうとも言えない。

二句目について。《テレビの「水戸黄門」と直ぐ受け取れるから、作者の歳も分かるというもの。分かるとともに無性に愉快になる。》（金子兜太）

三句目について。《何という一字だろうか。賀状に一字だけ金泥でしたためた。これだけで晴れやかなお正月気分が出るから、金という色は不思議な色である。》（長谷川櫂選）

選者は掲句を読んで、《無性に愉快になる》（兜太）、《晴れやかなお正月気分が出る》（櫂）という心境になったことを主たる要因として、これらの投句を第一席に選んでいるのである。句の内容が時代の《重苦しい気分》を反映していないというだけで言うのではない。俳句作品として見ても、第一席に選出されるほどの秀句とはとても思えない。とりわけ、金子兜太選の《賀状書く――》の句は、ほとんど、川柳的なおかしみを狙っただけの駄作としか思えないのである。

『うらそえ文藝』の座談会に戻ろう。このような、倒錯した現実感覚とオメデタイ発言がなお繰り返されているが故に、先の大城貞俊の決意と覚悟の弁が一層重く爽やかに響くのである。

『記憶から記憶へ』に収録された三つの物語のうち、冒頭の「ガンチョウケンジ」は、本土出身の日本兵と沖縄の村人との出会いと交流と別れを扱った物語である。

日増しに戦況が悪化する沖縄の北部ヤンバルの村に、特殊な任務を負っているとみられる三人の日本兵が迷い込むところから物語は始まる。セツとその孫娘の鈴子は、村の家から避難場所の岩穴に行く途中の森の中で、三人の日本兵に遭遇する。銃口を突きつけ、殺気立つ日本兵であるが、やがて「味方」ということが分かると銃口をおろして食べ物を所望し、セツの家に案内されるにまかす。負傷していた上官は間もなく死ぬが、若い二人の兵隊はセツの家に同居することになり、セツの家を中心に村人と日本兵とのひと月ほどの交流が始まる。その短い交流のあり様を女たちの視点で描いている。女たち、とりわけ若い娘の鈴子にとってはヤマトの兵隊との出会いは初めてである。流暢な日本語＝標準語そのものが新鮮に響いたに違いない。その出会いの際の緊張と不安と違和、そして驚きと安堵と好奇心が描かれていく。若い日本兵と身近に接し、生活をともにしていくうちに、好奇心はやがて、若い兵隊ケンジへの淡い恋心を鈴子の中に形成するに至る。また、2人の兵隊を自分の家に匿っているセツは、自分の息子のように二人を世話し、無駄死になどせず生き抜くようにと、ことあるごとに諭す。村人もまた、徴兵で男手のいない村にあって、二人を頼もしく思い、信頼を深めていく。二人も次第に村人に打ち解けていく。水汲みを手伝い、避難小屋造りを担い、子どもたちと遊び、方言も覚えていく。ケンジは鈴子に好意を寄せるようになる。だが、このようなセツや鈴子、村人との親密な関係と信頼も、決して、二人の帝国軍人としての使命感を突き崩すにはいたらない。二人は最後まで名前さえ明かそうとしない。「ガンチョウ」「ケンジ」というのも村人が便宜的に付けた仮の名であるにすぎない。自分が何者であり、どこからきたか、出身地はどこか、家族はいるのか、一切明らかにしない。ある時スズが《あんたたちは、何か命令を受けてこの村にやってきたの？　死んだ上官と一緒に、何か特別任務を授かっていたの？》と問い糺すが、もちろんどんな任務を帯びているかも言わない。そしてやがて、米軍が村に総攻撃を仕掛けようとするその日に、セツと鈴子に丁重な感謝とお礼の気持ちをしたためた覚悟の手紙を残して、二人は死地に立ち去ってしまう。軍人としての任務を全うするために。

さて、この作品によって私たちは何を知ることができるであろうか。一つは、何といっても、沖縄人の底なしの優しさであり、人の良さである。特殊の任務（恐らく間諜）を帯びて、最後まで名前や出身地さえ明かさない日本兵を、セツや鈴子をはじめとする村人は、怪我した日本兵を懸命に看護し、匿い、村の一員として受け入れる。上官が死んだ時は、遺体を村の共同墓地に手厚く埋葬してあげる。ここには、たしかに、誰にでも分け隔てなく接したのであろう昔のウチナーンチュの魂が息づいている。セツはウチナーンチュの原型であり、鈴子は無垢なウチナーミヤラビの典型である。それだけにまた、奸計にはまりやすいウチナーンチュの危なっかしさも諸にあわせ持っている。名前すらあかそうとしない日本兵を何の疑いもなく即座に匿い、手厚く世話するセツ。正体不明の若い兵士に無警戒に恋心を募らせていく鈴子。幸い、三人の日本兵が「良い人」であったから良かったものの、もし、多くの日本兵と同様の、沖縄人への偏見と差別に染まった日本兵だったらと思うと気が気ではないのである。

さて、このこととも関連して、二つ目に明らかになったのは、「米兵より日本兵が怖かった」という、多くの沖縄戦体験者が語る証言の真実に隠された〈虚偽性〉についてである。目取真俊は、戦中・戦後の数多くの米兵犯罪を作品化し、そうすることで、この証言の真実の〈虚偽性〉＝〈米兵もまた悪魔だった〉ことを『眼の奥の森』などの作品で明らかにし続けているのであるが、大城貞俊は、すぐれた人格と人間性を備えた日本兵を描くことで、この証言の〈虚偽性〉を描きだしているわけである。両者はちょうど逆のベクトルから戦争の記憶と真実を書き進めていることになる。

私たちはもちろん、すでに田宮虎彦の「沖縄の手記から」という作品によって、沖縄戦においてもすぐれた人格と人間性を発揮した日本兵は存在したのだということを知っているのであるが、田宮虎彦の作品は、日本兵の立場から見た沖縄戦であり、沖縄人像であった。大城貞俊の作品は、沖縄の女性の側から見た良き日本兵を臆することなく描き出した点において画期的である。そして、たしかに、あまり語られてないとは言え、（と言うより、スパイ視虐殺、集団自決強制、幼児殺害、食糧略奪、壕追い出し、沖縄人差別など、数々の悪玉イメージをまとった日本兵であってみれば、良い日本兵を語ること自体がタブー視されたとさえ言える状況にあって）沖縄と沖縄人を愛した日本兵はいたはずなのである。大城貞俊はこのタブーに敢えて挑戦したのだと言える。では、このようなタブーに今日挑戦することに、どのような意味があると言えるのであろうか。沖縄戦の記憶を語り継ぐというとき、辛く悲しいこと、忘れたいことを語り継ぐことに多くその意義があるかに言われる。戦争体験を風化させないというのはまさにその意味で使われている。

だが、戦場でも人間的触れあいや人間的営みはあり得たのだと語り継ぐこともまた、戦争の実相を知り、戦争をまるごと知る上で必要なことなのではないか。それは、戦争を肯定するためではない。戦争を否定するためにこそ、極限状況下の戦時中においてもなお、人間的営みと触れ合いがあり得たのだということを書き記さねばならないのである。

川に水汲みに出掛けた鈴子とケンジが、月明かりの川で川エビと戯れる場面がある。

《「なんだか、足がモゾモゾするけど、何だろう?」／「エビよ、エビ……。川エビが足にくっついてくるんだよ」／「えーっ、本当なの?」／ケンジは、慌てて水の中を覗き込んだ。じっとかがんだままで、水の中の足元を見つめていた。／「本当だ！　川エビが、いっぱいいる。モゾモゾと俺の足にくっついているよ。目が赤く光っている。見えるよ、よく見える……」／ケンジは子供みたいに興奮していた。なんだか、鈴子はおかしかった。兵隊さんが、子供みたいに、はしゃいでいるのだ。／ケンジは、汲み上げた水桶を河原に置くと、また水の中へ入っていった。やはり、かがんだままで、じーっと足元を見つめていた。／「何だか、くすぐったいよ……。ほらほら捕まえたよ。鈴子さん、来て、来て」／ケンジは、盛んに鈴子を呼ぶ。鈴子も、もう一度川の中に入ってケンジの捕まえた川エビを見にいく。ケンジが笑っている。何だか、ケンジの笑顔を見ると、楽しい気分になる。》

また、沖縄方言を習うために村人と談笑する愉快な場面など、心温まる情景が詩情豊かに描き込まれている。それら一切の人間味あふれる営みを瞬時に抹消するのが戦争である。しかし、このような日本兵との心温まる交流という記憶を持つ住民にとって、日本兵の数々の蛮行を挙げ、米兵より日本兵は怖いというだけでは、戦争の否定に結びつかない。そしてここでも両作家は逆のベクトルから筆を進めていると言える。

大城貞俊は、この作品において、優しさの側から、沖縄戦の残酷さを描いてみせたのだ。

三つ目に知らせてくれるのは、「戦争は人間を悪魔に変える」という言い伝えの孕む、真実の〈虚偽性〉についてである。目取真俊は、「戦後」の平時の米兵による数々の強姦事件や残忍な米軍犯罪を描き上げることで、決して戦争という極限状況だけが人間を悪魔にするのではないということを逆説的に追求していると言えるのであるが、大城貞俊は、「戦争によっても変わらないのは何か」を、戦時中の日本兵と沖縄住民との心温まる人間的交流を描くことで、これまた逆説的に、「戦争は人間を悪魔に変える」という真実の〈虚偽性〉を、私たちに提示して見せているのである。

さて、四つ目に知らせてくれるのが、沖縄人のやさしい心や愛もまた、皇国の軍人魂を変えることはできなかったという苦い真実である。国策という巨大な任務に対し、庶民の情愛や心情はあまりに無力なのである。ケンジとガンチョウは、セツと鈴子に心を開きつつも、ついに軍人としての呪縛から解放されることはなく、任務をまっとうするために死を選ぶ。しかも、無謀な突撃自決を覚悟するに及んでなお、セツと鈴子宛てに誠意と人間味あふれる感謝の気持ちを込めた手紙を残しつつも、最後まで名前も身分も明かさなかったところに、それが示されている。

《私どもには、こうする以外に方法がありませんでした。それが、私どもが培ってきた人間としての精神です。皇国の軍人魂なのです。馬鹿者だといって、笑ってください。恩知らずだと、怒ってください……。》

「立派な日本兵」の典型がここにいる。沖縄の住民に人間として対等に相対し、住民の親切に誠実に接し、柔らかな人間味さえ見せる兵士。それが皇国の軍人魂を備えた優れた日本兵であったのだということを思うと、私たちはその皮肉の前に呻き声を上げるしかない。皇国の軍人魂とは何か。あらゆる人間的情愛や紐帯を断ち、国を守るという虚構のために死をも厭わない強靱なる精神。私たちはここに、天皇＝国家幻想に呪縛された皇軍兵士の高潔な典型を見ることになる。多分、このような高潔なる兵士こそ、真っ先に戦死したに違いないのである。そして、まさにそれは、〈犬死に〉であったのだ。

　この天皇＝国家幻想の呪縛を断ち切らない限り、〈犬死に〉はこれからも有りうる。象徴天皇は、戦後の憲法にも厳然と生き続けている。ここには、私たちが最後に闘わねばならない相手が何であるかが、鋭く象徴的に提示されている。

「面影《ウムカジ》の《ヌ》立てば」は、トーカチ（米寿）を迎えた「加那おばあ」の過去についての独白的内語と現在のトーカチ祝いの様子を交差させながら、加那おばあの現在と生涯を浮かびあがらせている作品である。

　本文に入る前に少し横道に――。この作品の主人公加那おばあが内語として語る部分に、Ａサインバーのホステス時代の話が出てくるのであるが、その時代と場所が、ベトナム戦争を背景とした猥雑なコザ市（現在の沖縄市）になっている。実は、このベトナム特需を背景としたコザ歓楽街を舞台とした作品を最近たて続けに読んだ。目取真俊の「伝令兵」（『群像』二〇〇四年十月号）と樹乃タルオの「二月の砂嘴へ」（『非世界』復刊二号）という作品であり、もう一つは、崎山多美の「孤島ドゥチュイムニィ」（『すばる』二〇〇六年一月号）という作品である。四つの作品は小説の舞台と時代背景が重なるだけでなく、特に崎山多美と大城貞俊の作品は、方言表記の工夫や独り語りの方法など、かなりの類似性を持っていて興味深い。ひょっとして、これからの沖縄の新たな文学を展望するとき、沖縄の矛盾を凝縮したような街「コザ」は、重要なキーワードの一つになるのかも、と思ったのだ。

さて、本題の「面影の立てば」に移ろう。現実には呆け老人として扱われ施設に入所している加那おばあが、内語として語るところによると、彼女はしたたかな生涯を生きてきたのだということがわかる。戦争中は日本軍の隊長の愛人になってその子を産む。戦後は隊長を慕って本土に渡り、その過程である旅館の放蕩息子の子を孕んでしまう。隊長が死んで沖縄に引き返してあとは、Aサインバーのホステスや基地内の仕事で米兵相手に体を張って、あくどいやり方で荒稼ぎした。本国に帰るまでに沖縄の女を何人犯せるかを数えるような、ゴロツキサンダーと呼ばれる悪党の外人と手を組んで、田舎から出て来た十九歳の生娘を犯させるようなこともする。その女性は自殺したと言うが、このような悪行を平気で重ね、見返りを手にした。そのように、世間からゴロツキ加那と陰口をたたかれつつ息子三人を育てる。この辛酸きわまりない数奇な生涯を、彼女はしかし、不幸だと認識しない。三人の息子は皆、大学まで行き、社会的に功を成しており、自分は幸せ者、こんな大きなトーカチ祝いをしてもらってと、息子たちやお祝いに出席した人々に感謝する。トーカチの席で加那おばあを紹介する人たちも皆、加那の苦労をねぎらい、頑張り抜いた生涯を称える祝辞を述べる。

《与那城《よなしろ》の加那おばあさんは、皆様ご存じのように、大変健康であります。これまで病気に罹り、入院したことは、一度もありません。ただひたすら、三人の子供たちの成長を願ってこられたわけでございます。戦時中におきましては、島に駐屯していた村上隊長殿に見初められるほどの絶世の美女でございました。戦場に咲いた恋でございます。》

《私たちは、母に何度も再婚を勧めました。連れ合いがいた方が、楽しい人生を送れると思ったからです。しかし、母はその度に断りました。そして言うのです。もう十分に楽しい人生を送ったよと……。私は、その言葉を聞いて驚きました。一瞬、耳を疑いました。母の人生は、辛い人生ではなかったかと思っていたからです。そんなふうに思われた母の人生が、母に言わせると実に楽しい人生だったというのです……》

だが、加那の隠された真実の声は、内語の部分で問わず語りに随所であかされていく。

《なんだか私も、戦争が終わってから、すぐに亡霊になったような気がする。戦争のときに、本当の私は、死んだんじゃないかね。》

《この沖縄でトーカチを迎える人は、だれでもみんな、人の道を外した過去を持っていると思うよ。》

《沖縄は戦後も戦場さ。トーカチまで生き延びるためには、過去を隠して、嘘をついて生きざるを得なかったんだよ。(略)》

これらの内語が、拍手と称賛が交わされる中で声にならない声として述べられていく。それはあたかも、点滅するライトの暗と明のようなコントラストを綾なして交互に繰り広げられていて、内部の〈暗〉が外部の〈明〉を照射するといった、鮮やかな様相を呈している。この場面構成の絶妙な展開が作品を一段と引き立てている。

《アリィ、この大きな拍手は、生き延びてきた私の過去を、みんな許してくれているんだよね。（中略）これからも胸を張って、堂々と生きていかなくちゃね。みんなに、手を振らなきゃ、強く手を振らなきゃね。私は、スペシャル加那だよ、プリティ加那だよ。ありがとうよ。ありがとうよ、みんな……。》

作品は、ここで終わる。最終章の場面での、加那の無声慟哭は、痛々しく、切ない。

大城貞俊は、この作品で、明らかに、私たちの前に、戦後六〇年の現実を〈明〉と〈暗〉の形で突きつけている。その何処に目を向けるかは、読者の好みにまかされており、それぞれの生きる姿勢に関わることである。

この作品で作者は、ある挑戦をしているように思える。すっかりヤマト不信に取り憑かれている私にとってはいささか不満とするところではあるが、それは、加那と村上隊長との関係の在り方において設定されている。

戦争中加那は、十八歳の若さで島に駐屯する日本軍の村上隊長に人身御供として村人から差し出される。とはいえ、隊長の身の回りの世話をするうちに、村人とは一風違う隊長の男らしさ、凛々しさの虜になる。その隊長を尊敬しあこがれ、自らすすんで隊長の子を産む。そのことを彼女は《戦争のお蔭で大きな幸せを授かった》とすら思う。周囲の村人もそのことをうらやましく思っている。終戦で隊長が本土に帰っても、隊長に妻子が居ると知りつつ、愛する隊長を慕って本土に渡って隊長の世話をする。隊長の妻もそのことを許容する、といったくだりがあるが、これはちと単線的でリアリティーに欠けるし、嘘くさい。そこまで沖縄人は単純にお人良しではない、のではないか。

だが、私が不満だというのはそのことではない。不満の一つは、加那おばあから見た村上隊長については描かれているが、村上隊長の側から見た沖縄（人）が描かれていない点である。これは三つの作品に共通していることであり、日本兵はもっぱら沖縄の側から見られた〈風景〉として描かれているだけであり、読者は彼ら日本兵たちが、沖縄をどのように思っているのか、その内面を知ることができないのである。そしてもう一つは、こうした「立派な日本兵」とそれを愛する沖縄の娘という設定の仕方である。たしかに、戦時中、このようなまれな事例もあったかも知れない。軍国主義と皇国史観に染まっているとはいえ、いや、それゆえに、心優しく、人格高潔な軍人は居たはずであり、全部が全部、非人間的で野蛮なヤマト兵隊だけであったはずはない。だが、それは、ごくまれな事例であって、沖縄人と日本兵の一般的な関係を提示しているとは思えない。このことは当然、作者も百も承知のことであろう。とすれば、そのことを承知の上で、作者はなぜそのような設定をしたのか、ということである。察するに、大城貞俊は、ここで敢えてそのような設定をすることによって、「アメリカ兵より日本兵の方が恐かった」という沖縄戦の〈真実〉に挑戦したのである。沖縄（人）に愛された日本兵もいたのだ、と。

戦後六十年の節目の年、今また、日本政府の沖縄差別がいよいよあらわになってきたこの年に、大城貞俊は、なぜ、そのことを打ち消すような構図を作品に描こうとするのであろうか。それはおそらく、この作家のモチーフである〈愛〉がそうさせた、などというものではない。大城はここで、加那を〈陽性の惨劇〉として提示しているのである。島に駐屯する日本軍の隊長（故郷には妻子も居る）に、十代の若さで人身御供として差し出され（作品には出てこないが、当然、恋人もいたはずだ）、その子どもまで生むということ自体、体《てい》のいい〈従軍慰安婦〉であり、戦争被害でなくてなんであろう。だが、加那は、自身の〈被害〉に無自覚であるばかりか、隊長に見初められたことを誇りに思い、最後まで隊長を慕い、《戦争のお蔭で大きな幸せを授かった》とすら思う。周囲も《戦場に咲いた花》などと美談に仕立てあげて羨望する。このような倒錯した認識のなかに、加那と村人の惨劇は象徴的に提示されている。戦争被害は、悲惨な犠牲や暗い惨劇としてのみ記憶されるのではない。〈陽性の惨劇〉としてもまた、記憶される。そしてそのような惨劇が、惨劇として否定的に認識されない限り、戦争は、庶民の穏やかな日常の中に、とぐろを巻いている。日本兵と愛情を交わし、日本兵との心地よい思い出としてのみ記憶され、日本の戦争がまぎれもなく侵略戦争であり、そうである限り、加那が愛し、セツと鈴子が慕った「立派な日本兵」もまた侵略者であり、加害者であるにほかならない。この認識を欠落させるとき、戦争は庶民のなかにとぐろを巻いて存在し続けるしかないのである。

　《戦争が廊下の奥にたつてゐた・渡辺白泉》

戦争は気づいたときにはもう手遅れで、身近な廊下に迫っていたと詠むこの著名な俳句は、身近に忍び寄る戦争の恐怖を詠んでいるだけではない。いまだ、戦争を、廊下の奥に、すなわち生活の中に孕んで存在する大衆の不気味さを詠んでいるのである。

このようにみてくれば、第一部「ガンチョウケンジ」の、日本兵を慕い続けるセツと鈴子もまた、戦争と軍隊、それを担う兵士の本質を知らずに戦火をくぐったという意味で、戦争のもたらした〈陽性の惨劇〉の一つだということが分かるし、第三部の、愛と性の捩れに翻弄される三人の男女たちを描いた「イナグのイクサ」も、その捩れの元をたどれば、〈戦争〉が元凶であることがわかる。作者が、宣昭の母親のタエの言葉として、《イナグ（女）のイクサや、イクサが終ってから、始まるんだよ》と書き留め、《村の人々は、みんな戦争に巻き込まれた》ことに始まっていると書き記していることを考えれば、同様のモチーフを内包した一つのバリエーションだということが納得し得るのである。

「アメリカ兵より日本兵の方が恐かった」と、日本軍の恐さを骨身に沁みて味わった人々にとって、その恐怖の体験は戦争と軍隊への強力な抗体となる。だが、なまじっか、日本兵との心地よい思い出を記憶にとどめて居る者にとって、日本兵は恐い存在ではなく、軍隊に対し無防備になるしかない。国はそこを狙ってくるのだ。

あらゆる領域で空前の「オキナワブーム」が日本全国を席巻している。歌謡界やスポーツだけではない。癒しの島、長寿の島、文化・風俗や健康食材に至るまでオキナワがもてはやされている。日本国家にとって、これらは、露骨な沖縄差別政策だけでは対処しえない。これらオキナワブームを取り込むためには、搦め手からの対処が必要となる。そのようなとき、セツや鈴子や加那のようなヤマト人に無防備な庶民の〈愛〉は利用され、また犠牲にされるしかない。当然、沖縄も、新たな対応が迫られている。ヤマトの巧妙な精神的侵略の罠に搦め捕られないためにも、〈沖縄の心〉はいったんヤマトの〈優しさ〉を潜って、それへの抗体を準備するのでなければならないのだ。その抗体とは何か。

軍人は住民に優しかろうが、その本質は同じであり、〈良い軍隊〉など存在しないのだと喝破する眼を養うことである。大城貞俊の作品は、そのような抗体を涵養してくれる文学である。

大城貞俊は、この作品で、目取真俊とは逆の方法意識で、日本国家の新たな沖縄統合への、心優しい、だが、したたかな抵抗を豊饒な文学として提示した。沖縄文学の新たな広がりである。

（二〇〇七年八月発行の『沖縄からの文学批評』所収の論考を、収録に当り改題し大幅に改稿した）

新たな小説のスタイル
――崎山多美の新作「ユンタクサンド（or 砂の手紙）」を愉しむ

『三田文學』135号（2018年11月発刊）に、崎山多美の新作「ユンタクサンド（or砂の手紙）」が掲載されている。

タイトルの「ユンタク」は、日本語（標準語）で「おしゃべり」、「サンド」は英語で「砂」。意味するところは「砂のおしゃべり」（or砂の手紙）ということになるわけで、表題からして、日本語は消えていて、ウチナーグチと英語をカチャース（まぜこぜにする）記述になっている。

《ハイよ、ロイ、ガンジューイ？
どうしてるネェ、アンタ。ウチはネェもう、先のことも後のこともなにもかもが想われなくなってしまって、（傍線は引用者、以下同じ）このごろは昔のことを思い出そうとすると、ユマンギィの道を当てもなく歩きまわっているみたいに、世界がうすぐらぁい霧で覆われてしまってからに、そのうち、何もかもが記憶から消えてしまうんじゃないかって、ウチとしては、心配《シワ》なわけ。だからよ、すっかりアンタのことが想われなくなってしまう前に、こうして書き慣れない手紙なんかをサ、指を舐めなめ、書くことにしたってわけよ。そうサ、ロイ、アンタのことを世間の人にもちゃんと覚えておいてもらいたいからサ、そしたら、このウチのことももときどきは思い出してもらえるかなぁ、って、いろ

いろ考えた挙句にこんな下手な字をサ、指先舐めなめ、あんなしてこんなしてからにサ……。》

作品のタイトルもそうだが、冒頭の文章から、「ガンジューイ」「ユマンギィ」「心配《シワ》」等のウチナーグチが文中に飛び出してくるので、ウチナーグチになじみのない本土人や、ウチナーグチを知らない四十代以下のウチナーンチュは読み下すのに戸惑うであろう。『走る日本語、歩くしまくとぅば』（石崎博志著　ボーダーインク）を評した紙芝居作家・さどやんは《もはや、沖縄にルーツがある若い世代や、県外・海外から移住し、生活を送っている皆さんにとっては「しまくとぅば」は日常語ではなく、どちらかといえば「外国語」に近いのではないでしょうか》と述べているほどである。ここでいう「しまくとぅば」とは「ウチナーグチ」のこと。作家の目取真俊も書き手の立場から危機感をもって述べている。《すでに四十代以下の書き手では、沖縄語を使って書く内的必然性が失われつつあるかも知れない。沖縄独立運動と連動しながら、沖縄語復興運動が高揚するときが来るか。そうあらねばならないと考えるし、沖縄で小説を書いてきた者として、ただ現在は厳しいというしかない。／どれだけ工夫を凝らして沖縄語で小説を書いても、沖縄語が日常生活から消えてしまえば、どれだけの意味があるのか。そう考えることもある》（「沖縄語を使った小説表現」『神奈川大学評論』八七号）と。

ちなみに、「ガンジューイ」は日本語に翻訳すると「お元気ですか」、「ユマンギ」は「ユサンリ」「アコークロー」ともいい、日本語の「夕間暮れ」＝「夕暮れ」のこと。「心配《シワ》」は漢字表記があるので翻訳は不要であろう。崎山多美の文章は、単にウチナーグチが導入されているだけではない。ウチナーグチの持つ独特の音声とリズムと味わい、言葉の使用された雰囲気を醸し出すように工夫が凝らされている。饒舌なおしゃべり口調でずらずら話す話文体の全体がそうだが、特に、傍線を付した箇所の文がそれ。それは日本語表記によっては決して感受できない言葉の持つ味わいであり、言葉たるものが、スターリン言語論の説くような伝達の「道具」として伝達機能にのみ、その役割があるわけではなく、言葉の中に歴史と文化を内蔵し、その響きとリズムには人々の生活の匂いが沁みついたものであることを改めて噛みしめさせるものとなっている。

崎山はこの作品でも氏の唱えてきた《ウチナーグチのリズムで日本語を「カチャース」（まぜこぜにする）、という「無謀」な冒険》を実践し、その冒険心を遺憾なく発揮している。それは作家が、「崎山語」とでも呼ぶべき奇妙な新しい文体で文章を綴ることに、確信的な企みをもっているからである。

崎山は、「復帰前後　つなぐ言葉」と題する喜納育江との対談（沖縄タイムス　二〇一一年四月十八日〜二十日掲載）において、「ウチナーグチ」混じりの小説を書くことについて、次のように語っていた。《日本語に「うちくわれた」ウチナーグチのリズムで日本語を「カチャース」（まぜこぜにする）、というかなり「無謀」な冒険です。そうすることで、自明化した沖縄語と日本語の関係にゆさぶりをかけ、逆転を狙う、というのが目的なのです》と。崎山は、このような企みに基づいて一連の作品を発表してきた。『うんじゅが、ナサキ』（花書院　二〇一六年十一月刊）に収録された一連の連作作品、「届けモノ」「海端でジラバを踊れば」「ガジマル樹の下に」「Qムラ前線a」「Qムラ前線b」「Qムラ陥落」「崖上での再会」もそうであったし、「孤島夢ドゥチュイムニ」（『すばる』二〇〇六年一月号）、「クジャ奇想曲変奏」（『すばる』二〇〇八年三月号）、「マピローマの月に立つ影は」（『すばる』二〇〇七年十一月号)、『月や、あらん』(「なんよう文庫」)などもそうであった。

崎山はこれらの作品において、「ユンタク」や「ユマンギ」など単語としてのウチナーグチを導入するだけでなく、話の言い回しにもそれを拡げているのであった。評者が傍線を施した箇所の「なにもかもが想われなくなってしまって」や「あんなしてこんなしてからにサ」など、正統的日本語には程遠いヘンな表現を用いている。つまりこの文は文章そのものが単なるウチーグチ混じりの文といった趣を超えて、一つの新しい文体を創出しているのであり、その意味で、人間の生活の内側からその内面を表現しようとする方法意識に根差しているのである。その点で、最近のウチナーグチブームの表層的風潮とは、ここが決定的に違うのである。このような文体は「マピローマの月に立つ影に」においても、ユキという、盲目の少女の次のような独り語りの形をとった文体にもみられる。

《ハぁヤぁハぁヤぁ、考えられんサ思われんサ、あんなコトをしても、まーだへらへらとヌチ繋いでいられるヒトの気持ちなんか、思われんサ考えられんサ、あんなコトしても、あんなことなんかなかったみたいな面して、平気のへいさで生きてられるヒトのチムって、どーゆー仕掛けになっているのかねー見てみたいもんサぁ》

ここには沖縄の庶民が自分の考えを相手に伝えようとする時、手際よく論理的に話すことが苦手な特徴、(それはこれまでウチナーグチしか知らない沖縄人が、国家から慣れない日本語を強いられたことによる受難からくるもつれが関係しているのであるが)、沖縄という土地で生まれ育って来たウチナーンチュの土臭い気性や表情や音声を原質に近い言葉で伝えようとする作者の工夫が窺える文体なのである。

私なども俳句や散文にウチナーグチを使うときがある。例えば、《スヌイ掬う掌から九条抜けていく》など。この句の「スヌイ」は日本語では「もずく」のことであり、その意味を伝えるだけなら本土人にも分かるように「水雲《もずく》掬う掌から九条抜けていく」と書けば済む。だが、あの、掌の隙間からすり抜けていくヌメヌメした感触は「スヌイ」でなければならず、「水雲」というスマートな日本語では据わりが悪いとの思いが残るのである。ちなみに広辞苑で「もずく」を引くと次のように記されている。《海産の一年生褐藻。ナガマツモ目ナガマツモ科の一種。体は糸状で、甚だしく分岐し、褐色、滑らかで粘り気がある。静かな内湾のホンダワラ類に着生。同類にオキナワモズク（沖縄で「すぬい」）・フトモズクなどがある。〈季春〉》。この解説で特に違和感を覚えるのは、スヌイの着生と季節の説明の箇所である。水雲がホンダワラ類に着生としているのに対し、スヌイは浅瀬の砂地の石や珊瑚の欠片などに着生する。また、水雲が春の季語としているのに対し、スヌイは、三月から六月に採れ、五、六月が最盛期の初夏だということである。「うりずん」と称され、亜熱帯気候の沖縄では一年でもっとも過ごしやすい季節である。木々は新緑に包まれ躍動し、陽光きらめく浅瀬で足裏に真っ白な砂地を踏みながらスヌイを探す。スヌイという言葉は、このようなのどかな原景を呼び込むのであるが、足に纏わるホンダワラに着生する水雲ではそこがぶち壊しとなる。このような着生物の違いや季節のずれは、スヌイと水雲の呼び起こすイメージや体験の違いとして言葉に孕まれているのである。

　このように言葉の持つ語感とも言える感覚は散文であっても同じであって、例えば、「魂《たましい》」と「マブイ」でも大分違う。「マブイ」という時、そこに人の中にある聖なるものというイメージがあり、わが身を守ってくれる守護霊といった響きがある。それは幼い頃、魂《マブイ》が抜けたようにチルダイ（元気がない）したとき、「マブヤー、マブヤー」とマブイグミ（魂込め）してくれた母や祖母の温かい母性を呼び込む記憶と重なって喚起される。それに対し「魂」（たましい）となると、想起するのは大和魂であり、武士魂であり、実態が見えず、根性や逞しさや荒々しさを表す父性と結びついてしまう。つまり、ウチナーグチと日本語では正反対のイメージを呼び込むのである。

この作品でも「マブイ脱《ヌ》がす」場面が出てくる。

《しテ（ところで）、ロイ、最初にウチに会ったのは、どこか、覚えてるネ？

そ、そうサ、ここ、今ウチが居る、ここだったサあネ。ハぁサ、アンタったらよ、あのとき、大イ《マギ》ラブー（海蛇）が海の底から首《ヌブイ》を突き出したみたいに、痩《や》シガリの焦げた体を、にゅにゅーと立ち上がらせてよ、ながーい足で、しゅるるーって沖の方から浜に駆け上がってくるもんだから、アッキヨぉーイッ、ウチはもうお化け魚《イユ》に食べられるかと思って、マブイ脱がして、トゥルバッていたサぁ、あんまりアッタなるアンタの登場だったたから。》

この場面は、語りかける（手紙）五歳の少女「ウチ（私）」が、軍を脱走した黒人兵の「ロイ」と初めて出会うところである。この挿話でも分かるように、「マブイ脱がす」のは、ひどく驚いた時などに起こる心神を喪失した抜け殻状態の現象である。

ところで、ここに例示した文は「ユンタクサンド」や「マピローマの月に立つ影に」からの抄出であるが、崎山には次のような作品もある。

《「オロオロと、ヨロヨロと、ミヤラビらは足腰を弱りのままに、ヨタつかせガタつかせ、アイヤぁあいエぇとマミドマを指差す。右往左往《トゥルマーマール》しつつも、マミドマのそのドゥマンギィたる振るまいに我も負けじと、またしてもアマ走《ハ》いクマ走《ハ》いを再演するのだった。［…］カチャーシーを元のノリに戻したミヤラビらは、空に手舞い、水に足舞い、慌《アワ》てぃハーてぃ、はへはへはへはへ……。こうなったからには舞いあがったこの身をそうかんたんに収めるわけにはゆかぬ。」》（「ホタラ奇譚《パナス》」）

また、『うんじゅが、ナサキ』では、《幾度かこの声に呼びかけられるうちに、わたしはところどころ訛ったニホンゴが混入するあれのコトバをかなり程度理解するようになっていたのだった》という形で、相手（「あれ」）の話だけをウチナーグチで表記し、日本語で応対する女性の会話や地の文は日本語で記述していたのであった。

これらの作品との文体上の違いは、「ユンタクー」「マピローマー」が一人称の語り手による語りになっているのに対し、「ホタラー」ではウチナーグチと日本語をカチャーシた文になっている点である。

このように、ウチナーグチを使う沖縄の庶民の様子をウチナーグチではなく標準語で表現する工夫を実験的に導入したと思える文体が、大城立裕の作品にもある。

《ここに来るまでにも多勢の死者を見た。避難民がやたらに艦砲射撃に当たって死んだ。死者たちが道路にも畑にもわがままに散らかっていて、その一つにヤスが蹴躓いて、思わずあげた悲鳴は、そのほうが照男には驚きの種になった。》（「幻影のゆくえ」）

標準語を話せない沖縄人は、ウチナーグチ（方言）で戦場を逃げ回ったのであろう。作者には、そのような人々の様子を流暢な標準語で表記することへの抵抗感があったと思われるが、かと言って、全部方言で書くわけにもいかず、そこから、傍線部分のような、文法的にも怪しい奇妙な文体を生み出したと推察できる。大城のこのような文体は、作品全体からみれば部分的な試みであるが、崎山は、日本語への違和感や抵抗感を作品全体に用いる困難を引き受け、そこから〈崎山語〉の創出という独自の方法を創出したのである。

とは言え、崎山にも《一般には理解しづらい「シマクトゥバ」に拘って書くことにどんな意味があるか》と疑問をもったことがあり、その場合、《書く身体に潜む「シマクトゥバ」を目覚めさせ、「日本語」に混入させた文体を模索することで他者の存在への想像力を読み手に喚起させるという意義を籠めている》のだという。

二〇一八年十一月十日、日本社会文学会秋季大会「沖縄現代文学のたくらみ」というのが沖縄国際大であり、そこでの講演レジメで崎山は次のようにしたためている。やや長くなるが、引用する。

《じつをいえば、標準的日本語からはほど遠く、かぎりなくマイナーな地方方言を国家言語に紛れ込ませる書き方で書かれたヘンな小説や文章が、読者を得られるか、という悩みは深い。／しかしながら経済原理優先の力の政治が加速化しフェイクな言説がまかり通る現在のグローバル世界において、片隅に追いやられた人々とともに喪失の危機に貶められたマイノリティの言葉を志向することは、むしろ重要である、と私は考える。国家言語からもっともキョリのあるマイナーな言葉であるからこそ、国家の支配する強権的中央集権体制に「裂け目」と「ゆらぎ」を与え、かつて生活のなかで話され今は異言語としてしか感知されない言葉の残滓から、無き者にされがちな人々の存在を想像させる。そうすることで、異言語は、支配的権力と闘う知恵を発想する「武器」となりうるのではないか。言葉の概念的抽象性の限界を超え、感じるコトバ、身体と呼応するコトバ、抑圧された場所で生きる人々の具体的な生活身体に訴えるコトバを想像することができるのではないか。／さらには、工夫のある翻訳をとおして、国境を越える文学の言葉としても力になるのではないか。最近は、密かにそんな希望さえ抱いている。》

ここには、ウチナーグチ導入へのこの作家の壮大な企みが遠望されているのだということがわかる。《国家の支配する強権的中央集権体制》に抗い、マイナーな言葉が、《支配的権力と闘う「武器」となりうる》には、安易に国家言語（標準語）にすり寄り、国家言語に習熟することではダメである。かといってマイナー言葉だけで対抗するには無理がある。《抑圧された場所で生きる人々の具体的な生活身体に訴えるコトバ》を新たに編み出すことによってしか、それは成し遂げられない、と作家は述べているように思える。これは、私の志向する〈含みつつ否定する〉文学批評にも相通じる方法意識だと思えたのである。

ところで、ここで崎山が指摘する《マイナーな言葉》《喪失の危機に貶められたマイノリティの言葉》という認識に反して、《「ウチナーグチ」のリズムで日本語を「カチャース（まぜこぜにする）」》という《「無謀」な「冒険」》は、しかし、今日、それほど「無謀」でもないかに見える。ウチナーグチを見直そうという動きがいろんな場で高まっているかに見えるからである。
各種の『沖縄語辞典』や関連書物が次々と発行されているし、「沖縄県議会が九月十八日を「しまくとぅばの日」と設定したのは二〇〇六年であり、那覇市が職員採用試験の面接にウチナーグチの挨拶を取り入れたのは二〇一二年であった。

　専門的な書物や行政の行事を挙げるまでもなく、ウチナーグチは一定程度社会に浸透し、市民権を獲得している一面をあちこちで見せている。テレビ番組では、ウチナーグチのCMが溢れているし、毎日「十時茶《じゅーじじゃー》！　笑える情報番組」が放映されている。「ゆうりきや〜と行くしまくとぅばの冒険」などといったイベントも盛況だという。

　沖縄タイムスの週刊「しまくとぅば新聞」『うちなぁタイムス』は二八八号（2019年1月20日現在）を数えている。その同日号は「セイシン」というしまくとぅばを取りあげていて、「セイシン」とは食べ物の「おかわり」を意味し、沖縄語辞典には「再饌」の漢字が当てられているというが、今では死語になっていて、その意味を知る人も使う人も皆無に近い。それを知る数少ない一人、浦添市在の瑞慶覧長仁さん（75）は、《小さい頃、よく使っていた。久しぶりに聞いて、田舎の風景が浮かんだよ》と記者に語ってくれたという。ここで注目したいのは、瑞慶覧さんが、この言葉を聞いて「田舎の風景が浮かんだ」と語っていることである。言葉は意味を伝達するだけでなく、その言葉が使われた当時の「田舎の風景」を呼び込んでもいるということである。「セイシン」を知る一人である演出家の幸喜良秀（80）は《たった一つの言葉でも、いろんな歴史を持つ》と、記者のインタビューにしみじみと語っている。即ち、ここでも言葉は風景を喚起し、歴史を持つのだということが述べられているのである。

小説の分野においても遠くは山城正忠の「九年母」を嚆矢として、大城立裕「亀甲墓」、東峰夫「オキナワの少年」、目取真俊「眼の奥の森」と沖縄語で小説を書く試みは受け継がれてきた。最近の大城貞俊の作品は文章もそうだがタイトルにも沖縄語が用いられている。「ガンチョーケンジ」「面影《ウムカジ》の《ヌ》立てば」「イナグのイクサ」「慶良間や見ぃゆしが」「一九四五年　チムグリサ沖縄」「六月二十三日　アイエナー沖縄」などがある。演劇集団「創造」は「椎の川」（二〇一七年）を全編しまくとぅばで演じてみせたし、二〇一八年には又吉英仁作「タンメーたちの春」をウチナーグチで書き、上演した。文学の他の分野においてもまけていない。このほど東京の出版社から、『沖縄詩歌集～琉球・奄美の風～』（二〇一八年六月刊　コールサック社）が発刊されたが、これには、県内外から二〇四名の詩歌人の短歌、俳句、詩、琉歌などが収録されていて、内容に目を通すと、ウチナーグチが、沖縄のみならず、本土の詩歌人においてもかなり使われているのだということが分かる。

満月の夜は浜辺のカチャーシー骨たちが踊る言ひ伝へあり　玉城洋子

カチャーシーは掻き回す事と奏者言い攪拌されてまた朝が来る　伊勢谷伍朗

枯れ枝が銃身になる鬼餅寒さ《ムーチィビーサ》　野ざらし延男

綱曳いて新北風《みぃにし》待てり那覇四町《ゆまち》　前田貴美子

筆工の夜食はサーターアンダギー　大森慶子

きじむなーと名づけしサバニ夏至の風　大河原政夫

花織のウチナー婆に大西日　福田淑女
黒南風の辻市場《まちぐゎー》の豚の顔　大久保志遼
晨《あした》より琉球油蟬《なびかちかち》を浴ぶせられ　宮坂静生
花風を踊る爪先月の波　細見綾子
赤土《あかんちゃ》に夏草戦闘機の迷彩　沢木欣一

これらの作品を見ると、必ずしも「沖縄語」を用いなくても済むと思えるのがあるし、復帰以前の詩歌を見ると単なる異国情緒趣味的な関心や物珍しさで「沖縄口」を導入していて、それを用いる内的必然が感じられないのもある。いわゆる本土にはない沖縄の特異な風習や行事などのウチナーグチを片言、詩の中に導入することでウチナーらしさを演出しようとするものである。これは、沖縄に理解を示そうとする本土の詩歌人にも多くみられる現象である。

そのような環境の中にあって、「戦後七〇年　止めよう辺野古新基地建設！沖縄県民大会」で、故翁長雄志知事が、「ウチナーンチュ、ウセーテェーナイビランドー」と締め括った言葉は、大会に参加した沖縄人、とりわけ苦難を重ねてきた年配のウチナーンチュの心を鷲摑みにする迫力をもって迎えられた。この言葉は翌日の新聞で「ウチナーンチュ、ウセーティーナイビランドー」と書かれ、「沖縄の人々をないがしろにしてはならない」と翻訳されたためにその訳が定着してしまっているが、私などの感覚でいうと、発音は「ウチナーンチュ、ウセーテェーナイビランドー」であり、意味も、「ないがしろにしてはいけない」には違和感が付きまとう。この言葉の孕む怒気と毒が削がれ、軽くなってしまうのだ。「ないがしろ」は「蔑ろ」と書き、単に、侮り軽んずることであり、馬鹿にすることである。「ウセーティ」には①軽蔑する②侮る③みくびる④小馬鹿にする、などの意味があるが、このうち「みくびる」が「ウセーティ」に近い。「みくびる」とは、広辞苑によると、「力や価値がないと見きわめる。軽くあなどる。みくだす。」とある。これらをまとめると要するに「力や価値がないと決めて馬鹿にすること」である。したがって「ウチナーンチュ、ウセーテェーナイビランドー」とは、「沖縄人を力や価値がないと決めて馬鹿にしてはいけませんよ」となる。この言葉の裏には、お前らのように世襲や金力で権力の地位になり上がったに過ぎない者たちが、沖縄（人）を馬鹿にするものじゃありませんよ。お前たちには理解できないすぐれた文化と歴史、マブイを持った人々が沖縄にはいるぞという思いが、この保守政治家にはある。強大な国家に対し侵しがたい精神の貴族性を発光させた言葉なのである。あるいはそこには、琉球王朝が、最後まで気高くふるまいつつも、抗いを封じられたまま、薩摩の蛮行に服さざるを得なかった無念と悔しさを自己の立場と重ねた、この知事の思いが込められているのかもしれない。

これらと関連して、本号（『南溟』六号）に掲載された上原紀善の次の文は極めて示唆的である。《私はいま、詩の表現技法としての連音について書こうと思う。右に並べた作品「残酷」（※）の／夢のゆったい　はちりのむったい／流れる　うちなーのるれんのなか／を読み返しているとき、野羊のこと、故郷のこと、風景や人々のこと、首から流れる血、生物の生存の哀しみ、人間の独り善がりの性向、しまいには、うちなーの悲運の歴史のことまで一瞬のうちに過っていった。連音の箇所を書くときにも、おもむくまま書き、沖縄の歴史の繋がりを「るれん」としたとおぼえている。そのときはっと、うちなーの人々が野羊なんだという観念が生じた。私の身体の中から出てきたものである。恐ろしいほどの闇が横たわり、差別、屈辱、卑屈、おおらか、愚直、あっけらかんが絡んでいる。

※「残酷」の詩の後の二連

人の皮膚の下には
世界の根源と結ばれる膜があり
喜びや悲しみが出入りしている
べんべれ　べんべれ
ばんびれ　ぶんべれ
小屋に寄り添う純粋の獲物たちよ
なつかしくも悲哀がこもる残酷のウタが聞こえてくる

ぬーさるむんやら
夢のゆったい　はちりのむったい
流れる　うちなーのるれんのなか
わたくしたちは　ぺんぺれ　ぺんぺれ
ばんびれ　ぶんべれ
小屋に寄り添う純粋の動物たちよ

なつかしくも悲哀がこもる残酷のウタが聞こえてくる

ぬーさるむんやら
夢のゆったい　はちりのむったい
流れる　うちなーのるれんのなか
わたくしたちは　ぺんぺれ　ぺんぺれ
ふんまん　ひんまん　ぺんぺれぺん

さらに上原が解説した詩作品はより示唆的である。長くなるが引用する。

《連音を使用した私の詩作品を掲げてみる。

　　りらんりらん
りらん　りらん
あんりらん　あんり
さあに　かあに
はたはたあ
しみらはり

ハワイぬおばさん
かちみりよぉ
はなはんどう
なまどう
りらん　りらん
あんりらん　あんり
さあに　かあに
まちぶい　かあぶい
しんりら　しんりら
なんくる　まあいさ
さんさ　むんさ
くわっさい　むっさい

糸満市大里のチナヒケー（綱引き）の場面が写し出される。戦前の日本の経済恐慌の荒波が沖縄にも押し寄せ、土地を持たない次男、三男は南洋や南米やハワイに渡った。／私がワラビの頃のチナ引けーはシマンチュの楽しみ、晴れ舞台、ニーセーたちの心意気を示す場であった。スネーやクンヌケーは貴重な体験で、身体に刻まれている。／ハワイから帰ってきたおばさんは、ガーエーを思い出し腕をまくり、綱を抱きしめ、足を踏ん張る。あんりーるかあーかあーぬ元気、意気でかちみたん。「りらんりらん」は「あんりらん　あんり」を先導している。／われわれウチナーの問題、シマのさまざまな課題がまちぶぃ　かあぶぃ、解決の道をしんりら　しんりらしている。あんや　やしが、なんくるまあてぃいくさという大らかさがある。難しい問題と前向きが、くわっさい　むっさい。丁度、綱引きの熱のように。》

詩人はこれらの文で、自作の連音詩を示しながら、「連音」という詩人の編み出した独自の手法によって、《うちなーの悲運の歴史のことまで》呼び覚まされたと述べている。

彼はまた、彼が独自に創出した「連音」について、次のようにも述べる。

《連音は自分の経験をいわゆる欲望に従属させることなく、自分の身体感覚を自然の発現の力と同調させるようにして、言葉を変形して（あるいは創造して）、納得する形にして作る。イノチの原理の基盤に本来の自然（ピュシス）を据えることになれば、連音がイノチの原理と交差するかも知れないと夢想する。》

詩人は無意味語の羅列やくり返しであるかに見える「言葉遊び」に、《イノチの原理との交差》を夢見ている。ここでいう《イノチの原理》とは、おそらく、人類発生から今日まで繰り返された人類史の系統発生を、個の生誕から死までの個体発生においても繰り返すという大きなスタンスから見たイノチの原理のことであろう。

ところでこうした一連のウチナーグチ復活の風潮に痛烈な批判を加える詩人もいる。《「沖縄の方言」が「修辞的」技法として活用される際の、「文学の全領域におよぶ」ばかりの現在の異様な趨勢に疑問を提示した》（新城兵一「沖縄現代詩の現在地点」『宮古島文学』十二号）と述べる新城兵一は、本土人や沖縄の詩人たちを次のように批判している。

《…沖縄の詩人の作品が紹介されるとき、決まって、詩人は「沖縄の……」という、まるで定冠詞のような限定がつけられ、評者は〈沖縄イメージ〉を云々しながら、その「本土」にはない、〈沖縄イメージ〉の独自性を称揚し、賛美しながら、いっぱしの沖縄通を気取るのだった。そこには、沖縄をあらかじめ外部化しておきながら、その外部の沖縄へにじり寄り、「理解」を示し、彼らの趣向に応じて「異国」の新奇な〈沖縄イメージ〉を渉猟する、本土知識人特有の「負い目意識」に端を発する裏返されたコンプレックスを補償するために、彼らは、彼らの趣向と理解の水準に見合った〈沖縄イメージ〉を追い求め、無意識の審究の眼として、沖縄の詩人たちへ「独自」にみえる〈沖縄イメージ〉を期待し、「要求」し続けるのである。（中略）さらに、復帰後、本土と沖縄の、ひとの交流や文物の流通が容易になり、沖縄の文学作品（詩作品）が、ただちに「本土の人々」＝詩人たちの眼に触れる機会が増え、沖縄の詩人たちの〈沖縄イメージ〉の作成の「独自性」＝「特異性」が評価される各種の賞を受賞するようになると、勢い、〈沖縄イメージ〉の作成が価値化され、猫も杓子も、これ〈沖縄イメージ〉の量産に拍車がかけられる始末となるのだ。このあたりに、沖縄の多くの詩人たちが、「標準語」＝「日本語」の中に「沖縄の方言」を織り込んだ詩作品を書く根底的な理由があると思うがどうであろう。》（『宮古島文学十一号』）と。

これは随分と辛辣な批判であり、思わずなるほどと頷きたい気持ちがないわけでもないが、しかし、すでに昔から言われていることであり、新城にしてはあまりに乱暴な論の展開である。いったい、〈沖縄イメージ〉の詩を書けば賞が貰えると思って詩を書いている詩人が果たしているのか。それは誰のことか。「猫も杓子」もというが、猫は誰で杓子はどの詩を指すのか。「ものいいがあまりに高飛車」であり、こういうのを上から目線と呼ぶのではなかったか。先に示した崎山多美の講演レジメや上原紀善の文でも分かるように、本土人の期待や要望に応えるどころか、ある企みをもって意図的にマイナーの言葉と格闘していることが分かるはずである。新城の表層的な批判の遥か彼方で、新たな詩作が営まれているというべきであろう。

自前の文で恐縮だが次のような文を書いたことがある。冒頭の文だけ抄出する。

《池澤夏樹は、目取真俊との対談(『文学界』1997年9月号)で、「僕は最近、自分自身が沖縄に来て十二年半、一種の褒め殺しをしてきたのではないかという反省もあるんです」と述べている。これは、目取真俊の『けーし風』十三号の「最近は本土の知識人も親切でやさしい人が増えて、沖縄を賛美するばかりで辛辣な批判はしない」という一文に応えての発言である。/池澤夏樹は反省的に述べているのであるが、なるほど沖縄に対して「褒め殺し」ではないか、と思えるような文章を書く本土の進歩的な文学者や知識人は他にもいる。私の貧しい読書体験によれば、作家では、大江健三郎、灰谷健次郎、下嶋哲朗らがそれに属するのではないかと思う。沖縄を意識するに至った動機や、沖縄に対する思い入れの度合いなどにおいてそれぞれに違いがあるとはいえ、彼らが沖縄を取り上げる際に共通しているのは、「本土にはないすばらしいものが沖縄には残っている」という思いであり、「沖縄は戦前から今日まで、本土から不当に差別されてきた」ということへの自責の念であるように思える。それはたとえば、「沖縄のやさしさ」という形で言われたり、「沖縄に対して申し訳ない」というように、様々な「沖縄コンプレックス」を抱くという形で表れたりする。このような沖縄への負債感を基底的な動機として書かれた作品の典型が、大江健三郎の『沖縄ノート』であろう。ほかにも灰谷健次郎の『太陽の子』『沖縄の空』『はるかニライ・カナイ』、下嶋哲朗の『南風の吹く日』、岡部伊都子の『沖縄の骨』、（略）築紫哲也なども、基底を流れるトーンは同じである》（「本土文化人らの褒め殺し」一九九八年八月・『文学批評は成り立つか』所収）

私がこの文を発表したのは一九九八年、およそ二〇年前のことである。私が、作家と作品を具体的に挙げて述べたのと同じ趣旨のことを、新城は抽象的に、印象批評的に述べているに過ぎない。

「標準語」＝「日本語」の中に「沖縄の方言」を織り込んだ詩作品を書いている詩人として、新城が挙げたのは、松原敏夫、中里友豪、高良勉、川満信一、上原紀善、ムイフユキらであるが、他にもいる。佐々木薫、与那覇幹夫、沖野裕美、仲村渠芳江、芝憲子、宮城隆尋、西銘イクワ、うえじょう晶、トーマ・ヒロコらである。この中の誰のどの詩が「猫も杓子も」に入るのか。具体例を新城は示そうとしない。私は、トーマ・ヒロコについては次のように書き留めたことがある。

《トレンディーとしてのウチナーグチがあらゆる領域で氾濫する昨今を思うと、（中略）沖縄の表現者が作品の中にウチナーグチを持ち込むというとき、どのような思いや狙いがあるからであろうか。その辺の事情の一端を「翻訳」…という詩がよく伝えてくれる。

（略）

後輩が私のグラスにビール瓶を傾ける
「とーとーとー」
でそうになった言葉をあわてて胃に押し込める
グラスは黄色く染まっていく
「あー、その辺で」
（略）
なじんできた言葉で話したくても
みんなの不思議がる顔が目に浮かぶ
だからといってうまく訳などできない
日本語を当てはめてみたところで
島の言葉ほどの色は出せない
赤は桃色　黄色は肌色　青は水色
薄くなって物足りない

この詩は二〇〇六年の『現代詩手帖』六月号に「２０００年代の詩人たち」の一つとして掲載されたものであるが、ここには、ウチナーグチでなければしっくりいかない心もちと、「標準語」では意を尽くした気持ちが伝えにくい言葉の感覚が語られている》（「ウチナーグチ詩の表現」沖縄タイムス・二〇〇七年四月）

ここに挙げたトーマ・ヒロコもそうであるが、先にみてきた崎山多美や目取真俊、上原紀善、そして私を含めウチナーグチを作品に導入するに当たっては、作者それぞれの思いと格闘があるわけで、「本土の人々」の「期待」と「要求」に応えようとか、「本土」の人間の眼を引く作品を書いて賞を得ようなどといった浅ましい考えなど微塵もないことが分かろうというものである。ちなみに、私の評論集『文学批評の音域と思想』に収録した「西川徹郎論」「俳句はしきたり文芸か」「俳壇俳人らの奇妙な文章」等々や最近の「俳句をユネスコ文化遺産に？」（『南溟』三号）など、私の批評文などは、すべて、〈反中央〉であり、中央志向を批判する姿勢で貫かれているといっても過言ではない。ただ、新城の次のような揚言には私も同意する。

《標準語＝日本語で書こうが、「沖縄の方言」で書こうが、また、それらが混在し交錯する文体で書こうが、そこに共感と感動を呼ぶためには、〈詩作品〉としての自立した普遍的で独自の詩的文体が創出されることが不可欠である》

沖縄の書き手たちもまた、そのためにこそ既成の殻を破砕し、修辞だけではない新たな表現スタイルを追求していると思うのである。

崎山多美の作品に戻ろう。

物語の登場人物は二人。「ウチ」と「アンタ」だが、ウチはすでに死んだ五歳の少女で、「アンタ」は「ロイ」という黒人の青年である。物語は五歳の少女が自分の記憶をたどって、自分をレイプし絞め殺した黒人青年に語り掛ける形で手紙に綴るという設定である。つまり死んだ少女のひとり語りであり、ロイは直接は登場しない。その少女も事件から六十三年経って、認知症で記憶が消えるのではないかと不安になる歳になっている。その少女が《ことばにもできないようなキツイ目＝レイプに遭ったときのことを語るのだが、レイプの後のロイは不思議に少女を優しく扱い《ウチを太腿から砂の上に降ろして》身の上話を始めたというのである。

《イユ語《フツ》（黒人青年のコトバのこと）は意外と分かりやすかった。／突然ふっかけられたがこのウチが分かるというのも、よく考えてみると変といえば変ではあった。けど、アンタのイユフツには、なんともふしぎな響きがあったサ、ウチの胸にひしひしと届いてくる、命のリズム、っていうようなのがサ。》

このように少女が優しく語るロイの身の上は悲惨極まりないものであった。黒人奴隷として米国に連行された祖父。父親の代になってやっと築いた人並みの生活。だが、その父は白人ポリス集団に身に覚えのない因縁をつけられてメッタ裂きにされ林の中に遺棄される。五人の子どもと妻を遺したままだ。《食べていくにはそれしか見みつからなかった》ロイは、海兵隊に入り、この南の島に派遣され、米軍の先鋭隊として、敵のゲリラを殲滅する地獄の訓練の日々を送る。完璧な洗脳状態のなか、闘うロボットになり、相手を殺すには、まず自分の人間性を殺すこと。《他者と自己の境は失われ、己に対する欲望と他者への欲望も混乱する。境界の喪失。肉体の欲望の混乱とは、どういう状態になることとか。自己も他者も愛おしい対象、生も死も狂おしい欲望の行き着く場所》と。

しかし、ママの手紙で父親の悲惨な死の本当のいきさつを知ったロイは、警察と軍への復讐を誓って軍隊を脱走する。だが復讐は果たせず、何十年もの逃亡生活の果てに、この島の少女を殺害するという惨劇に至る。その時錯乱状態にあったロイは、目の前の少女が妹のミシェルなのか誰なのかさえ知らない。《アンタは気を失ってゆくウチに、はっとしたようになって、ウチの首を締め付けていた手をいっしゅんゆるめた。しテ、今度は、デージ愛おしげに、このウチのことを、呼んだ。たしか、ミシェル、ミシェール、……って。》

六十三年が経った今でも「ウチ」は、ずーっと考えている。ミシェルつて誰なのか、と。そして、思い至る。

《アンタが一番かわいがっていた年の離れていた妹、ミシェルのことが、とても心配だった。だれよりも愛おしい妹だったミシェルがウチと重なった。あの際に、アンタは思った。ミシェルを残したまま、ボクは何処かへ行くことなんか、できない、一緒に連れて行くんだ、そうアンタは思ったにちがいない。だってよ、ウチはそう思うしかないんだよ、最後に見たアンタの表情には復讐の怨念の色なんか少しもなかったし、どころか、いっしゅんこのうえなく狂おしげな目が、もともとのアンタに返ったというように潤んで、顔をオールーに染めながら、意識のなくなったウチをこのうえなく大事そうに掻き抱いていたから。なにより、なにより、ウチがアンタに復讐される理由なんか、なんにもないし》

さて、この作品から何を読み取ればいいのであろう。大急ぎで考えてみることにする。一つは、この作家のウチナーグチ混じりの変な文章をどう考えるかということであるが、それはすでに述べた。二つ目は、少女は何故殺害されたかということであるが、それは、ロイの身の上と軍隊生活に関係していることが、作中に暗示されている。三つ目は、被害者の少女が、自分を殺害した黒人兵に対して、何故このようにやさしいまなざしを向けることができるかという不思議についてである。

私は、二〇一六年の元海兵隊員による女性暴行殺害死体遺棄事件に接したとき、煮えたぎる怒りのままに「殺人鬼。レイプ魔。人非人。どんな言葉も事件の残忍さには届かない」（『労働者文学』八一号）と書いた。これに比して、この被害少女のまなざしは、加害者に対してあまりにやさしい。この違いは、どこからくるのであろうか。それは恐らく、事件に対する向き方の違いである。私の文が、事件を外側から描いているのに対し、崎山は、自分に降りかかった理不尽な事件を被害者の少女に内側から語らせているのである。加害者の身の上、その貧困と黒人への人種差別、非人間化を必然化する軍隊生活、故郷に残した家族、とりわけ妹への思いなどを青年の口から聞く形をとることによって、加害青年の心情を内側から理解し、「もともとのアンタ」が、心優しい青年であることの内面を描いているからである。

この作品で作家崎山多美は、想像力をもって極悪犯人の内側に立ち入り、犯人が、世評とはまったく違う心優しい、ナイーブな青年であり、また、被害の少女が必ずしも犯人を憎んではいないのだという新しい〈真実〉を描いて見せている。では、なぜ、そのような、何処にでもいると思える心優しい青年や少女が、惨劇の当事者として世に晒されるのか。

崎山多美は新たな小説のスタイルで、〈世界の闇〉を私たちに提示しているのである。


（「南溟」第6号　二〇一九年二月二四日発行）

「戦果アギヤー」たちの物語

——真藤順丈『宝島』を愉しむ

1　プロローグ

長編小説「宝島」は、「戦果アギヤー」たちの物語。「戦果アギヤー」とは、米軍基地内に侵入して物資を盗み出す者のこと。「戦果」は、食料品、衣類、医薬品などの生活必需品や運動靴、木材などあらゆる物資に及ぶ。米軍に見つかれば発砲され、命を落とすこともある命懸けの盗みであり、実際、その犠牲者となった者は少なくない。オンちゃんとその弟のレイ、親友のグスク、オンちゃんの恋人のヤマコの四人は、そのコザグループのメンバーである。リーダーのオンちゃんは、アメリカに連戦連勝、戦果アギヤーの英雄だった。雄々しい眉毛、角ばった顎、美《ちゅ》らになびく黒い髪。オンちゃんには、戦時中、米軍の〝鉄の暴風〟の中を逃げまわった記憶がある。「おやじ《スー》やおふくろ《アンマー》の骨が埋まる土地を荒らして、ちゃっさん（たくさん）基地を建てくさって」という、米軍への恨みつらみがある。「この島が負った重荷をチャラにできるような、でっかい戦果をつかまなくちゃならん」という怨念と仕返しをしてやるという強い思いがある。それはまた、この島に住む人たちが抱く共通の感情であった。だから、戦争で痛めつけられ、だれもが食うや食わずの毎日を送るなかで、彼らは奪ってきた〝戦果〟を身内だけでなく地元じゅうに分け隔てなく配った。オンちゃんは地元にとってかけがえのない存在だった。おれたちはただの泥棒やあらんという自負があった。だが、オンちゃんとて、戦果アギヤーが長続きするとは思ってない。《地元の連中にもてはやされても、とどのつまりは泥棒《ヌスル》でしかあらんがあ》と自分をいましめる。そのようななか、オンちゃんが二十歳を迎えたウークイの夜、那覇、金武、浦添、名護、普天間など島中の戦果アギヤーにも呼び掛けて、大掛かりの盗みを決行した。標的は、極東最大の米軍基地、嘉手納空軍基地である。だが、米兵に発見され、一人が銃撃され死亡、残りも死にもの狂いで逃走し、グスクとレイは生還した。だが、行方不明となったオンちゃんたちはどうなったのか。

2 あらすじ

《英雄をうしなった島に新たな魂が立ち上がる。固い絆で結ばれた三人の幼馴染―グスク、レイ、ヤマコ。生きることとは走ること、抗うこと、そして想い続けることだった。少年少女は警官になり、教師になり、テロリストになり―同じ夢に向かった。》（講談社ＢＯＯＫ倶楽部より）

3 主な登場人物

オンちゃん―十三歳の時、地獄の沖縄戦を体験。戦争で両親を失う。二十歳の時のウークイの夜、極東最大の米軍基地キャンプカデナに戦果アギヤーとして侵入するが、米軍に発見され、銃弾を浴びつつ逃走するがそのまま消息が分からなくなる。レイはオンちゃんの弟、グスクは友人、２人ともオンちゃんを英雄と崇め行動を共にする。ヤマコはオンちゃんの恋人。
ウタ―米兵にレイプされた女性が基地の中の御嶽で産み落とした孤児。激しい反米感情を持つ少年。
国吉さん―反戦活動家。刑務所の独居房でのレイの先生。
タイラさん―港湾労働者。米兵三人を叩きのめしてムショ入り。刑務所でレイに色々教える。
徳尚さん―警察官だが、戦果アギヤーには好意的。
瀬長亀次郎―日本共産党と合流する前の人民党委員長。
屋良朝苗―教職員会会長、初の公選主席。
アーヴィン・マーシャル―米民政府の高級官僚で防諜員。
小松―日本人。通訳の皮をかぶった諜報員。
ダニー岸―日本人。特高警察の残党。高等弁務官の命令で動く残忍な諜報員。
又吉世喜―反米感情を持つ那覇派のヤクザの親分。
辺士名―戦果アギヤー狩りをするヤクザ。
クブラ―与那国を出自とする残忍な密貿易団。
謝花ジョー―密貿易団の一味。

4　「宝島」の反響

二〇一八年、第１６０回直木賞を受賞した本書は、その後、山田風太郎賞、沖縄書店大賞などを受賞した。発売当初から物凄い売れ行きである。「戦果アギヤー」と呼ばれた「米軍統治下の沖縄の若者たちを通して沖縄の戦後を描いた小説」との紹介があり、また、沖縄のしまくとぅばを多用しているとのこと。作者は《大きな挑戦だった。沖縄の方々がどう受け止めるのか、賛否を含めて聞いてみたい》とインタビューに応じている。普段、直木賞についてはあまり関心がないのであるが、ひょっとして、私が今、最も関心を寄せている崎山多美の作品と関連するかも知れないと思えた。また作者は《(沖縄の)歴史的な背景を『本土』の人たちが知らない。無理解、無関心がある。なぜ知事が先頭に立って対立するのか考える一助になれば》(沖縄タイムス・一月二十三日)とも語っており、作者の沖縄・現実問題への真摯な姿勢にも強く魅かれた。そこで購入しようと、近くの幾つもの書店に当たったが全て売り切れ。予約を頼むと、版元にもなくて、いつ届くのか分からないとの返事。県都那覇市の大手書店も売り切れとのこと。諦めかけている頃、インターネットを駆使できる友人の好意でやっと一冊を手に入れることができた。それでもその本はその時、第五刷を数えていた。ことほどさように、この本は爆発的な売れ行きを示したのであるが、その後も、サイン会、トークイベント、新聞社のインタビュー、講演会と続いたのであった。

四月五日、「真藤順丈特別講演」が那覇市内のホテルで開かれた。私は行けなかったが、後日、公演の模様を伝える新聞によると、会場は超満員だったとのこと。対談相手を務めた新城和博氏(ボーダーインク編集者)は本書を手にしたときの感動を次のように語っている。《興奮して周りの人や書店にも薦めました。息を詰めて読みました。生半可な覚悟では飛び込めないだろうなと、真藤さんの闘いを見ているようでした。》(四月十一日・沖縄タイムス)。また会場からも手が挙がり、《作品はわれわれの歴史。米兵による幼女暴行殺人など、歯ぎしりするような経験をたくさんしてきた。本土の人が沖縄の歴史を知ってくれるきっかけになればうれしい》（同上）などの発言が出た。3月22日の「茶のみ話」には「戦果アギヤー」と題するコラムが寄せられている。《「宝島」を読んだ。あの4人の主人公が歩んだ道は、私の戦後史である。瀬長亀次郎の演説を聴いて涙した中学時代。教公二法阻止闘争で立法院に乱入し警官隊にごぼう抜きにされた学生時代。祖国復帰運動など、ウチナーンチュが命を懸けて闘った歴史だ。（略）実は私も戦果アギヤーだったかも知れない。うるま市具志川のブラマには米軍倉庫があった。戦後まもない5、6歳の頃、その倉庫に忍び込んでビスケットの缶詰や食料品などの戦果を挙げた》（沖縄タイムス・3・22）。県内の書店では売り切れで、東京の書店で手にしたという島田勝也氏（沖縄大学地域研究所特別研究員）は、琉球新報の「晴読雨読」で「宝島」を取り上げている。《想像を絶する厳しい時代を駆け抜ける4人の体験を軸に「宮森小米軍機墜落事故」「米兵による婦女暴行殺害」「コザ暴動」などの事件、県内各地の地名、「瀬長亀次郎」「屋良朝苗」「ポールWキャラウェイ」などが実名で登場するので読者は現実感の中に引き込まれる。（中略）（1961年生まれの）私の中学時代にもオンちゃんやレイやグスクやヤマコの弟妹がいたように思え、顔ぶれまで浮かぶから不思議だ。「戦果アギヤー」の余韻は70年代のコザには確かに残っていた》。

短歌誌『くれない』2001号（二〇一九年三月発行）には次の歌が載っている。

《『宝島』の戦果アギヤー不特定多数十六日《ジュールクニチー》の話題に・金城秀子》

十六日とは、後生《グソー》（あの世）の正月のことで、墓前で親族が集まって亡くなった死者や祖先たちを偲び、一緒にあの世の正月を祝う儀式である。そこは普通、親族の近況を語り親睦を深める場であり、文学の話が交わされる場ではない。そこで話題に上がったということは、それだけ「戦果アギヤー」が「不特定多数」の体験としてあり、共通の話題になり得たということを示している。

5 「宝島」の魅力

① 体験の共有

「反響」の項で見てきたように、本書が、読者を、とりわけ沖縄の読者を惹きつけてやまない最大の魅力は、「『戦果アギヤー』に走る米軍統治下の沖縄の若者達を主人公にして、沖縄の戦後を描いた小説」だからである。「宝島の反響」の中で沖縄の読者は語っている。戦争体験、戦後体験を沖縄の読者と主人公らは共有している。戦果アギヤーは自分であり、自分の周辺に必ずいた。直接基地に侵入しての大きな盗みはしないまでも、類似のことは子どもたちも平気でやった。金網の破れ目から基地に潜り込んで演習跡地で薬莢を拾った。軍作業やメイドに従事した者は帰りに残飯を持ち帰った。食べ残しのチキンや肉片は家族の食糧になり、残りで豚を養った。米軍のチリ捨て場を漁り、フルガニアサヤーをして、そのフルガニを売りさばいた金銭で家計を助けるといったことは、評者自身も実際に体験したことである。片田舎の集落である私の周りにも「ハーニー」と呼ばれる米兵の愛人がいた。華やかなマフラー、赤いハイヒールは貧しい服装の村の娘たちの羨望の対象であり娘心をそそったはずである。そのハーニーには私と同年の妹がいて、その妹から、鉛筆を一ダースもらったことがある。私の机に鉛筆を置くとその少女は逃げるように立ち去った。あるいはそれは、少女の少年へのほのかな好意の形かも知れないと思えるのであるが、その鉛筆とて、ハーニーへの米軍人からの横流し品だったにちがいないのである。

「戦果アギヤー」は特別な存在であった。ただの泥棒ならほかにも多くあった。コソ泥も、野菜ヌスルーもいたし、イナグヌスルー（夜這い）も横行していた。フェーレー（追い剝ぎ）もいた。フェーレーなどは、私たちも何度か直面した。フェーレー岩と称される民家ほどもある大岩があり、バス停で降りて集落に行くには、必ずそこを通らないといけない。フェーレーはその岩陰に身を潜めていて、村人は何度そこでフェーレーの被害に遭ったか知れない。金銭や持ち物を奪うのが主だったが、時には女性を襲い痴漢行為に及ぶこともあった。被災に遭わないため、私なども、毎日のように仕事帰りの姉を迎えに行ったものである。だがこのような泥棒は、一部の不心得者の所業であって、大多数の人々は貧しいなかにも慎ましく日常を営んでいたし、これら犯罪者に共感を寄せるはずなどない。だが、「戦果アギヤー」は違う。人々はそれを非難するどころか、共感と羨望のまなざしを注ぎ、称賛さえした。また、本人たちにも罪意識などさらさらなく、むしろ、誇ってさえいたのである。その背景には、戦時・戦後に及ぶ米軍への積年の呪詛があり、米軍への報復の象徴として「戦果アギヤー」は民衆の中に刻印されていたのである。

②　植民地的軍事支配への反発の共有

本書の人気を支えているもうひとつの要素は、植民地的軍事支配下で苦しむ沖縄の民衆に寄り添うように作品が描かれていることにある。作者は、新聞のインタビューに次のように応えている。《（沖縄の基地問題への）歴史的な背景の無理解、無関心が一番ある。『本土』の人たちが知らない。もっと言えば沖縄でも若い人たちの中に知らない人が出てきている。どんな形であれ、忌避することなく、陰でうわさをするのではなく、表立って議論するのを目指すべきではないか》（沖縄タイムス　一月二十三日）

全てにおいて軍事が優先され、島人は、直接・間接に様々な苦難を味わった。土地強制接収、殺人、強姦、爆音、軍用機の墜落、事件・事故、環境汚染、地位協定を盾にした日常的差別、理不尽、屈辱、差別、人権無視、防諜、拷問、言論弾圧、検閲、発刊禁止、自分の土地への突然の立ち入り禁止、そしてそれらを要因とした幾多の自死など。これらは基地あるがゆえに、県民が等しく味わった忌まわしい体験である。保守と言えども、日常生活にまで入り込むこのような理不尽な状況には反対せざるを得ず、県議会では米軍への「全会一致の抗議」決議が幾度となくなされてきた。県民大会も保革が一緒に開催されたりしたし、「島ぐるみ闘争」が幾度となく組織されたりした。県民もこのような大会や運動の担い手として米軍への反発を共有してきたのであり、これは今日でも、辺野古基地をめぐる県民投票において「辺野古反対」が72％余を占める数値としてあらわれている。そのような、抵抗する県民層が、本書をこぞって買い求めているのはまちがいないと思えるのである。

「コザ暴動」を扱った場面では次のような描写がある。《呉屋十字路からひろがった報復の意思は、屋外にいるほぼ全員に波及して、数千人にふくれ上がった群衆がアメリカーに襲いかかる。沿道に停まった黄ナンバーの車輌を道の中央に押し出し、数人がかりでひっくり返して火を放つ。そこかしこで炎と煙が噴きあがり、夜の底が紅蓮《クワジ・ヌ・イル》の色に染まりだす。（略）たっくるせ、たっくるせ、たっくる

せ、たっくるせ、たっくるせ、たっくるせ……。／おれたちはもう我慢ならん。たっくるせ、燃やせ。だれも赦すな。／これが支配の結果だ。最後のひとりまでアメリカーをたっくるせ。》

③　ナイチャーによる沖縄物語

読者を惹きつけてやまない今一つの魅力は、ナイチャーが沖縄の人になり代わって書いていることにあり、作品が、沖縄（人）に徹底して寄り添って書こうとする作者の熱意と姿勢にあふれていることにある。そのため作者は徹底して方言表現にこだわり、現地調査を重ねている。執筆には二か年の中断を含め七年を要したという。扱われている時代は1952年～1972年の20年に及ぶ。

作者はこの作品で「ウチナーンチュでもないナイチャーが沖縄を描けるか」という問いに挑戦したのであり、どうだ「書けているか」とウチナーンチュに鋭く問いかけているのである。

ウチナーグチを用いた表現はこれまでも多くの作家が試みた。山城正忠「九年母」を嚆矢とし、大城立裕の「亀甲墓」、東峰夫の「オキナワの少年」、目取真俊の「水滴」「眼の奥の森」や、大城貞俊の「記憶から記憶へ」以降の一連の作品。近著では「カミちゃん、起きなさい！生きるんだよ」、「一九四五年　チムグリサ沖縄」、崎山多美「うんじゅが、ナサキ」などの多くの作品。戯曲では劇団「創造」が「椎の川」をウチナーグチで演じてみせた。昨年は又吉英仁が「タンメーたちの春」を全編ウチナーグチで書き上げ、公演した。詩人でも、中里友豪、高良勉、上原紀善、仲村渠芳江、ムイフユキ、芝憲子、若手ではトーマ・ヒロコ……等。（『南溟』六号参照）。

これらは、しまくとぅば、ウチナーグチ、沖縄語、方言でなければ表現できない、標準語では言い尽くせない、据わりが悪いとの思いからでた様々な表現の工夫であり進化である。特異な労作としては、方言による戦争体験の聞き取り、ビデオ作製などもなされた。しかし、そのことが、沖縄を語るにはウチナーグチでなければいけないとか、沖縄を語るにはウチナーンチュでなければいけないとか、となると、ウチナーンチュ以外の書き手の表現を排除する、一種のウチナーナショナリズムに陥る危険性がある。『宝島』はそれに楔を打ち込んだ作品である。ナイチャーでもウチナーを十分表現できるし、ウチナーンチュもナイチャーも関係なく、読む人を感動させ得るのだと。要は作者と読む側の姿勢であり、実現された作品が読者の感動を呼ぶ表現になりえているかである。

「戦後七十年止めよう辺野古基地建設！　沖縄県民大会」で、翁長知事が「ウチナーンチュウセーテェーナイビランドー」と締め括った言葉は、大会に参加した沖縄人、とりわけ戦争と戦後の苦難をくぐり抜けてきた年配のウチナーンチュの心を鷲摑みにする迫力をもって迎えられた。皆、キーブリダーチャー（鳥肌が立つ）するぐらい感動した。また「イデオロギーよりアイデンティティー」という言葉もウチナーチュの心をとらえた。だが、沖縄にアイデンティティーをもたない人にも、沖縄の現状に心を痛めている者はいる。出自の違う「本土」の人たちであり、「宝島」の作者・真藤順丈もその一人であるにほかならない。更に、方言を知らないウチナーンチュの若い世代、二世、三世の世界のウチナーンチュ、連帯をもとめている世界中の虐げられている人々――。

ウチナーのことはウチナーンチュでなければ分からない、語れないというのはこれらの人々の思いを排除する危険性がありはしないか。翁長知事の唱えたそれは、皮相的に捉えると連帯の芽を断ち切ることになる。たしかに、翁長知事の「イデオロギーよりアイデンティティー」という言葉を、単なるイデオロギー（思想）のない沖縄ナショナリズムと捉えるのは皮相的といわねばならない。藤原健氏は独自の解釈を行っている。《（翁長氏は）思想の原点に沖縄戦をおいた政治家だった。（略）保守の立場にあっても本土政府の冷酷さ、無理解を明確に指摘した。一貫して強調し続けた「沖縄のアイデンティティー」を支える柱のひとつは沖縄戦（と戦争そのもの）の記憶と体験につながる新基地建設は絶対に許さないという信念、魂であり、沖縄の尊厳をかけた思いであった》と。（琉球新報・十月七日）。藤原氏のこの発言はこの間の皮相的な「沖縄のアイデンティティー」＝沖縄的な要素・沖縄らしさといった程度の皮相的な捉え方に異を唱えている。翁長氏のそれは、《思想の原点に沖縄戦を置いた》とすることで深い捉え方であるかに見える。また、《（翁長氏が）一貫して強調し続けた「沖縄のアイデンティティー」を支える柱のひとつは沖縄戦（と戦争そのもの）の記憶と体験につながる新基地建設は絶対に許さないという信念、魂であ》るとする。藤原氏はこのように捉え返すことで翁長氏を擁護する。だが、ではなぜ、辺野古新基地建設には反対するのに、同じく《沖縄戦（と戦争そのもの）の記憶と体験につながる》高江のヘリパッド建設には反対しないのか。世界一危険（と言われる）普天間基地より、実際にはさらに危険な嘉手納基地には反対しないか、そもそもそれらの日米軍事同盟体制を規定している安保条約にはなぜ賛成なのか。藤原氏の翁長知事擁護はこれらの問いの前で破綻せざるを得ない。沖縄のアイデンティティーを探り、そこに軸を据えるのは必要だ。しかしそれは、イデオロギーを排除することではない。アイデンティティーを持ちつつ、反戦・反基地という明確なイデオロギーを確立すべきなのである。

壮絶な死を遂げた故翁長知事であるが、そのことに胸を痛めるあまり、一部で見られる「翁長知事神格化」に陥ってはならない。翁長知事のかかえる矛盾と限界については明確に提起する必要がある。故翁長知事はもともと自民党幹事長などを歴任してきた保守政治家であり、安保体制を容認する人物である。かつては辺野古基地建設にも賛成している。その人物が革新と一緒になり、辺野古新基地阻止に転じたのは何故か。そこには、沖縄の新興ブルジョアジーとしての彼なりの狙い、戦略があるはずであり、共闘する革新側も、そこをきちんと分析したうえでの共闘でなければならないはずだがそれをしているとは思えない。県政の人事もなすがままである。

今年の六月三十日に発刊されたばかりの山口泉氏の新著『まつろわぬ邦からの手紙』（オーロラ自由アトリエ）の最後の手紙の［追記ノート］で、氏は次のように書き留めている。《沖縄にあっても、翁長雄志知事の「県政」に対する無検証の全肯定と神話化にも見られるとおり、「日米安保体制」の問題については曖昧にされてきた傾向が抜き難くあったのではないか。特に同知事自身の「日米安保」観は、今にして思えば、そもそも「オール沖縄」それ自体の理念的矛盾ないし混乱と密接につながっていたと言わざるを得ない》

二〇一六年十二月二十六日の「埋め立て承認取り消しの取り消し」を行うことで、自ら埋め立てを承認するという不可解な決定をした。このような、翁長県政の重大な誤りが露呈していても、「オール沖縄」はそれを批判せず、むしろ翁長批判者を抑圧するということまで行っている。翁長知事擁護が革新性の溶解現象を招いている。かつて当たり前のように叫ばれた「安保粉砕」の掛け声がキャンプ・シュワブのゲート前から聞かれなくなったのがその何よりの象徴的事態である。

玉城県政はどうか。ここで玉城デニー知事が知事選の第一声を伊江島にしたことを思いおこしてもいい。母の故郷だからというだけでなく、そこが「沖縄戦の激戦地」であり、「戦後沖縄の縮図」であると認識しているからと思える。これは重要なことだ。また、玉城知事が、米兵と沖縄の女性との混血である意味を思い起こしてもいい。彼の特異な出自と多様なものを受け入れる寛容な人柄は、危うさもあるが、狭隘なナショナリズムを超える可能性を秘めている。知事選に勝利した直後、知事と同様に、米兵とのハーフとして生まれた女性の談話。「玉城デニーさんの当選に、カチャーシーで喜んだ。こんな時代が来たのかと信じられなかった。（略）ウチナーンチュ、アメリカ人、日本人、ルーツの柵をとっぱらったと感じた」と。玉城デニー氏に「ルーツの柵をとっぱらってくれる」と期待して投票した人がいたのだ。このハーフの女性の声は、デニー氏の選挙母体となった「オール沖縄」の提唱する「イデオロギーよりアイデンティティー」という理念の孕む思想的狭隘性を超えているのである。デニー知事は、このハーフの女性の声を手放すべきではない。基地と戦争に反対するイデオロギーを核とした多様な連帯をこそ追求すべきであるが、そのデニー知事も、辺野古反対を表明するも、政府との対話による解決を提唱するにとどまっている。

沖縄のアイデンティティーのことを、「ウチナーのことはウチナーンチュしか分からない」「ウチナーのことはウチナーンチュに任せなさい」、という言い方でなされることもある。日本政府が、沖縄県民に寄り添うとうそぶきつつ、沖縄をだまし、食い物にし、様々な悪さしかしていない歴史をふまえた言葉であることは分かる。だが、先述したように、本土人の中にも沖縄に寄り添い、痛みをもって「沖縄問題」と取り組んでいる人々はいる。逆にウチナーンチュのなかにも辺野古埋め立てに賛成し、そこに利害を見出そうとする勢力はいる。「ウチナーンチュ」であることが連帯の基準にはならない。要は、ある問題（とりわけ基地問題）に対して当事者性をもって受け止め得るか否か、である。

大城貞俊の著書『一九四五年　チムグリサ沖縄』の書評で、私は次のように評したことがある。《チムグリサとは、「相手の苦難を見て、身がちぎれるほどに心が痛む」という意味である。身体的痛みをもって相手の不幸を受け止めることである。単に同情的・傍観者的な標準語の「かわいそうに思う」とはそこが違う。沖縄戦の体験談を聞いて「退屈だ」とする本土教師がいたが、どんな悲惨な体験も聞く側に「チムグリサ」の心がなければ、体験は伝わらない》（沖縄タイムス・二〇一八年二月十三日）。戦争体験は体験者の話を聞き手が追体験し、内在化しようと努力し、想像することによって伝わる。そのことを踏まえた上で、書き手もまた、チムグクルの心で構想を立て、言葉と格闘するのである。

東日本大震災について、被災の当事者でない者が被災の作品を作れるかという論争が俳句界などであった。また、戦争体験者でもない者が戦争について書けるかという問いは、沖縄の戦後作家に投げかけられてきた問いである。大城立裕氏も自分は戦闘体験がないので、それについては書かないという趣旨のことを述べている。だが、戦争体験者は後十年もすれば、ほぼ、いなくなる。戦争の記憶は、戦後作家が書くしかないし、現に書いている。大城貞俊や目取真俊、崎山多美ら、戦争体験のない戦後生まれの作家らがたくさんの秀作を発表している。そもそも、作家は死者の声などの聴こえない声、見えないものを想像力を駆使して描くのであり、すべての作品はたとえ事実を踏まえたとしても、それは全て作家によって再構成された虚構である。『宝島』にも、歴史的事件、実在の人物が出てくるが、それはあくまで物語の中の出来事であり人物であって虚構である。

悲しい話を聞いて抱き合って悲しむ、そういう時がある。悲しみや痛みの共有。崎山多美の新作、「ユンタクサンド（or 砂の手紙）」（三田文學１３５号・２０１８年11月発刊）で、黒人兵と彼に殺される五歳の少女との関係を思い浮かべてみよう。二人は直接言葉を交わすことはない。そもそも少女はすでに死んでいる。死んだ少女は、黒人青年がなぜ自分を殺してしまうのか、青年の出自、心情を推し量り、これを汲み取ろうとする形で理解する。人種、年齢、国籍、時空間を超えて両者は同化する。言葉はいらない。青年が口にした「イユフツ」という聞き慣れない異言葉について模索する。するとそこに、事実を超えた新たな真実が浮かび上がる。崎山多美の「ユンタクサンド（or 砂の手紙）」は、文学の新たな方法、修羅と豊饒を模索し、提示した作品として注目されていい。

『宝島』に戻ろう。『宝島』もまた、ウチナーンチュでなくても、ウチナーンチュの心をつかむ小説を書くことができるし、それが文学の力であるということを指し示した小説なのである。

④　様々な仕掛け

『宝島』はそのほかにも読者の心を摑む様々な工夫がなされている。文章力、スピード感溢れる文体、迫真に迫るリアルな描写、ウチナーグチの巧みな導入、20年間の時空をこえて視野に入れた壮大な構想力、謎とスリルを取り入れた物語性、奇怪な人物、謎に包まれた人物、実在の人物の登場、実在の土地・地名の配置等々である。

ひとつの例として書き出しの文章を見てみよう。

《われらがオンちゃんは、あのアメリカに連戦連勝しつづけた英雄だった》で始まる。読者が知らない人物をいきなりぶつけて、オンちゃんてだれだろう、と読む人の興味をそそる。《アメリカに連戦連勝した》とはどういうことだろうと物語の中に引き込む。

この手法は、芥川龍之介が「羅生門」で用いた書き出しの文章の中にも見られる。《或る日の暮れ方の事である。一人の下人が羅生門で雨やみを待っていた》

いきなり鮮明な映像を映し出して、この下人が何者であるかと読者の興味をそそりつつ、物語の中に引き入れていく手法である。また、物語が始まる〈プロローグ〉とも言える部分に、主人公オンちゃんとそのグループの性格と位置づけが語られるのであるが、それを語っているのは、語り部《ユンター》だということ。作品には登場しない語り部がこの作品全体をリードする方法をとっている。その語り部が〈プロローグ〉の終わりのところでヒョイと顔を覗かす箇所がある。《われら語り部としても、念を押してても押しすぎるということはない。コザで一番の男から、オンちゃんからその目を離すべきではない》と。この手法について、先の対談において新城和博氏は、《「宝島」のすごいところは、「語り部（ユンター）が出てきたところ》と称揚しているほどである。

物語は《第一部 リユウキュウの青》、《第二部 悪霊の踊る島》、《第三部 センカアギヤーの帰還》で構成されている。第一部はいきなり、極東最大の米軍基地に侵入した「戦果アギヤー」と発見した米兵たちとの大立ち回りから始まる。戦果アギヤーの被害に業を煮やした米民政府が、見つけ次第射殺せよとのお触れを出し、厳重警備を強いていたためである。銃弾が飛び交うなか、オンちゃんらは必死で逃げ回る。だが、オンちゃんが、命懸けで持ち帰ったのは「戦果」ではなく、一つの小さな「命」であった！

作品はまた、宮森小へのジェット機墜落事故、毒ガス搬送、Ｂ52墜落爆発事故、教公二法闘争、復帰運動、全軍労スト、コザ暴動など史実を織り込みつつ展開されている。読み進むに連れ、これは「タンメーたちの春・改訂版」（又吉英仁作、幸喜良秀演出）の小説版だと思ったことであるが、さすが直木賞を受賞したエンターテインメント小説。沖縄の戦後の諸々の事件・事故を作品に織り込み、スピード感あふれる筆致で描きだしている。事件・事故の現場に行き、膨大な資料に当り、沖縄の苦悩を共有しようとする作者の並々ならぬ熱意と苦労が作品から伝わってくる。それらの中で、特に感銘を受けたことの一つは、石川宮森小ジェット機墜落事故のリアルな描写の箇所である。少女の黒焦げになった残酷な場面などを含め、目を背けることなく残酷なままに描いている。

《燃えながら飛来する機体は、陽差しを遮り、黒い煙で空をかき曇らせ、斜めに降下してそのまま上昇することなく、校庭の外にひしめく民家に墜落した。地表がめくれかえったようなものすごい轟音が響きわたり、木枝やトタンが飛散する。墜落のはずみで大きな機体が十メートルほど跳ね上がった。そのままあたりの人家や納屋や植林を薙ぎ倒しながら、勢いを止めずに、校舎のほうに向かってくる――／校庭じゅうが砂煙で埋めつくされた。鉄棒や百葉箱がたちまち下敷きになる。窓の外でまた跳ねると、巨大な翼と機首がヤマコたちの校舎に覆いかぶさった。／頭のてっぺんから足の爪先まで、激しい衝撃に呑みほされた。／飛行機が跳び箱を跳びそこねて、いちばん上の段を崩しながら越えていったみたいだった。／燃えさかる鉄の機体が、二重窓もトタン屋根も吹き飛ばし、天井や壁を粉砕し、硝子のつぶてや火の雨を降らせながら、ヤマコたちの教室を通過していった。校舎を薙ぎはらった貪欲なエネルギーのかたまりはそのうちに火を呑んでいて、燃える瀑布《たき》と間欠泉がせめぎあうような上下左右からの高熱に巻かれ、教室はたちまち火の海となった。》《木造校舎はそこかしこが延焼していて、窓の桟や建材が崩れだしている。だれも遅れないように、煙を吸わないようにと声をかけながら、教室から五十メートルほど廊下を抜けて非常口に達しかけたそのときだった。墜落機のばらまいた燃料を浴びていたのか、三つ編みのお下げから引火してナミが燃えさかる炎に包まれた。（略）整列の先頭だったナミの体は、驚くほどの火勢に呑みほされた。あまりの熱さで呼吸もできない。顔や眼球が倍ほどにふくれ上がりそうな高温のなかで、ヤマコは息を止めて、全身で覆いかぶさるように火を消そうとした。だけどナミはじっとしていてくれなかった。担任の手を振りはらうと、声にならない声を上げながら校舎の外へと飛びだした。つかまえそこねたヤマコの両手に、ずるりとむけた少女の皮を残して――／髪の毛が燃え、衣服が燃え、絞りだされる悲鳴《ヤナアビー》まで燃えていた。人の肉が焼ける臭いがする。島全体が火葬場になったようなあの戦争でも嗅いだ臭い。オレンジ色の火のかたまりとなって校庭を走っていくナミは、数十メートル先の水飲み場へと向かっていた。網入りの石鹸がぶらさがった蛇口に向かって、走りながら手を伸ばした。／だけど、たどりつけない。途中でつんのめって転んだナミは、うつぶせに倒れたまま動かなくなった。ふっくらしたナミの頰に火脹《ぶく》れがひろがり、膝小僧やふくらはぎが焼けただれるさまをヤマコも子どもたちも目の当りにさせられた。ほかの子たちの瞳は、熾《おこ》った硝子玉のようになった。燃える級友の姿を見せられた眼球がわななき、瞼を震わせて、あふれだす涙ごとその眼窩から逃げだしたがっているようだった。》

　このように惨劇の現場が目撃したかのように描かれるが、ここも、語り部（ユンター）の語りである。こうした語りは、沖縄の御嶽信仰、ユタ崇拝の文化を巧みに取り込みつつ、物語の随所に登場する。宮森小事件は、「石川宮森小米軍ジェット機墜落事故」として語られるが、米軍ジェット機は宮森小を直撃したのではない。最初、民家に墜落し、そのはずみで十メートルもバウンドし、周辺の民家や木々を薙ぎ倒しながら宮森小に激突し炎上したのである。死者十八人の中に、住民七人がいるのはそのせいである。これらのことは、現地を調査し、目撃者を訪ね、何度も資料に当たる労を重ねなければ決して知り得ないことである。

《バウンドで軍機が迫るひまわり畑　　武蕉》
《髪が燃え悲鳴が燃えた夏空だ　　〃　》
《死者の目で射抜かれている木造校舎　　〃　》
《戦争の記憶燃え立ち少女逝く　　〃　》

主人公のひとり、小学校の教員になったヤマコが、教育について語るところも、今日の知育偏重教育の歪みと陥穽を抉っていて感動的であった。

6　限界と違和感

このように、多くの共感と感動を味わいつつも、不満や違和感もある。戦果アギヤーの仲間たちは、テロリストや警官や教師になるのであるが、その仲間たちが、反米感情を共有し、連携しながら、時にはヤクザや右翼や諜報員、米軍のスパイなどの手を借りて米軍と闘うという設定になると話はハチャメチャ。物語としては面白いのだろうが、当時の時代と真剣に関わった人には強い違和感がある。宮森小事件や全軍労ストなどほぼ史実に則した迫力ある描写になっているがそれをも台無しにしてしまいかねない。また、歴史上の人物や事件が取り上げられているが、表層的な描写にとどまっているし、取り上げてさえない重要な事柄もある。

作品の中には、度々、屋良朝苗や瀬長亀次郎が理想的な政治家として伝説化されて登場する。亀次郎については、語り部《ユンター》に次のように礼賛させている。それは著者の亀次郎像でもあるのであろう。《このころの島民にとっては、チェ・ゲバラとマルクスと孫文を足してもその価値は語りきれない、虐げられた沖縄《ウチナー》の魂がつれてきた稀代《きたい》の革命家だった》と。米軍のさまざまな弾圧に屈せず敢然と立ち向かう亀次郎は確かにそのように映った。（筆者もまた亀次郎崇拝者のひとりであった）。だがそれは、五〇年代島ぐるみ闘争から那覇市長追放の頃までに築かれた亀次郎像である。

五〇年代後半の頃からすでに、日本を母なる祖国と美化する復帰運動の民族主義とそれを補完するにすぎない人民党の反米民族主義を批判する潮流は学生を中心に労働者のなかにも広がっていた。この潮流はやがて「反復帰論」として知識人の中にも形成される。

その動きは、遠くは、一九五六年、ソ連共産党二十回大会における、フルシチョフのスターリン批判に規定されていた。各国共産党の間で絶対的な権威を持ち、無謬の指導者とされたスターリンが党大会で批判されるという衝撃的事態は、各国において、共産党員の動揺と離反を招くことになる。同年十月、勃発したハンガリア事件が、ソ連離れに拍車をかけた。《ソヴィエトの戦車が、……「真の社会主義」の、自由で民主的な社会を組織しようとする民衆蜂起を粉砕した》（『１９５６年のハンガリー革命』リトヴァーン・ジェルジュ編・田代文雄訳・現代思潮社）。戦後最大の世界的事件とされるハンガリア事件は、スターリン批判後も、スターリン主義の支配体制が維持されている現実を白日の下に晒し、全世界を震撼させた事件であった。労働者の国と信じられていた社会主義国ソ連が、ハンガリアの民衆を無差別に虐殺するというこの衝撃的事件は、急速にソ連離れ＝共産党離れを惹起した。《（各国の）ソ連大使館には、連日空前の規模のデモ隊が押しかけ、共産党の建物はしばしば打ちこわされた。各国共産党でも脱党者が相つぎ、労働組合、学生団体、知識人も声高にソ連を非難した（もっとも有名なものはサルトルの『スターリンの亡霊』である）》（『ハンガリー事件と日本』小島亮著・現代思潮社）

このハンガリア暴動に対し、ソ連を支持し、ハンガリアの民衆の闘いを「反革命」「白色テロ」と「アカハタ」で罵倒する日本共産党への不信が高まり、この事件を契機に日共にかわる新左翼が台頭することになる。沖縄も例外ではない。

《（一九六〇年六月十九日のアイク来島抗議デモにおいて）琉大党細胞は全学連の闘争を支持することを決定、「アイクを政府前路上で阻止」する戦術をきめ、細胞代表が人民党本部へ行きそのむね伝えると「そんなことをしてはならない。道の両側でｒｅｔｕｒｎ　ｔｏ　Ｊａｐａｎ　とさけべ」ということであった。代表はそんなことで闘えるかとけって帰ってきた。》（『逆流に抗して―沖縄学生運動史』・山里章・１９６７年・琉球大学学生新聞会発行）。

これらの動きを底流として、人民党内においても、瀬長批判が起こる。

このほど岩波現代文庫として復刊された国場幸太郎（同姓同名の国場組創設者とは別人）の「幻の名著」『沖縄の歩み』（岩波書店）の解説のなかで、新川明は次のように記している。

《瀬長の独断で社大党分派の兼次佐一を決定して擁立、（略）人民党と社大党の共闘関係が崩壊したただけでなく、当選した兼次の離反も重なって国場がすすめてきた革新統一路線「民連」は瓦解（一九五八年九月）、人民党も衰退へ向かうことになる》《国場が人民党から追放されるという衝撃的な事件が起きるが、これは瀬長と国場のあいだの路線上の対立や党内における瀬長の家父長的運営に対する若手党員の批判があったりして、党内引き締めのために瀬長が国場を排除したためと考えられており…》と。（ただし、「国場追放説」「瀬長と国場の路線対立説」には、もと党員の反論がある）。（沖縄タイムス・2019年9月3日）レイたち戦果アギヤーが崇拝する《虐げられた沖縄の魂がつれてきた稀代の革命家》亀次郎への信頼は、足元から崩れはじめていたのである。

屋良朝苗についても、レイなどが、次のように屋良首席崇拝を口にしている。本土復帰にあたっては佐藤栄作を更迭して「屋良首席を内閣総理大臣に任命すること」と。

だが、例えば屋良会長の指揮のもとで教公二法阻止闘争がたたかわれ、教公二法を廃案に追い込んだとされているが、内実はどうか。新崎盛暉は『私の沖縄現代史』（岩波書店）のなかで書き記している。《デモ隊の数は続々と増え、議会開会時刻には二万人を数えていた。本会議開催強行の情報が乱れ飛ぶや、デモ隊は警官隊と激しく衝突を繰り返し、やがて立法院を占拠した。そこで長嶺秋夫立法院議長は午前一一時過ぎ、本会議の中止を発表した。しかし、立法院を完全に包囲したデモ隊は、教公二法案の廃案を要求して動かなかった。年休闘争についてさえ強い心理的抵抗感を表明してはばからなかった屋良朝苗を中心とする教職員会上層部や、共闘会議指導部にとって、警官隊を実力で排除するという事態は、想像を絶する問題であったろう》と。動揺し、闘いの収拾を画策する指導部の制止を乗り越えた下部労働者・学生によって、教公二法を廃案に追い込んだ、というのが事の真相なのである。

二・四ゼネストについてはどうか。

一四〇団体が加盟して発足した「いのちを守る県民共闘会議は、Ｂ52嘉手納常駐化からちょうど一年目の二月四日にゼネストを行うことを最終決定した。すると米民政府は、県民共闘の中心勢力に成長していた全軍労を切り崩すために、突如、スト禁止などを含む総合労働布令を公布した。だが、全軍労は臨時大会を開き、賛成二二三、反対一三の圧倒的多数でゼネスト参加を決定した。これによってゼネストへの社会的支持は燎原の火のように広がり、たとえば那覇市では、ガープ川中央商店街組合などが、組合大会を開いて、二月四日の一日休業を決めた。このようなゼネストへの共感・支持の社会的盛りあがりがある中で、しかし、ゼネストは、突如、中止された。『私の沖縄現代史』で新崎盛暉は書きとめている。《日本政府や労働運動圏の指導部に共有されたゼネスト回避の口実が、対米交渉の結果得られた「Ｂ52は、六、七月には撤去されるであろうという〝感触〟」であった。屋良主席は、この「感触」を拠り所にして、県民共闘にゼネスト回避を要請した》。このように屋良革新県政と自己保身に走る労働幹部らの悪辣な裏切りによって、二・四ゼネストは挫折に追い込まれたのである。

翌年「コザ暴動」が発生する。組織労働者を主体としたゼネストが挫折させられた翌年に、「コザ暴動」が発生したのは象徴的である。「コザ暴動」を「沖縄民衆の怒りの爆発」と全面称揚されているが、この「暴動」は自然発生的に発生した。暴動の主体は個々バラバラの民衆であり、既成政党や労働組織は関与していない。ゼネストを頓挫させた既成労組運動・政党のふがいなさへの落胆・絶望が「暴動」を誘発した側面があることをみるべきかも知れないのだ。

欠落している重大な事柄としては、B52撤去・ゼネスト闘争、第一次、二次琉大事件、永積安明渡航拒否事件等がある。

琉大事件は、「暗黒の時代」と言われる時代を象徴する重大な事件であった。CIAの暗躍、逮捕、拘留、拷問など米軍の陰惨な植民地統治の実態、大学自治の否定、言論・表現の自由の弾圧、学生運動への弾圧を突出させた事件であると思えるが、本著では、沖縄の大衆運動で重要な役割をはたした学生運動にまったくふれてない。

第一次琉大事件とは那覇で原爆展を開いた学生を無届けだとの理由で6人の学生を退学処分にした。また、「琉大文学」を反米的として発行禁止。「琉大学生新聞」に対しても同様の理由で検閲を強め、紙面の多くを黒く塗りつぶして判読不能にした。だが、新聞会の学生らは伏字新聞を発行して対抗し検閲の理不尽を告発した。第二次琉大事件は、一九五六年八月、那覇で開催された「プライス勧告反対。四原則貫徹」の島ぐるみ大会に参加した学生を「反米的活動」をしたという理由で学生6人を退学などで処分。処分者にはデモに参加してない学生もいた。五十年余も経った二〇〇七年に大学当局は「明確な理由もなく」米民政府（米軍）の圧力に屈して学生を処分したとして謝罪したが、大学自治に重大な汚点を残した。処分された学生の五人は「琉大文学」所属のメンバーであった。第一次事件と、「琉大文学」の発行禁止、「琉大学生新聞」の検閲・伏字への謝罪は今日までない。当時の学長は安里源秀、副学長は仲宗根政善である。退学処分した学生については本土大学への転入を斡旋したとされているが、退学になった四年次の彼らは転入先の大学でまた一年次からのやり直し、あたら青春を棒に振ったことにかわりはない。

教公二法阻止闘争、Ｂ52撤去闘争、復帰運動、また文字通り学生が主体となった永積安明教授の渡航拒否撤回闘争など、学生運動が果たした役割は大きい。

永積安明渡航拒否撤回闘争とは、一九六四年四月、日本中世文学研究の第一人者として知られる神戸大学教授の永積安明の渡航が、米民政府によって突然拒否された事件のことである。永積氏は、琉大の招聘教授として招かれ、学生の科目登録も完了し、四月からの講座開始が予定されていた。学生や大学当局も一斉に反発し、渡航拒否撤回を要求した。しかし、当初学生らと闘いを共にしていた琉大当局が、「渡航要請断念」を決議して裏切るなかで、学生らは闘争を継続し、ついに永積教授の渡航実現を勝ち取った歴史的闘いであった。永積教授は沖縄での講演のなかで、《日本を語るとき、沖縄を除外して語ることはできない。日本の文学を語るときも沖縄を除外して語ることはできない。（中略）日本の教科書から沖縄の文学がはずされているが、これは由々しい問題である》と、その不当性を指摘しているのである。（詳しくは、鹿野政直『戦後沖縄の思想像』参照）しかし、この闘いについて言及した箇所も一行もない。

これは当時の学生運動に関する資料が極めて乏しいこととも関連すると思えるが、琉大図書館等には「琉大学生新聞」や「琉大文芸」、『逆流に抗して―沖縄学生運動史・山里章』（琉球大学学生新聞会発行）など、当時の資料が所蔵されているはずであり、資料は皆無ではない。先述の鹿野政直氏の著書も一九八七年には発刊されている。

労働運動についても、全軍労が米軍の大量解雇に反対して無期限ストを決行、ピケをはって米兵の銃剣と対峙し、各労組・学生がその支援に起ちあがるなど、重要な場面について描いた箇所がある。だが、表層的な記述にとどまり、運動内部で闘いをどう組織化したかといった、人間模様を絡めた視点からの描写は見られない。

さらに物語が復帰の年の1972年にとどまっていて、その後のことが扱われていない。すでにあれからでも五十年近くが経っていて、米軍の事件・事故は続いている。にもかかわらず、コザ暴動後、主人公たちが、平穏な日常に回帰し、闘いから召還するというのも解せない。

総じて取り上げられた運動は、既成の主流の流れが中心になっている。これに抗するもう一つの反主流の流れ、社共の運動に抗する新しいニューレフトの潮流があり、それとのせめぎ合いにおいて歴史はつくられる。しかし、「宝島」においては、これら反主流の闘いが排除されている。その意味でも、もう一つの「宝島」が書かれねばならない。

なお、島の英雄だったオンちゃんの惨めな最期への不満もある。舌を切られ、島に帰還もできず森のガマで死ぬなんて――。登場人物にちゃんとした姓名がないことや今は沖縄でも使用されてない過剰な方言使用にも違和感を覚える。ないものねだりをしても始まらないが、ここは、沖縄の作家たちの奮起を待ちたい。

昨年の十二月十四日、辺野古の海に、とうとう土砂が投入された。海は赤い血を吐き、激しく喘いだ。こんな島が「宝島」などと言えるはずはないのだ。

《神は掌に海は臍に杭打たれ・武蕉》

（二〇一九年七月）

極貧に喘ぐ労働者と党員の苦悩
――井上光晴へ向かう「童貞」「書かれざる一章」

1　「童貞一幕」

みつめるだけでは駄目だ
とびこまねばならぬ
まみれねばならぬ
もっとふかく
もっとどん底を
つかまねばならぬ
つかもうとせねばならぬ

自分自身のみにくさをみつめよ
世界のうごき
一秒のずれをみつめよ
ちまみれになるんだ

もっとふかく
もっとどん底を
なにがうごめいているか

（井上光晴）

『われらの文学20井上光晴』（講談社、昭和四一年九月十五日発行）を開くと、見開きに黒縁の眼鏡をして頬杖をつき、黒々とした眉に唇をきりっと結んだ井上光晴の顔写真が飛び出す。裏に「1966・4・21／桜上水の自宅にて」とあり、井上四十歳の精悍な顔である。写真の裏には次の文字が井上の自筆で書き込まれている。

アメノショポショポフルパンニ、マンテツノキンポタンノパカヤロガ、カラスノマトカラカオタシテ、アカルノモトルノ　トウスルノ　ハヤクセイシンキメナサイ、キメタラケタモッテ　アカリナサイ

井上光晴

朝鮮語訛りになっているが、標準語に直せば
「雨のしょぼしょぼ降る晩に、満鉄の金ぼたんの馬鹿野郎が、ガラスの窓から顔出して、上がるの戻るの　どうするの　早く精神決めなさい、決めたら下駄持って　上がりなさい」となる。

歌詞の中に出て来る「満鉄」は「南満州鉄道株式会社」の略で、かつて満州国に存在した日本の鉄道会社のことである。鉄道会社を名乗っているが、鉄道事業だけでなく、行政、教育、港湾、販売など広範囲の事業を独占し、満州における日本軍の支配の拠点となって君臨した。井上が書き留めた歌詞は、その満鉄に勤める日本人社員の客と朝鮮人娼婦の客引きの様子を詠んだ歌詞である。たしか六〇年代の後半、大島渚監督の映画『日本春歌考』のなかで、在日朝鮮人の女学生が歌っていた。映画のなかでは歌詞が替わっていて「マンテツノキンポタンノパカヤロガ」の部分は、「お客さん上がるのどうするの」となっていて、日本の娼館の前で娼婦と客がやり取りする会話にかえられていたが、井上が書き留めた元歌の歌詞では「満鉄の金ボタンの」となっているので、この歌が植民地満州国での朝鮮人慰安婦の恨みと哀感を歌ったものだというのが分かる。

「われらの文学」に添附された略年譜によると、井上光晴は炭坑労働者出身で日本共産党に十九歳で入党。地区常任、続いて九州地方委常任となるが、昭和二十五年（二四歳）に発表した「書かれざる一章」が、反党的であるとして「所感派」から除名されるが拒否。しかし二八年に日本共産党を離党。離党後も朝鮮人従軍慰安婦や炭坑婦、原爆被災者や部落民、極貧にあがく労働者など社会の底辺で生きる人々の問題を描く作家である。日本の作家では極めて特異な作家と言えるが、今日、日本ではどのように位置づけ、読まれているのであろうか。

私が買い求めた『われらの文学』シリーズ20「井上光晴」は古本屋で百円で購入した。しかも、店内ではなく、店先の縁に他の色あせた書物に紛れて無造作に置かれていた。発刊された一九六六年当時の定価は四三〇円の値がついているが、その時は百円！　実はこの一冊を見つけたのも偶然である。福島で出している同人誌『駱駝の瘤』二号（2011年8月発行）に掲載された秋沢陽吉氏の論考「二〇一一年の『書かれざる一章』論」に触発されて、「書かれざる一章」を読みなおそうと思って地元の図書館はじめ近隣市町村の図書館を探したのであるが「書かれざる一章」はおろか、井上光晴の著書さえない。県立図書館ならと思ったがそこにもない。さすがに選集はあったが、それには代表作さえ収録されていなかった。この辺の事情になると、沖縄の辺地性をいつも痛感させられてしまう。沖縄はかつて「文学不毛の地」と自嘲的に語られたりしたが、それは単に優れた書き手がいないというだけでいわれたのではなく、文学作品が身近で手に入らないという意味も含まれていたのかも知れない。（後日、「書かれざる一章」は、ネットで古本を購入できる友人に頼み込んでやっと手に入れることができた。）

その日の帰り、古本屋に何軒か立ち寄り、中部のある古本屋の軒先で、他の古ぼけた二束三文の単行本と一緒にごっちゃになって井上光晴の作品集を見つけたというわけである。この一冊には「地の群れ」「虚構のクレーン」「死者の時」「ガダルカナル戦詩集」「妊婦たちの明日」など、井上の代表作が収録されている。それでいて百円！　本は四十年以上前に発刊されたもので確かに紙魚がついたりしていてだいぶ古くなっていたのだが、しかし、百円は古さのせいだけとは思えない。

さて作品集には「私の文学」と題して井上光晴の戯曲が掲載されている。「あとがき」に替わる作品で、タイトルは「童貞　一幕」となっている。井上は自分の文学を語るため何の解説もせず、この短い戯曲を提示することで解説に代えている。と言うことは、この作品が井上文学の核心に当たるテーマであることを示しているわけで、この作品は、それだけ重要な位置を占めていることになる。

文末には「井上光晴にむかって」と題する大江健三郎の長い「解説」がついているが、この「童貞」についての解説はない。

作品は三人の登場人物によって構成されている。浅浦英一、朝鮮人の娼婦、崔和代である。浅浦は十五歳の童貞少年。和代は英一の同年で、英一の恋人である。時代は昭和十六年の冬。大東亜戦争勃発の直前である。英一は恋人の和代に逢うために朝鮮ピー屋（女郎屋）＝清津亭を訪れる。炭坑夫たちの休日、「一円ポポを買いなさいと白い切羽のような化粧をした女たちがねり歩く」行列の中に、恋人の和代がいるのを見つけて驚き、事情を糺すために来たのである。和代は家の借金を返済するために小学校を卒業したら大阪に出稼ぎに行くと告げていた。その和代が女郎に墜ちている。英一がきたのは女郎を買うためではない。五円の金をもって和代にあげようと思っている。

場面はその女郎屋でのやり取りの一幕である。

「佐世保港外の海底炭坑。二坑海岸の菅牟田部落にこの清津亭はあった。家具・調度品のほとんどない部屋に、浅浦英一（十五歳）がぽつんと座っている。下手の板戸を開けて朝鮮服を着た鼻の低い娼婦（三十歳をこえている）があらわれ、土瓶と茶碗を浅浦英一の前におく。」

このように、和代に逢いに来た英一少年は、和代ではなく「朝鮮服を着た鼻の低い三十歳を超えた娼婦」の応対を受ける。その娼婦は、英一が和代にあげるつもりで渡した五円を受け取ると、「ハルコ（女郎屋での和代の名）サンハイマオ客ネ。コラレナイカラネ、アタイカ相手ニナルヨ」と迫る。ここで初めて英一は、「おれが朝鮮ピー屋に遊びにきていると思っているのだ、と気づく」。行為のあと、朝鮮人の娼婦は「兄さん初メテネ。初メテナラ初メテとソウイウトヨカッタノニネ。コンナ朝鮮の女のタメニワルカッタケト、シラナカッタカラカンニンシテネ」と謝る。

「彼はうつむいたまま。舞台は溶暗。下手に朝鮮服を着た崔和代があらわれ、じっと浅浦英一をみる。つづいて朝鮮服を着た娼婦たち。銅鑼の音。女たちはゆがんだ声で笑いだし、その中に崔和代のひきつった声が。」で終わる。

ここに描かれているのは何か。一つは炭坑夫相手に娼婦として生きる朝鮮人女性の問題。当然この問題は、何故、日本の炭坑に朝鮮人女性が娼婦として存在するかという問題を投げかけてくる。

二つは当時の炭坑の劣悪な実態である。それは和代と英一の会話の中で明らかにされる。小学校を卒業したら女子でも選炭の仕事につくのは当然。しかし、その選炭では借金に追いつかず、大阪での出稼ぎを考えるが、結局娼婦に身をやつすことになる。英一も事情は同じ。現在、炭坑で働いていて、成績も一番で卒業したら夜間中学へ行く希望を持っているが、学費がない理由で夜間中学さえ諦めるしかない。

三つは、朝鮮人の娼婦を通して浮かびあがってくる、彼らの奴隷のような実態と日本人への意識のありようについてである。朝鮮ピー屋（女郎屋）に囲われ、しかも女郎としてもランク付けされ、「一円ポポを買いなさい」と、炭坑夫たちの街を練り歩く。背後では労務の監視の目が光っている。三十代の娼婦が「コンナ朝鮮のオンナのタメニワルカッタ」と十五歳の英一少年に謝るのは、日本人から徹底的に差別され虐げられて身に沁みついた自己卑下からきている。

ここにおいて、この作品は、見開きの春歌「満鉄小唄」と呼応する。

（『非世界』No.30　二〇一五年七月三十一日発行）

2　「病める部分」「書かれざる一章」

「彼は煙草屋の角を曲り、煙のでている煙突を見ながらいそごうとした。

『もしもし、落合さんじゃないですか』

『え』落合はふり返った。

男が二人すっと近寄ってきた。

『僕は落合じゃないよ』

しかし、すでにその時は、落合のタオルを持った腕をガチャリという手錠の音がしめつけた。

『あんまり世話をやかせるなよ。こっちはちゃあんとお前が帰った時から分っているんだ』

落合は観念した。マキの顔。」


（井上光晴『病める部分』）


（シマブクロタダシサンデスネ）

「身の毛がよだつ声だったに違いない。／シマにこだわり、シマに生きる人びとの魂を書き続けてきた作家の本名を、同じくシマで生活する男が口にした。続けて『陸に上がっていますよね。刑特法違反（刑事特別法）です』と告げた。カヌーに乗って抗議していたウェットスーツ姿の彼の腕をつかみ、陸に引きずり上げて後のことだ。（略）／潜んでいた狙撃者《スナイパー》が、同じ市民を〝狙い撃ち〟する。

まるで氏の短編集『群蝶の木』に収録されたホラーめいた「署名」「剝離」などの小説世界そのものだ」。（本浜秀彦「オキナワン・スナイパー」・2016『すばる』六月号）

最初の文章は井上光晴の小説「病める部分」からの抄出である。共産党員の落合が、私服刑事に逮捕される場面。理由は反帝ビラの配布である。

「一九五〇年初夏早朝（未明）、九州S市中心部マーケット街附近と、同時に職業安定所前に立域する港湾労働者の一部に反帝ビラが撒布された。翌正午、武装警官五十名は日本共産党S地区委員会に捜査侵入。その場に居合わせた五名を検束、事前に逃亡していた四名には逮捕状が発せられた」。

時代は一九五〇年、敗戦によって恐ろしい治安維持法も撤廃されたのもつかの間、占領軍は対日政策を「反共の砦」にする方向へ転換し、共産党への弾圧、労働運動の弾圧を強めていた。反帝ビラを配布しただけで逮捕されるというおそろしい時代が再び到来していた。だが、それは、遠い昔の話ではない。

後の文章は、昨年、『すばる』という文芸誌の六月号に寄せた本浜秀彦氏（文教大学教授）のエッセイである。昨年四月、芥川賞作家目取真俊が逮捕されたときの様子を綴っている。井上光晴の作品を想起させるほどに、場面が酷似している。これまで許容されていた抗議行動であるにもかかわらず、軍警を用いての逮捕である。県警はこの逮捕劇のあった数か月後の十月、今度は反対運動の象徴的リーダー、平和運動センターの山城博治議長らを「器物損壊」「威力業務妨害」容疑で逮捕し、三か月余の今日も拘留を続けている。辺野古反対運動の拠点である平和運動センターやテント村など八か所も強制捜査している。山城博治議長に対するこのような「微罪」による長期拘留、強制捜査は例がない。紛う方なき、恐ろしいファシズムの波が覆いかぶさっていることを告知する戦慄すべき異常事態である。これに対し、「山城博治さんたちの早期釈放を求める会」が組織され、一月十七日、四万筆の署名が那覇地裁に提出されている。また、鎌田慧、落合恵子、佐高信ら著名人らが「早期釈放」を呼びかけて、世界66ヵ国から計一万八千余の署名が寄せられているという（1月21日・琉球新報）。鎌田氏は「日本が軍事国家化しているなかでの大衆運動への弾圧が始まっている。極めて恐怖すべきことだ」（琉球新報・1月23日）と事態の重大性を訴えているのである。

井上光晴は、五〇年代という恐怖すべき時代に抵抗する共産党員の姿を「書かれざる一章」において、戦後、先駆的に描いた作家である。その井上光晴は、日本の文学の中で、どのような位置を占めているのであろうか。

井上光晴と大正15年生まれの同年だという奥野健男は次のように記している。

「井上光晴の小説は、日本の隠された底辺、社会の深層意識と名づくべき部分を掘り起し、これでもか、これでもかと泥と血のりで厚塗りした地獄図を、きれいごとの泰平の社会の鼻先につきつける。炭坑、炭住、廃鉱、朝鮮人、部落民、天皇制、右翼、特攻隊、徴兵忌避者、専検、原爆、レプラ、娼婦、米軍基地、新興宗教、共産党、査問、リンチ、憲兵隊、留置場、密輸、狂人、近親相姦、胎児呪術、そして貧困等々を執拗に追いもとめる。」（「辺境への旅」奥野健男・『現代日本の文学42』・学研）

ここで奥野健男が挙げた二五にも及ぶテーマの事例を目にして驚いてしまう。なんと、これらは全て、まさしく現代日本の病める社会が抱える課題ではないか。環境破壊と児童虐待といじめと沖縄差別をつけ加えると完璧である。井上光晴こそ、まさしく、病める時代にあって、涌出するアクチュアルな課題を先験的に追求した作家であったのだ。

福島の文人・秋沢陽吉が、井上光晴についての評論「井上光晴、虚構のありか」で、二〇一五年の「労働者文学賞」を受賞していることを知ったのはその後であった（『労働者文学』77号・2015・7月刊・東京）。氏はその中で次のように述べている。

「井上光晴は一二六（大正一五）年に生まれ、九二年にまだ若い六六歳で早すぎる死を迎えた。二四歳でデビュー以来、様々な文体と方法を試みた小説は四百編を超える。三巻から五巻構成の作品集を三度出版し長編小説全集一五巻を刊行した。これだけの純文学分野の実績がありながら、死後に個人全集は出なかった。だが、三月一一日に勃発した福島原発の大事故が契機となり作品は蘇った。途絶えていた文庫本『明日一九四五年八月八日・長崎』の再版。また『西海原子力発電所／輸送』が一四年に新たに出版された。前者は十年、後者は二十年以上埋もれていた。原爆小説と原発小説は共に〈核〉文学の金字塔であり、福島原発事故後の今こそ読むべき作品だというのが惹句だ」と。

「読まれていない」「粗末に扱われている」と嘆いたのであるが、井上光晴の作品は、私の知らないうちに、3・11を契機に「〈核〉文学の金字塔」として蘇っていたのだ。

井上光晴の処女作であり、デビュー作となった「書かれざる一章」は、井上二四歳のときの作品で、一九五〇年の『新日本文学』七月号に掲載された。党から支給される常任費だけが唯一の生活費の、いわゆる職業革命家の苦悩と飢えをテーマにした作品である。党からの支給が途絶えると常任は直ちに生活に困窮する。革命への情熱を燃え立たせつつも、病気の妻と幼い子どもを抱え、家族の離散と飢えに苦しむ共産党員の苦悩を赤裸々に描いたこの作品は、しかし、文学的脚光を浴びる以上に、政治的衝撃をもたらす作品として注目された。孫引きになるが、井上光晴は、自ら「書かれざる一章」のモチーフについて、次のように解説しているという（勁草書房『井上光晴作品集』第一巻）。

「――作品の中にこめられた日共批判が（略）日共全体を人間としてゆさぶることの可能性を私は予測していた。（略）『書かれざる一章』は（略）「見て見ぬふりをしている日共内部の人間たち」に向けられた一章だったのである。革命の前衛とは何か。如何にあるべきか。私は私なりに自らの職を賭けてそれを問おうとした」。　食べるものさえなく、飢えた状態にある党員の窮状に目を向けようとせず、硬直し、教条的で非人間化した党官僚に「人間としてゆさぶることの可能性」に望みを託して書いた井上光晴の思いは、しかし、実現することはなかった。次は、党の各市区の財政状況やパンフレットの売れ具合を点検するために、主人公鶴田和夫がF地区を訪ねた時の場面である。

「君は？　めしは、晩めしはどこで食べているんだ」／ちょっと笑った表情をして中村は答えた。／「いいとですよ。ヌキですよ」／「ヌキ？」／「ええ、でもよかとですよ。なれとるですから」／「なれているって、この地区では食費はでていないのか、常任費のことさ……」／答えはなかった。そしてただ彼は薄い笑いを浮かべた。聞くだけヤボであったかも知れない。S地区でも、昨日のG地区でもそうであった。皆朝起きてから昼過ぎまで御飯の御の字も言わぬのだ。聞くと配給が取れないという。（略）彼の心をしめつけたのは、各地区の常任達の生活ぶりであった。（略）下部は完全に壊滅しかかっているではないか。誰かは革命のある部分の当然の犠牲的風景という。それにしてはあまりにも痛々しかった。（中略）本当に此頃の党はどうしたのだろう。いきづまりはどこからくるのだろう。闘争という闘争すべて自然発生的に起っているにすぎない。正直の所、党はそれを後から追っかけているのだ。どこに前衛？……そしてずるずると下部は壊滅していっている。／勿論、占領軍下という環境の困難さも……（中略）或は党員の質の問題もあるにちがいない。だが、もっと外に、何か常任一人一人、党員一人一人の胸の底にうずくまっているもの、逆りそうで逆らない何かがきっとありそうな気がする。互いに互いの無気力をそしりあうもう一つの大きな無気力、何か党活動のしんにつかえて動かないもの。動こうとしないもの。それは何だろう、そしてそれは、俺にもあるのだ」

ここには、めしヌキで飢えとたたかいながら、それでも党の方針実現のために献身的に働く下部党員の姿が赤裸々に描かれている。心ある党指導部であれば、よっぽど党員の必読書にしたいぐらいである。だが、共産党中央（書簡派）からは「党の権威と信用を大衆の面前において失墜させる…作品」と、即座に非難を浴びることとなった。この作品を執筆したのは一九五〇年の二月だとされるが、その年の一月、日本共産党は、コミンフォルム（共産党国際情報局）の発表した日本共産党批判「日本の情勢について」の評価をめぐって二つに分裂する。この批判に反発した「書簡派」と国際批判を受け入れるべきとした「国際派」であり、いわゆる日本共産党の「五〇年分裂」問題である。九州地方常任の位置にあって国際派に属した井上は、党を除名される。彼は除名を拒否するが、しかし、三年後の五三年に、党に絶望して自ら離党する。

「この作品が党の内部およびその周辺の人々に投げかけた衝撃度は、今日ではちょっと想像がつかないくらい、大きなものであった」（『書かれざる一章』集英社文庫・解説・佐木隆三）と、元党員作家の佐木隆三は語る。

このように、この作品は、五〇年分裂問題を背景とした共産党の非民主性と非人間性を内部から初めて告発した小説として政治的に脚光を浴びてきた。また、文学作品としては方法論的にも種々の欠陥を孕む作品とされてきたのであるが、このような従来の評価に異を唱えているのが、福島の秋沢陽吉である。彼は述べる。

「ただ、共産党内部の「腐敗」と言い切ることを私は留保したい。腐敗というよりも、革命という思想と運動の方法の時代的な制約と考えざるをえないと思う。たとえその運動が革命とプロレタリアートへの信仰（松田道雄）に過ぎないものであったとしても、革命運動に限界と誤りがあったとしても、井上光晴の作品を読むと、運動に参加した人々の純粋な信仰の核心は否定どころか大切にしなければならないものを含んでいると考える。それまで誰も書かなかった共産党内部の批判を、初めて、しかも、人間が動き生きてはたらくがゆえに、生きている人間にその感情を通して精神の中心に直接的に訴える小説という豊かな形式によって行ったという栄光は井上光晴のものであり、その画期的な仕事は讃えられてよいと思う。（略）」（「二〇一一年の『書かれざる一章』論」・『駱駝の瘤通信②』2011年8月15日発行・福島）

ここで、秋沢が掬い取ろうとする、「運動に参加した人々の純粋な信仰の核心」、それを「小説という豊かな形式によって行ったという栄光」を作品に読み取ろうとする視点は重要な指摘だと思う。

私の脳裏に、ある組合活動家の姿が目に浮かぶ。彼はおそらくある党に属していたはずである。仮にKとしておこう。Kは、職場にあっては良き教師であり、優れた教育実践者であった。同僚や生徒からも絶大な信頼があった。管理者に対してはよく発言し、日の丸・君が代問題、主任制問題などでは職場をよくまとめ、先頭に立って校長を追求していたが、その管理者からも、人間的には信頼されていた。授業をきちんとこなした。Kのノートには、教材研究の後がぎっしり書き込まれていた。仕事を終えると組合の会議へ。役員をしていたKは、会議の前に議題を整理し、資料を準備し方針を提起する。そのあと、いくつかの会議をこなし、組合員向けのビラを書く。他の産別や労働団体との会合があり、各支部組織との連絡がある。大衆集会があると欠かさず参加する。その後党活動があったに違いない。帰宅するのは恐らく深夜であったろう。しかし、翌日には、皆が嫌がる早朝講座を引き受けていた。

Kの活動ぶりを身近に見て来た私には、Kが信ずる党の方針が、時に間違っていると思えてもKを責める気にはなれなかった。むしろ、理解してやろうとした。権力に抗い、労働者の権利拡充のために身を粉にしているように見えた。その熱心さ、エネルギーはどこから出てくるのであろうか。

今日の労働組合のなかに、このような献身的活動家を見つけるのは困難である。いわゆるダラ幹（堕落した幹部）が労組を支配し、安保法、特定秘密保護法、辺野古の新基地建設など時代の方向を規定するような政府の相次ぐ攻勢を受けても、ビラ一つ出さず、学習会一つすら組織しない。政治家も同じである。民衆のために無私で活動する政治家なんて皆無にひとしい。絶えず選挙を気にして自己保身に走る者ばかりであり、公約を公然と翻してはばからない政治屋が多い。ただ一人、思い浮かぶ政治家はいる。瀬長亀次郎！　日本という国家の性格への権力規定なき米国従属論、日本を美化する祖国復帰礼賛、反米民族主義、党内批判者の追放そして運動路線のジグザグなど様々な過誤にまといつかれているとはいえ、米軍のアメとムチを駆使した如何なる弾圧にも屈することなく、民衆のために闘い続けたその「栄光の歴史」は亀次郎のものであり、その画期的な業績は称えられていい。亀次郎のように民衆の先頭に立って不屈の魂で権力に立ち向かう党員が、はたして今の共産党に何名いるであろうか。

今日、瀬長亀次郎を神格化し、彼の業績を褒め称えるだけの者たちは、亀次郎の無私の精神、その反骨に徹した姿勢をこそ学ぶべきであろう。

井上光晴の作品に戻る。秋沢は、「運動に参加した人々の純粋な信仰の核心は否定どころか大切にしなければならないものを多く含んでいる」として、その運動の過誤の理由に、「時代的な制約」を挙げている。私もこの「書かれざる一章」が、共産党内部の「腐敗」を告発した内部告発小説として読まれ評価されることには抵抗がある。そこには、差別のない自由な社会の建設を目指す純粋な理想に燃える人間像が豊かに描きだされているからであり、そのことは何にも増して掬いとられなければならない、と考えるからである。ただ、共産党の運動の限界と誤りを「時代的制約」に求める秋沢の見解はちと甘いのではないかという疑問は拭い得ない。主人公鶴田和夫は、理想社会の実現をめざすからこそ、党を信じ、方針を担っているのである。いわば党の方針は、党の常任鶴田にとって生きていくにあたっての実存的支柱である。しかし、その党が間違っているとしたら？　鶴田の苦悩は二つある。一つは家族と自分の食べ物さえないという直接的「飢え」の苦しみであり、もう一つは、そのような党員の悲惨な現実を感受せず教条主義的に抑えつけるだけの党への疑問・不信からくる苦悩である。切実な問題を口にすることを許さない党の体質への疑念がある。このような党の体質は、自己絶対化し過誤を過誤として認めず、場所的な自己批判を回避してやり過ごす党の体質となって官僚化する。それは決して、「時代的な制約」ということで回収できるものではないように思える。党のやり方に疑問を持ちつつも、鶴田はそれを党の会議で口にすることはない。それは、鶴田が、「党が間違うはずはない。党は常に正しい」とする党物神になお呪縛されているからである。鶴田の苦悩は、この「党の無謬神話」に全身呪縛されていることに起因している。その呪縛からの解放なしには解決できない苦悩である。そしてそれは、共産主義者としての資質と主体性の発露と深く関わっている問題なのである。

作品の書かれた一九五〇年というのは、その年の一月六日に、ソビエトから「コミンフォルム批判」が出た年である。「コミンフォルム批判」とは、「日本の情勢について」という論文のなかで、占領軍を解放軍と規定し、合法的な革命を目指すとした野坂参三執筆の平和革命論を名指しで批判したものであった。これに対し共産党は「〝日本の情勢について〟に関する書簡」を発表し、「反論」する。だがそれは、「誤謬はすでに克服」しているとする欺瞞的な「書簡」であり、コミンフォルム批判を受け入れるふりをして現実の場面では合法的な闘いに終始し、コミンフォルム派（国際派）を抑えるものであった。ところがその後、日共は平和革命路線を否定し、非合法的武装闘争路線（五全協）に突入することになる。この「書簡」をめぐって党内は党中央を掌握する書簡派と国際派に分裂する。少数派の国際派は除名・追放される。国際派に属した井上光晴も除名されることになる。「書かれざる一章」にはこのような党内事情が存在していたのである。

これまでの党の方針に従えば飢え死にするしかない苦悩を描いたこの作品は、相互批判闘争を封じる官僚化した共産党組織のシステムとそのイデオロギーに起因する体質との関連で掘り下げられねばならないのではないか。その体質は果たして「時代的な制約」が解除されたとき、改善されたであろうか。「書かれざる一章」が発表されて十年後の六〇年安保闘争をみてみよう。

高らかに勝利の歌を吐くばかり詐称の党は血の意味知らず　　新城貞夫

安保の自然成立を許してしまうという反安保闘争の冷厳なる敗北。何故、敗れたのか、その敗北の根拠を思想的に掘り下げるのではなく、闘いの空前の盛り上がりをもって「平和と民主主義をもとめる人民の勝利」と詐称する党とは何か。それは党の戦略と体制、そのイデオロギー＝スターリニズムイデオロギーと深く関わっているのではないか。もう一つ、一九五六年に勃発したハンガリア事件に対する共産党の対応をみてみよう。

一九五六年十月、ハンガリア共産党の専制支配に耐え切れなくなったハンガリアの人民、学生、知識人が、「真の社会主義社会の実現」をめざして武装蜂起した。これに対しソ連は軍隊を差し向けて叩き潰したのであった。「社会主義の祖国」とされてきたソ連による労働者人民への血の弾圧は全世界を震撼させた。「ソ連大使館には連日空前の規模のデモ隊が押しかけ、共産党の建物はしばしば打ちこわされた。各国共産党でも脱党者が相次ぎ、労働組合、学生団体、知識人も声高にソ連を非難した（もっとも有名なものはサルトルの『スターリンの亡霊』である）。」（『ハンガリー事件と日本』・小

島亮著・現代思潮社）

　このハンガリー事件に対し、日本共産党はソ連支持を打ち出し、ハンガリア人民の闘いに対しては、連日「アカハタ」紙上で「反革命」「白色テロ」と、大々的な非難を繰り広げたのであった。共産党が、ハンガリア事件を「ソ連の年来の大国主義の押しつけや、それと結びついた官僚主義に反対する勤労人民のたたかいが爆発」したものと評価を見直したのは、事件から二六年後の一九八二年のことであり、しかも何らの自己批判も欠如したままであった。

　共産党の反核・原発政策もソ連追随のセクト主義にまみれてひどいものである。

　一九六一年、八月、日本原水協は第七回原水爆禁止世界大会において「今後、最初に核実験を行った国・政府は平和の敵・人類の敵として糾弾する」という決議を全会一致で採択した。具体的な国を名指しすることを避け、絶対平和主義的な理念を盛り込んだ内容であったが、様々な意見の違いを乗り越えてようやく集約した決議であった。ところが、その十数日後の八月三十日、ソ連が核実験再開を発表、十月に水素爆弾実験を強行した。日共は、ソ連核実験支持を打ち出し、原水協の全会一致決議を反故にする暴挙に出たため、決議に沿って「如何なる国の核実験にも反対する」とする社会党系や他の団体と激しく対立、これがもとで原水協は分裂することになる。ソ連追随からくる共産党の度し難い、セクト主義が露呈したのである。

　共産党の原発政策も基本的には国の打ち出す「クリーンなエネルギー」宣伝にからめとられ実質的に、国の「原子力の安全神話」論を補完するものとなっていた。信じがたいことに、二〇〇〇年の第二二回党大会で採択された「安全を重視した原子力の平和利用」政策をこの間掲げ、原発を肯定してきたのである。二〇一一年、3・11の東京電力福島原発事故を受けてようやく、方針転換ともとれる「原発ゼロ」政策を打ち出したが、しかし、今回も、これまでの原発容認への自己批判はなされていない。また、未だ、「新エネルギーの一環として原子力の研究・開発を進める」（一九七三年、第十二回党大会採択）ことについては曖昧である。

言うまでもないことではあるが、本論考は、日本共産党批判が目的ではない。また、筆者はいかなる党派的イデオロギーにも加担するものではない。だが、井上文学を深く読み解くためには、井上の属した共産党のイデオロギーやその都度の路線、複雑な党内事情に無知なままでは切り込めない。これらへの独自な見解が問われざるを得ない。それは、政治と文学への永遠の問いに挑むことでもある。井上文学が敬遠され、読まれない背景には、こうした事情も一つの大きな要因としてあるのかも知れない。五〇年問題、コミンフォルム批判、ハンガリア事件、安保闘争、そして反核・原発政策など、これら歴史的事象との対応であらわになった日共の過誤は、「書かれざる一章」の主人公を悩ました飢えと苦悩と決して無縁ではない。逆に言えば、主人公鶴田和夫の人間的苦悩と告発を本質的に受け止めるには、それを受け止めえない党の「体質」＝党物神、官僚主義、教条主義、党の非民主性を根底的に剔抉する視点を磨くことなしに、作品理解も深まらないということなのである。

「病める部分」という作品も、「書かれざる一章」の次に書かれた短い作品であり、共産党の二分裂を背景により具体的に書かれている。その意味で、「書かれざる一章」と「病める部分」は、セットで読むことが望ましいように思える。

この作品はしかし小説のタイトルそのものが、すでに作者井上光晴の思想的限界をはしなくも露呈しているのではないかとも思える。井上は「病める部分」という。だが、果たして、病んでいるのは「部分」なのかという根本的疑問がある。作品を見てみよう。

ある日掲示板に十六名の除名者の名前が張り出され、その中に落合良もいた。文面には次のように書かれている。

「……弾圧のみによっては日本共産党を壊滅できないことをしる彼ら反動勢力は党を内部から破壊するため、党内にスパイ、挑発者を送り込み、一部党幹部の醜悪な利己心と結びつけ、分派活動を増長せんとする陰険な策謀をめぐらしはじめている。（略）いたずらに極左的方針を強行することによって党と人民に多大の損害を与えた」云々。党多数派（書簡派）への批判者を相互討論抜きに「スパイ」「挑発者」として決めつけ除名処分する党組織とは何か。ここには官僚化した組織の悪しき病根が集約的にしめされている。病は組織全体に浸透し、それは決して「病める部分」などではない。

「コミンフォルム批判以後（厳密に言えば政治局書簡をめぐって）N県委、特にこのS地区はいち早く真正面からK地方委員会と対立した。松浦闘争のゆきづまりからくる党活動方針の不明確さが、コミンフォルム批判をもっとも直接、身近に感ずるものとし、同時に政治局書簡の線にしゃにむに進もうとするK地方委員会の、ある場合は正しい下部の党活動方針への素朴な疑問を、『コミンぼけ』などという不当な罵声で鎮圧してしまった、そういう態度への長い公然とは表明されえぬ憤懣。」

冒頭で落合良という人物が逮捕される場面を引用したが、落合は、ビラ配布によって官憲に逮捕されただけでなく、「挑発的ビラを散布して党組織に莫大な損害をあたえた」として、党からも除名されている。逮捕状のでた落合は警察に追われ、党からも追放されるなかで、頼る当てもゆく当てもなく、さまよい歩く。

「何処を歩いているのだろう。すでに陽は落ちていた。暗黒の巨大な空洞。渦巻ける空洞が足もとから落合良を吊し上げている。僅かな燭光、ごくわずかな党の燭光。しかしすぐそれは無惨に消えてしまうのだ。／落合良は瞳を上げた。潮田神社の境内。どこを今までさまよい歩いたのか、彼は無意識に自宅の近くにきていた。彼はこのまま自分の家に帰るかどうか思案した。自宅は危ない。自宅は必ず捕まる。しかし帰ってみよう。もうどうにでもなるがいいのだ。除名。除名。くるめくえたいのしれぬ巨大な、空洞。」「『党を内部から破壊するため、党内にスパイ、挑発者を送り込み、一部党幹部の醜悪な利己心と結びつけ……』掲示板が呻く。誰が内部から破壊しようとしたのか、誰がスパイで、誰が挑発者なのだ。／確かに俺はビラを撒いた。しかしそれは正しいと信じたからこそ撒いたのだ。たったそれだけのことで除名。しかも俺がスパイ。俺がスパイとは」。

除名を免れた島木圭介は、落合の心境を熟知するがゆえに「臨時指導部」に落合の除名取り消しを懇願する。

「川崎さんや落合、上原や、誰だって、悪質分派でないことは君たちが一番よく知っていることじゃないか」

「川崎さん達が除名されて今後どうして生きてゆくと思いますか。（略）落合だって、あんたたちにすれば簡単なことですが、森さん自身除名になったら、どういう気持ちがするか考えてみませんか」と。

しかし、これに対する森ら「臨時指導部」の対応は「はっはっはっ」という高笑いであった。

「……そういう笑い。（略）同志を無惨に切り捨ててかえりみぬ笑いの態度。疼かぬ心。悲しみをしろうとせぬ革命。（略）／病める部分。だが飽くまで捨ててはならぬ。たとえ病める党の部分が、傷痕にみちみちていたとしても、なお祖国と民衆を壊滅の淵から防衛するものは党だけではないか。たとえ悲しくとも。たとえ悲しくとも。たとえ悲しくとも。」

作品はここで終わっている。党（書簡派）の除名を拒否し、国際派としてとどまってこれらの作品を書いた井上光晴も、その三年後に自ら離党する。

（「南溟」第2号　二〇一七年二月二十二日発行）

二章　俳句・短歌・詩

憤怒と鎮魂の歌

――玉城寛子論　歌集『島からの祈り』

自らの乳房で赤子の息止めし母は己れを殺されたのだ
いづこより「泣く児は殺せ」のどす黒く壕の谺は闇深くする

沖縄の命の歌人玉城寛子が、第三歌集『島からの祈り』（ながらみ書房）を出版した。第二歌集『きりぎしの白百合』（ながらみ書房　二〇一一年九月二五日刊）以来の、六年ぶりの出版である。私が玉城寛子を「命の歌人」と呼ぶのは、病魔と闘う彼女の歌の一つ一つが、命の切なさ、その重さを痛感し、命を削る思いで歌われていると感じるから、である。

私は、玉城の第一歌集『沖縄の孤独』について、石川啄木の「一生に二度とは帰ってこないいのちの一秒だ。おれはその一秒がいとしい」（「利己主義者とその友人との対話」）という言葉を引用して、《玉城寛子の短歌作品とその作家姿勢を見ていると、「いのちの一秒だ」「いのちの一秒がいとしい」と叫ぶ啄木の声が重なって聞こえてくる。玉城の歌の全編を支えているのはこの痛切な命の叫びである》と評したことがあるが、今度の歌集においてその密度は、いや増しに増している。玉城の憤怒の歌、祈りの歌そのものが、切実な命の叫びなのである。

玉城寛子は私と同年代の歌人である。ということは、戦争中は母親のお腹の中か、生まれたての赤子であったということだ。もっとも玉城は大阪で生まれ、五歳のとき沖縄に移住したということなので、激戦の沖縄戦をくぐってはいない。いわゆる「艦砲の《ヌ》、喰い残し《クェーヌクサ》」ではない。にもかかわらず、冒頭の、衝撃的歌二首の張り詰めた切実感、切迫感、その臨場感あふれるリアリティーは何処から湧き上がってくるのであろうか。自ら味わった身の上の体験ではなく、自分と同年代の子を持つ母親や戦争体験者の話を聞いて追体験し、想像力を巡らしたうえでのことであろう。なにしろ沖縄は、四人に一人が戦没者。身内や親戚に必ず犠牲者を抱える島である。まして玉城は、沖縄戦最大の激戦地・南部糸満の育ちである。

私たちより少し上の詩人上原紀善は、次のような詩句を書き留めている。

《私が幼少のころの集落には　歩くと
ナサキやらギリやらオーエーやらが落ちていた
大きな戦争のはなしが
あちらにも　そこにも飛んでいた》
（上原紀善「実験ノート」・『南溟』2号所収）

玉城はそのような「あちらにも　そこにも飛んでいた」「戦争のはなし」を、わが身に降りかかった体験のごとく、深い痛みのうちに内面化した歌人である。では、玉城においてなぜそれが可能となったのであろうか。考えられるのは、彼女において、痛みを抱えた他人を見た時、自分の腸《はらわた》まで痛む＝「肝苦りさ」の感覚が備わっていることにおいてである。もっともそのような感覚は、生まれつき備わっていたというものではない。玉城は自らを襲った闘病生活と、御子息の不幸な出産の中で他人の痛みに寄り添う感受性を深めたのではないか。しかし、それだけではない。それは、他人の痛みを自分の痛みとする場合の前提となる、理不尽を許さない場所におのれを立たしめ続けてきたことによって初めて獲得し得た感覚であり、それが根本である。玉城はその感覚を実践の蓄積を通して〈反戦の思想〉にまで高めてきたということである。彼女は病気と無縁な元気なころ、婦人部長を担うなど、率先して組合役員を引き受けて反戦闘争を始め、様々な闘いの先頭にいた。それは、沖縄の現実から目を逸らさず、現実の理不尽や差別、矛盾の根源を問う姿勢や生き方から生まれているのだといえる。矛盾逆巻く現実と対峙せず傍観するところに他人の痛みを痛む感覚は生じないということでもある。

「沖縄戦―本土防衛の捨て石にされ、二十万余の人が犠牲になった。洞窟では軍命が関与した集団強制死もあった。戦後七一年、いまだに遺骨収集が行われ、不発弾も顔をだす。在日米軍専用施設の74％を沖縄に押しつけ、辺野古新基地建設の斧を振りかざす。多くの国民はこの現実に目を背けている。」（野ざらし延男・東京新聞　２０１６年6月25日）

今日、本土人の大多数が安保条約を肯定し、沖縄への基地集中を何の痛みも感じないで容認しているのは、沖縄への構造的差別から目をそむけて繁栄を謳歌しているからである。次の句を作った。

《知ることの痛みを避けて桜咲く　　武蕉》

また、歌人の屋良健一郎氏の推奨する短歌「赤花が映える青空特大の基地のハンバーガーが食べたい」を読んで、次の句を作った。

《根源を問わねばおいしい基地バーガー　武蕉》

私自身も、戦争中は母のお腹の中にいた。戦争中の私の在所は母の中であり、洞窟《ガマ》の中であった。戦争が勃発したとき、読谷飛行場の近くに居住していた私の一家は、海からの艦砲射撃と米軍機の爆撃、米軍戦車による砲撃など、「鉄の暴風」に真っ先に晒された。母は、臨月のお腹を抱えながら八人の子どもたちと、戦火の中を逃げ惑ったという（父は、徴兵忌避の容疑で逮捕され獄中にあった）。そのような戦争の苦労については耳にタコができるほどに聞かされたものである。

実際、ある時は、私たち家族を含む住民が避難している洞窟に日本兵がなだれ込み、食糧を強奪しただけでなく、泣きわめく赤子を母親らから次々と取りあげ、壕の中を流れる川に投げ入れ、銃剣で刺し殺したという。戦時下の苦労を事あるごとに話し聞かせた母であったが、この時の地獄については、生涯、口にすることはなかった。その地獄の模様について話してくれたのは母ではなく姉であり、しかも、両親もとっくに死去して戦後七〇年も経たごく最近のことである。避難中に民家で産み落とされ、母乳もなく私は泣いてばかりいた。「泣く子は殺せ」と叫んで日本兵が近づいたとき、母は私を抱いて咄嗟に壕を飛び出し、乳房を押しつけて息を止めては離すという離れ業を繰り返すことで、私の命をかろうじて取り留めた。しかし、なかには、「自らの乳房で赤子の息をとめた母」も居たという。その母は、その瞬間から、己れをもまた「殺された」のである。冒頭の二首はそのような修羅場を詠んだ歌である。

歌集には、二〇一一年六月から二〇一七年一二月までの六年余の間に詠んだ四三一首の歌が収録されている。

歌われた歌の題材は多岐にわたっている。東日本大震災と福島原発事故にまつわる歌、世界の紛争で死に行く民衆への痛み、今なお苦しむ広島・長崎の被爆者の悲惨への思い等々があり、それぞれ味わい深いのであるが、ここでは四つの分野に絞って評することにする。

一つは、全編に流れるこの島の死者たちへの鎮魂と島の未来への祈りである。

それは、この島を貪り続ける日米権力者への煮えたぎる憤怒と綯い合わされ、犠牲になった島人への鎮魂の歌となり、祈りの歌となって溢れている。

二つ目は、今なお基地の島として様々な事件・事故の災害に晒される沖縄の現実への憤怒と、理不尽な現実と抗い続ける民衆の姿を詠んだ歌の部類であり歌集の大半を占めている。

三つ目は、おのれを襲う病魔との苦闘とその彼女を支える家族、親族、友人たち、親族の死について詠んだ歌の数々である。

四つ目は、自然や目に触れる小さな動植物、絵画や音楽について詠んだ歌の一連であり、身辺詠である。

一つ目の祈りの歌からみていくことにする。

太古よりニライカナイの幸招き豊饒の島の海山おだし
守礼なる長閑な島へいつもいつも戦さの炎は海越えて来ぬ

摩文仁野は祈りて踏めよ飛散せし屍は足の下に眠れば
乙女らの終なる壕を靄おおい絹のベールとなりて褥に
辿りつきし摩文仁野は修羅の場となりき艦砲の嵐にちぎれし島びと
覗いてはならぬたましいひそと眠るひめゆり学徒はついなる洞窟《ガマ》に
轟音を降らす米櫃に仏桑華揺れてなお立つ島の祈りも

一首目と二首目の歌。歌集の冒頭にこれらの歌が配置されている。歌意は説明するまでもないであろう。一首目は、太古の昔から営々とニライカナイの楽土から招き入れた島の平和がいつまでも続いてほしいという作者の願いであり、島人への祈りが込められている。歌集のタイトルともなっている「島からの祈り」と呼応して、歌集の主旋律の一つを奏でている。しかし、二首目で歌の響きは一変する。島からの祈りも空しく、海越えて来た戦争は、人々を殺戮し、島の風景の原型をとどめぬほどに破壊し尽くした。戦前のこの島を「守礼なる長閑な島」として手放しで称揚することには異論もあるかと思うが、「鉄の暴風」によって島は地獄の島と化したのだ。

引用した三首目を読むと、「ざわわー　ざわわー　ざわわー」で始まる「さとうきび畑」の唄が聞こえてくる。寺島尚彦が作詞・作曲したこの歌は、森山良子の澄んだ歌声に乗って大ヒットし、今も連綿と歌い継がれている。二番の歌詞を抄出しよう。

ざわわ　ざわわ　ざわわ

広いさとうきび畑は
ざわわ　ざわわ　ざわわ
風が通りぬけるだけ
むかし海の向こうから
いくさがやってきた
夏の日差しの中で
ざわわ　ざわわ　ざわわ

出だしの「ざわわー」の響きが心に沁みる。『はえばる文芸』第二号に、この歌の誕生にまつわる「秘話」が、尚彦の妻、寺島葉子さんの文で綴られている。

《暑い陽差しの中、自分の背丈を超えるほどに茂った広いさとうきびの畑を黙々と歩いていた時、ふと立ち止まった案内の方から、「あなたの立っている足元には、まだ戦没者の遺骨がそのままになっているのですよ……」と告げられました。（略）あの激しい夏の日が終わりを告げてから、当時19年も過ぎようというその時にも、まさにそこは戦跡だったのです。若い作曲家が受けた大きな衝撃は（略）轟然と吹き抜けていったあの風の音と共に、亡くなった方たちの嗚咽や怒号の声をたしかに聞いた…と夫は語っておりました。》

葉子さんは、「当時19年も過ぎようというその時にもまさにそこは戦跡だった」と、その理不尽さに驚き心痛めているのであるが、この文が綴られてから五十年余が過ぎた今も、沖縄は戦跡であり、戦場である。多くの遺骨は収集されずに今も荒ぶるままに眠っているのだ。

最後の歌「轟音を降らす米機に仏桑華揺れてなお立つ島の祈りも」の、仏桑華の配置が目に付く。沖縄を象徴する花や植物としては梯梧があり、ガジュマルがあり、月桃、クワディーサーなどがあるが、作者は仏桑華を選んだ。仏桑華は最近ではハイビスカスなどとハイカラに呼ばれたりするが、方言ではアカバナーであり、仏壇や墓前に供え、死者を弔う花である。生け垣などとして身近に植えられ、年中花を咲かせ、親しまれてきた花である。轟音をたてて飛び交う軍機の風圧に揺れなびくが、元の姿勢で立ち直り、花はまぶしく、祈りの花形で傾ぐ。そのような仏桑華の性状と花形に、作者は、軍禍にめげず生きる島人の姿を重ねているのである。歌集には次の歌もある。

《安らぎを仏桑華《アカバナー》に託せば天の意もひめゆりの塔に献ぐ》

また、二〇〇五年には次のような歌も詠んでいる。

《六十年戦の惨を吐き続け吐息続けきし仏桑華の赤》

惨劇の歌、祈りの歌はまだ続く。

剃刀を握れる夫がこの喉へ伸ばす腕を風、記憶せよ
どしゃぶりの弾に追われて母子らに慶座《ギーザ》バンタはこの世の果《はた》て
ざわざわと甘蔗の葉擦れは地を嘗める火炎放射の火の音に消ゆ

あの口から髑髏を撫でて生きしかな「艦砲ヌ《の》喰《食》エ《い》残《のこ》サ《し》ー」は叙情となせぬ
視野占めて香煙白き慰霊の日　島は草本もなべて祈りに
にょっきりと不発弾現れ一瞬に戦場と化し人は蟻の子
綿雲を切り裂きてゆく戦闘機いづこにも弾落さずにいよ
いつの世も優しき民を贄にする国家というものオキナワ・フクシマ

一首目は、「集団自決」を強いられた修羅場の状況である。

私が愛と誠実の作家と呼称している作家、大城貞俊は作品集『島影』に収録された「慶良間や見いゆしが」の中で、「集団自決（強制集団死）」の凄惨な場面を次のように描きだしている。

《Bさんの父親と私の父は、それぞれ自分たちで、家族を始末する決意を固めたようでした。壕の中には、三つの輪が出来ました。それぞれの家族が、互いに肩を寄せ合い、抱き合ったのです。

父は、まず持っていた鎌で母の首を切りました。返り血を浴びた顔で、私にも自分の妻を始末せよと声を上げました。Bさんが、Bさんの娘たちの首を切っているのが目に入りました。私は剃刀を持ち、妻を抱きしめました。涙が溢れて、止まりませんでした。

父が、妹の首を切るのを見ました。傍らで、弟が父を凝視していました。私は、手が震えました。震えてはいけないと思いました。壕の中のみんなが見ているんだ。私は、抱きしめた妻の喉に剃刀を当て、思い切り曳きました。妻の血が、私の顔に飛沫のように掛かりました。妻は、私の腕の中で、私を抱きしめ両足を痙攣させながら息絶えました。》

無論、ここに描き出されている場面は小説の中の出来事であって、事実そのものではない。だが、このような地獄はこの島で実際に繰り広げられた歴史的事実の惨劇であり、修羅場から奇跡的に生き延びた人たちが苦渋に満ちた思いで証言した体験である。また、私自身が、生き残りの方の案内で惨劇のあった現場に実際に立ち合い、その証言で確認した禍々しい事象なのであるが、実際に体験者の口から聞く地獄絵図は、更に克明で小説をも超えていると感じたのである。

二首目の「どしゃぶりの」の句。首里の日本軍指令部壕が壊滅し、日本軍が南部へと敗走を始めた頃の五月、六月の沖縄は小満芒種（スーマンボースー）と呼ばれる梅雨の時期。どしゃぶりの雨の中を米軍の爆撃に追われた住民は、逃げ場を失い、ついに南の果てのハンタ（断崖）から次々と身を投げて果てた。わけても「慶座《ギーザ》バンタ」は、多くの住民が身を投げて死んだ、切り立った断崖のことである。次の句は、そのような死者たちへの鎮魂の歌である。《どしゃぶりの六月の島は摩文仁野を濡らし礎に白き死者の名》。

三首目。米軍は、海から艦砲射撃を浴びせる一方、陸地からは、歩兵隊を従えた戦車隊で攻撃し、家屋や避難壕、甘蔗畑を容赦なく火炎放射器で焼き払い、虱潰しに掃討したのであった。四首目、そのような地獄絵を思うと、とても花鳥風月を詠むように短歌的叙情のリズムと美意識で「戦争」を詠むことなどできないのである。五首目、六月二三日は、沖縄慰霊の日である。摩文仁の丘に集中する慰霊碑の前だけでなく、島全域で慰霊祭が挙行され、「島は草木もなべて祈りに」包まれる。

六首目、沖縄において、不発弾は、戦後七十余年が経った今でも、あちこちで、宅地造成や道路工事の折りに「にょっきりと」掘り出され、その度に、避難指示がだされ、道路が閉鎖される騒ぎが日常的に起きている。時には、不発弾が爆発し、死傷者を出している。全部を取り出すのにあと七〇～八〇年は要するといわれている。激戦地南部で犠牲になった死者たちへの鎮魂の歌はまだまだ続く。

息づまる南風原壕《はえばるごう》の乙女らは兵のうめきの谺の闇に
斃れたる乙女のたましい宿しつつ白ゆりなびく荒崎海岸
涙噛み地下に埋もるる御魂らの声なき声に耳澄ます日よ
カラカラと浜に寄するは貝ならず終戦の米須に死者たちの骨

追悼・大田昌秀

ありったけの地獄と言えど生きのびて礎《いしじ》をなぞる白髪の女《ひと》
不意をつく訃報に夕ぐれたじろぎぬ署名に抗せし残像あれば
ああ奇しく鉄血勤王隊を生きのびて反戦ひと筋するどき眼
地上戦のなべての死者を刻したる「平和の礎」を遺して逝きぬ

後の三首は、元沖縄県知事・大田昌秀氏の死去についての追悼の歌である。二首目の「署名に抗せし」というのは、国が米軍用地強制使用の代理署名を県知事に命じたことに対し、それを拒否したことを指す。大田氏は二〇一七年六月一二日、九二歳で他界された。「平和の礎」は、大田氏が在任中に建立したものである。理不尽な基地の現実を告発する叫びはさらに続く。

米基地の囲いとされたる夾竹桃の花はふるえる轟音の下
墜落のニュースをききて今日もまた狂わんほどに空ばかり見る
この島に許してはならぬオスプレイ赤きシャツ着て車椅子に叫ぶ
耳塞ぎうずくまる児ら普天間は戦場のごとしオスプレイ飛ぶ
埋み火の曝ぜるがごとく島人《シマンチュ》ら辺野古を守るリーダーを生む
清《ちゅ》ら海を一途に守ると腕《かいな》組むしわ深き人らここに集いて
島人の辺野古へ辺野古へ馳せゆく日臥せるわが身は鳥にもなりて
海守る市民をひきずり鉄柵へ昼顔の花は確《しか》と視ており
サンゴ群はトンブロックに潰されて大浦の海のはてなき悲鳴
抗議するカヌーの若者押さえつけいのちの淵に海保のやから
人間の洪水となりあふれくる「辺野古」に否の意思示さんと
日常に殺意の闇がひそみいる米兵ひしめく基地のありせば
うしろより首鷲摑みに住民をゴボウ抜きする官憲の群れ
島のわれらを「土人」と蔑す日本人芙蓉うつくしく咲く島に来て
「カヌー隊」目取真俊氏の逮捕され辺野古の海の濤は吼え立つ

多くの歌群から一五首を挙げてみた。全ての歌が「基地沖縄」を詠んでいるようにみえる。本土の歌人はこのような歌をさして、「沖縄の人の歌は基地と戦争のことばかりで、類歌が多い。もっと豊富な題材があるのに」と、安易に語る。たとえばそれは、次のような言い方でより説得力をもってささやかれることもある。

「(類歌を避けるためには) 逆説的だが、背負っている環境 (文化、戦争体験、基地問題への怒りなど) から一度離れてみることではないか、と思う。(略) つまり、沖縄という旗印から、意識的に距離をとる試み (忘れるということではない) である」(小高賢「歌の弱さと強さ」『短歌往来』2013年8月号)。

このような提言を肯定し、推奨する県内歌人もいる。だが一つ一つの歌をよく味わってみる必要がある。一首目の「夾竹桃の花」は現実の風景であると同時に巧みな比喩である。夾竹桃は米軍基地を遮蔽する囲いとして植えられているが、花は強烈な毒を持つ。「花の毒」は米軍基地のもたらす毒であり、島人の放つ恨みの毒である。二首目の「墜落のニュース」というのはオスプレイ墜落事故のこと。欠陥機と指摘され、県議会の全会一致決議を始め、全市町村長・議会が配備に反対し、十万人規模のオスプレイ配備反対の県民大会が開催された。この沖縄の民意を背景に、保革を超えて東京行動が組まれ、銀座デモが敢行された。にもかかわらず、普天間基地に一二機、後に一二機の計二四機が強行配備され、挙げ句に、名護市で墜落事故をおこした。

歌人は、そのオスプレイの「墜落のニュースをきて」「狂わんほどに空ばかり見る」のである。犠牲者は出てないか、また落ちるのではないかと案ずる作者の衝撃と危機感がストレートに表現されている。これを類歌だといい、基地ばかり詠んでいると思う人は、オスプレイの墜落というこの戦慄すべきニュースをどのような衝撃度で受け止めたかを自らに問うてみることである。

三首目は、作者が車椅子の身で、オスプレイの強行飛来に抗議する普天間の現地集会に参加した様子を詠んでいる。私は、このように車椅子のわが身を省みずに全身的に闘い歌にする歌人をみたことがないし、心底、心が痛む。四首目も集会の現場を詠んでいるが、視点は「耳塞ぎうずくまる児ら」に向けられていて、詠む対象がちがう。五首目は、辺野古のゲート前や海でリーダーが逮捕されても怯まず、それに代わる新しいリーダーを生み出しつつ闘う島人の逞しさをとらえている。「埋み火の爆ぜるがごとく」の表現が鮮やか。「埋み火」は「うずみび」と読み、「灰の中に埋めた炭火」のこと。暖房器具が普及した現在ではなじみの薄いことばであるが、火を消すことなく灰の中に埋めていて、必要な時取り出して使い、消えることがない。新リーダーの登場を「埋み火の爆ぜる」と巧みに比喩している。

とまあ、このように一首一首を丁寧に見ていくと一つとして「類歌」と呼べる歌などない。それよりも基地や戦争のことなど見向きもしない類歌論者たちは、足元の歌がどうなっているかを見つめ直した方がいい。西東三鬼は七〇年も前に次のように述べている。

「我々は季節に甘えた。／日本人の芸当は季節詩ばかり、明けても暮れても春夏秋冬を一歩も出られない、我々日本人には春夏秋冬以上の強い感動がないとでもいふ様に。」（『天狼』創刊号「酷烈なる精神」昭和23年1月号）

この西東三鬼の揚言は、直接には、花鳥諷詠に明け暮れる当時の俳句界に投げかけられたものであるが、短歌的抒情を詠うことのみを良しとし、夥しい季節詩の「類歌」の量産を奨励する今日の〈中央短歌界〉にも、ぴったり当てはまる揚言である。いや、七〇年前の揚言を持ち出すまでもない。現代俳句の第一人者恩田侑布子（二〇一七年現代俳句協会賞受賞。朝日新聞の俳句時評担当）は、全国俳誌協会の編集特別賞を受賞した沖縄の『天荒』誌に対し次のように述べている。

《米軍基地を背負わされた沖縄では、ことばは戯れるいとまをもたず詩の弾丸になる。（略）無季俳句は現代社会への批評眼からうまれる。それは自然随順が現状随順になる季節詩への痛烈なアッパーカットだ》（朝日新聞　二〇一七年一〇月三〇日）と。

この文脈の「無季俳句」を「現代短歌」に置き換えて読めば、「沖縄に距離を置く歌」を提唱する小高賢の揚言とその同調者の言葉が、いかに能天気で的はずれな戯れ言かというのが分かるはずである。

最後に掲げた「カヌー隊」の歌。二〇一六年四月一日、カヌー隊の一員として闘いの最前線に立つ作家目取真俊が、辺野古の海で抗議行動中に刑特法違反容疑で拘束、逮捕された。権力に刃向かう者は、著名な芥川賞作家といえども容赦しないという権力の強い意志を明示してみせた事件であった。この事件について、本浜秀彦氏（文教大学教授）が『すばる』二〇一六年六月号で「オキナワン・スナイパー」と題する文で書いている。

《身の毛のよだつ声だったに違いない。／シマにこだわり、シマに生きる人びとの魂を書き続けてきた作家の本名を、同じくシマで生活する男が口にした。「陸に上がっていますよね。刑特法（刑事特別法）違反です」と告げた。カヌーに乗って抗議していたウエットスーツ姿の彼の腕をつかみ、陸に引き上げて後のことだ。（略）その作家——目取真俊氏は、軍警に明らかに人物を特定されたうえで拘束されたと憤る》と。

戦前・戦中、治安維持法によって国に批判的とみなした者たちを次々と逮捕・勾留した特高警察の暴挙を彷彿とさせる事件である。
　三つ目の歌群は、闘病記ともいうべき、病魔について詠んだ歌と、身内の死について詠んだ歌である。

またひとつ迫る検査をくぐらんとこぶしを朝陽に向けいる吾は
闘病は身に迫る業火を喰むものとつくづく思う春はまた来る
錘をば胸におかれるごとき苦にあかとき目覚むる息の浅さよ
傘かざし弾みて歩きし遠き日の雨音いまも耳に谺す
友らみな集いて辺野古へゆくものを臥す吾《あ》にまばゆし窓に射す陽は
いつまでを病魔巣くうと我に問う介添え疲れの息子の心
常よりも明るく響く娘の声は臥しいる吾に光のごとし
あかときを手の窪に十錠確かめて服せば窓のほのかに染まる
こおろぎのほそほそ啼くに眼閉じベッドにもたれ秋夜を在りぬ
生きゆくはなべてを身に受くものだからまなこを閉じて樹の声をきく
いのちあるものはいつしか滅ぶるを逝きたる姉にまた涙ぐむ
雑草のごときしぶとさに生きたしと弟はまったき雑草だった
夜の深み去年《こぞ》に逝きたる弟の想い出ばかりしとしとと雨

後の二首の、弟の死を詠んだ歌。その弟は、私も身近に接した人である。学生の頃、反戦集会などでよく見かけた。穏やかで、端正な顔立ちは、告別式の拝壇の写真にも強く影を残していた。

現実の派生させる矛盾とその根源を問う歌が歌われるなかで、次のような身辺を穏やかに詠んだ歌に出会うとほっとすることも確かである。

フリージアの香りのする部屋に友といて熟れゆくような若夏の時
ミニグラスの梔子の一輪かおり立ちモネの画集をめくるうりずん
秋深みゴッホの画集くりゆけばわれを引き込む藍のアイリス
ようように胸痛ゆるび無伴奏チェロに抱かるるごとき宵なり
ひと夜さに月下美人のきわまればその花ひとつてのひらに享く
謎めいた眼差しにわれを吸い寄するフェルメールの真珠の耳飾りの少女
朱の色を冬陽に向けて輝り放つダリアの息をわが身にまとう
香ばしき月桃鬼餅《サンニンムーチー》の葉をほどき食みいるわれは越冬雀

ところで、沖縄において歌集を批評しようとするとき、次のような声に突き当たる。「沖縄の歌人は戦争や基地のことばかり詠んでいる。その表現もストレートでスローガン的で類歌が多い。他に豊富な題材があるのにもったいない」云々という本土歌人たちの指摘は先述した通りである。

二〇一四年三月に、沖縄の歌人が一堂に会して那覇で開催された「歌人の集い」のテーマは、「沖縄の歌は類型的で個性が見えないとされる中央歌壇からの批判」が一つのテーマに設定されていた。これらの言説は言い方を変えて「表現がストレートで荒々しさが目立つ」「意味性が前面に出過ぎて、ゴツゴツしている」等々。このような批判は、沖縄の歌人のある弱点を突いていて一定の説得力を持って響く。県内歌人においてもこのような批判を是とし、戦争・基地批判の題材を避け、個性を見つめる、とか花鳥諷詠に軸足を移す動きが見られる。だが、浸潤するこのような風潮に靡く者たちは、しばし立ち止まって、何が根源的かを問い直し、他の分野の者たちの発言に耳を傾けてみることも大切であろう。

日本ペンクラブの第34回「平和の日」の集いが、「文学に何ができるのか」をテーマに、宜野湾市のコンベンションセンターで開かれ、県内外の作家、詩人らがパネルディスカッションを行った。参列した浅田次郎（作家）、吉岡忍（作家）、落合恵子（作家）、ドリアン助川（作家）、川村湊（文芸評論家）、金平茂紀（ジャーナリスト）、大城貞俊（作家）、又吉栄喜（作家）、八重洋一郎（詩人）ら錚々たるメンバーの発言は、歌人にとっても極めて示唆的であるはずだ。（琉球新報３９２７０号）

浅田次郎氏は《（基地問題に翻弄される沖縄について触れ）沖縄は今も、戦争をずっと引きずっている苦悩の現場。…沖縄の文学はそれゆえ燦然たる輝きを放っている》と述べた。大城氏は《（沖縄戦や基地問題などを描く沖縄の文学は）基地被害に遭い、国家権力に傷つけられ、それでも声を上げる弱者を描く、沖縄でこそ生まれる文学だ》と強調した。又吉氏は《米軍基地は世界中でさまざまな問題を起こしている。基地に虐げられる沖縄の人々を描くことで、沖縄の文学は普遍性を持つ》と述べた。川村氏は《終戦後数十年、米軍による支配が続き、復帰しても少しも減らない基地に苦しめられている沖縄から生まれる文学には、日本の文学を変える力がある。本土の人にこそ読んでほしい》と提言した。

「戦争や基地ばかり詠んでいる」「それら（沖縄）から離れてみてはどうか」と揚言する本土歌人とはまったく真逆の発言となっていて、この方が、本質的で力強い提言になり得ていることを確認することができるはずである。ただ、不満もある。「沖縄の文学」を論じているが小説だけを論じていて、詩や短歌、俳句などの短詩型文学を除外している点である。もう一つは、浅田氏の「沖縄は今も、戦争をひきずっている苦悩の現場」という発言に見られるように、基地問題は沖縄だけの問題とする考えが、本土の人間の中にあり、「当事者性」が抜けていると思われる点である。沖縄も日本とみなすのであれば、ほかならず、沖縄の基地問題はすなわち、日本全体の問題のはずなのである。沖縄について理解を示す著名人においてもなお、このような発言がとびでる現実に沖縄はおかれている。

このような沖縄の短歌をめぐる状況について次のような沖縄の歌人らの発言はたのもしい。

「『基地反対の歌』と格闘することなく、自らの尺度にあった作品をのみ取り上げるにすぎない。折からのオスプレイの問題は、国民の一人として避けて通れないことなのではないか」（名嘉真恵美子・かりん沖縄支部長）

「沖縄の歌人たちが沖縄戦を詠うのをやめないのは、戦争が忘れられないからではない。それを忘れさせない現実が、目の前にあるからに他ならない。（略）そのような状況が続く限り、沖縄の歌人たちは、歌の結晶度の問題を超えて、戦争と関わりのある歌を詠うことを止めないであろう」（仲程昌徳・元琉球大学教授『短歌往来』２０１５年８月号）

「短歌はスローガンや叫びではない。婉曲な表現で歌うべしという。しかしながら、現在の沖縄の基地問題の現況では、たしかに叫びたくなる」（比嘉美智子・花ゆうな短歌会主宰。沖縄タイムス／二〇一三年六月二三日）

「日本の叙情の世界を侵す覚悟をもってしても短歌に基地を詠っていかねばならない」（玉城洋子・紅短歌会主宰）

「私たちにはどうしても沖縄でしか使えない言葉がある。ヤマトからどう言われようとめげずに、（略）どんどん外に向かって発信していくことが大事である」（楚南弘子・二〇一四年三月一六日「歌人の集い」のパネラー）

あるいはまた、詩人倉橋健一の次の発言も、示唆に富んでいる。

《一九六〇年の反安保闘争の騒擾も六〇年代末の大学闘争も、どこかで詩が火付け人であったような、つまりまぎれもなく時代の知的感性を惹きつけた、挑発の役割を詩が引き受けていたような気がする》（『詩が円熟するとき─詩的60年代還流』・思潮社）

時代は、六〇年代を上回り、矛盾逆巻くファシズムの到来を告げているかに見えるとき、右の提言の「詩」を「現代短歌」に置き換えれば、現代短歌に何が問われているかが、見えてくる。

沖縄の歌人は基地と戦争ばかり、という論からすれば、玉城寛子の『島からの祈り』は、その典型とも言える歌集なのかも知れない。だが、當間實光氏のこの歌集についての書評は、歌集の核心をついている。

《「いつの世も優しき民を贄《にえ》にする国家というものオキナワ・フクシマ」／玉城寛子第三歌集『島か

らの祈り』の思いはこの一首に象徴されている（略）権力が理不尽に犠牲を強いる辺野古基地建設への怒りは凄まじい。怒りが先走ってリズムや抒情を欠く事もある。しかし、そんなことはどうでもよろしい。一個人が権力と対峙するには、なりふり構わず髪ふり乱して立ち向かうしかない。そんな声が聞こえてくる。「たとえ愚直と言われようとも沖縄を詠め」との近藤芳美の言葉を貫いているようである》（沖縄タイムス・二〇一八年四月一日）

當間氏が、このような批評を為しうるのは、他ならず、氏自身が権力の理不尽に対峙しているからであろう。許せないという怒りと危機感の度合いが、歌のリズムや修辞にこだわる本土歌人らと、決定的に違うのである。

類歌、類歌としゃっくりのごとく繰り返すヤマトの声に怯えて、日本的抒情の歌に回帰する愚を選ぶまえに、沖縄を手放すことなく、類歌の中に新しさを見つけ、新しい類歌を詠むことこそが、今、求められているのではないか。《類歌という類歌のなんと新しき・武蕉》

夜の底を雷《らい》の吠えくる妖しさに臥す身はいよいよ昂りてくる　玉城寛子

（「南溟」第5号　二〇一八年八月三〇日発行）

矛盾のただ中に身を置けばこそ

――「くれない」二〇〇号を読む

その場所は、県道104号線沿いの鬱蒼とした雑木林にあった。かつて、喜瀬武原《キセンバル》砲弾演習阻止闘争として、住民や阻止団が何度もデモを繰り広げ、集会を開いた道路と隣接する場所であった。復帰直後の七〇年代初頭、米軍は、住民が生活道路として頻繁に往来する県道104号線を一方的に封鎖して、実弾砲撃演習を強行した。その間、朝から夕刻まで喜瀬武原から恩納岳・ブート岳に向けて民家の頭上を砲弾が飛び交う理不尽さであった。近くには喜瀬武原小中学校や喜瀬武原公民館がある。

これに対し、一九七四年から繰り広げられた喜瀬武原闘争は、米軍演習場内に侵入し、着弾地で狼煙を焚く決死の闘いを含め、三年に亘って闘われ、ついに演習を実力阻止した闘いであった。今に歌い継がれる海勢頭豊の「喜瀬武原」は、この闘いを詩と曲に織り込んだ名曲である。

その場所は、沿道から一歩踏み込めば、人目の届かない闇の領域である。被害にあった島袋里奈さんの遺体は、その場所に、襤褸切れの如く打ち捨てられていた。未来ある、あたら二〇歳の若さ！発見された時は腐乱がひどく、半ば白骨化し、悲惨極まりない状態だったという。殺人鬼、強姦魔、淫獣、人非人、悪魔、米毒…どんな言葉も彼女の無惨な死には届かない。

《幸せになるはずだった二十歳の里奈あの憎っくき基地さえなくば・玉城洋子》

《出ておいで由美子も里奈も徳ちゃんも「青春返せ　沖縄返せ」・玉城洋子》

軍事基地まみれの沖縄は、七三年の間様々な基地被害に晒され、それは今も続いている。軍用機の墜落、爆音、井戸水・土壌汚染、強盗、強姦、射殺、流弾、不発弾爆発、交通事故、乱痴気騒ぎ、住居侵入、そしてそれらを要因とした自殺等々…。新聞に米軍がらみの事件事故が報じられない日はない。それらの中でも、女性強姦殺害の悲惨はわけても、痛ましすぎる。生きながらにして個としての尊厳を奪われ、存在を抹殺されるなんて。「くれない」代表の玉城洋子が《出ておいで由美子も里奈も徳ちゃんもー》と詠み、歌集に収録された1440首の中から、真っ先に次のような歌を取りあげているゆえんであり、その口惜しさの情がギシギシ身を刺すようにと伝わってくるのである。

《天界のみやび女《め》の深傷癒ゆるまでわれらは裁く兵のサタンを　　玉城寛子》
《呼びかける「お父さんについておいで」無残なる死の娘の魂《まぶい》　　古堅喜代子》
《県民の心を怒りと悲しみで震わせた米軍属の蛮行　　金城孝子》
《軍属に閉ざされし命まだ二十歳基地ある故に島休まらず　　大城永信》
《同盟の犠牲になりしああ二十歳　凌辱受けし命の連鎖　　小嶺基子》
《異邦人　沖縄を闊歩せり痛ましく女性を餌食とす蛮族となり　　金城秀子》

合同歌集『くれない　22』には、他にも時事詠、社会詠の歌が多い。辺野古基地建設の問題、高江や普天間のこと、オスプレイ墜落のこと。沖縄の基地問題だけでなく、遠くは中東紛争やテロ攻撃のこと。東日本大震災と原発事故のことなどアクチャルな問題が積極的に取り上げられており、沖縄の悲惨を詠んだ歌が多い。そのことはほかならず、「くれない」に集まる歌人たちが悲惨な事象が次々と惹起する危機の時代にあって、現実から目を背けることなく、時代の矛盾と正面から対峙しているからであろう。本誌に「短歌時評」を連載している今井正和氏は、高橋美枝子歌集『沖縄いまも戦場』評の中で、《土地に杭打たるとも心に杭は打たれまい沖縄いまも戦場》などの歌を挙げ、次のように述べている。《遥か北海道からの沖縄への連帯の作品は、沖縄の人たちに精神的な支えになるに違いない。県外からの沖縄詠が、沖縄の人たちの心に響くものがあるとするなら、それは深い歴史認識によるものであろう。何を詠うか、いかに詠うかという以前に、誰が詠うかということである。それは歌う人間の知性、感性の問題である》と。

《ゆっくりと騙す政治に騙されぬ「時代の危機に向き合う短歌」・仲沢照美》
《世界中格差ひろがり今日もまたさまよう難民の寝床はありや・伊志嶺節子》
《悲しみを決意にかえて今日も座す辺野古の海は青く澄みたり・喜納勝代》
《ドボーンと吾の身に落ちたトンブロック私の痛み辺野古の痛み・舟瀬とよ子》
《「基地いらぬ」車に貼りて街を行く辺野古の危機に心騒ぎて・上原常子》
《奪われし児童《こ》らの無念を忘れまじ宮森の惨偲ぶひまわり・小嶺基子》
《揺れ止まぬ日本列島望みなし恨めしきかな思いやり予算・瀬長瞳》
《黒々と積み重なりし汚染物フクシマの土見えずどこかに・小林嘉則》

今年八月には、県民に悲しみの衝撃が走った。翁長知事が辺野古埋め立ての撤回を表明し、具体的実行に移す直前に膵臓がんで死去した。稲嶺進前名護市長は「国家に殺された」と怒りを込めて言い放った。翁長氏の病の進行を案じ、死を悼む歌もある。

《一段と険しくなりゆく知事の顔ニュースで見ればその身体《み》を案ず・野原園子》

歩みくるおのが老いをしみじみと詠んだ歌もあって、それはそれで人生の襞と深みが身に沁みて味わい深い。短歌界に若者が少ないのを嘆く人もいるが、考えてみれば若者に老いは歌えない。老いて始めて見える世界もあるわけで、老いることで新しい歌が生まれて来るというものだ。嘆くことなどさらさらない。

《老いも又スタートの時焦躁もこだわりも解き軽き心で・上原美代子》

《「君の名は。」アニメと知らず数寄屋橋思い浮かべる吾も老いたり・佐々木孝子》

《古稀の日を旅の途中で迎えるとは　我ながらよく出かけましたね・岡田弘隆》

《白髪の気づかぬままに増えゆくをひそかに憂う七十路の我・仲川松江》

《老い深む己の心を叱咤する老いてはならぬ昭和の乙女よ・山本らつ》

穏やかに迎える日々のなかに、平和であることを噛みしめ、人とのつながりの温もりを確かめ歌にするのもいい。歌に詠んでいけないことなどない。

《「大台に突入した」と笑う友まだまだ若い夢ある限り・藤林清子》

《今日晴れていよよ夏めく街の色カッペリーニも季節メニューに・中村ケンジ》

《忘れゐし遠き町など思ひ出づる夜の淵より歌ら生るる・大橋文恵》
《在りし日に貰ひし古きズック履き津波犠牲の友と歩めり・阿部凞子》

一首目。老いて、老いを笑い飛ばす逞しさ。二首目、「カッペリーニ」という新しい語（?）をすばやく歌の題材に取り込む感性の若々しさ。三首目、捨ててきた故郷であるが、夜のひと時、望郷の念が込み上げてくる心境を詠む。四首目の阿部さんは岩手の人。《ほととぎすの鳴く声ききつつ歌会せし部屋も歌友も津波は奪ひき》の歌もあり、東日本大震災に被災した方である。掲歌の《在りし日に貰ひし古きズック履き―》の歌は、歌友を津波で喪った悲しみの深さが伝わって胸を打つ。

《よもやまを姉と語れば過ぎし日を行きつ戻りつ愛愛《カナガナ》と夕べ・金城榮子》
《あんやたん・そうだったなと目頭を熱く読み継ぐ『七歳の夏』・仲村致彦》
《やうやくに関節の痛みやはらぎて亡き夫迎へむ御迎《ウンケー》えの宵・池原初子》
《伊江島に白百合の花百万輪慰霊の花ねと娘一言・川村修子》
《百合の花弾に砕かれ散りゆきぬ御霊か咲きし真白のままに・嘉手納ハル子》

ウチナーグチや沖縄の風習が適度に用いられているのが、この歌集の特徴の一つであるが、掲歌にもそれが窺えてそれらに出会うと懐かしくもあり、心が落ち着く。ちなみに我が家での夫婦の会話はウチナーグチ（方言）である。

一首目の「愛愛と」は、ウチナーグチで口にすれば「カナガナートゥ」となる。「仲良く」の意味であるが、同じ意味でも言葉の響きが醸し出す情愛と温もりが違う。ウチナーグチでないと味わいが表現できない。二首目の「あんやたん」は、今もよく聞く方言。「あんやたん」を標準語で言いかえたのが「そうだったな」。ここには他府県の人にも分かるようにと配慮する作者の心優しい思いやりと、（ここだけを標準語にした）おかしさが溢れていて、「あんやたん」の響きの柔らかさとあいまって、「目頭熱く」する効果があり、池原初子の歌集のタイトルを歌に詠み込む巧みさもある。三首目の「お迎え《ウンケー》」は標準語に直して「お迎え」とすると据わりが悪く落ち着かない。ここは「ウンケー」であり、「ウークイ」である。言葉は意味を伝える機能だけではない。響きとリズムがあり、言葉を生み出す伝統と文化を孕んでいる。四首目と五首目。華やかに咲き誇る百万の白百合の花を見て、あるいは一輪の「百合の花」を見て、「弾に砕かれ散りゆきぬ御霊」に思いを馳せ、戦争の犠牲になった死者たちを偲ぶのは、この島の住民だけかも知れない。この島に根を据え、世界に開かれた歌をこれからも詠んでほしい。

《白百合の一輪枯れて基地フェスタ・武蕉》

（二〇一八年一二月）

全く新しい歳時記の編纂
――前田霧人『新歳時記通信』

1

前田霧人の編集発行する『新歳時記通信』が、第九号、第十号と九月に相次いで発行された。第九号が263頁、第十号166頁に及び、これまでで最大の頁数である。ここにきて、前田霧人の新しい歳時記の形を具体化する作業が急ピッチに進んでいる感がする。加えて、十月には、第二句集『レインボーズ　エンド』（霧工房）を上梓していることを思うと、氏の超人的な仕事ぶりに瞠目するばかりである。

前田霧人は、二〇〇八年四月に、『新歳時記通信』を創刊し、以来、まったく新しい歳時記の実現に向けて取り組んできている。季節感の軸を第一義として編纂された従来の歳時記を止揚する新しい俳句歳時記の在り方を構想する前田霧人の、孤独で壮大な仕事は、いよいよ佳境を迎えたといっていい。氏は、『新歳時記通信』創刊号の「発刊の辞」において、次のように書き記していた。

〈新興俳句の時代に静塔、楸邨、そして鳳作の待望した「無季有季俳句融合の理想郷」は恐らく、これまでの歳時記を根本的に正し、膨大な季語群をその不当な呪縛から解放してやることによって初めて実現出来るのではないかと思う。〉（『鳳作の季節』）

氏は、自著『鳳作の季節』の「終章」に右のように書き記している。

『新歳時記通信』の創刊に当たって、氏は右の一節を引用しつつ、〈この「新歳時記通信」は右を目的として、従来の歳時記を止揚する新しい俳句歳時記の形を具体的に提案するものであり、（略）このあと随時、各論を掲載して行く予定です。〉としたのであった。では、前田の提唱する新しい俳句歳時記とはどのようなものとして構想されているのであろうか。氏はそれを〈「物象感」の軸を第一義とする新しい俳句歳時記の形〉であるとしている。ここで言われている「物象感」というのは、金子兜太が『現代俳句歳時記』で提唱した用語であるが、平たく言えば、作句する際に「その物に感興を催すこと」ということであろうか。それは〈正岡子規の俳句革新以来、遠くは「新傾向俳句」の大須賀乙字、「新興俳句」の渡辺白泉、三谷昭、近くは「前衛俳句」の金子兜太、「世界俳句」の夏石番矢など、それぞれの時代に所謂「反虚子」の大きなうねりの中でその一翼を担った、あるいは現在も担っている人たちの思いが一本の線につながった所に位置するとも言えるのである。〉（「新歳時記考序説」）

このように宣言してから八年、氏は、この提唱を具体的に実現すべく持続的に追求しているのである。これまで詳細に検証した主だった「季語」は、創刊号の「大根」から始まって、第2号の「西瓜」、第3号の「ひやひや」、「昼寝」、「海女」等々といった具合である。

氏の季語検証に当たっての方法的特徴について無知を顧みずに挙げてみると、古今東西の気の遠くなるような膨大な文献を渉猟して、精密に検討をくわえていることにある。が、その場合も、文献学的に検証することにとどまらず、その「物象」の語源やそれにまつわる人物のエピソード、俳句作品、当時の時代背景等の解説に独自の論評をくわえるなど、読み物としても味わい深いものとなっていることである。そして、もう一つの大きな特徴は、沖縄の文献についても詳細に当たっていることである。これは、現代俳句協会が創立五十周年事業の一環として『現代俳句歳時記』（現代俳句協会編）を上梓した際、沖縄関係の参考資料は一冊も目を通してないことと比したとき、驚嘆すべきことである。例えば第七号においては、「沖縄の季節区分と寒暖季題」、さらに「おれずみ」と「若夏」と、独自の項目を設けて他の区域との違いを踏まえて検証している。

今回の第九号、第十号においてもこの方法的特徴はより系統的に整理される形で遺憾なく発揮されている。第九号は「1　風の題」が設定されていて、沖縄・琉球関係の様々な文献を用いて、実に60頁にわたって解説している。「序章　風の題序説」、「第一章　春の風」の第一節が「季節の風」、第二節「霾」、「春嵐」、「春塵」。第三節「東風」、第四節「南系統の風」、第五節「西系統の風」、第六節「北系統の風」となり、同様の分類の仕方で、「第二章　夏の風」、「第三章　秋の風」、「第四章　冬・新年の風」が続き、「第五章　琉球の風」という項目が設定されている。また、引用された例句もすべて沖縄関連の作者の作品を当てていて、『天荒』会員の句も多い。

「春一番」の例句

原色の夢に怯える春一番　　金城けい

「ニングヮツィカジマーイ」（二月風廻り）の例句

原潜と寝返る阿麻和利二月風廻り　　川満孝子

【解説】

〈「阿麻和利」は15世紀中葉の勝連城主。史書では奸計により中城城主護佐丸を討ったなどとして逆臣とされるが、「沖縄最後の古英雄」(伊波普猷)、「領民の信望あつい豪傑な人物」(仲原善忠)との説もある(『沖縄大百科事典』)。

「霾」の例句

霾や山師うごめく基地移転　平敷武蕉

「うりずん南風」の例句

うりずん南風手足に水かき生えてくる　おおしろ房

うりずん南風∞に横たわる　野ざらし延男

(二〇一六年一〇月)

2

前回において、前田霧人の新歳時記編集に向けた前提作業として進める際の膨大な季語群の検証作業について述べた。その作業の方法的特徴の一つとして、沖縄の文献について詳細な検討を加えていることを挙げたが、その特徴は、第十号においてより際立って顕れている。

今回取り上げた季語は「雨」であるが、「春の雨」、「夏の雨」、「秋の雨」、「冬の雨・新年の雨」など、様々な雨の分類・検証を行っているが、その前段に「1　海島◇初夏」と「2　伊集の雨」を挙げている。「海島◇初夏」は篠原雲彦の短編小説である。雲彦は鳳作の旧号のこと。つまり、この作品は篠原鳳作の小説である。

作品内容は、篠原が宮古中学校（現在の沖縄県立宮古高等学校）に勤務していたころの島の気候・風景や学校の様子を描いたものである。「海島」は二つの話で出来ていて、一つは「蝸牛」について、その生態と生命力について克明に描いている。「息もとまるばかりにはためいている千年木の葉末を見ているると其翻る葉裏に黒いものがポッンポッンと着いている。蝸牛！／驚きの目をみはってよく見ると涼風に殻を吹かせ乍ら黒っぽい蝸牛が円かな眠りをむさぼっているのだ。／何と云う強い確実な粘着力をもっているのだろう。」「此処のドングリの実位の大きさの黒い蝸牛は仙人掌にさえ住っている。／自分はあの鋭い白金の針で体中を武装して何時も太陽と睨めっくらをしている緑の騎士―仙人掌に刃向かう物好きはいるまいと思っていたのに蝸牛は春先の岩にまといついている蜷の様にサボテンに這上って其肌を貪り食うている。」

二つ目は、「百合の住居」について。泡盛好きの同僚のK（慶徳健）という教師について面白おかしく描いている。「Kは外語出、いつも漆黒の髪を颯爽と靡かせている青年教師である」。Kは泡盛を痛飲して二日酔いで授業ができないとき、生徒たちに山野で百合の根を掘らせ提出させ、それを給仕に言いつけて住居の庭に植えさせたので、住まいは「百合の住居」になってしまったという話である。次のやり取りが当時の様子を伝えている。

「あとで窓の上にある百合の根をうちに持って行って植えておけ。数えて見て五十はないといかん

「ハァイ」

「給仕！給仕！」

ぞ。芽をつぶさんように運ぶんだぞ」

当時の高校教師はずいぶん優遇されていたのだ。

この「新歳時記通信」の第十号の冒頭に、なぜ鳳作の短編小説を置いたのかはよく分からないが、沖縄の、そのまた離島に勤めたことのある鳳作の掌編を冒頭に置くことによって、気候風土や人々のおおらかな気質が本土と違う沖縄を提示し、そうした異なった「物象」をも包含しうる歳時記編纂の意義を理解させる狙いがあってのことかも知れない。琉球・沖縄が別格として特集される必要があるのかも知れない。それを裏付けるかのように、本論の二番目に「2　伊集の雨」が設定されている。

ここで前田は、琉球（沖縄県）の地理的範囲と琉球語の範囲を示すことから説き起こしている。「琉球と言うと沖縄県のみを指すと思われ勝ちであるが、必ずしもそうではない。方言の世界で琉球方言と言えば、それは奄美諸島以南の鹿児島県と沖縄県、即ち奄美・沖縄・宮古・八重山の各諸島で話される方言の総称である。琉球語とも称され、日本語の中で本土方言全体に対立する大方言で、日本語の古い相と、本土方言と分岐後の独自の変遷により、本土方言には見られない特徴を有する。」

ここで重要だと思われるのは、琉球語を「本土方言全体に対立する大方言」としつつ、同時に「日本語の古い相」を含みつつつも「本土方言に見られない特徴を有する」言語であるとしていることである。

このように琉球語の特徴をおさえたうえで、その琉球と本土との関係は「全く断絶しているというものではなく、そのことは言葉においても現れている」としている。その例の一つとして挙げたのが表題の「伊集の雨」であり、次のように説明している。

「梅雨時の雨には花の名を冠した名の数々がある。本土には走り雨の頃の『卯の花腐し』、梅雨本番の『紫陽花の雨』。北海道の蝦夷梅雨には『リラの雨』。そして、本土より一足早い琉球の『伊集の雨』がある。」

前田は「伊集の雨」を導きだすために、「なつぐれ（夕立）」、「時雨（しぐれ）」、「梅雨（つゆ）」の語源から説き起こし、そのため釈迢空歌集『海やまのあひだ』から琉球について詠んだ「朝やけのあかりしづまり、ほの暗し。夏ぐれけぶる　島の藪原」の歌を引き、琉球方言の古辞書『混効験集』を引き、伊波普猷『琉球戯曲辞典』を引き、『おもろさうし』で検証し、更に沖縄諸島の呪禱的歌謡「ウムイ」の一節「ちゆかくち」を引いて、「ちゆ」が「梅雨」であることを示したうえで、「伊集の雨」を解説していて、その検証は実に綿密を極めている。また「イジュ」についても伊集の花の清らかさを称えた「辺野喜節」を引用し、その歌にまつわる伝説についても解説する周到ぶりを示している。

伊集《イジュ》の《ヌ》木《キ》の《ヌ》花《ハナ》や《ヤ》あん《アン》きよらさ《チュラサ》咲きゆり《サチュイ》
わぬも《ワヌン》伊集《イジュ》の《ヌ》ごと《グトゥ》真白《マシラ》咲かな《サカナ》

この読人知らずの琉歌には哀れな伝説がある。ある国王の愛妾が容姿端麗で、国王は愛妾をこの上なく愛し、その女の部屋にのみ通った。そこで王妃がその美女を羨ましく思ってこの歌を詠んだという。伊集の花の咲く頃は毒蛇ハブの出る時期でもある。ハブは体に付いた伊集の花粉を洗い流すために川辺に姿を見せるという。先の琉歌とは対照的な不気味な話である。

　このように「新歳時記通信」十号は、「琉球・沖縄」について冒頭からこれだけのことを書いていよいよ本題に移る。

　今回は「雨の題」である。

（二〇一六年十一月）

3

　『新歳時記通信』十号の今回の季語は「雨」についてである。

「雨の題」は、「第一章　春の雨」、「第二章　夏の雨」、「第三章　秋の雨」、「第四章　冬・新年の雨」、「第五章　無季の雨」の五章に章立ててしてあるが、既成の歳時記と比較して際立っているのは、第五章に「無季の雨」を設定していることである。

「春の雨」はさらに「第一節　時候の雨」、「第二節　植物の雨」、「第三節　紫陽花の雨」（仲夏）、「第四節　『五月雨』、『梅雨』」、「第五節　にわか雨」、「第六節　朝鮮、中国の雨」として区分され、次に具体的な単語が、（一）「春雨」（三春）、傍題＝「春雨《しゅんう》」・「衣春雨《ころもはるさめ》」・「春雨傘《はるさめがさ》」・「春せ雨」（二）「春の雨」（三春）、傍題＝「暖雨《だんう》」・「梨把雨《りはう》」・「蛙目隠《かえるめかくし》」・「ざんざん降《ぶり》」（三）「春時雨《はるしぐれ》」（三春）、傍題＝「春驟雨《はるしゅうう》」ｅｔｃと続いて、その解説がなされ、それぞれの例句が引用される。解説には、この間発行された歳時記や関係文献を網羅し、その出典が示されている。

例えば「第二章　夏の雨」の「第五節　にわか雨」の項を見てみよう。
(一)「夕立」(晩夏)、「白雨《はくう》」・「白雨《しらさめ》」・「白い雨《しろあめ》」・「驟雨《しゅうう》」
(二)「夕立《ゆうだ》つ」と続き、(六)に「片降《かたぶ》り」(晩夏)、傍題に「かたぶい」・「かたばたあみ」がある。
解説を見てみよう。

一　解説

①『沖縄・奄美南島俳句歳時記』(七月)
「片降り　片降り雨　片降い」夏に降る驟雨のうち、一部にだけ降る雨のことで、カタブイの方言名がある。すぐそこの道をへだてて向うは降り、こちらは降らない。降らぬ所は蒸し暑く『どこかに片降りしているのだろう』と人々は言う。酒に酔って独りでいい気分になっている者に『片降りしている(カタブイソーン)』とたとえる。『片ぶりは馬の背中も振り分かつ(カタブイヤウマヌナガニンフイワカスン)』という諺もある。片降り雨は入道雲から降るという。」
②『沖縄語辞典』
「ｋａｔａｂｕｉ(カタブイ)」かたしぐれ。片方は晴れていながら片方で降る夏の雨。(略)(夏の雨は馬の背も降りわける)という。」
③『宮古伊良部方言辞典』(解説省略)
④『奄美の方言さんぽⅡ』(解説省略)

二　例句

例句として次の5句が挙げられている。

茘枝裂け朱の種がよぶ片降りか　小熊一人
片降りや片袖濡らすじゅりの墓　平良龍泉
片降りの空を鉄塔くぎり立つ　城間捨石
片降りや動き始めたる潮の色　神元翠峰
片降《カタブィ》りやガソリンゲージ跳ね上がる　平敷武蕉

解説に『沖縄語辞典』や『宮古伊良部方言辞典』、『奄美の方言さんぽⅡ』などの「地方」の時点にまでくまなく当たっていることがわかる。前田霧人が、これらの解説に要した参考文献は、歳時記、辞典、古書など主要なものだけでも百六十冊余を数えており、まさに驚嘆すべき仕事ぶりである。

（二〇一六年十二月）

琉球・沖縄の詩歌人を網羅
――『沖縄詩歌集　～琉球・奄美の風～』を読む

『沖縄詩歌集～琉球・奄美の風』（コールサック社）という本が刊行された。政治・経済・音楽・スポーツなどあらゆる面で沖縄が注目される一方、国による沖縄への構造的差別がいよいよ強まっており、そのことを背景に様々な「沖縄ヘイト」が吹き荒れている。沖縄ヘイトはネット上での嘘・デマ宣伝をはじめ、反基地を闘う市民への攻撃が特に激しい。「土人」呼ばわりがあり、東京ＭＸテレビの反基地抗議行動への悪意に満ちたデマ報道は、それが公共機関を通して公然と放映されている点で、きわめて悪質であり、深刻である（放送倫理憲章委員会も「重大な放送倫理違反」と指摘）。そのような中で、沖縄を愛する詩歌人たちの作品を収録した本書が出版されたことは、沖縄の豊かな文化、文学を正しく継承する意味でも、極めて意義のあることであり、時宜を得た出版である。

本書には物故者を含む県内外の二〇四名の詩、短歌、俳句、琉歌等が収録されている。カバー装画「岩の上のモクマオウ」も沖縄の久貝清次（画家・詩人）が担当している。表紙を開くと見開き二ページに「琉球弧図」と記された地図。沖縄本島が中心に描かれ、北は喜界島・奄美大島、南は波照間島、西に尖閣諸島、東に大東諸島。この地図に九州、四国、本州、北海道はない。沖縄を中心に地図を描くと、これらの列島は地図に入らないからだ。入らないのは省略するしかない。本州を中心に据えた地図では沖縄はいつも省略または隙間に囲みで記されてきた。テレビのニュースや天気図などを報じるときなど、沖縄は線で囲まれて日本海上に映し出されているか、右下の隙間に映るかしている。だから、この構図を見慣れている人は、沖縄は、九州の南ではなく、本州の西側の洋上に位置していると本気で思っている人もいるらしいのだ。表紙見開きの「琉球弧図」は、これら初歩的な「無知」から沖縄を解放し、沖縄を正しく解説していこうという配慮が施されていると思えた。そのことは佐相憲一氏が「解説」の冒頭で、次のような二つの例を述べていることから察することができる。

《「日本地図画像」と検索してインターネットに出てくる画像地図の中には、鹿児島桜島の少しあたりまでしか写っていないものがある。（略）なるほど日本国の国土は細長であるから、限られた平面図に東西南北のすべてを組み込むのは至難の業なのかもしれない。だが、間違っても北海道を欄外別途にしたりはしないいし、関東を犠牲にして西の方掲載を最優先したりはしないのだ》と。

またもう一つ、佐相氏は、日本を、北海道、東北、関東、中部、近畿、中国、四国、九州と八区分する際に、

《独自の文化と歴史を持つ島々からなる沖縄県を、海の向こうの九州地方に含めていいのだろうか》と問いかけたうえで、《いかに沖縄という土地が日本全体のなかで後回しにされがちであるかが分かるだろう。差別する意図はないんだといくら言ってみても、仮に無意識の力によるとしても、こうした何気なく重要なところで軽視または無視されるのだ》と述べているのである。

琉球・奄美の詩歌を鑑賞し、《詩歌に宿る沖縄の魂》を汲み取るには、地理的位置を含め、歴史・風土の正しい認識から出発することなしに、その魂を理解することはできない。そのような姿勢を貫いて編纂されているところにこの詩歌集の第一のそして最大の特徴がある。第二は、第一とも関連

して、琉歌をきちんと沖縄の詩歌のなかに位置付けている点である。詩歌の収録を、遠くは平敷屋朝敏や恩納なべの琉歌にまで広げている。このことは、沖縄の詩歌を探求するに当たって、その歴史や風土の深みから理解しようとする姿勢を示しているといえる。また、その琉歌が単なる歴史的遺物としてあるのではなく、現在にも連綿と受け継がれ息づく文学として位置付けているということであり、そのような表現形式として、今日第一線で活躍する歌人・謝花秀子らの琉歌を収録していることである。

平敷屋朝敏
赤木赤虫が蝶なて飛ばば平敷屋友寄の遺念ともれ《アカギアカムシャガ　ハベル　ナティ　トゥババ　フィシチャ　トゥムユシヌ　イニン　トゥムリ》

恩納なべ
恩納岳あがた里が生まれ島もりもおしのけてこがたなさな《ウンナダキ　アガタ　サトゥガ　ウマリジマ　ムイン　ウシヌキティ　クガタ　ナサナ》

謝花秀子
あたら清ら海ゆ　埋め立てて呉るな　儒艮《ざんぬいゆ》泣ち声《ぐぃー》　聞かなうちゅみ

これらの琉歌は、見事なさんばちろく（八八八六）調のリズムを奏でている。このことは、大方の詩歌人が信じて疑わない＝「五七調は日本民族固有の韻律」とする五七調の和歌を相対化するものとなっている。

ただ、次のように、かつての琉球国を理想郷のごとく礼賛することには異論もある。

《海を愛し、風を愛し、大地を愛し大いなる自然界に祈りながら、踊り歌って生きていた琉球の人びと。明治時代の「琉球処分」で強引に大日本帝国へ組み込まれるまで、琉球は誇り高く心ゆったりした別世界だったのだ。》

琉球王朝の統治下にあった琉球国は、決して《別世界》＝ユートピアのような社会としてあったわけではない。また踊りや歌にも自然讃歌だけでなく、隠された悲話が織り込まれている。五十年にわたって国王を務め琉球王国の黄金時代、大交易時代を築いたとされる尚真王の時代に、八重山のオヤケアカハチの乱は起きており、奄美諸島・喜界島なども残虐なやり方で武力制圧したとする記録が伝えられている。また、封建的な中央支配体制のもと、最下層の農民・下層民が餓死・貧困に喘いでいたことも歴史的事実である。与那国に伝わる「トゥングダ」の悲劇には苛酷な人頭税が背景にある。

次に、これが最大の特徴ともいえることであるが、沖縄に向けられている差別と矛盾に目を向けるところから出発しようとする姿勢に立っていることである。

佐相氏は解説「サンシンの調べに乗せて心のうたを軍用機の彼方へ」において、今日沖縄が受けている「無意識の差別」「軽視または無視」されている現実を指摘し、「現実の日本国家が有しているさまざまな差別構造を共に直視していただきたい」「沖縄というものがもつ独自の光を大切なものとして位置付けて当然」と述べている。
佐相氏が、このような視点から出発していることは、今日沖縄へイトが強まっているおり、極めて大事なことである。百田尚樹の「沖縄の二紙はつぶすべきだ」といった発言や、「辺野古で座り込みをしているのは日当貰ってやっている」といった悪意に満ちたヘイト攻撃が、日増しに強まっている。また、これら悪意あらわな侮蔑と同列にはできないが、沖縄への理解者と思える本土人のかなりの部分が「無知」であり、「無意識の差別」に無自覚である。その典型的な例が、日本を守るために安保は必要というのが八割を占め、五割ほどがそのために沖縄に米軍基地があるのはやむを得ないと考えている。つまり、現に発生し続けている基地あるがゆえの様々な被害には目をつぶり、沖縄を犠牲に日本の平和と安全を謳歌しようというのである。日本の詩歌人らの、善意からくる「無意識の」言動がなされている現状にあって、佐相氏の視点は斬新でさえある。

（二〇一八年九月）

『沖縄詩歌集』には、沖縄の作家だけでなく、本土の作家も多く含まれている。俳句に限ってみると、四十四人の作品が載っているが、半分を超える二十三人が本土の作家で、他の二十一人が沖縄である。ただ沖縄の場合は、天荒の作品が多くを占めていて、宮古や八重山の作品がないなど、必ずしも、沖縄の俳句状況の全体像を示すものではない。本土の俳人の中には、故人となられた金子兜太や沢木欣一、篠原鳳作、杉田久女、細見綾子などの物故者や、宮坂静生、夏石番矢、長谷川櫂など、俳壇の第一線で活躍する俳人も名を連ねている。本土の俳人たちにおいて、沖縄の何が興味関心を集めているのか、具体的な作品から、その特徴を見てみたい。

本土の俳人たちに関心を持たれていることの一つは、やはり、本土と歴史や文化、気候・風土の違いからくる沖縄の異質性であり、いわば異国情緒風に沖縄を詠んでいる句の部類が多いことである。この場合、沖縄の特徴的な言葉や伝統風俗が句の中に取り込まれているのが目立つ。この特徴は大家においても同じである。

月下にて毛遊《もうあそ》びせし跡ならむ　沢木欣一
夕月夜乙女《みやらび》の歯の波寄する　沢木欣一
島人や重箱さげて墓参り　篠原鳳作
鶯を檳榔《びろう》林に聞かんとは　篠原鳳作
名月に花風《はなふう》といふ踊り見し　細見綾子
珊瑚礁の垣にちぬさぐの花は咲き　細見綾子
顔摑み寝る沖縄の溽暑かな　宮坂静生
晨《あした》より琉球油蟬《なびかちかち》を浴ぶせられ　宮坂静生
くろなまこ光とどろく伊敷浜《いしきはま》　夏石番矢

本土からのまれびととして訪れた本土人にまず目に留まったのは、沖縄の異風な風俗・風習やことばであり、動植物であった。一種の異国情緒を味わうことができる時空間として映ったのであろう。沢木の句。俳句人らの耳に、「毛遊《もうあそ》び」「乙女《みやらび》」というウチナーグチがひどく新鮮に響いたのであろう。一句目の「毛遊び」などは、言葉の響きと共に、本土にはない異風な風習が興味をそそったに違いないのである。また、「毛遊びせし跡」とは、どういう跡なのかについて想像を巡らしていけば、飲み残しの酒や食べ残しなど、単なる「宴の跡」だけでなく、男女の「性愛の跡」を含ませていると思えるわけで、極めてエロチックな展開をも見せる句となっているのである。「夕月夜」の句も、「乙女の歯の」のような真っ白な白波が浜辺に打ち寄せているという自然の光景を詠んでいるだけではない。真っ白な歯並びをした、つまり、汚れのない娘たちが、青年たちの待つ浜辺に「寄する」＝集うと解すれば、そこに展開されるであろう若い男女らの性愛を想像させるのに十分であり、これまた、開放的でエロチックな風習を詠み込んだ句として読める。琉歌の謝敷節《じゃじちぶし》に「謝敷板平瀬《じゃじちいたひし》にうちゃい引く波《なみ》の《ぬ》謝敷女童《じゃしちみやらび》の《ぬ》目笑歯茎《みわれはぐち》」というのがあるが、それを踏まえての句であろう。

鳳作の句。「重箱さげた墓参り」の光景が珍しい光景として目に映ったのであり、鶯といえば梅、桜と相場が決まっているはずの光景が、檳榔林に鶯のさえずりを聞いて驚いたのである。四句目の鳳作の句はその時の驚きを率直に詠んでいて愉快である。

細見綾子は沢木欣一の妻。沢木と一緒に沖縄に滞在した時に詠んだのであろう。句中の「花風」は、今では沖縄を代表する踊りとして知られる踊りであり、「ちんさぐぬ花」も、その歌が、今では、他府県の人たちにも歌われるほどに有名であるが、当時としてはひと際目を引く踊りであったのであろう。

宮坂は沖縄の蒸し暑い独特な暑さを「酷暑」でも「猛暑」でもなく、「溽暑」と表現した。また、沖縄でも今では死語にも等しく懐かしい「琉球油蝉」（なびかちかち）というウチナーグチをよくぞ見つけ句に蘇生させたと感心させられる。ただ宮坂の「なびかちかち」は、正しくは「なーびかちかちー」と長母音の発音となる。この辺に本土人がウチナーグチを発音する際のぎこちなさがでている。沖縄の夏、島は夜明けとともに一斉に蟬時雨を凱歌のように浴びせるのである。この場合の蟬はクマゼミであり、ウチナーグチでは「サンサナー」と呼ばれ、この方がよく知られて鳴きもうるさい。宮坂は「琉球油蟬を浴ぶせられ」としているが、油蟬は沖縄ではそれほどうるさくはない。ひょっとして、宮坂の「油蟬」も実際は「クマゼミ」だったのではないか。宮坂はそれを知りつつ、敢えて、「なびかちかち」としたのかもしれない。「写生俳句」というが、俳人は、ありのままの景色や事物をそのまま詠むとは限らない。その時の気分や効果等を考えて事実とは異なる景色へ再構成をするのである。

夏石の句は、潮の引いた真っ白な真砂の砂浜に夥しい数の「くろなまこ」が転がっている様が異様であり、鮮やかである。「伊敷浜」は久高島にある浜。ノロたちがニライカナイに向かって祈りを捧げる聖なる浜である。

沖縄を見殺しにするな春怒濤　金子兜太
緑暗のガマ（地下壕）焼く火炎放射機なり　金子兜太
ハイビスカスの真紅の一花生きるかな　金子兜太

これらの句の中にあって、同じ沖縄を象徴する言葉を用いているが、金子兜太の視点は違う。傍観者的でなく、沖縄の悲惨と矛盾を内面的に受け止めようとする姿勢が窺える。一句目は、過去現在において、なお、沖縄を犠牲にし見殺しにする本土人への怒りと、その本土人のひとりである自分への贖罪意識が感じられる。二句目にもそれは込められている。三句目の「ハイビスカスの真紅の一花」

に、沖縄の民を重ねている。自然の猛威や歴史の苛酷に晒されながら、けなげに真紅の花を咲かせ「生きんかな」と前を向いてへこたれない民衆の姿である。

島百合の村でありしを村滅ぶ　　長谷川櫂
屍の肉啜りてや大夏木　　長谷川櫂

理不尽な沖縄の歴史と現実を知り、それと対峙したときどのような態度をとるか、色々である。謂われのない沖縄へイトを浴びせる者どもの言動は論外として、日本本土の安全の為には沖縄に基地があるのは仕方がない、運命だ、と沖縄への構造的差別を容認する人たち。実はこの態度が一番多い。日米安保に賛成する国民の八〇％がこの側である。沖縄の基地被害に同情しつつも、それを傍観的に眺めるだけ、というのもある。主体的な問題としては捉えず、結局は、自分とは関係ないものとして切り捨てる態度である。もう一つは、自らの責任と倫理の問題として沖縄の置かれた歴史と現実を捉え返そうとする人たちである。この句に見る長谷川もその一人である。

一句目、「島百合の村」とは、伊江島であろうか。戦前から島中に白百合が自生し、戦後も百合祭りで知られる美しい村であるが、戦後すぐに米軍に土地を接収され、今も、基地被害に苦しむ基地の村である。戦時中は激戦地となり、日本軍による住民虐殺、「集団自決（強制集団死）」が起きた島である。本来の美しい村は消えた。「村滅ぶ」と詠む句は、この島の苛酷な歴史と現実を踏まえての句である。全島が「鉄の暴風」に晒され、住民の四人に一人が犠牲に遭った島は、戦後、その屍の死肉で木々は生い茂り、野菜畑には巨大な南瓜が育ったという。「屍の肉啜りて」とは、そのことを指す。作者の、痛恨の呻きが聞こえるようである。終句の「大夏木」が気になる。沖縄を代表する「梯梧」

や「榕樹」とせず、また「大木」ともしないで、「大夏木」としてある。夏の陽光を浴びてすくすくと成長した大木をイメージさせる効果を狙ったかもしれないが、沖縄は夏でなくても、常緑の島。その常緑の大木は戦死者の死肉を啜って成長しているのである。その残酷な対比とギャップが衝撃を呼ぶ。作者は、沖縄を犠牲にして戦後の繁栄を謳歌する本土と沖縄の関係をこの句に詠み込んだのかも知れない。

（二〇一八年十月）

（『天荒』62号　二〇一九年一月一日発行）

沖縄の「戦後」七〇年　俳句は今
——止まらぬアベ政権の暴走

《タッチアンドゴー基地に巨大な冬の蝶　　田中千恵子》
《流星の悲鳴のからむ鉄条網　　野ざらし延男》

今年は戦後七〇年。節目の年である。敗戦の年に生まれた人は古稀を迎えることになる。一人の人間の生涯にも及ばんとする長い歳月であり、七〇歳の人は人生の峠を折り返して還送の道を歩んでいることになる。私もその一人である。

「戦後七〇年」という言葉が、「戦が終わって七〇年」という意味で使われているのであれば、沖縄にはこの七〇年間、「戦後」はない。沖縄は今も戦争のさ中にあり、戦場である。これは決して誇張でも比喩でもない。戦時態勢さながらに軍機が飛び交い、ミサイルが配置され、防諜網が島全域に張り巡らされている。地下にはその処理に今後七〇～八〇年はかかるとされる不発弾が埋もれたままであり、戦死者の遺骨は収集されず、荒ぶるままに眠っている。

《どこからも骨が出てどこも仏桑華　　末吉發》
《若太陽《ワカティダ》不発弾が顔を出す　　野ざらし延男》
《かげろうの「国家」を抱いて兵の骨　　平敷とし》

国土の0・6パーセントしかない島に在日米軍基地の70パーセント余がひしめくように君臨し、さまざまな基地被害を引き起こしている。しかも、それだけでは飽き足らず、新たにオスプレイを配備し、森を削り、豊かな海を埋め立てて巨大な新基地を造るという。これがこの国が沖縄に対して振り下ろしている戦後七〇年目の仕打ちである。

「武装米兵の出動に驚いた地元住民は一一日あさ十時半ごろ高校生を交えた男四名と女一名の代表が何れもアンダーシャツだけの姿で血相変えて政府に到着。折から主席会議室で同問題協議中の与儀副主席に会見を求め、取次ぎの許可ももどかしく部屋に飛び込んだ。一行は息せき切って突然の出来事を次のように説明。『伊佐浜は大変なことになっています。けさ武装した米兵がやってきて、軍用地を使うのだと住民を銃の尻で叩いたりけったりしています。』」（琉球新報・一九五五年三月一一日）

右の文章は、伊佐浜の土地を米兵が「銃剣とブルドーザー」で強奪するさまを生々しく報じた地元紙の記事である。現在はキャンプ瑞慶覧と称される米軍基地一帯は、強制接収される当時は伊佐浜と呼ばれ、普天間基地の近くにある農村地である。戦前から豊かな稲作地帯として美しい田園風景が広がっていた。そこに米軍は早朝突如、武装兵を動員し、座り込んで抵抗する農民と支援者たちを強権で弾圧し、土地を強奪する暴挙に出たのである。多くの負傷者と逮捕者が出た。

沖縄の米軍基地は「銃剣とブルドーザー」によって強奪されたのであり、自ら提供したわけではないといわれるが、伊佐浜の土地接収もその暴挙を示す典型である。ただ、すべての米軍基地が銃剣とブルドーザーで強奪されたかと言うとそうではない。嘉手納基地や現在の普天間基地などの多くの基地は強権を行使するまでもなく、住民が米軍の設置した収容所に収容されている間に建設されていたのである。抵抗する隙すらなかったのだ。収容所から解放され、元の村に帰ってみると、豊かな場所は軍用地として接収されていて、人々は、へばりつくように、基地の周辺に住み着くほかなかったのである。「これが沖縄におけるアメリカ軍用地の基本」であり、「この戦時接収とその継続である軍事基地の設定が大半を占めている」（来間泰男・沖縄国際大学名誉教授）のである。

《土地取られ眠れぬ夜の守宮きく　　久高日車》
《赤い杭打って花野は基地となる　　有銘白州》
《土地接収ブル炎天にデモの旗　　松本翠果》

政府は、口を開ければ「沖縄の基地負担の軽減」と言い、「普天間基地の危険性の除去が原点」という言い方をするが、とんでもない。沖縄の基地問題の原点は、戦時接収と五〇年代の土地の強制接収である。普天間基地はそのなかの一つであるにすぎない。

つい最近のこと、姉（三女）から戦争中の恐るべき出来事について聞くことができた。姉は、このことを七〇年の長きにわたって、誰にも語らずにきたのである。

「…もっとも恐ろしかったのは住民の避難するガマに入り込んで来た日本兵らによって、当時二歳の姉（四女）が殺されかけたときである。その日本兵らは、住民からなけなしの食糧を奪い取っただけでなく、泣き声をあげる赤子を容赦なく母親たちから取り上げて、次々とガマの中を流れる川に投げ入れ、銃剣で押し込んで窒息死させ殺害したという。いよいよ泣きやまぬ姉のところに日本兵がきたとき、母は姉を抱えてガマを飛び出し、そこで、姉の口を乳房でおさえて声を封じ、絶息寸前になると息をさせまた乳房でふさぐ。そのことを繰り返すことで日本兵の殺害から逃れたのだという。また、あるときは、当時二〇歳前半の長女姉が日本兵に連れ去られたことがあった。強姦目的である。

母と他の姉らが半狂乱になって泣き叫び、姉が死にもの狂いになって暴れたことで難を逃れたというが、以来、女性はみな、顔中を竈の煤で塗り潰したという」。沖縄の住民は、友軍のはずの日本兵とも戦わねばならなかったのである。

「米兵より日本兵のほうが怖かった」「軍隊は住民を守らない」とは、戦争体験者が口を極めて言うことであるが、戦争を潜った沖縄の住民は、そのことを身をもって体験し、戦争の記憶として心と身体に強く染み付かせているのである。

《ガマに染む呼び合う声を吸う気根　　下城三千代》

《赤ん坊の泣き声許す窟《がま》の壁　　万葉太郎》

〈「子どもたちを殺すか、さもなくば、ここから出て行け！」。沖縄戦の時に小学一年で七歳だった石原絹子さん（七七）は、母と兄、二人の妹と一緒に隠れていた防空壕に、日本兵が来て母に銃を突きつけ、脅し、食糧を奪った光景を覚えています。小学3年の兄は、やけどを負って足が不自由な母に「妹たちを殺させないで」と頼んで肩を貸し、石原さんは1歳の妹をおぶって3歳の妹の手を引き、壕を出ました。／海を埋め尽くしたアメリカの軍艦からの砲撃と戦闘機の爆弾が続き、火炎放射器も火を噴いて、空も地面も真っ赤に染まりました。逃げる住民は次々と倒れ、粉々にちぎれた人の肉片が石原さんの顔に飛んできました。（略）昼も夜も爆弾が降り注ぎ、辺りは煙で見えなくなりました。気づくと、母と兄の姿がありません。たくさんの死体を踏み越えて探すと、2人は崩れた岩の下敷きになって亡くなっていました。〉（「沖縄タイムスワラビー」五月一八日）

右の話は、沖縄戦の激戦地となった糸満市米須に在住する石原絹子さん（七七）の、沖縄戦の体験談である。石原さんは、戦争で、両親、兄、妹二人の家族すべてを失いひとりぼっちになった。石原さんの話にも出て来る日本兵による壕追い出しや食料強奪はたまたま悪い日本兵に遭遇したための特殊の事例ではない。沖縄戦の中各地でおこった出来事であり、加えて、日本兵による赤子殺しや強姦、住民をスパイ視した住民虐殺も起こっている。

宜野湾市にある佐喜眞美術館には、丸木位里・俊夫妻の描いた大作「沖縄戦の図」が常設されていて、絵の中に、左記の文言が書き込まれている。「集団自決（強制集団死）」の地獄絵を書き留めた文言である。

「辱めを受けぬ前に死ね　手りゅうだんを下さい　鎌で鍬でカミソリでやれ　親は子を夫は妻を若ものはとしよりをエメラルドの海は紅に　集団自決とは　手を下さない虐殺である」

丸木夫妻の「沖縄戦の図」は四つの絵で構成されている。正面に沖縄戦のむごたらしい場面、右側の壁には米軍の上陸でパニックにかられて集団自決に走った「チビチリガマ」の地獄、左側の壁にはそれとは対照的に、ハワイ帰りの英語を話す人物が住民の中に居て、「米軍は非戦闘員は殺さない」と住民を説得して投降し、千人余の命が助かったという「シヌクガマ」、そして後方の壁には「集団自決」の惨劇の修羅場が描きこまれている。地獄図絵のようなこの絵の情景を裏付けるかのような談話が、二〇一四年三月二九日の沖縄地元紙に載っている。「小嶺正雄さん（八四）＝村渡嘉敷＝も、『集団自決』から生き残った一人だ。当時15歳の小嶺さんは家族を守るため、壕を掘り避難していた。だが27日に米軍が島に上陸。赤松隊は島民を、陣地のある島北部の北山《にしやま》に召集した。『死を覚悟して集まった島民は晴れ着を着て、緊張して座っていた。まとまって死のうと、帯で体を木にくくりつけている家族もいた』／小嶺さんは配られた手りゅう弾に手をかけたが不発だった。『周囲の人々は手が

吹っ飛んだり、血だらけになっていた。刃物で家族同士殺し合っていた』と声を震わせる」（琉球新報）

《強制死証《あ》かす榕樹や地へ空へ　　田口十糸子》

《命ぜられ娘をめった刺しまた夏が　　宮川てるこ》

《強制死どかっと空が割れている　　おおしろ建》

《海を打つ鯨の潮吹き《ブロー》自決の空　　平敷武蕉》

今日の安倍晋三政権は、「戦後レジームからの脱却」を唱えている。それを言うのであれば、戦後レジームの最たる遺物である全米軍基地の撤退を唱えるべきであり、米軍基地の存在を根拠付けている安保条約の破棄こそ主張すべきであるがそれはしない。それどころか、日米同盟の強化を邁進する始末である。ここにこの政権の論理矛盾と欺瞞性が如実に露呈している。憲法を頂点とした行政システムや教育、経済などあらゆる事項の改悪へと暴走し、戦争の出来る国づくりを推し進め、ファシズム体制を固めている。それに抗う、沖縄における辺野古基地建設阻止の闘いは、この安倍政権の暴走を止めるために、海で陸で、権力の暴力的弾圧にも屈することなく、その支援の輪を広げつつ、闘い抜かれている。

《朝焼けの尖端眼に抗議の団　　野ざらし延男》

《ゲルニカの馬廃村の牛暴走す　　牧野信子》

《捨て石で二度は死ねないジュゴン翔ぶ　　平敷武蕉》

（『俳句人』二〇一五年八月号）

忘れるということ

——高野ムツオ句集『片翅』

〈地震《ない》の話いつしか桃が咲く話〉

右の掲句は、宮城県多賀城市の俳人、高野ムツオの俳句である。高野は、２０１３年、第五句集『萬の翅』（角川学芸出版）で俳壇の最高賞とされる蛇笏賞を始め、読売文学賞などを受賞した。句集『萬の翅』には3・11東日本大震災の生々しい被災の作品が掲載されていて、大きな反響を呼んだ。高野ムツオは、季語・季題を大事にする有季定型の俳人であるが、３・11を体験することによって、そうした俳句観を一変させた俳人でもある。

〈〈俳句は季節を詠う詩である、と言った俳句観が〉「長い間、俳壇の主流となっていた。だが、それを大きく覆したのは東日本大震災における俳句のあり方だった。流派を問わず津波被害や放射能禍の俳句が生まれた。無季の俳句も共感を呼んだ」〉（『俳句要覧』２０１６年版）

高野に、次のような句がある。

万の翅見えて来るなり虫の闇
春光の泥ことごとく死者の声

車にも仰臥という死春の月
瓦礫みな人間のもの犬ふぐり
みちのくの今年の桜すべて供花
仰向けの船底に花散り止まず

『萬の翅』は大震災だけを詠んでいるわけではないが、これらの句は、大震災の惨状を前に、悲しみに打ちひしがれるしかない作者の心情がリアルに作品から伝わってくる句群であった。

東日本大震災から五年、高野は第六句集『片翅』（邑書林）で冒頭の掲句を詠んでいる。「原発事故の被害に今も苦しむ福島でも、交わされる会話は震災についてばかりではなくなった」「高野ムツオさんは、そんな福島の友人たちの会話の様子を〈地震の話いつしか桃が咲く話〉と詠んだ。それは記憶の風化だろうか」（「ポスト震災を語る」・沖縄タイムス・3月7日）と、新聞の解説氏は問いかけているが、どんな悲惨な体験も、その意味を問い、その根拠を問い続けるのでなければ、体験は、風化の波にさらされるしかない。死者二万、避難者十二万三千、三万六千人が今も仮説住宅住まいを強いられている。除染は効果的に進まず、また、除染土を詰めた袋の山が、行く当てもなく被災地に積まれたままである。放射性物質を含む汚染水の流出は止まらないのに、原発の再稼働が次々とうちだされていく。他方、避難指示は解除され、復興支援策は次々と打ち切られていく。原発避難者への住宅無償提供、資金貸し付けなどは三月で期限切れとなり、新たな苦難が被災者を襲う。このような破局的事態をもたらした大震災・原発事故に対し、それでも、人々の記憶から、震災の記憶は消えていくのであろうか。高野はすでに、震災後五年目の時に語っている。「五年目の今日、（中略）それらは、いつのまにか忘れかけられつつある。いまだ福島の原発事故の後遺症は増す一方であるにもかかわらずに」と。それはしかし、忘れてしまう人々の倫理感や責任の問題ではない。情報、教育、経済等、すべてを掌握した国家権力の統治機構の打ち出す策略の秘密がそこには隠されている。その膨大な国家の策略を視野にいれないとき、被災者個々の倫理や東北人の性格や思想の問題にされかねない。

そのような中で、高野ムツオは、自らも被災した東日本大震災と原発事故について、東北の悲惨な現実と対峙し、被災の意味を、震災句集として問い続けている、と言える。

揺れてこそ此の世の大地去年今年
死者二万餅は焼かれて脹れ出す
みちのくの闇の千年福寿草
福島の地霊の血潮桃の花
お降りや仮設長屋に原子炉に
原子炉へ陰剝出しに野襤褸菊
夏草に餓死せし牛の眼が光る
戦争や葱いっせいに匂い出す
大津波忘れておれば冬の虹
福島は蝶の片翅霜の冬

「片翅」とは、地図上で見る福島県の形が蝶の片翅に似ていることからきているという。春風を受けて飛んでいたある日、いきなり叩き落とされ、地面に片翅だけが張り付いている。その上になお、霜が降る。

これらの句を読むと作者の悲しみが、六年経った今も生々しく伝わってくる。だが、悲しみとともに、ある種のあきらめや絶望もかいま見える。これらの句を福島の文人秋沢陽吉の次の文の後に読むと、感興の事情が変わってくる。

〈この福島県中通りも本来なら、またチェルノブイリ法によれば避難すべきではないか。被曝防護という観点からは八〇㎞または一〇〇㎞圏内に避難を指示すべきだ。にもかかわらず、こうして住むことを強いられている。自主的に避難を選択するのではなく政府の責任で対処すべきだ。汚染地帯からの救出を。健康を守るために避難や除染また食品についても早急に政府が対応せよ〉〈あれから五年が過ぎた。まるで原発事故がなかったかのように世は太平である。福島県もまた復興が成し遂げられ、実害がないのに被害があると言い立てる風評被害だけが問題だという。（中略）／フクシマの明日が怖い。いや今日が怖い。政府は黙殺して事実の調査もしないが、健康への被害は相当出ているに違いない。ひとたび放出された放射性物質は、人が見まいが感じまいが、消すことも減らすこともできない。〉（秋沢陽吉・「これは人間の国か、フクシマの明日7／—今二〇一七年三月、原発事故後は始まったばかり—」・『駱駝の瘤』13号）

秋沢の文章にあって、高野の句に欠けているのは何か。政府・東電の責任を問う姿勢であり、怒りの欠如だと思える。「忘れる」とは、そこからきているように思える。

（二〇一七年　六月）

仲良し地蔵

――六〇年目の慰霊祭

ブランコを漕いでいたから殺された
向日葵を責めてはいけない仲良し地蔵
六月の死者を拉《ひしゃ》ぐ基地の薔薇
黒焦げのままで海峡越えたのか
基地撤去までは待てない無告の地蔵
こんなにも初蟬が哭く仲よし地蔵
身にまとう襤褸一切れの少女の手
校舎焼け真っ黒こげの少女立つ
バウンドで軍機が迫る向日葵畑
ひまわりを拒む形で無告の碑
滅びゆく国に抗い向日葵咲く
島中の修羅浴びて降る蟬しぐれ
軍機飛ぶ合掌拒む無告の碑
軍機来る向日葵のごと叫ぶ老婆

六月は、この島にとって、喪の月であり、抗議と怒りの月である。住民の四人に一人が犠牲となった沖縄戦の死者を悼む慰霊の日、そしてジェット機墜落事故。一九五九年六月三〇日、石川市宮森小学校に米軍ジェット機が墜落・炎上し、児童十一人、住民七人の十八人が死亡、二一〇人が重軽傷を負う大惨事となった。米軍が引き起こした戦後最大の惨劇である。犠牲になった児童らの霊を供養するために、校庭の一角には「仲良し地蔵」が建てられた。この事故で姪を喪い、後に、自らも命を絶っていった中屋幸吉は、次のような一文を「小説」の形で書き留めている。

《郷里の石川にZ機が墜落した。災難の場所は市の小学校であった。このことが、彼を休学にまで、踏み込ます動機となったのだ。／自分の命が欲しいばっかりに、米軍飛行士は、故障したZ機を、空中に放したまま、落下傘で逃げ生きのびた。無人飛行機は、舵手を失って、空を乱舞した挙句、学園に突っ込んでいった。忽ち、緑の学園は、阿鼻叫喚の生き地獄と化し、多人数の学童死傷者が、その生贄とされた。学童死人の中に彼の姪がいた》（『名前よたって歩け』三一書房）。

また、事故の犠牲者のなかにはAが居た。死を免れたが、やけどで顔や腕などにケロイドが残り、内臓も損傷。事故から十五年後、琉球大在学中に享年二十三の若さで亡くなった。六〇周忌に当たる六月三〇日、「六〇周忌慰霊祭」が仲良し地蔵の見守る校庭で開催された。その前日の二九日、沖縄市の動物園を逃げた十四匹の猿が無事帰還（捕獲）した。本土メディアは、そのことを全国版で報じていたが、戦後最大の米軍事故の六〇年目の節目に催された「六〇周忌慰霊祭」について報じることはなかった。サル以下というわけだ。

二〇一六年六月一九日、元米海兵隊員による「女性暴行殺害死体遺棄事件」に抗議する県民大会が開かれ、六万五千人が集まり、基地支配に抗議した。大会には県外の著名人ら五一名がメッセージを寄せた。「沖縄の命が軽んじられる現実にすべての日本人が今、怒りを示すときだ」（赤川次郎）。「沖縄だけに痛み、苦痛と侮辱を何十年もおしつけておくべではない」（坂本龍一）。「究極の悲劇は、悪人によってもたらされる圧制や残酷さではなく、善人がそれに対し、沈黙していることだ」（金平茂紀）。

戦後七〇余年、次のような歌が詠まれた。

あられなく陸から海から辺野古攻む　島中の花　咲き出す怒り　　玉城寛子

しかしまた、次のような歌も詠まれた。

赤花が映える青空特大の基地のハンバーガーが食べたい　　花本文香

全員が全員人を殺めると思えぬ米兵の掌よ　　浜崎結花

しかし、問題はこのような歌が「表現の多様性」ということで称揚され、その歌の生まれて来る構造や倒錯した認識を批判し得ない点にある。

根源を問わねばおいしい基地バーガー　　平敷武蕉

（『あすら』第57号・二〇一九年八月刊掲載の文に加筆した。）

時代と向き合う沖縄の俳句

――二〇一七年・俳壇・年末回顧

本紙の俳壇選者の1人、おおしろ建は、今年最初の《選者ノート》で〈昨年は沖縄にとって、辛い一年であった。ほとんどが米軍基地絡みの事件、事故であった。俳句もそれらの問題を扱うのが多かった〉と書く。もう1人の選者、三浦加代子は、選者詠に《墜落は海鼠日和の大潮に》を詠み、天賞に金城杏の《冬虹よ県の敗訴の行きどころ》を選んでいる。

『現代俳句』12月号には、小橋啓生が「随想」を寄せ、《捨て石も焼け石も骨沖縄忌》の1句で結んでいる。同誌に嘉陽伸が《古里はへのこ辺野古で夕焼けて》など「特別作品」10句を書いている。6月30日発刊の『吟遊同人自筆五〇句選』に、金城けいは《民意阻まれ苦瓜の種真っ赤》を載せている。『俳句四季』5月号に野ざらし延男の俳句16句「原発どろどろ」が、夕焼けにとぐろ巻く有刺鉄線を背景とした強烈なカラー写真入りで掲載。その中の1句。《有刺鉄線に人魚亀甲墓が裏返る》。

さて、1年が巡って今年はどうか。おおしろ建は「今年も米軍基地絡みの事件や事故、辺野古や高江を巡っての句が多かった」と記し、《痩せ細る詩を抱きしめて枯野ゆく》と詠む。12月の三浦加代子選の天賞の一つは比嘉聖佳の《土蜘蛛と言われし民意草の花》。「土蜘蛛」とは大和政権に服従しなかった辺境の民への怖れを秘めた蔑称。「土人」と呼ぶ輩もいる。

相変わらず自然詠と時代に恭順な俳句が主流を占める本土俳壇に比して、沖縄の俳句人たちは、年間を通して時代に向き合う句を発表している。第12回おきなわ文学賞・俳句部門の一席に仲本恵子の《尊厳を逃げ水に乗せ裁判す》など5句1組が選ばれた。第38回琉球俳壇賞に島袋直子、遠藤石村賞はいぶすき幸と前田貴美子が受賞した。第10回小熊一人賞に山城九良光が選ばれた。第15回沖縄忌俳句大会大賞に小橋啓生の《白い夏開封すれば黒い風》が選ばれた。

第63回角川俳句賞の最終候補5篇に残った兼城雄の50句「若夏」が『俳句』に掲載。その中の1句。《死者生者汗まみれなりデモの列》。大城あつこが第1句集『針突《はじち》』、鳩山博水が第2句集『七十八』、井波未来が第2句集『心音』を発刊した。ベテラン俳人の活躍と若手の台頭が著しいのも今年の特徴である。安里琉太を始め、兼城雄、三浦和歌子、大城さやか、本木隼人らの活躍が頼もしい。琉大俳句研究会の活動や俳句甲子園での県内高校生の活躍も喜ばしい。『WA』（WAの会）、『天荒』（天荒俳句会）、『ウェーブ』（ウェーブ句会）も順調に発刊を重ねている。

今年の県内俳句界の特筆すべき慶事の一つは『沖縄歳時記』（県現代俳句協会編）の発刊であろう。沖縄固有の季語を含め約２８００の季語、約９８００の例句が収録されている。無季の項を設けたのも斬新である。ただ、いくつかの疑問もある。例句から、おきなわの俳句界を先導する野ざらし延男、玉城一香（故人）、金城けい、おおしろ建ら歴代の新聞選者を除外している点である。明治、大正期に沖縄の俳句界を先導した異才、麦門冬の欠落を疑問視する指摘もある。

もう一つの慶事は、『天荒』誌が全国俳誌協会の第7回編集賞特別賞を受賞したことである。選者の1人恩田侑布子（朝日新聞の俳句時評担当。現代俳句協会賞受賞）は、『天荒』誌の受賞理由について次のように述べている。〈特別賞の沖縄の同人誌『天荒』は反骨精神に富む。代表の野ざらし延男の句から。

地球の皮を剝ぎ除染とは何ぞ

火だるまの地球がよぎる天の河

福島の被曝を頭で告発しない。皮膚を剝ぎ取られる地球の痛みになり代わる。火だるまは焦熱地獄。（略）米軍基地を背負わされた沖縄では、ことばは戯れるいとまをもたず詩の弾丸になる。（略）無季俳句は現代社会への批評眼からうまれる。それは自然随順が現状随順になる季節詩への痛烈なアッパーカットだ〉と。（朝日新聞10月30日「俳句時評」）

（「沖縄タイムス」二〇一七年十二月二十六日）

政権の暴走　俳句の保守化誘発
――二〇一八年・俳壇・年末回顧

戦争という言葉が急浮上し、身近に響く。『タイムス俳壇』三浦加代子選の今年最初の天賞句の一つは、《基地島や腫れた拳に年迫る・玉木恵美子》、太田幸子選の「琉球俳壇」の12月の一席は《犇々と基地と対峙に頬被り・宮城朝教》であった。「腫れた拳」とは基地にあらがう民衆の固い意志。三浦は「選者詠」に《恵方への波の震源墜落機》を詠んでいる。「恵方」とは、正月の神の来臨する方角のことであり、新年の季語。この島は、今年も新年から基地の恐怖にさらされている。その元凶は米国に追随するアベ政権。政権の暴走とこの国の右傾化はやまず、ファシズムの嵐が吹きすさぶ。社会の右傾化は俳句の保守化を誘発する。現状追従の俳句が勢いを得るかも知れない。

今年2月、俳句界に衝撃が走った。現代俳句の重鎮、俳界の巨星と称揚される金子兜太が逝去された。享年98。全国誌・紙はその訃報を大きく報じ、特集を組んで氏の業績の偉大さをたたえ、追悼した。現代俳句協会特別顧問の宮坂静生は《俳句を作る人達にとってのシンボルマークのような方を失った》《トラック島での戦争体験を踏まえ、平和のために体を張って行動していた》と書く。金子氏の揮毫した、《アベ政治を許さない》という文字を記した旗が、キャンプ・シュワブのテント前にも掲げられている。大串章は、「朝日俳壇」3月の一席に《冴返る兜太の山河巨星墜つ・縣展子》を選出した。６月22日には東京で「金子兜太先生お別れの会」が開かれ、約８００人が流派を超えて参列した。
金子氏は沖縄にも何度か訪れ、沖縄との関係も深い。県内2紙も県内俳人の談話や追悼文を掲載した。本紙には野ざらし延男（『天荒』代表）が「懐の深い人間味溢れる俳人」（2月28日）と追悼文を寄せている。また、宮古毎日新聞におおしろ建が「金子兜太と沖縄」のタイトルで、3回に亘って執筆している。トラック島でのすさまじい戦争体験が、「地上戦で県民の4人に1人が亡くなった、沖縄への思いへと繋がったのだろう」と書いている。その中で、2002年、金子兜太が那覇市主催の行事に招かれた際に、野ざらし宅で開かれた「金子兜太歓迎句会」で、《血尿が虹になるまで枯野行く》が兜太選天賞となり、直接揮毫までしてもらったことにふれ、「わが家の家宝となっている」と無上の感慨を込めて兜太をしのんでいる。岡崎万寿が『天荒』誌に「巨星・金子兜太と沖縄の野ざらし延男の詩魂」という原稿用紙百二十数枚に及ぶ長文の論考を発表していることも特筆すべきことだ。氏はその中で、南洋での戦争体験を踏まえた〈いのち〉のまなざしを兜太の〈詩魂〉として探り当てている。
翁長雄志知事の壮絶な急逝は県内俳人にも衝撃を与えた。WAの会は俳誌『WA』84号の「編集後記」で《無念であったにちがいないが、今はただその重い荷を下ろして安らかに眠っていただきたい》《俳句など無力かもしれない、でも謳わずにはいられない》と書き、会員の作品を載せている。
《新基地に住処おわれた汐まねき・嘉陽伸》
《飛魚たちの抗議船反辺野古・小橋啓生》
5月に俳人協会県支部が第6回俳句大会を那覇で開催。栗田やすし氏が講演。栗田やすし賞は次の句が受賞。

《春寒し壕より兵の万年筆・伊是名白蜂》

《喜屋武岬家族総出の甘蔗倒し・野原すが子》

6月に、東京のコールサック社が『沖縄詩歌集～琉球・奄美の風～』を出版。《沖縄を愛する204人による短歌、俳句、詩などを収録》とあり、県内俳人は22人が参加。カバー画も沖縄の久貝清次が担当、出色の出版である。

第14回おきなわ文学賞の一席に下地武志、二席に伊志嶺佳子が選ばれた。第39回琉球俳壇賞は神山教子、遠藤石村賞は大城百合子が受賞。第21回俳句甲子園の個人の部で、興南高校の桃原康平が最優秀賞を受賞する快挙。また今年は、全国総合誌に県内俳人の作品が紙面を飾ることが多く見られた。そのなかで、俳句ウェブマガジン「スピカ」に俳句とエッセーを連載した安里琉太は《私が体験しえなかった「沖縄」を「他者」として読み直そう》と述べていて、沖縄のアイデンティティーに捉われない新しい世代の登場を告げている。大城百合子句集『おれづみ』が4月に発刊、三浦加代子が句集『熱帯夜―昭和を詠む』を再版。俳誌『WA』、『天荒』、『ウェーブ』も順調に号を重ねている。長く本紙「タイムス俳壇」の選者を担当なさった久田幽明氏が9月に逝去された。享年90。合掌。

（「沖縄タイムス」二〇一八年十二月二十一日）

三章　社会時評と文芸

危機の時代・文学の現在
――表現者の自己規制

第二次安倍晋三内閣は「戦後レジームからの脱却」を掲げ、ものすごい勢いで「新レジーム」づくり＝ファシズム体制化を進めている。

沖縄＝日本にとって「戦後レジームからの脱却」とは基地から脱却することである。米軍事基地を撤廃し安保支配体制を現実的に終了させることである。しかし、現実はあまりにそれと逆行している。辺野古新基地建設を巡る日米両政府の問答無用式の強行は常軌を逸している。特定秘密保護法の成立、閣議決定による集団的自衛権の解釈改憲による容認、安全保障関連法＝戦争法の成立等々――。戦争が現実味を帯びて急浮上している。

安倍総理の親友とされる百田尚樹という作家が、自民党の勉強会で、「沖縄の二紙はつぶさないといけない」と放言した。この、悪意に満ちた作家の暴言を許しているそのことが、日本のジャーナリズムの危機的事態を端的に示している。何故大手の「読売」「毎日」「朝日」ではなく、沖縄の二紙がつぶす対象にされるのか。多大な影響力を持つこれらの大手マスコミが、権力にとってつぶさなくても不都合ではない存在になり果てており、すでに権力へのチェック機能を失い、政府の広報紙になり果てているのだということを、百田の発言ははしなくも示している。

戦争が急浮上しているというとき、アベ政権が歴代史上最悪のファシズム政権として暴走しているからだけではない。権力の暴走を大手マスコミが許し、支える土壌を形成しているからにほかならない。マスコミが権力に追随し、すべての抵抗素が手足を断たれるとき、ファシズムは完成する。ところで、もっと怖いのは、表現者が自ら抵抗の精神を失ってしまうときである。弾圧を恐れて表現者が自己規制し、委縮し、果ては権力に協力する作品を発表するに至ることである。

この、「自己規制」という魔物は既に各地で始まっている。十一月二十五日の琉球新報で山口泉氏は指摘している。

《ファシズムにはそれ以前に、考えようによってはもっと恐ろしい予備段階がある。大衆自身の自己規制と相互監視だ。（略）本年10月、東京都日野市の公用封筒が、印刷されていた「日本国憲法の理念を守ろう」の文言を黒く塗りつぶされた状態で使用された……。／そしてついに「憲法九条」と書いたTシャツを着、あるいはバッジを付けているだけで警官から尋問されるとの報告が相次ぐ。どうだろう？「改憲」もされぬうちから空気を涵《ひた》す、このファシズムの味は？／それにしても「中立」とは何か？「公正」とは何か？（略）いまこの瞬間にも、パレスチナで幼い子どもたちが、イスラエルの圧倒的な軍事力の前にボロ切れのごとくずたずたにされ血まみれで殺されている。あなたがそれに心を痛めるとすれば――すでにあなたは〝政治的に偏っている〟のだ》（「横領された日本へ」琉球新報・二〇一五・一一・二五）と。

この自己規制なるものについて、私自身が直接感受し、目撃した「事件」がある。それは「文藝春秋事件」とでも呼ぶべき雑誌の企画である。私はこの「事件」について、沖縄タイムスの「文芸時評」（二〇一一年九月二十九日）で、次のように書き留めたことがある。

《文藝春秋が『つなみ　被災地のこども80人の作文集』という臨時増刊号を出している。被災地の子どもたちの生の声を聞きたいとの思いから早速買い求めて読んだ。読んでみて、胸打たれた。そこには、稚拙な表現ながらも、書かずにはおれない切迫感と書こうにも十分書けない〈深い思い〉が確かに熱く息づいていると思えたのである。だが、読み終えてあることに気付いた。福島の子どもたちの作文がないのである。ある疑念を確かめるために発行元の文藝春秋社に電話し「なぜ福島はないのか」と尋ねた。すると編集人という方が応対に出て「福島には原発（事故）があり、原発については賛否あるので、子どもたちにそれを判断させるのは酷だと思いまして」うんぬん。「原発被害を抜きに今度の震災を語るのはおかしいではないか」と言うと、「一読者の御意見として拝聴しておきます」と電話を切った。原発広告で莫大な恩恵を受けてきた雑誌社としては、原発被害の声は伏せておきたいということか。（略）文藝春秋の企画は（略）巧妙な言論封殺なのである》と。

子どもたちによって放射能汚染の実状が書かれることを予測して、それをあらかじめ封じるために、福島を除外したことを、編集者自ら認めているのである。

「私たちは原発事故以来、外遊びをしていません。友達は家を追われました。責任を取ってください」

これは、原発事故の勃発した二〇一一年の八月十七日、放射能汚染の実状を訴えその改善を求めて国会を訪れた福島の小学生・小林茉莉子さんの声である。文藝春秋社は当然予測されるこれら子どもたちの声を、「自己規制」によってあらかじめ「作文集」から排除することで封じたのである。

二〇一五年六月、さいたま市大宮区の公民館が《梅雨空に「九条守れ」の女性デモ》という句の「公民館だより」への掲載を拒否している。館長は拒否する理由として「憲法を見直す動きが活発化するなか、公民館の考えであると誤解される」「意見が二つに割れている問題で、一方の意見だけを載せるわけにはいかない」と述べている。作者は七十代の女性だという。街のデモ風景を詠んだだけの穏やかな写生俳句である。作者はデモに参加しているのでもなく、沿道でそれを眺めている一人にすぎない。このような写生俳句を公民館長は「九条守れ」の政治主張と見なし拡大解釈しているのである。現代俳句を代表する俳人の金子兜太が「とんでもねぇ時代になった。いまやこんな句までやり玉に挙げられる。あの時と同じですよ」と談話を発表している。

この「文藝春秋事件」や「梅雨空俳句事件」でも、編集者や公民館長が掲載拒否の理由にしているのは、「中立」であり、賛否両論云々の「公正」である。

ところで驚くべきことに沖縄にもこの自主規制・自粛があることを、十一月二十二日の沖縄タイムスの「短歌時評」で名嘉真恵美子が指摘し、警告している。

《『歌壇』11月号〈トピックス〉欄に屋良健一郎の『短歌と戦争・平和』展という文章がある。屋良は屋良自身が企画した、6月22日から8月15日まで、名桜大学図書館で展示された「短歌と戦争・平和」展について報告している。「戦争体験の継承が問題となっている現在、学生や地域の皆さんと共に、短歌を通して戦争に触れ、戦争を考えたい」と企画の趣旨を書く。しかし、募集にあたり、「米軍基地県内移設への賛否など政治色の強い歌はできるだけ避けるようお願いした」その理由を公立学校であることや賛否がある中の、「偏った展示は望ましくないと判断した」、更に「沖縄の歌人の場合、『戦争』を詠むと反基地の歌が多くなる傾向にある（無論、戦争と基地は切り離せない問題である）。今回の展示は基地ではなく、戦争そのものへの想いを表現してもらいたい、というのも背景にあった」と書く。この趣旨とその理由を読むと、ヘンな所に足を踏み入れた気味悪さを感じる。屋良の文章は多くの問題を含んでいる。例えば表現と自粛、思想と短歌、沖縄の短歌の問題など》。

屋良の文章は、全文が、「歌壇」二〇一五年十一月号に掲載されているが、名嘉真が指摘するように「気味悪さ」があり、「多くの問題を含んでいる」と思える。

私はこの文書に多大な危機感を覚え、この文書を発表した屋良氏に直接述べるつもりで、「日本現代詩人会　西日本ゼミナール」の会場で取り上げて、「実に残念でなりません」として、四つの点からその問題点を指摘した。一つは、「米軍基地県内移設への賛否など政治色の強い歌はできるだけ避けるように」と言っていること。二点目は、反基地ではなく、戦争そのものへの想いを書いてほしいと、歌の内容に規制を加えていること。三点目は、公立学校であることを理由に、公正、中立を標榜し、賛否があるなかの「どちらかの意見に偏った展示は望ましくない」としていること。四点目は、自分に「公正」「中立」の立場から「自粛」をかけているだけでなく、他者にもそれを求めていることである。

この文書の孕む問題について、もう少し詳しく見ていくことにしよう。一点目と二点目については、「基地ではなく、戦争そのものへの想いを書いてほしい」「政治色の強い歌は避ける」とすることによって、戦争を過去の記憶の中に閉じ込め、現実の戦争法制定や辺野古の新基地建設など理不尽に繰り広げられる戦争への動きに目を向けるなと、（実質的に）歌の内容を指示するものになっていることである。

「歌壇」（二〇一五年六月号）に、「戦後七十年、沖縄の歌―六月の譜」と題する特集が組まれていて、

「オキナワに詠む歌——百人の沖縄・アンソロジー」がある。全部の歌を読み通して改めて気付いたのであるが、基地に賛成する歌は一つとしてないということである。そして、明確に基地反対の立場から歌を詠んでいるのが、六十七人に上っている。例えば次の歌。

かの戦ふたたびならじと辺野古の地に県民押し寄せ識者押し寄せ　那覇市　あさと愛子

異様なるマスク姿の警備員　新基地阻止の同志をにらむ　那覇市　安仁屋升子

辺野古への新基地建設反対の住民捕らへる政府の蛮行　那覇市　池原初子

冒頭の三人の歌をアトランダムにあげてみた。いずれも辺野古の新基地建設を強行せんとする政治の暴挙への怒りと反対する住民への共感を打ち出した歌である。屋良の文書に則すれば、このような歌は、「米軍基地県内移設への賛否など政治色の強い歌」として応募の趣旨に反することになる。応募してきた歌を応募基準に則しているか否かという視点で「検閲」している光景を想像するとぞっとするものがある。幸い、実際には反基地の歌であっても展示したということであるが、もし、文書通りに選定すれば、思想検閲にもなりかねない怖いことなのである。

糸満市に拠点を置き、本県で精力的に活動している「紅短歌会」は、辺野古現地にも何度も足を運び、辺野古の闘いについても多くの作品を発表している。それらをまとめて、『辺野古を詠うⅠ』『辺野古を詠うⅡ』の二冊の歌集を発刊している。その中に次の歌がある。

辺野古の海山を死守する人らに会はむ黒砂糖持ちて高速に乗る

この歌は、「紅短歌会」を主宰する玉城洋子の作品である。私はこの歌を秀句として取りあげ、新聞の文芸時評で評したことがある。

《この歌には闘う現場へのかぎりない共振と信頼があり、実にさわやかだ。「辺野古を死守する人ら」に会いに行くのだが、しかし、そこに悲壮感や気負いはない。「黒砂糖持ちて」というなんともユーモラスで心なごむ詩句が、歌の雰囲気を和らげているのだが、それでいて、今、沖縄の抱えている問題の核心がどこにあるのかをはずすことなく詠いあげている。まだ辺野古に行ったことのない人をも、「辺野古に行ってみよう」という気にさせてくれる》。

なぜ、沖縄の歌人たちは、戦争や基地を執拗に詠うのであろうか。

この点について仲程昌徳（元琉球大学教授）は「短歌往来」（二〇一五年八月号）で述べている。「沖縄の歌人たちが沖縄戦を歌うのを止めないのは、戦争が忘れられないからではない。それを忘れさせない現実が、目の前にあるからに他ならない。（略）そのような状況が続く限り、沖縄の歌人たちは、歌の結晶度の問題を超えて、戦争と関わりのある歌を歌うことを止めないであろう」と。実に適切な批評である。また、仲程は、『合同歌集　花ゆうな』第二十集を評して沖縄タイムス（二〇一四年四月五日）で次のように書いている。「オキナワの歌人たちがまるでシュプレヒコールのような基地反対・オスプレイ反対の短歌を詠み、本土の歌人から顰蹙を買った一年であった」という比嘉美智子（「花ゆうな」主宰）の言葉を引用しながら、《オスプレイ配備に反対する歌は、19集から見られるようになるが、基地反対の歌は、「拳あげ基地化反対叫びたる吾の二十歳に振袖なし」といったのが第1集にあって、（略）19集、20集になるとそれがオスプレイ問題とあいまって、さらに多くなっていったのである》と言い、《短歌も時代とともにあるということでは、当然のことであった》と評価している。

屋良の「政治色の強い歌はできるだけ避けるように」とする文書は、これら歌人たちの表現行為を否定するものであり、歌人の内発する歌の内容を制限し、他者をも規制するものであることに気付くべきである。

三点目の、「公正」「中立」を理由に「どちらかの意見に偏った展示は望ましくない」としている点について。この論理を認めると、先ほど例示した「文藝春秋事件」や「梅雨空俳句事件」など、もろもろの言論弾圧事件が正当化されることになる。また、沖縄で教育実践として積み重ねられてきたこの間の「平和教育」が全て否定されることになる。これらの平和教育は全て、公共の施設としての学内で実践され、展示されてきたからである。

一九九一年六月二十八日の琉球新報は県内の平和教育の状況を次のように報じている。

《平和教育の一環として読谷高校（大田義昭校長）は、このほど'91「慰霊の日」校内俳句コンクールを実施し二十二日、応募総句数千九百三十六点のうちから入賞六十六点を選び発表した。（略）コンテストには同校の全校生徒（千百二十五人）の半数以上に当たる六百二十七人が応募しており、反戦平和教育俳句が生徒に浸透していることをうかがわせている》。

このような教育実践から、全国大会で一位に輝いた俳句作品もある。

梯梧よ咲けB52はもうこない　　中部工業　具志堅崇
神だのみ虹を見ていた野良犬たち　　中部工業　玉城潤
朧へと櫂握りしめ辺野古崎　　首里高校　堀苑理緒

具志堅君の作品は「全国高校詩歌コンクール」で最優秀賞、玉城君の作品は「全国高校生俳句大賞」

で日本一に輝いた俳句である。また、後者は、昨年の俳句甲子園九州・沖縄大会で最優秀賞を獲得した首里高校の生徒の作品である。勿論、学校を挙げて祝福され、展示もされたのはいうまでもない。

再び問う。いったい「中立」「公平」とはなんだろう。二〇一六年八月八日の沖縄タイムスの「ネット社会時評」で、批評家の大津聡は、「フジロックフェスティバル」で、ＳＥＡＬＤｓ（シールズ）の奥田愛基氏が出演することについて、「音楽に政治を持ち込むな」という批判がツイッター等で噴出した問題について書いている。大洋氏は、「今回は大丈夫だったが、こうした声に主催者が（略）予定変更なんてケースはざらにある。あらかじめ批判を想定し、気づかぬうちに無難な選択や自粛をしている場合だってあるだろう」と、「自粛」の怖さを指摘したうえでさらに述べている。《政治性の表出が「偏向」として忌避され、中立であることが至る所で過剰に要求される。「政治的公平性」どころの話じゃない。「政治的無関心」こそが推奨される。文化からの政治性の切除は進む一方だ。／つるりとしたつまらない世界が開かれようとしている。さて、わたしたちは個々にそれを拒否する強い意志を持てるだろうか》と。

四点目の問題についてはすでに述べた。

屋良氏の募集文に対して、三通りの反応があったと思える。一つはこの文章の趣旨に沿って何の疑問も持たずに応募した人たちである。二つ目は、趣旨は受け止めつつも、必ずしも趣旨にとらわれずに反基地の歌を提出した人たちである。三つ目は、この趣旨と理由に疑問を持ち、募集に応じなかった人たちである。屋良は「多くの人たちが応じてくれた」としているが、応募要項の趣旨に疑問を持ち、応募を控えた歌人たちの存在にこそ目を向けるべきではないか、と思うのである。

二〇一五年、金子兜太が「アベ政治を許さない」という文言を揮毫し、これが全国の安保法抗議集会などでものすごい勢いで駆け巡った。俳人の筑紫磐井は、「みなさんこれは俳句じゃない、キャッチフレーズだと言うかも知れませんけど」としつつ、「今年を代表する句であればこれを挙げ」る（「俳誌要覧　二〇一六年版」）と述べている。

戦争とテロの問題が切迫し、戦争が現実味を帯びて急浮上する危機の時代にあって、おのれ自身が、「アベ政治」の加担者になっていないか、金子兜太の「俳句」を、自戒を込めて嚙みしめたいのである。

※本稿は「南溟」創刊号（二〇一六年八月、沖縄）より筆者が抄出したものです。年号の表記、改行、括弧書き等について編集部が加筆した箇所があります。

（『現代短歌』通巻60号　二〇一八年八月一日発行）

辺野古変奏曲

――山口泉『辺野古の弁証法　ポスト・フクシマと「沖縄革命」』

今年の一月、『辺野古の弁証法　ポスト・フクシマと「沖縄革命」』（オーロラ自由アトリエ）という本が出版された。著者は山口泉である。山口氏は、二〇一三年、東京から、沖縄市へ移り住んだ作家である。山口泉にはすでに一九冊の著書があり、今回の著書は二〇冊目にあたるという。この著書と、私の『天荒』誌上に発表した辺野古ルポを交差させながら再構成し、辺野古の現状を照射してみることにする。

山口泉は、今日、日本という国家の悪行に対峙し、最も根源的かつラディカルに発言する作家である。新著『辺野古の弁証法』にもそれが遺憾無く論述されている。この著書の特徴を簡潔に述べれば、日米両政府の歴史的・今日的悪行が、憤死せんばかりの怒りをもって告発されている点にある。が、それだけではない。悪行を許している大半の日本人、本土メディアの劣化・堕落をも鋭く告発し、その責任を厳しく問い質している点にその特徴がある。

《私たちはいま、日本政府と株式会社東京電力、そしてそれに追随するマス・メディアや御用学者らの手によって、絶望的な放射能ガス室列島に閉じ込められている。／私たちはいま、自分たち自身がすでに殺されていることにすら気づかない、絶望的な愚者にほかならない。／いま「希望」を語ることは冒瀆である。》

《沖縄に、ここまでの苦難を強いる、日本とは何か？／しかも、当の私たちはまるで何事もなかったかのように、政府・東京電力・御用メディアのしつらえた放射能ガス室列島で、いまだ優雅な「人でなし」の生を生き永らえるつもりでいる。／沖縄を、最後の最後まで、「消費」し尽くそうとしている。》

ここには、告発する主体であるおのれが、ほかならずその日本人の一員であるという痛苦な痛みも書き留められている。氏は、今日の、日本を「放射能ガス室列島」と呼び、《いま「希望」を語ることは冒瀆である》といい、「偽りの希望を棄てよ」という。この呪詛に満ちた、あまりに絶望的な言葉が、誇張でもなく、比喩でもないことが、本著を読めば苦渋のうちにも納得できる。ではどうするか？

×月×日、辺野古に行く。支援ではない。非力を顧みず、キャンプ・シュワブ前で闘う一員となるつもりである。いつもは、友人や連れ合いに同行してもらっているのだが、その日は一人で行く。辺野古は、これからも、長い闘いになる。今後のためにも同行のない独り立ちは必要となる。島ぐるみ会議のバスもあるが、その日は自分のオンボロで行く。バスだと九時発なので遅すぎる。それにまる一日は体力的に無理。その日は日曜日。いつもは月曜日か木曜日に行くのだが日曜日は手薄になると聞いていたのでそれもある。泊まり込みの人や午前の五時、六時の早朝から出かけている人たちもいる。その人たちのために、途中でてんぷらを買う。ここのてんぷらは美味しさで評判がいい。衣が薄く具が大きくて、新鮮である。魚てんぷら、イカてんぷら、野菜てんぷら、ちょっと奮発して二千円分を購入。アチコーコーだ。てんぷら購入で時間が遅れたので、高速を利用することにする。沖縄市の北インターから入り、宜野座インターに出る。高速料金が四二〇円。往復を利用すると八四〇円。

帰りは普通道路にしようと決める。距離にして片道四〇キロほどなので往復で八〇キロ。ガソリン代に換算すると一五〇〇円以上はかかる。弁当を買い、飲み物を買うと優に三千円は越す。那覇や南部から駆けつける人はその倍はかかる計算になる。週一回、月に四回ほど行っても万単位になる。毎日通う人たちもいる。インターネット上で、辺野古で闘っているのは日当三千円をもらっているという記事がまことしやかに流されていて、それを真に受ける人もいるらしいが、自分の頭脳で思考し、現実を見極めようとする姿勢さえあれば、その種のネット記事がいかに低劣極まりないデマであることか、ただちに解ることである。

新聞などほとんど読まず、情報をネットで得る若者にデマ信仰者が多いらしいが、事の真否を確かめたいのであれば、その一番の手っ取り早い解決策として、一度、辺野古現地に行ってみることをお勧めしたい。キャンプ・シュワブゲート前で一日座り込んでみれば、日当が貰えるかどうかすぐ解るはずである。もしかして、現場の雰囲気に感化されて自分の愚かさに気付き、辺野古を闘う闘士に変身してしまうかもしれないので、気をつけた方がいい。なにしろ、辺野古現地には「辺野古の弁証法」の強力な磁場が渦巻いている。

宜野座インターから三二九号線の普通道路に出ると、頻繁に軍用トラックとすれ違うようになった。いや、高速道路の時は中央分離帯のフェンスや街路樹に遮られて気が付かなかったのかもしれない。砂漠の砂色をした異様な形の米軍車両や迷彩色の軍用トラックとすれ違う。戦闘訓練に向かうのであろう。中には若い米兵が満載である。辺野古に近づいたので用を済ましておく。なにしろ、現地にはトイレがない。そのためトイレ用の送迎車が十分おきぐらいの間隔でピストン運行しているが、できるだけ手間をかけない方がいい。

辺野古に着いたのは九時頃である。七時半に家を出たので約一時間半を要したことになる。車を辺野古部落入口近くの米軍フェンス沿いに駐車。キャンプ・シュワブゲート前の座り込み現場からは五〇〇メートルぐらい離れているが、ここが駐車場としては一番近い。反対運動の人たちが一帯の草を刈り、整地したりしてかろうじて確保した駐車空間である。周囲一帯は駐車禁止の真新しい立て札や張り紙が張り巡らされている。違反車の取り締まりを県警のパトカーや総合事務局北部国道事務所の職員が行っている。国道事務所の職員がなぜ駐車違反の取り締まりまでさせられるのか。内部からの不満も噴出しているという。ちょっとでも歩道にはみ出したりしたら駐車違反の対象になる。一度は、警告なしに駐車中の車を撤去されようとして激しくもめたことがある。一帯に、農具を積んだ軽トラが止まっているが、それには何の警告もない。明らかに、道交法に名を借りた反対運動への嫌がらせである。また、私服とおぼしき男たちが付近に駐車している車の番号をチェックしたりしている。時には右翼の街宣車が来て、駐車違反だ、警察は取り締まりなさいと、大音響のスピーカーでがなり立てたりする。だから、そこら辺への駐車は避けた方が無難ではあるが、しかし、それでは嫌がらせに「屈服」し、彼らを助長させることになる。駐車も抵抗を示すぎりぎりのたたかいである。実際、「辺野古新基地阻止」と書いたステッカーを車に貼って堂々と違反ぎりぎりに駐車している車もある。駐車が満杯の時はやむを得ず別の場所を探さなければならない。辺野古部落内は住民への迷惑ということで駄目だし、となれば、部落はずれの空き地かテント村のある辺野古漁港一帯の空き地ということになる。部落はずれには遊休化した遊園地があり、その周辺はかなりのスペースがある。今は草も伸び放題でさびれている。滑り台やブランコは錆びて利用する人もいない。道を隔てたすぐ近くの部落内には、赤瓦の立派な新公民館が見える。周囲の民家に比して明らかに、不釣り合いに映る。「基地整備資金」の賜物なのであろう。

旧遊園地一帯に何度か車を止めたことがあるのだが、そこからゲート前までは一キロ近くはあると思われ、しかも急な坂道になっている。右足に脳梗塞の後遺症を抱えている身には、結構辛い。途中何度か休憩を入れるのでゲート前に着くのに二〇～三〇分を要する。まあ、恰好なリハビリになる、と思い直したりするが、ゲート前にたどり着くまでには汗びっしょり。何度も水分を補給しペットボトルは空になる。（今年に入って、そのわずかな駐車空間も、車が進入できないように鉄製に擬した杭が打ち込まれ完璧に遮断されてしまった。）

日日草そこだけ平和基地の村　武蕉
梯梧咲け村に大きな戦来る　〃

さて、その日のゲート前。日曜日だというのに百人余が結集している。平和運動センターの山城博治議長も元気な姿を見せていた。握手を交わす。訪れる人たちも次々に握手を交わし、「良かった。でも無理はしないで」と労をねぎらっている。山城氏は、先日、病院から退院し、現場に復帰したばかりである。悪性リンパ腫瘍に侵され、四月から入院。明らかに連日連夜の闘争指導による疲労が原因している。だがその日、「ミスターゲート前」はみんなの前に再び、闘士溢れる姿を見せた。（山城氏に「ミスターゲート前」、ヘリ基地反対協議会共同代表の安次富浩氏に「ミスターテント村」と命名したのは山内末子県議である。どちらも、実に当を得た命名である）。相変わらず闘志漲る弁舌で皆に激をとばした。弁舌だけではない。「座り込め」「沖縄　今こそ立ち上がろう」の歌を歌い、みずから大声で指揮をとり、大衆を鼓舞する。皆がそれに唱和する。その場はたちまち高揚した雰囲気に包まれた。不思議な力を持つ人だ。

山城氏が現場を指揮する場面を、山口泉は、今回の著書で次のように感動的に記している。

《ビニール合羽を着こみながらも、普段どおり、登山帽から黒白ストライプのタオルを垂らした山城博治さん（平和運動センター議長）が、マイクを手に声を振り絞っている。／「今朝も、ここまで工事車輌は止めている。これは凄いことだよ。こうやってみんなが集まれば、作業は止められるんだ！」／今春、悪性リンパ腫が発覚し、困難な治療を続けられた同氏が晩夏に退院後、ゲート前の座り込み指揮に戻られてから、私の側のいくつかのタイミングの悪さも重なって、一度もお会いできていなかった。直接、その姿に接するのは、「復帰」後、今朝が初めてである。「辺野古」に対するその思いから、おそらくまだ万全ではないはずの体調を押して、この雨の中、ゲート前に立ち、人々を鼓舞して指揮を執りつづけられる姿に、ひたすら打たれる》

次々といろんな人たちがマイクを取って発言し、歌を歌い、踊りを披露する。その日は読谷の母親グループが駆けつけ、手作りのサーターアンダーギーの差し入れをした。自作の歌も披露した。また、「沖縄を返せ」が合唱された。が、この歌を何の引っ掛かりもなく歌うには戸惑いがある。六〇年代、復帰運動の孕む民族主義・反米民族主義を批判してきた者たちにとって、この歌はタブーである。特に一番の歌詞。

「固き土を破りて　民族の怒りに燃える島　沖縄よ　われらとわれらの祖先が　血と汗をもて　守り育てた沖縄よ　われらは叫ぶ沖縄は　我らのものだ沖縄は　沖縄を返せ　沖縄を返せ」。

この歌の歌詞の「民族の怒りに燃える島」というくだりは、あからさまな民族主義の表明である。沖縄を日本民族の一員と見なしたうえで、米国に向かって祖国日本に沖縄を返せと叫ぶ歌である。「祖国」日本の内実を問わず、それを美化する思想として、その後起こった反復帰思想の台頭で、批判されつくされてきたいきさつがある。

ある光景が浮かぶ。復帰集会において、「沖縄を返せ」の大合唱が繰り返されるただ中で、この歌を歌うまいと必死に口を閉ざして耐えている一群の学生たちの光景が、私の脳裏に強く焼き付いている。祖国復帰運動が全島を席巻した、六〇年代の頃である。作家の目取真俊もまた、かつて次のように述べていた。

《ここ数年、反戦・反基地の集会やデモ行進に参加する中で、何度か「沖縄を返せ」の歌を耳にする機会があった。（中略）だが先導車から流れるこの歌を聞きながら、なにかいやな感じを受けずにはおれなかった。「沖縄を返せ」を「沖縄に返せ」と助詞ひとつ言い換えただけで、新しい意味を持たせたかのように思い込む安直さ。「本土復帰」の内実が改めて問われている今の時期に、当時の批判を忘れたかのごとくこの歌を口にできる臆面のなさ。七二年の施政権返還を前にしてこの歌が次第に歌われなくなった背景には、「民族の統一」といった民族主義丸出しの運動によって、日本という「国家」の持っている問題があいまいにされていったことへの批判があったのではないか》（一九九八

年五月二十一日／琉球新報）

「沖縄を返せ」のこの歌は、大工哲弘によって「沖縄に返せ」とアレンジされてライブで歌われ、それを、沖縄コンプレックスを持つ本土の進歩的文化人らが雑誌などで称賛したこともあって、九〇年代頃から、たちまち沖縄でも「流行」した。おそらくその流れで辺野古ゲート前でも歌われているのであろう。さすがに、「民族の怒り」の部分が、「県民の怒り」に替えられていて、また、辺野古でたたかう人たちの中に、日本政府に幻想を持つ者などいないにしろ、歌全体を貫く民族主義はそのままであり、その時代錯誤的無神経さが気になって仕方がない。このことについて、山口氏が次のように言及しているのはさすがだ。

《歌が変わる。「沖縄を返せ」。いつからか、この曲は――私が知る限り――（少なくとも）辺野古で歌われるときには「民族の怒りに燃える島」の部分が「県民の怒りに燃える島」に変わった。歌詞と旋律の関係という観点からは、さらに検討の余地もあるだろう。だが「民族」が「県民」に置き換えられたこの変更に、私は現在の沖縄の抵抗の培った、鋭敏な批評性と省察の深さとを見る。／――あえて記すなら、かねて私が「辺野古の弁証法」と規定したのは、たとえばこうしたことなのだ。かかる一事にも、すでにそれは息づいているのだ。》

たしかに、辺野古では、様々なことが日々変化し、渦巻いて、新しいことが次々と立ち上がる。たたかいの戦術も一様ではない。同じ戦術で闘っているように見えても、闘いの担い手の意識も昨日と今日では違う。機動隊の暴力に怯えていた者が、屈強な機動隊の前に対峙し、工事車両を阻止するためにゲート前に座り込む。当初、歌声だけを歌っていたグループが、翌日には、皆とスクラムを組んで、機動隊のごぼう抜きに立ち向かっている。辺野古は日々、大衆を強固な闘士へと鍛えているのだ。

このようにたたかいの戦術が進化し、その担い手が深化するそのことを、著者は、「辺野古の弁証法」と称しているのだ。

山口氏はまた、辺野古の現場で出会った七〇歳くらいの男性から、新著について尋ねられたことを綴っている。

《「あなた、作家？　ふうん。『弁証法』っていうのは、ずいぶん小説家らしくない題名だけど……それってたとえば、沖縄が沖縄だけの闘いでやっていたんでは駄目で、ヤマトも巻き込んで、沖縄とヤマトの両方から立ち向かっていかなければいけないというような――つまり、そういうことかね？」／むろん、それが私のこの書名に込めたすべてではない。しかし、確実にそうした一部でもある。（中略）初対面のその方の、その精確な洞察と理解とに驚嘆する》

集会はその後も続き、京都、千葉、北海道等全国から支援に来たグループが来て連帯を表明した。カナダから来たという外国人のグループもいた。現場にいると様々な意見が聞けるし、闘いが確実に全国に、世界に広がっているのだということが実感できる。ただ、依然として、闘いの主力はお年寄りであり、年配の人たちである。日曜日だというのに地元の若者や学生の姿はほとんど見えない。すぐ近くには高等専門学校があるが、そこの学生や職員の姿もみえない。労組の旗もない。

私のなかで、ある光景が脳裏に浮かんだ。米軍に対して立ち上がった一九六八年の全軍労闘争である。六八年四月の春闘で、全軍労（現在の全駐労の前身）は、団体交渉権の確立、スト権奪還、布令一一六号撤廃、B52撤去等を掲げて、十割年休闘争に突入した。実質的なストライキである。県労協傘下の各労組もこれの支援に決起した。米軍は銃剣で武装した兵士を差し向けて弾圧に乗り出したが、基地機能はマヒ状況に追い込まれた。労働組合が、その組織力を発揮して、米軍事権力を震撼させた闘いであった！　だがその全軍労（全駐労）は、今日、平和運動センターを脱退し、闘いの場に姿さえ見せない。

《「現在、戦争をふせぐ、あるいは独占資本が、われわれの人間性までも管理するという動きに抵抗する、政治の腐敗をふせぐというときにどうしたらいいか。ひとりひとりがバラバラに闘うというのは、容易ではない。やはりわれわれは組織をもち、その組織の力によって闘うという方法が、もっとも有効だろう。そう考えると、やはり中心は今でも、労働組合ということになる」》

（羽仁五郎『君の心が戦争を起こす』一九八二年）

山口氏は、右のような羽仁五郎の言葉を引用して次のように言う。

《前述した問題とも関係するが、「組織」をむやみに蔑《けみ》する者、むやみいたずらに〝自由な個人の自由な集まりを賞揚〟する者は、警戒した方が良い。とくに現在のような末期的に苛烈な状況にあっては、そうした者たちの意図はさらに慎重に検証される必要がある》と。

十時半ごろ、次世代の党の街宣車が来た。幟や旗をかざし、国会議員三人と随伴者三十人ほどを引き連れている。背広ネクタイ姿の議員が、これまた立派なスーツ姿の女性に紹介されて演説をぶつ。かなり高性能のマイクである。「ここで集会を持つことは違法行為です。テントも違法です。幟や旗もダメです。違法だから島ぐるみ会議とかヘリ基地反対協とかいかがわしい名前の旗ばかり立てています。公党の旗は見えませんね。あっ、共産党や社民党の旗がありますね。違法です。国会で取り上げます」。自ら集会を持ち、幟を掲げていることを忘れ、「集会も幟も違法です」と叫ぶ支離滅裂な演説。一団は、その後、道を渡り、座り込み現場に接近して、旗を撤去せよ、テントを撤去せよ、歩道で集会を持つのは違法だとがなりたてながら、一部のメンバーが、旗やテントを倒そうとした。明らかな挑発行為であるが、反対運動の側も負けてはいない。すぐにテントから飛び出した民衆が一団を取り囲み、もみ合いとなり、一時騒然となる。私も国会議員を名乗る人物に近づき、「あんたの名前はだれだ。覚えておこう。次はないと思え。落選だ」と声を張り上げてみた。その整った顔が、一瞬、引きつり、怯んだように見えた。一団は、本気で争うつもりはないようで、民衆の怒気に圧倒され、山城議長に説得されるようにすごすごと帰っていった。彼らの後を追うように、ゲート前周辺を頭から爪先まで全身青の塗料で塗り固め、パンツ一本の裸姿で駆け足往来していた男も引き上げていった。当初、ジュゴンをイメージした反対運動側のパフォーマンスと思い好意的に見ていたのだが、単なるアホであった。恐らく、彼らはこの日のパフォーマンスをビデオに収め、ネットに流して自己宣伝するのであろう。

十一時から集会が開かれ、集会が終了して一段落ついたところで、私は引き上げた。闘いは広がっているが、遵法に留まって何かが足りない。帰途の空を見上げると、快晴の空ににわかに雲が湧き、一瞬、昼の太陽が夕日に見えた。

抗いの時空逆巻く大落暉　　武蕉

辺野古反対の民意は示されたが

〈偽りの「希望」を棄てよ〉と語るのは沖縄に移住した作家・山口泉である。偽りの希望を語るのは犯罪ですらある。衆院選が終わり、偽りの希望を語り続けた「希望の党」が無惨に惨敗した。あたかも「気泡の党」のごとく。小池人気を当てにして所属政党を鞍替えして落選。責任のなすり合いで、内紛騒ぎを引き起こすのは醜悪でさえある。

山口泉氏の言葉にもう少し耳を傾けてみよう。

> 偽りの「希望」を棄てよ。
> 真の「希望」とは、あくまで、冷静な「絶望」に耐えつづけること。
> この世の終わりの後の日本で、いま携えるべきは、あの者たちへの怒りと、滅ぼされ還り来ぬ世界への愛惜のみ。
> 私たちが、いまなお、生き、語らっていることは、紛れもない最大級の奇蹟である。
> 私たち一人一人が生まれてきたことに等しいほどの。
> （山口泉『原子野のバッハ―被曝地・東京の三三〇日』勉誠出版）

衆院選が終わり、奢れるアベ政権・自民党が単独過半数を取り、改憲勢力が三分の二を獲得するなかで、ひとり、沖縄選挙区は辺野古推進の自民候補を破り、堂々と辺野古反対を高く掲げた三人の候補者が圧勝した。四区で敗れたが、圧勝した選挙区には普天間があり、辺野古・高江がある。今回も、新基地建設反対の民意は鮮明に示されたというべきである。とは言え、アベ政権の辺野古新基地建設強行、憲法改定の動きが加速する最終局面が迫っている。

衆院選の争点は何だったのか、改めて確認してみよう。地元紙は投票日直前の社説で明確に述べている。

《米軍普天間飛行場の移設先として名護市辺野古への新基地建設の是非が、衆院選沖縄選挙区で最大の争点である》（十月十九日／琉球新報）と。

だが今回も、辺野古新基地問題は全国の争点にはならなかった。選挙公示翌日の十一日に、東村高江の民間の牧草地に米軍ヘリが墜落炎上するという戦慄すべき事件が発生しても、基地問題は全国的な争点にはならなかった。米軍はこうした事態を見越し、県民の怒りをあざ笑うかのように、十八日、墜落したヘリと同型機のCH53Eヘリの飛行訓練を再開した。米軍は、県や政府の原因究明までの飛行中止要求や選挙期間中であることへの配慮すら示さなかったばかりか、二十一日現在、県民への謝罪も拒否している。本土メディアはさすがにヘリ墜落事故については大きく報じたが、その後の詳細については一切報じてない。いったい大型米軍ヘリが墜落炎上するとはどういうことか。地元紙の沖縄タイムスは、事故現場のその後について、二十一日の社会面トップで報じている。

《自慢の牧草地　無惨に》《天に向かって伸びていた牧草はぺしゃんこにつぶされ、豊かな土壌には米軍車両のわだちがきざまれていた。20日、東村高江のヘリ炎上事故から9日後に初めて現場に入った西銘晃さん（64）。大切な牧草地の変わり果てた様子に「ぐちゃぐちゃだ」と肩を落とした。「私も県警も蚊帳の外。これが地位協定の壁というものか」》。ほかにも重大なことがある。事故機に使用していたと思われる放射性物質の飛散である。原子力資料情報室の伴秀幸共同代表は語っている。《ストロンチウム90が高江の事故機に使用されていたかどうかは、土壌の詳細分析が欠かせない。（略）ヘリ炎上事故後の雨で、土壌に染み込んでいる恐れもある。ストロンチウム90は体内に取り込んだ時の内部ひばくが問題となるので、この解明を進めることが大切だろう。（略）肝心の土壌が持ち去られれば、科学的解明の機会を奪われることになる。極めて憂慮すべき事態だ》（十月二一日／沖縄タイムス）

ヘリ事故の報道だけでは、被害の実態、その後の状況の真実は伝わらないのだということを、これらの記事は示している。本土メディアはこれら一切を報道せず、無視しているのである。

本土メディアの沖縄無視は、基地問題だけに留まらない。スポーツ報道にも現れている。衆議院選挙開票日の二二日夜、三つのボクシング世界戦があった。その内二つは、WBCフライ級世界戦とWBAミドル級世界戦。浦添市出身、宮古工業出のフライ級王者・比嘉大吾選手がKOで初防衛戦を飾り、村田諒太選手がミドル級王者に輝いた。だが、その報道において、明らかに扱いに差があった。それは前回においてもそうだった。比嘉選手が初の世界戦で世界タイトルを取ったにも拘らず、負けた村田選手が大きく報じられ、まるで英雄のように扱われていた。比嘉選手は、具志堅用高門下の逸材で、負け知らずの連続一四KO勝ち、県出身の浜田剛史が持つ一五連続KOの日本記録に迫るなど話題性も比嘉選手の方が豊富であるのに、である。奇異なことであり、ここにもメディアの沖縄無視・軽視が見てとれるのである。

（二〇一七年十月）

（『天荒』59号　二〇一八年一月一日発行）

俳句を「ユネスコ無形文化遺産」に？

――まっぴらごめんだ

俳句をユネスコ無形文化遺産に登録しようという動きがあるという。二〇一七年四月十四日付の毎日新聞に次の記事をみつけることができた（同様の記事は「本土」の他の全国紙にも載っているが、沖縄の2紙にはない）。

〈俳句「ユネスコ無形文化遺産登録」を目指す推進協設立。東京荒川区で開かれた設立総会には俳句四協会と同区、三重県伊賀市、松山市、岐阜県大垣市をはじめ、俳人ゆかりの30自治体の関係者ら360人が参加。協会名誉会長に中曽根康弘元首相、名誉顧問に鷹羽狩行・俳人協会名誉会長、金子兜太・現代俳句協会名誉会長、ベルギーのEU大統領のヘルマン・ファン・ロンパウ氏が就任した〉。

この記事からすると、遺産登録に向けた「推進協会」がすでに設立されて、四月には設立総会を開催、役員体制まで出来上がっている。遺産登録推進の中心になったのは元文部大臣・国際俳句交流会会長で、『天為』主宰の有馬朗人氏である。

氏の築いてきた名声と人脈を生かして、俳句界のみならず、政財界や自治体にまで及ぶ大掛かりな働きかけが、かなり前からなされていたようで、設立総会当日には360人が参加している。推進協会長には有馬氏が就任している。

この遺産登録推進の動きについてはまったく知らなかったわけで、これらのことを知るにつけ、沖縄はやはり、文化辺境の地なのだということをいやでも思い知らされてしまう。もっともこの動きへの見解を求める原稿を依頼してきた俳句誌『鬣』（鬣の会・代表人・林桂・群馬）も、この動きを知らず、別の俳句誌『円錐』72号（2月15日発行・澤好摩代表）の「編集後記」で知ったということなので、知らなかったのは沖縄だけではないのであろう。「編集後記」の中で今泉康弘氏は、俳句は「季語・季題を持つ」としていることに対し、「もし登録が成立した場合、無季作品は『文化遺産』を破壊するものだとされて、無季作品を否定する圧力になるのでは？」と懸念を述べているという。なるほど、結成趣意書には次の文言が記されている。

〈国内外に多くの愛好者を持つ俳句は、子どもから高齢者まで親しむことができる視野の広い文学形式です。俳句を作ったり読んだりすることにより、季題・季語や季節感を意識し、気象や動植物などの自然に寄り添う日常生活が生まれます。自然と共生し身近なものに心を動かすことは、正に日本人の感性と美意識を体現するものといえましょう。（略）〉

ここで言う「俳句」とはどのような俳句を指しているのであろうか。当然起きる様々な疑問について、『鬣』代表人の林桂氏もつぎのように述べている。

〈それにしても、何を「俳句」として登録するべきか、また無形文化遺産登録が俳句にとってどのような意味があるのか、私如きにはよく分からない。（略）そもそも、ここでの「俳句」は、日本語表現に限定されたものなのかも分からない。それこそ、日本語に限るとするならば、今泉氏の論で言えば、日本語以外の俳句表現は俳句にあらずということになってしまって、世界と向き合うことをむしろ阻害することになってしまわないか。また、俳句が世界と向き合うときに、季語・季題に集約された日本の文化を中心とする、アジアモンスーン地域の自然の表現が、普遍性を持つものとして抽出されるべき第一の要素なのかも分からない。多言語に波及した俳句は、概ね三行詩として理解され、季語・季題性は、日本のローカルテーマに関わるものと認知され、むしろ海を渡れなかったのではなかったか。かつ、俳句詩は既にその存在を世界に認知されていると見るべきではないか。二〇一一年にはT・トランストロンメル氏が、俳句詩によってノーベル文学賞を受賞している。〉

ここで林氏が提起していることは尤もなことであり、とりわけ、〈何を「俳句」として登録すべきか〉という疑問は、根本的な問題提起なのである。

有季定型・花鳥諷詠句だけでなく、無季、反季、超季、自由律の句や破調の句、更には社会性俳句や実存俳句などを含めているであろうか。また、「季題・季語や季節感を意識し」という時の、「季節感」はどの地域の季節感であろうか。例えば、伝統俳句派の歳時記は「季節感」について次のように書いている。

〈南北に細長い日本の国土を考えるとき季節の遅速は必ずしも一様でないことは当然である。そこで一つの中心点というか基準点を設ける必要があり、古い歳時記ではそれが京都であったが、虚子編『新歳時記』では東京が基準となった。これについては本書でも東京の季節の推移を一応基準として考えた。〉（『ホトトギス　改訂版新歳時記』三省堂）

この、ホトトギスの歳時記によると、「季節の推移」すなわち「季節感」について、古い歳時記では京都であったが「東京が基準となった」ことについて、その理由や経緯も示さずに、実にさらりと書き流しているが、これはおそろしいことである。そのことについて、私は次のように書き留めたことがある。

〈なぜ京都から東京に季節の基準を移したのか、それは、遷都によって皇居が京都から東京に移ったからにほかならず、そこに人間差別の思想の基礎となる天皇崇拝を潜ませているのであり、この重大な事実を「(ホトトギスの) 歳時記」は巧妙に隠蔽する。また、なぜ京都や東京の季節が基準となるのか、そのとき、季節の著しく違う沖縄・奄美はどう対応すればいいのか、これらのことがこの「歳時記」にはすっぽり抜けている。すなわち王権の所在する京都・東京基準で編纂した歳時記から、基準にそぐわない沖縄などの「地方」を排除することを公然と宣言しているのであり、天皇を頂点とする歳時記の中央集権性を告知してはばからない。(略) この「歳時記」を貫く傲慢な中央集権的差別思想が、今日の沖縄を差別的に苦しめてきたのである。薩摩による琉球王国の武力侵攻に始まり、明治政府の「琉球処分」、沖縄戦における天皇制護持のための「沖縄捨て石作戦」、米軍に沖縄の永続統治を委ねた天皇メッセージとサンフランシスコ講和条約による沖縄切り捨て、日米同盟を基軸とした沖縄への基地集中と新たな巨大基地建設の構想。歳時記の思想は、沖縄への構造的差別支配の孕む国家の邪悪な意図を下支えしてはばからない思想なのである。〉(「西川徹郎論―〈実存俳句〉の思想と方法」。平敷武蕉『文学批評の音域と思想』所収)

また、京都・東京など近畿、関東の季節感を基準とする矛盾についても次のように述べたことがある。

〈天皇の住まう皇居地域の季節と行事を中心に編纂された「歳時記」の環境と生活を同じくする地域においては、この虚偽のイデオロギーはスムーズに浸透されていくであろう。東京や京都に住むものにとって桜はソメイヨシノであり、桜祭りは春の風物詩であろう。『広辞苑』で「さくらぜんせん」

を検索すると「ソメイヨシノの開花前線」とある。だが、「本土」と違って亜熱帯気候に属する沖縄はどうか。サクラはカンヒサクラであり、桜祭りは一月である。沖縄のサクラはツバキのように　萼ごとボタッと落ちるので、風にはらはらと舞い散ることもない。王権の住む地域を基準にした伝統的美意識（＝共同の幻想）とやらを沖縄のサクラに求めても無理な話なのである。沖縄では一月に桜祭りと一緒に、ひまわり祭りやコスモス祭りが各地で開催される。ところが、この厳然たる事実が、いまなお、本土発の歳時記においては公然と無視されている。ＮＨＫが、一月に開催される沖縄県本部町や名護市の桜祭りを無視して、三月に開催される九州の桜祭りを「日本一早い桜祭り」と報道するのは論外としても（略）、「歳時記」からの沖縄排除は目に余る。〉（『文学批評の音域と思想』）

結成趣意書を読む限りたしかに俳句の対象を限定してはいない。しかし、〈季題・季語や季節感を意識し、気象や動植物などの自然に寄り添う〉といった文言を読むと、明らかに、〈俳句の目的は花鳥風月を諷詠することにある〉（高浜虚子・昭和2年）として、季語がなければ俳句ではないとした伝統俳句派の俳句観がその内容となっていることが分かる。また、有馬会長の談話などからもそのことは窺える。〈俳句は自然と共生する季語・季題を持つ世界で一番短い定型詩で、国際的にも広がりをみせている〉〈俳句で意思疎通ができるようになれば世界平和につながる〉（東京新聞。1月27日）と。私たちは、虚子の「ホトトギス」から離脱して起こした水原秋櫻子や山口誓子らの新興俳句運動が、「無季俳句を是認し、伝統を否定している」などのこじつけで弾圧の対象にされた苦い歴史を知っている。「戦前、特高警察は、全国でこの新興俳句系の俳句雑誌を発刊禁止し、俳句表現の内容にまで難癖をつけて取り締まり、俳人百名以上を治安維持法で逮捕し、新興俳句の根絶をはかった」（『非世界』30号・平敷武蕉「涌出するファシズムと俳句弾圧事件」）のである。

なのにまた、虚子という俳人の唱えた一つの考えに過ぎない俳句観で俳句界を束ねるような愚行を繰り返そうとするのであろうか。〈日本人としての感性と美意識を体現する〉というときの〈日本人の感性と美意識〉とはなにか。それは、王朝和歌の季節と風土で育まれた伝統的美意識のことであろう。沖縄は、大和王朝と違う琉球王朝として独自の文化と美意識の中で育ってきた。とすればここでいう〈日本人〉の範疇に沖縄は含まれないということである。

歴史学者の鹿野政直氏は、沖縄でのシンポジウム（「『島ぐるみ闘争』はどう準備されたか―国場幸太郎と沖縄・歴史の自立」・2013年12月23日・沖縄タイムスホール）で、〈日本の戦後史や思想史を書いたが、それには沖縄が欠落している。沖縄を含まない日本の歴史や思想史とはなにか。日本の学界は沖縄にも思想があることは認めるが、それによって自分の論を見直すことはしない〉（「『島ぐるみ闘争』をめぐるシンポジウム」・『文学批評の音域と思想』所収）と述べたが、日本の俳句界こそまさに、沖縄を欠落させた「歳時記」を見直すことをせず、発刊を重ねているのである。（大阪の俳人・前田霧人が『新歳時記通信』で、季節感の軸を第一義として編纂された従来の歳時記を止揚する新しい俳句歳時記＝「物象感」の軸を第一義とする新しい俳句歳時記の編纂作業を進めている。『天荒』56号）。

設立総会の呼びかけ団体になった四団体（国際俳句協会、日本伝統俳句協会、俳人協会、現代俳句協会）は、俳句についての考え方がそれぞれ異なる。特に現代俳句協会は、無季俳句を含め、俳句表現の多様性を認めてきたはずであり、これらの団体が一堂に会することにまず奇異な感じを抱かざるをえない。まして「俳句団体」という共通項すらない元首相の中曽根康弘氏や地方自治体の代表が集い、名誉会長や重要役職についているのを見ると何やらうさん臭さを感じて仕方がない。私などは、一瞬、戦前の日本文学報国会を想起したほどである。日本文学報国会は、一九四二年、内閣情報局と大政翼賛会の指導の下に、文学の全ジャンルを網羅して結成された。俳句部門の会長には高浜虚子が就いた。会の目的は「本会は……皇国の伝統と理想とを顕現する日本文学を確立し、皇道文化の宣揚に翼賛するを以て目的とする」となっていた。

周知のように、中曽根氏は歴代首相の中でも日本核武装、憲法改定を唱える右派政治家である。他方、金子兜太氏はどうか。さいたま市の大宮公民館が、「公民館だより」に、〈梅雨空に「九条守れ」の女性デモ〉の句の掲載を拒否した事件の折り、〈とんでもねぇ時代になったと感じているのは私だけじゃないんだね。（略）穏やかで平和な句ですよ。なのにいまやこんな句までやり玉に挙げられる。あの時と同じですよ〉と、真っ先に抗議の談話を発表したのは金子兜太氏であった。また、安保法制反対のデモ隊の中で、氏の揮毫した「アベ政治を許さない」という〈俳句〉が、掲げられたとき、わたしなども強い共感を覚えたものである。その金子氏が中曽根氏らと同席し、俳句のユネスコ無形文化遺産登録を呼びかけていることに強い違和感を覚えるのである。また、各参加自治体は、俳句ゆかりの地ということで参加しているようであるが、その目的は、俳句ゆかりの地をアピールして観光客を誘導し地元への経済効果を期待してのことだと思える。物見遊山や観光客を増やして俳句が発展するとは思えない。安易な俳句の大衆化は文学としての俳句にとって有害ですらある。

七月十一日の琉球新報（沖縄タイムスは七月十八日）に「解読×現代」「ニッポン礼賛」と題する論考が載っている。リード文を読むと〈「謙譲」の美徳はどこへやら。近頃、テレビや書籍で目に付く「ニッポン礼賛」の数々。日本ってそんなにスゴイのか〉となっている。三月に経済産業省が一五〇〇〇万円をかけて発行し物議を醸した冊子『世界が驚く日本！』に対する警告である。沖縄タイムスの見出しは〈自画自賛の精神　警戒感〉〈底流にある「特殊」思考〉とあり、琉球新報は〈喪失と危機感の表出〉〈「陳腐なフレーズばかり」〉となっている。日本の眼鏡や刃物などの工芸品を、〈桂離宮や紅葉などの美しい写真と共に英訳付きで紹介。職人技は「日本人独特の自然観」に由来するとし、日本人が虫の音を「声」として聞き取れるのは「独特の脳構造」に基づく……といった珍妙な解説まで登場する〉とのこと。編集者の早川タダノリ氏（戦前のプロパガンダを紹介した『日本スゴイのディストピア』の著者）は、「ニッポン礼賛」ブームは戦前にも起きていたと述べ、〈日本の豊かな自然が独自の美意識を生み出したという論理構成は、今回の経済産業省の冊子と共通している〉と指摘している。

はて、これって、先に見た結成趣意書の〈日本人としての感性と美意識を体現する〉ことを強調した論理構成とも共通しているのではないか？

私たちはホトトギス的伝統派の俳句思想が次のような論者によって完膚なきまでに批判されている現実を知っているはずである。

〈この季語・季題の呪縛は俳句の言葉を季節の詩へと強いるものであり、俳句の言葉から人間を奪いとり、俳句を文学から断種する魔物である〉（西川徹郎「反俳句の視座―実存俳句を書く」『國文學』學燈社）

金子兜太は季語を不可欠なものとして定着させた虚子の俳句観に疑義を唱え、〈季語以外の俳句の言葉を「事語」と呼ぶ〉と言い、〈季語・事語両者をまとめて「詩語」とした方がいい〉と述べている（東京新聞・2015年6月26日）。

〈俳句は季節を詠う詩であるといった考えに基づいたホトトギス系俳句観が〉長い間、俳壇の主流となっていた。だが、それを大きく覆したのは東日本大震災における俳句のあり方だった。流派を問わず津波被害や放射能禍の俳句が生まれた。無季の俳句も共感を呼んだ〉（高野ムツオ・『俳誌要覧2016年版』）

〈この混沌とした時代に季節を詠うとする季語俳句が虚しい。天荒は古い俳句の殻を破り、季語を超え、詩語を磨き、新しい俳句の地平を拓き、創造への挑戦を続ける。「真実」が見えにくい時代だからこそ、根源に迫る俳句の眼力が問われている〉（野ざらし延男『真実の帆』・天荒俳句界・2016年11月）

矛盾渦巻く時代に立ち向かい、時代の真実を問うところに俳句の課題がある。俳句を過去の遺物として「遺産登録」＝埋葬するなんて、まっぴらごめんである。

（『南溟』掲載に当り、俳句誌『鬣』依頼の論考「外堀を埋めるのか」に大幅加筆した。）

（「南溟」第3号　二〇一七年八月二十八日発行）

五・一五と沖縄
――「反復帰」の主張に衝撃「沖縄を返せ」の合唱拒絶

中学生のころ、「週訓」というのがあり、毎週、黒板には「標準語励行」の週訓が書き込まれていた。週訓とは何か。いまでは、「広辞苑」にも載ってない。「訓」には、「教える。言いきかせる」という意味があるので、その週に心掛けるべきこと、という意味になろうか。「励行」という意味を辞書でひくと「はげみ行うこと」とあるので、「標準語励行」とは、その週に「標準語に励み行うこと」という意味になる。それが、次の週も変わらずに掲げられていた。家ではもちろん、学校でもみな方言であった。私の通う学校では、さすがに、「方言札」はなかったが、教室内で方言での会話がひどいときは、職員室に呼ばれ注意を受けたりした。しかし、人体の名称を書き込む理科の試験で、「肋骨」を「ソーキ」と書いて、正解にする寛大な教師もいた。ただ、中には、本土研修帰りの教条主義教師がいて、ガ行音などの濁音の発音を、東京風に鼻濁音で発音するように強請した。教科書の朗読のとき、何度も発声の言い直しを強いられて閉口したものである。その教師は「たんぽぽ」「学校」なども、語頭にアクセントを置いて発声することを、執拗に注意した。四・二八が近づくと、沖縄は日本であること、家では日の丸を掲揚すること、祖国を持たない民族がいかにみじめな存在であるかというような話を、流浪の民ユダヤ人を例に先生方は熱心に話してくださった。生徒たちは、熱い思いでその話を聞き、頷いた。

高校のとき、復帰行進団が学校前を通るときは、授業を中断して、日の丸を振って出迎え、行進団と一緒に「沖縄を返せ」を合唱した。米軍・高等弁務官府が沖縄住民の宣撫工作のために発行した『守礼の光』が、各学校に無料配布されていた。問題意識のある先進的な生徒たちがいて、職員室に山と積まれていたその雑誌を運び出し運動場で焼き払ったりした。また、同人誌をガリ刷りで発行し、米軍事支配の不当性を告発・糾弾する生徒たちもいた。私も、請われるままにその同人誌『蘇鉄と珊瑚』に詩や文章を発表した。卒業のころには、立派な祖国復帰主義者であって、復帰行進にも参加した。

それだけに、大学に入学して、その復帰運動を「民族主義」「反米民族主義」と糾弾する学生グループが存在することを知ったときは衝撃であった。彼らは、教室で、学生寮で、サークルで、執拗に復帰運動の民族主義的歪曲を批判した。〈日本国家を母なる祖国として美化する当の日本が沖縄をアメリカに売り渡し、それと引き替えに日本は「独立」し、平然としていること。日本民族のなかにも、沖縄を米軍の軍事支配に委ねることで、そこに利益を見い出す者たちが存在する。それは、沖縄にもいる。民族の統一を求める民族主義運動＝復帰運動では、国の悪意を見抜くことはできない。階級的視点にたった新たな沖縄闘争が構築されねばならない〉。彼らは、たしか、そのようなことを主張していたように思う。

やがて、私は、ある衝撃的光景を目撃することになる。復帰集会で「沖縄を返せ」の大合唱が響きわたるなか、この歌の合唱を拒絶し、これに対抗して「インターナショナル」を歌う一群の学生たちの姿である。祖国復帰を求める圧倒的民衆のなかで、それら学生の一団は明らかに孤絶しているように見えたが、しかし、彼らは、みじめではなかった。誇らかで雄々しく、新しい運動を切り拓く気概に溢れていた。私の胸中で、次のような詩人の詩句がささやくようにひろがっていった。

ぼくはでてゆく
冬の圧力の真向こうへ
ひとりっきりで耐えられないから
たくさんのひとと手をつなぐというのは嘘だから
ひとりっきりで抗争できないから
たくさんのひとと手をつなぐというのは卑怯だから
ぼくはでてゆく
無数の敵のどまん中へ

（「ちいさな群への挨拶」）

やがて、復帰思想への批判が、学生だけでなく、知識人においても公然化することになる。一九六五年、川満信一や新川明らの呼びかけで開かれた「反復帰集会」は、復帰運動の思想的破綻を告発し、それを乗り越えた新たな運動を提唱する象徴的な動きであった。この復帰運動の破綻は、一九六五年、佐藤首相来沖への対応をめぐって、ドラスチックに露呈することになる。このときの状況を、私は次のように書き留めたことがある。

「佐藤首相が、戦後日本の首相として初めて沖縄を訪れた時、復帰協内部は、歓迎か抗議かで揺れに揺れた。その結果、昼は歓迎集会、夜は抗議集会が開かれた。昼の集会では、日の丸の旗が打ち振られ、夜は赤旗が立ち並んだ。佐藤首相の宿泊する東急ホテル前から一号線（現五八号線）の路上には、核基地付き返還に抗議する万余の労働者・学生・大衆が座り込んでいた。民族主義的復帰運動の質的転換を告げる画期的座り込みであった」。

巡り来て、あれからほぼ五〇年。おそらくその時の青年世代の老人らが、いま、辺野古で中心的に闘っている。アベ政治の暴走を前に、圧倒的な労働者や学生はいつまで黙っているつもりか。

若者よ老いの毛羽立つ辺野古陣

戦後七〇年
――沖縄文学　課題と可能性

《沖縄戦ひめゆり学徒の証言を退屈と聞きにし大和の教師・池原初子》

沖縄戦の証言を聞くのは退屈だと述べる本土人教師がいる。広島で原爆の恐ろしさを語る被爆者に「死に損ない、早く死ね」と罵声を浴びせる修学旅行生がいる。どんな悲惨な出来事も、それを、痛みをもって感受し、想像する感性と気持ちがなければ、その人にとってそれはただの退屈な出来事であるにすぎない。

「戦後」七〇年。戦争が急浮上してきた。アベ第2次内閣は歴代内閣でも最悪の内閣としてファシズム体制を固めつつあるかに見える。軋《きし》みと矛盾は至る所で様々な様相を帯びて露出している。沖縄辺野古の新基地建設問題は、その突出した強権的・暴力的表出である。

これらの事象を異常なことと感じ、許せぬこととして切実な痛みをもって感受するかどうかが全ての出発点である。在京大手マスコミはこれらを当然なことと主張し、県内若者や本土人の多くも今なお座視しているかに見える。政府の広報機関と化したマスコミの堕落と人々の精神のすさみがアベファシズム体制を支えている。

さてこのようなとき、文学に何ができるか。社会の軋みや矛盾、人間の呻《うめ》きや不可視の闇を見つめ、それを言葉で表現しようと意志する者だけが表現者たりうる。見えない物を視《み》る、聞こえない声を聞く。小説であれ、詩歌や俳句であれ、文学はそこから始まる。

昨年6月、さいたま市大宮区の公民館が《梅雨空に「九条守れ」の女性デモ》という句の掲載を拒否している。街のデモ風景を詠んだだけの穏やかな写生俳句である。このような写生句を公民館長は「九条守れ」の政治主張と見なし「公民館だより」への掲載を拒否している。現代俳句を代表する俳人の金子兜太が「とんでもねぇ時代になった」と談話を発表し、その後、氏の揮毫《きごう》した「アベ政治を許さない」という文言が、全国の反対集会やキャンプ・シュワブ前でも打ち振られた。文言は、アベ政治を許している一人になっていないか、自分を含む全てに鋭く突き付けている。

沖縄＝日本にとって「戦後レジームからの脱却」とは安保を廃棄し、基地支配から脱却することである。しかし、現実はあまりにそれと逆行している。これらのことを思うとき、これからの沖縄文学の方向は、癒しの島幻想に彩られた沖縄やメディアの期待するような明るい沖縄やらおかしさを描いた〈軽文学〉とやらにあるのではないことは確かなようである。文学は何を書いてもいい。だが、暗転し閉塞《へいそく》する全面的危機の時代にあって、このことを埒外《らちがい》に置いた〈純粋文学〉が成立するとは思えない。あらゆる領域に「政治」が浸透する現在、にも関わらず、「政治」や「イデオロギー」の党派性に絡めとられず、時代の危機と切り結ぶ思想と理論、想像力と表現力に支えられた骨太の〈硬文学〉の登場が待たれている。

当然、「戦争と基地沖縄」の記憶と現実を新たな方法と視点で問い続けることもまた、文学の第一義的な課題となる。「沖縄の歌人は戦争と基地ばかり詠《うた》っている。もっとたくさんの素材があるのに残念」。これは本土歌人から沖縄の歌人に常に投げかけられる批評であるが、同種の批評は、他の分野にもなされている。また、これに同調する県内論調もある。

確かに先行する沖縄の表現者は、文学の各分野で沖縄の歴史と現実に根差した作品を発表し続けたと言えるが、意外と、基地・戦争を素材とした作品はそれほど多くはない。終刊号となった『沖縄文芸年鑑２００７』は「沖縄・奄美　詩人の現在」と題して詩人49人の書き下ろし作品を一挙掲載しているが、「戦争・基地沖縄」を素材にした作品は大城貞俊、川満信一、沖野裕美、高良勉、芝憲子、星雅彦ら十名余にすぎない。小説作品となると更《さら》に少ない。

こうした中で、大城立裕、又吉栄喜以降の若手の作家として崎山多美、大城貞俊、目取真俊らの活躍が際立つ。崎山多美は『すばる』誌上で「Ｑムラ前線ａ」「Ｑムラ前線ｂ」を断続的に連載している。崎山は、この作品でも「日本語に『うちくわれた』ウチナーグチのリズムで日本語を『カチャース』（まぜこぜにする）、というかなり『無謀』な冒険」を企てる。大城貞俊は「沖縄戦に関わる執筆活動をライフワークとして続けていきたい」と宣言し、『記憶から記憶へ』『Ｇ米軍野戦病院辺り』『島影』で、沖縄戦をテーマにした作品を精力的に発表し続けている。

目取真俊は『文学界』（二〇一四年三月号）に「魂魄の道」を発表している。沖縄戦での幼児殺しのトラウマに今なお苦しむ老人の内面を〈内語〉で語る作品だ。目取真は辺野古の海でカヌー隊の一員として、連日、苛烈《かれつ》な戦いの最前列に立つ。執筆活動への専念を望む声も多いが、辺野古新基地阻止は、沖縄に実存する我々にとって一つの使命である。使命感のない文学は空虚である。闘いの担い手が同時に優れた書き手でもある作家を得ることで、沖縄は、必ずや、これまでにない、新たな骨太の〈硬文学〉の誕生を目にするはずである。
県内の4文学賞、「びぶりお文学賞」、『南涛《なんとう》文学』が新たな書き手を輩出していることにも注目したい。

（「琉球新報」二〇一五年十一月二十三日）

沖縄戦と想像力

――小説の現在

筆者に与えられたテーマは「文学が沖縄戦をどのように描いてきたか」ということである。文学というとき、俳句、短歌、琉歌、詩など短詩形文学があり脚本、評論もあるが、ここでは小説に絞って評することにする。

沖縄の作家たちの沖縄戦記を見ていくとき、仲程昌徳の『沖縄の戦記』がある。そこでは、大城立裕の「亀甲墓」、「棒兵隊」、嘉陽安男の「美原オトの場合」、霜多正次の「虜囚の哭」、船越義彰の「慰安所の少女」など先行する作家たちの作品を取り上げ、沖縄戦がどのように描かれたかについて評している。ここでは、その後の作家たちの新しい作品に絞って見ていくことにする。

呼応する作品

『文学界』3月号に掲載された目取真俊の「魂魄の道」、大城貞俊の『島影』（人文書館）のなかの「慶良間や見いゆしが」、第21回やまなし文学賞を受賞した美里敏則の『探骨』、栄野川安邦の短編集『獏』（赤木書房）に収められた「二人の少女」、国梓としひでの『とぅばらーま哀歌』に収められた「洞窟の湧き水」がそれである。これらは、沖縄戦を題材に、沖縄戦の真相を掘り起こし、記憶の風化の進む沖縄戦の継承の在り方を問いかける読み応えのある作品となっている。

ここに挙げた作品は、偶然とはいえ、不思議に呼応し合い、連携しあっている。栄野川と大城の作品は渡嘉敷島の集団自決（強制集団死）を扱っている点で呼応し、栄野川と目取真の作品は、戦場で幼児の殺害を母親に切願されて実行するという点で連携する。その「幼児殺害」に「ゴボウ剣」が用いられている点も共通する。また、美里の作品は沖縄戦のトラウマを扱うことで大城と目取真の作品と響き合い、国梓の作品は、沖縄戦を「忘れてはいけない惨劇」として、後世に語り継ごうとする熱源において共通しているのである。

内語でたどる

目取真俊は、これまで「水滴」「魂込め」などで、沖縄戦の記憶を、奇談を援用したマジックリアリズムの手法をも導入して作品化してきたが、今回の「魂魄の道」では、18歳で直接沖縄戦を体験した86歳の老人の記憶の回想として作品をつづっている。直接の戦争体験者の回想という点では正攻法の作品であるといえるが、違うのは、老人がその記憶を誰かに語るのではなく、自己の内で〈内語〉として反すうしているという点である。〈内語〉という語りは、本人が反すうする記憶を、作者が想像力を駆使してどこまでもたどることを可能とする。この方法だと、確かに、戦争体験者でなくとも、その内部を、他者が、想像力を駆使して描きだすことが可能となる。

「殺すぞ。／女と自分に声をかけ、握りしめた剣の柄に体を乗せ、体重をあずけた。骨が折れ、切っ先が背中を貫いて地面に刺さる感触が掌に伝わる。その刹那、幼児の目が大きく見開かれた。ひときわ明るい照明弾の光が丸い瞳に反射する。真っ直ぐに向けられる眼差しに、思わずゴボウ剣を放して後ろに倒れた」

老人は、戦後68年たった今でも、沖縄戦での悪夢のような自己の行為をトラウマとして抱えている。

遺書で伝える

大城貞俊作品集（上）『島影』に収められた「慶良間や見いゆしが」は、本土に住む渡嘉敷島出身の教師が、自死した祖父の書き残した膨大な手記から、祖父が渡嘉敷島における「集団自決」の生き残りであることを知り、自己の立ち位置を問い直す作品である。祖父の葬式を終えて島から戻った先生（清志）に、生徒たちは「慶良間って海がきれいだよねえ。ホエールウォッチングもできるんでしょう？」と、清志を取り囲んでわいわいはしゃぐ。

このような生徒たちを前に、清志は考える。「（慶良間諸島は）生徒たちの言うとおり、今では確かに観光地だ。白い砂浜と青い海を売り物にして村もキャンペーンをしている。／だが……あの戦争を体験した人々は、やはり祖父のように、多くは狂気の風の吹きすさぶ島の季節を、身を挺して生きているような気がする」

このように捉え返した清志の耳に、祖母の声がよみがえる。『『慶良間やみぃゆしが、イクサや見いらんなてぃ（慶良間は見えるが、イクサは見えなくなった）……』』。「忘れてはいけない惨劇があるのだ」。清志は、祖父の手記に記された「集団自決」の惨劇を、教師として特設授業を通して子どもたちに伝えていくことを決意する。

この作品の手法の新しさは、手記＝「遺書」によって「忘れてはいけない惨劇」を後世に伝えていることであり、そのことによって、それを手にした者がさらにそれを次世代に伝えようとする永続性を獲得している点にある。

それぞれの作品は、同じ沖縄戦を扱っていても作者の立ち位置や作品化の方法が異なっていて興味深い。今後の文学の多様で豊かな展開が期待できる作品群である。

「（戦争体験者の）沈黙の裏に広がる世界を豊かな想像力でもって描きあげること、それによって戦争の記憶を持たない世代に戦争の意味を明らかに示すことも、文学の今後の課題に違いない」（岡本恵徳）のである。

（「沖縄タイムス」二〇一四年六月十九日）

民意と強権のはざまで
――辺野古・掘削開始

１９５０年代、銃剣とブルドーザーで土地を強奪し、米軍基地を建設したのは米軍であったが、今や、米軍に変わって日本政府・防衛局が牙をむきだして新基地建設に乗り出している。土地接収だけでは飽き足らずに、今度は豊かな海まで奪うというのか。今、辺野古の海で繰り広げられている問答無用式の暴虐は、決して許されるべきではない。

8月18日、沖縄防衛局は新基地建設のための海底ボーリング調査を開始した。防衛局、海上保安庁、警察、民間警備会社を投入し、抗議する市民を暴力的に排除しての蛮行である。速射砲や重機関銃を装備した軍艦を投入することも検討しているという。引き金を引いたのは、埋め立てを承認した仲井真知事である。

　銃口は民へ血ぶくれの闇加熱して
　朝焼けの尖端眼に抗議の団
　影もろとも人体剝がれるデモ弾圧
　野火ひろがる胸に琉球焼かれていく

右の句は、野ざらし延男の第2句集『眼脈』の中の句である。辺野古、普天間、高江と運動し緊迫する現在の沖縄の状況を詠んでいるわけではない。句が詠まれたのは１９６７年頃である。彼には次のような句もある。〈爆音の激しき日々を稲熟す〉。50年代に作られた句である。つまり、基地沖縄をめぐる異常な状況は、50年代も60年代も何にも変わっていない。いや、県民を直接弾圧する相手が、米軍から日本政府に変わった。

悲観はいらない

埋め立て作業が進行しているが、反対運動の側は悲観することはない。浅瀬や砂浜などの調査を先行し、あたかも、辺野古建設は進んでいるというパフォーマンスの側面が強く、実質は進行していないというのが実情だ。テント村やキャンプ・シュワブのゲート前では、連日、抗議行動が展開され、その数は日増しに膨れ上がっている。参加する顔ぶれは親子連れもおれば、友人同士や学生、年配、本土や外国からの旅行者もいる。参加した人たちは抗議行動を共にするだけではない。豊かな海を埋め立てて軍事基地を建設せんとする暴挙に怒り、〝殺人鉄板〟を敷き詰めた弾圧の異常さを目の当たりにし、憤慨する。つまり、現場に参加することで、権力の横暴を肌で感じ、意識を高めていく。抗議団を統率するリーダーの闘志あふれるきびきびした指揮と火のような演説が参加者の意識を高揚させていく。各専門家や著名人らのあいさつも力強い。

そのなかで参加者は連帯することの意義や誇らしさを体感していく。座り込みの間、年配の人から戦争体験を聞き、過去の闘いの経験を学ぶ。高江の闘いの現況を知り、それとの深い連動を知る。友人・知人らと近況を語り、旧交をあたためあう。抗議団のテントは、恰好《かっこう》な学習・交流、活動者養成の場になっている。

　私が出掛けたその日も、朝からの大雨にもかかわらず200人ほどの支援者が国道沿いのテントを埋めていた。著名な映画監督やカメラマンが訪れ、連帯を表明し土木工事関係の技術者が、防衛局の行っている海底ボーリング調査のでたらめ性や杜撰《ずさん》さを具体的に暴く。カヌー隊の若者は意気軒昂《いきけんこう》、海上保安庁の横暴な妨害を暴き、弾劾した。稲嶺名護市長夫人が激励のあいさつに立つと大きな拍手が沸き起こり、テント内は、いよいよ闘う熱気にあふれた。23日の緊急抗議集会はなんと実質4千人。これからの闘いの広がりを示す象徴的な集会であった。

　このように、日増しに抗議と支援の輪が広がってはいるが、課題もある。個人参加や年配者の多い現在の支援の輪を労働組合や自治体、あらゆるグループ・団体まで押し広げることである。とりわけ青年労働者や学生団体の圧倒的支援が望まれる。かつての土地闘争や反基地闘争の先頭には常に若者たちが存在し、闘争を牽引《けんいん》していた。ときには、闘争形態の生ぬるさを批判し、指導部を突き上げたりした。労働組合が御用組合化し、労働・学生運動が解体し冬の時代が続いているとはいえ、いったい、若者たちはどうしたのだろう。集団的自衛権の行使が閣議決定され、解釈改憲が成立した。この国は、いつでも戦争可能な国へと鎌首をもたげている。真っ先に戦地へ派遣されるのは、若者たちなのだ。

人はまばら、15分

沖国大に米軍ヘリが墜落炎上して満10年の13日、さぞ、大規模な抗議集会が大学を挙げてもたれるであろうと思い、会場に出向いて、愕然《がくぜん》とした。10人ほどの大学管理者が並び、周囲に人はまばら。報道関係者が多いほどであった。地域住民はおろか、学生への呼びかけさえなされていない。集いはほんの15分だけであっけなく終了した。緊迫する辺野古の闘いとあまりに違いすぎる。大学人らのだらしなさを白日にさらしたようなものだ。「こんなことで普天間基地が撤去できるか。恥を知れ」というヤジがとんだが、空耳だったかもしれない。

アリバイ的闘いの堕落を乗り越え、怒りを結集した大衆的闘いのさらなる構築が問われている。

（「琉球新報」二〇一四年八月二十六日）

五・一七県民大会に参加して

5月17日の『戦後70年止めよう辺野古新基地建設！沖縄県民大会』を振り返り、感動的な大会の模様や特徴など、参加しての感想を述べてみることにする。

大会の特徴は何と言っても、辺野古基地を阻止するという翁長雄志県知事と、県民の本気度が熱烈に合体した感動的場面を現出したことであり、国にとっても最大の脅威になったということである。目標数を上回る結集と湧き上がる熱気が、会場を終始席巻した。

当日、大会参加者が3万5千人と発表されたとき、『うそ、もっといるだろう』と会場から不満の声が上がった。実際、内外野とも満席で、中に入れずに外に溢《あふ》れ、フェンスの外で多くの人が群れていた。また内野席も通路までぎっしり埋まり、後ろは立ちっぱなし。身動きもできないほど。文字通りすし詰めの状態であった。会場は熱気むんむん、開会前からのこの熱気は登壇した発言者にも伝染した。発言者は次々と日本政府の県民無視を糾弾し、言葉ひとつひとつに参加者が「そうだ、そうだ」と呼応し、指笛が吹き鳴らされた。

これまでこの種の県民大会には何度か参加してきたが、そこには強い怒りを秘めた熱気はあったが、これほどの高揚感はなかった。最後に翁長雄志知事が演壇に立つと、話の途中から次々と立ち上がって拍手で呼応し、最後に知事が「ウチナーンチュ、ウシェーティーナイビランドー」（沖縄の人々をないがしろにしてはいけない）とウチナーグチで締めくくったとき、会場は「ウオー、そうだそうだ」というどよめきを発して総立ちとなった。「辺野古新基地NO」と書いたポスターが打ち振られ、拍手が鳴りやまなかった。私の周囲の年配の女性たちは感極まって溢れ出る涙を抑えていた。構造的差別に苦しんだ積年の思いが溢れ出たのだ。

翁長知事はこの瞬間、完全に民衆の心をとらえていた。発言者と大会参加者がこれほど一体となり盛り上がりをみせたのはなぜか。「保革を超えて、オール沖縄で結束したこと」が最大の要因として挙げられる。各メディアもそのことを報じている。

高まった信頼度

だが、保革を超えた大会というなら、過去にも何度かある。オスプレイ反対の集会もそうだった。2010年、読谷村で開かれた「米軍普天間飛行場の早期閉鎖・返還と、県内移設に反対し、国外・県外移設を求める県民大会」には、その後県民を裏切ることになる仲井真弘多前知事も登壇してあいさつしたし、自民、公明も参加した。だが今回、自民、公明が抜けたにも関わらず大会は空前の盛り上がりをみせた。このことは、「保革を超えた結果」が必ずしも盛り上がりの要因ではないことを示している。

今回の大会と、10年の読谷集会との違いは何か。それは、参加者の本気度と信頼度の違いであり、大会の質の変化である。同じ会場にいても、いつか裏切るのではないかという疑心暗鬼になるとき、大会から熱気は消える。安倍首相に面と向かって「辺野古新基地は絶対に造らせない」と言い放つ知事を見て、「この知事は本気だ、裏切ることはない」という信頼を高め、大会を大きく盛り上げたのである。それは、経済界にも言えることである。かつて1950年代の超党派の「島ぐるみ」土地闘争のときも、基地容認に転じた経済界から崩れていった。

今回、金秀グループの呉屋守將会長や、かりゆしグループの平良朝敬最高経営責任者らが、経済界から辺野古新基地反対の声を上げげた。「基地は沖縄経済発展の最大の阻害要因である」と言い切っている。これは大変なことである。当然、さまざまな圧力・妨害や中傷が予想される。実際当日も、右翼の街宣車が、名前を挙げて「売国奴」「中国共産党の手先」などと的はずれの声を流していた。

県を代表する作家の大城立裕氏が共同代表に就き、国内外の著名人が大会支持を表明し、登壇あいさつに立った。映画監督の宮崎駿氏、元外務省主任分析官の佐藤優氏、報道カメラマンの石川文洋氏など世界的にも名の知れた人物が辺野古基金の共同代表に就任していることも大きい。辺野古基金は20日時点で、2億5千万円を超えたという。

現地闘争の継続

こうした特筆すべき大会成功の要因を幾つも挙げることができるが、しかし、最大の盛り上がりの要因は、何といっても現地の辺野古の海とキャンプ・シュワブゲート前で熾烈《しれつ》なたたかいを連日展開している、闘う民衆の存在である。現地闘争を支える稲嶺進名護市長の存在も大きい。権力の暴力的弾圧に抗したこの具体的な闘いがあってはじめて、辺野古埋め立てを今も阻止できているのである。

現地闘争をけん引する象徴的存在だった沖縄平和運動センターの山城博治議長は病に倒れ入院中であるが、しかし、現地闘争は新たなリーダーを生み出して力強く継続され、300日を超えている。各地の島ぐるみ会議の結成など闘いの輪は日増しに広がっているが、闘いの中心は、今なお、個人や年配者である。組織労働者や学生はどうした。県内学生だけでも2万余が在籍しているはずだ。日米の両権力者が沖縄をたたきつぶそうとしている、このすさまじい沖縄の現実を目撃してもなお、若者たちは黙しているのか。

大会で気になったことを一つ。保守政治家や経済界のリーダーが口を極めて政府の方針を批判しているのに比して革新団体の革新性が薄い。辺野古基地の建設は日米安保条約を法的根拠としている。安保は容認する翁長知事に配慮してのことであろうが、皆が、元凶である安保を口にしないのはおかしい。独自の主張ははっきり言うことが、より、保革の信頼を深めるはずである。

(「沖縄タイムス」二〇一五年五月二十五日)

辺野古新基地断念を求める県民大会
――「イデオロギーよりアイデンティティー」その陥穽

『南溟』五号編集中の八日、衝撃の訃報がはいった。翁長雄志知事が膵臓がんのため、急逝したというのだ。先月二十七日に埋め立て承認の撤回を表明したばかりではないか。県知事選も近い。ましてまだ、六七歳の若さである。鈍い痛みのような感覚が鳩尾に走った。

八月十一日の「辺野古新基地断念を求める県民大会」は、翁長知事の追悼を兼ねる大会となった。台風十四号の接近で雨が降りしきる悪天候のなか、七万人が結集した。我が家も、ぎっくり腰の腰痛が治りきらぬ我が身を連れ合いに支えられつつ、参加することにした。テーマカラーの青い帽子に青い服、黒のズボン、黒の喪章、「辺野古新基地建設阻止」と書き込んだ手作りの団扇やプラカード、腰痛用の椅子、ペットボトル、傘、雨具など。これらの小道具を、我が連れ合いは前日から当日の朝にかけて準備した。島ぐるみ会議のバスも出ているが、愛車で行くことにし、八時過ぎには家を出る。途中、車からモノレールに乗り換え、会場近くの駅で降りる。ところが、駐車した場所から駅までの道のりがきつい。駐車箇所と駅までの距離が意外と遠く、上り下りを繰り返す階段にへとへと。何度も休憩を入れた。モノレール内は大会参加者で混み合っていた。モノレールを降りて会場に向かう途中から大粒の雨が降り出した。会場までの通路は、人の波であふれている。何名かの知人・友人に出会い挨拶を交わす。会場入り口で「辺野古新基地ＮＯ！」「県民はあきらめない」と大書されたメッセージボードを受け取る。地元紙の号外も配布されていた。慰霊の日の戦没者追悼式で行った翁長知事の平和宣言が会場に流れるとあちこちで涙を拭う人々がいた。

午前十一時きっかりに大会の開会が宣言され、その間も、会場に押し寄せる人の波は止むことがない。せめて人波が途絶え、落ち着くまでは待ってあげる配慮があってもいいのにと思うのだが、司会は、まるで追い立てられているかのように急いで黙祷を宣言した。座っていた人たちは立ち上がって準備をする余裕もなく、途中から慌てて黙祷に加わる始末。大会参加者は途中報告ながら、六万人と発表され、最終的には七万人と発表された。七万人！。二〇一五年「辺野古反対集会」の三万五千人、一昨年の女性殺害死体遺棄事件への抗議集会には六万五千人が結集したが、その集会をもはるかに上回る参列者である。迫りくる砂利投入への県民の危機感の表れであり、命を削って死の瞬間まで辺野古新基地阻止をまっとうせんとしてきた翁長知事の意志を受け止め、受け継ごうとする県民の強い意志を顕現した県民大会であった。

大会場は終始、静かな中にも切迫した熱気に包まれていた。とはいえ、大会の運営には幾つかの違和・疑念も湧いた。一つは、午前十一時~十二時の一時間に限定した大会の時間設定についてである。何が何でも一時間の枠で大会を終わらせると言わんばかりに、会順がそそくさと進められ、あっという間に終わってしまったように思えたのである。参列者はメッセージボードを二回と、素手で一回手をかざしただけ。シュプレヒコールを上げるでもなく、歌を歌うわけでもない。せめてポピュラーな「月桃」の合唱をと思ったがそれもない。参加者の中には、他府県からわざわざ参加した方もいるし、離島から駆けつけた人もいる。私の友人らも泊まりがけで八重山から参加した。北部の人は朝早く出発したただろうし、私なども三時間近くを要して参加したが、大会は一時間だけ。おそらく大会に間に合わなかった人もいたかなりいたはずである。登壇した人数もかなり制限された。発言者は八人。主催者のオール沖縄共同代表、遺族代表、副知事、那覇市長、にぬふぁぶし共同代表、金秀グループ代表、山城博治議長、総がかり実行委共同代表などが発言したが、国会議員や県議会代表の発言もないし、他府県からの連帯挨拶もなかった。

翌日の新聞を見ると、札幌、名古屋、静岡、東京、大阪、福岡など全国各地で、沖縄の大会に呼応した集会が持たれたということが報じられており、それらからの連帯メッセージが寄せられていると思えるのだが、その紹介もない。発言時間も五分程度。発言は皆力強くそれぞれ味わい深いものであったが、顔ぶれを見ると、党派色や革新色が薄く、辺野古の闘いの現場にも顔を見せない人たちで占めている。唯一の闘う労働者代表であり、辺野古の象徴的リーダーとも言える山城博治議長などはたった三分。司会が、彼の時だけ、三分でお願いします、と注文を付けている。三分で何が話せるのか。発言が少々長引いて、十二時終了予定が十二時十五分になり三十分になって時間超過して何の支障があるというのか。大会の冒頭、「マスコミによく映るように高くボードを掲げてください。一〇秒間お願いします」といい、さらに「テレビカメラにしっかり映るためにもう一回、今度は十五秒間お願いします」と、臆面もなくマイクで呼びかけていることにも違和感を覚えた。大衆集会を長年指導してきた過程で知らず知らずに身についてしまったリーダーの擦れた感覚を見た思いだ。

その日、悪天候のなか、大衆を会場に参集させたのは迫りくる土砂投入への危機感と翁長知事への哀悼の表明以外にない。その集会がメディアにどのように報道されるかなど念頭にない。翌日の新聞で七万のメッセージボードが会場を埋め尽くしている光景はたしかに壮観であったが、マスコミ向けに演出させられている嫌な感じは消えない。また、「旗や幟は降ろしなさい。絶対上げないでください」と、壇上から高圧的に怒鳴っていることにも違和感を覚えた。国会議員の発言を全て省いているのも腑に落ちない。現在、オール沖縄の中に、保守系国会議員はおらず全員革新系が占めているからではないか。大会が保革を超えたオール沖縄であることを強調しようとするあまり、革新色を消し去ろうとする思惑が透けて見えるのである。大会から、革新性＝イデオロギー性を払拭することが、翁長知事の唱えて来た「イデオロギーよりもアイデンティティー」という理念を実現することになると考えているようなのである。

私の作った俳句に「太陽からイデオロギーが消えていく」というのがある。現在の、脱イデオロギー状況＝ポスト・トゥルースの時代を詠んだ句であるが、昨今の県民大会は、さしずめ「大会からイデオロギーが消えていく」とでもいうものになっている。「イデオロギーよりアイデンティティー」というのは、たしかに魅力的なフレーズである。歴史的に何度も破綻した「島ぐるみ」という使い古された言葉を臆面もなく持ち出すに過ぎないなかで、「イデオロギーよりアイデンティティー」というフレーズは斬新に響く。保革を超えてということであり、自分の立場だけを主張するのではなく、保守革新が互いに譲り合って腹八分で共闘しようということである。大同団結が求められる共闘の場で、党派色を持ち出しセクト的に振る舞う者には牽制になる。何より「基地は沖縄の経済発展の阻害要因」と正しく認識し、基地経済からの脱却を志向し始めた一定の保守層を包摂し得る魅力がある。具体的には、ヤマトゥ政府の構造的沖縄差別に対しては、ウチナーンチュというアイデンティティーをひとつにする共通項で保革が一緒に立ち向かうということである。今日ではそれが、辺野古問題ということであり、一般的には、立場の違う者たちがある目的を達成するために、共闘することであって、一種の統一戦線である。歴史的には反ファシズム統一戦線として、ヒトラーのファシズムと戦った事実があり、有効な戦術である。だがそれにはおのずと限界もある。ウチナーンチュのアイデンティティー、即ち、出自や言葉、風俗・習慣、歴史や伝統という共通項で共闘するというとき、一種の沖縄ナショナリズムに陥る危うさであり、それを共通項として共闘するというとき、一定の年代層のウチナーンチュには快く響くが、では、その共通項のない他府県や若年層、ひいてはアジア、全世界の人々と共闘する共通項は何処に求めるかという問題がある。沖縄ナショナリズムの陥穽であり、大会から革新色＝イデオロギーを払拭することに腐心し、「安保反対」のスローガンが消えてしまった要因の一つがここにある。また、保守側が革新と共闘するという時、保守としての独自の狙いが当然あるはずであり、それについての革新側としての独自の分析がなされねばならないと思うのだが、その分析についての痕跡も見当たらない。オメデタイというしかないのである。

（『南溟』第5号「あとがき」）

「日毒」と「戦獣」

――八重洋一郎と大城静子

「日毒」という言葉と「戦獣」という言葉。この二つの言葉に出会った時の、鳩尾にまで響く鈍い衝撃は忘れることができない。「日毒」は詩人の八重洋一郎氏の詩の中で、「戦獣」は歌人大城静子氏の歌の中の一語として、それぞれ出会った。無論、辞典にもない言葉である。私は、「日毒」についでは詩人を対象とした講演の場で紹介した。

二月二〇日、那覇のロワジールホテルで「日本現代詩人会西日本ゼミナールin沖縄」という詩人の集まりがあり、そこで講師の一人として講演することになった。無論、進んで引き受けたわけではない。日本現代詩人会と言えば、日本最大の会員を誇る詩人組織である。詩人でもない私にどうして？ と訝ったが、県内の詩人はそれぞれ事情があって引き受けてもらえないので、とのこと。もう一人の講師は八重洋一郎氏。小野十三郎賞を受賞した詩人であり、『孛彗』（山之口貘賞）、『夕方村』（小野十三郎賞）などの詩集を発刊していて詩論集も出している。講師としては最適任の詩人である。

私はと言えば、当初、「俳句の話でもいい」と言われ、押し切られる形で引き受けはしたものの、途中から俳句の話だけではまずいとなり、それからが大変。ゼミナールのタイトルは「現在《いま》沖縄で文学するということ」である。さて、どの作品を取りあげるか。県内はもちろん、県外の詩人の主だった詩集などを読み直したりしてのにわか勉強とあいなったが、結局、自分の器で話すしかないと開き直ることにした。

タイトルを「時代と向き合う文学」としたので、修辞の詩は外し、状況の詩を取りあげることにした。基地問題を巡って緊迫した状況下にある沖縄で、あえて全国規模の詩人の集いを開催する意味も踏まえたつもりであった。言葉の詩的修辞に重きを置く詩人には不満だったかも知れないがこれは致し方ない。

私が時代に「向き合う詩」として取り上げた詩は以下の通りである。

宮城隆尋「ゆいまーるツアー」。辺見庸「水のなかから水のなかへ」（詩集『眼の海』所収）。八重洋一郎「日毒」（『イリプス』13号）。知念捷「みるく世《ゆ》がやゆら」（沖縄県主催の二〇一五年全戦没者追悼式で本人によって朗読された詩）。佐々木薫「耳塚異聞」（『あすら』十一号）。川満信一「言葉の発色」（『カオスの貌』三号）。沖野裕美「セクション15　海墓地」（『沖野裕美詩集犠牲博物館』）。新城兵一「内破─辺野古」（新城兵一詩集『死生の海』）。高良勉「激痛が走るとき」（『KANA』十五号）。与那覇幹夫「明るい症候群」（与那覇幹夫詩集『ワイドー沖縄』）。

さて、私が取り上げたこれらの詩の中で、特に驚いたのは、八重洋一郎氏の詩のなかの「日毒」という言葉について、本人の八重氏がその日の講演で、自作の詩「人々」の中で取り上げていたことであった。まるで、事前に申し合わせたかのように。もちろん、そんなことがあろうはずはなく、手紙のやり取りはあったとは言え、八重氏とはその日会場でお会いしたのが初めてであって、偶然の成り行きに驚いてしまったことである。

「日毒」――。これほど日本という国の、その支配者の、歴史的現在的罪悪・悪業の恐るべき罪深さと無責任を言い当てた一語はないと思えたのである。二つの詩は次のようなものである。長い詩なので、後半の部分だけを抄出することにする。

日毒

……………………………

慶長の薩摩の侵入時にはさすがになかったが　明治の
琉球処分の前後から確実にひそかにひそかに
ささやかれていた
言葉　私は
高祖父の書簡でそれを発見する　そして
曽祖父の書簡でまたそれを発見する
大東亜戦争　太平洋戦争
三百万の日本人を死に追いやり
二千万のアジア人をなぶり殺し　それを
みな忘れるという
意志　意識的記憶喪失
そのおぞましさ　えげつなさ　そのどす黒い
狂気の恐怖　そして私は

確認する
まさしくこれこそ今の日本の暗黒をまるごと表象する一語
「日毒」　（八重洋一郎の詩「日毒」より抄出）

人々

……………………………………………
さらにもう一人の人物がいる
日国　琉球侵入以来　各島々は
如何になったか　その変貌を琉球館の人々へ注進し
ようと台風の為の漂着と偽って来閩《らいびん》した八重山島の役人である
閩《びん》とは大河閩《びん》江が流れる福州の別称　その琉球館には四十余名の憂憤の人々が寄寓滞在　彼らは異
郷の地にあって祖国を患《うれ》うる一念から互いに敬愛尊重相和し　身分を問わず上は紫巾官から下は無
役の軽輩まで一致共同していたのである

さて　八重山からの報告を聞き　彼らは書く
「光緒五年日人が琉球に侵入し国王とその世子を虜にして連れ去り邦を廃して県となし…只いま島
の役人が　君民日毒に遭い困窮の様を目撃　心痛のあまり危険を冒して訴えに来閩《びん》…」
資料をあさりつつ　今　私の視線は

あの与那国から中国沿岸漂流者　琉球館に於いて両先島分島問題等々の情報に接し憤激の志士と化した一八重山人がいずれ後の為にと何処かに隠匿して持ち帰った
清朝列憲への「泣懇嘆願書」（控）その文言
就中「日毒」の一語に吸い着けられて離れられない

（八重洋一郎の詩「人々」より抄出）


「日毒」という言葉。その日本人という国の毒の内実とはいかなるものか。私が紹介した詩では、大東亜戦争太平洋戦争において、「三百万人の日本人を死に追いやり」「二千万のアジア人をなぶり殺し」にした悪業を指していることはいうまでもない。だが、それだけではない。その悪行を「みな忘れるという」「、その「意識的記憶喪失」の「おぞましさ　えげつなさ」こそが「日毒」であり、恐ろしさの本体なのである。忘れるとはどういうことか。

同じ悪行を再び繰り返すということであり、「まさしくこれこそ今の日本の暗黒をまるごと表象」しているのである。

歴史的悪行を計画し指示し自分から責任を感じることもなく、実行した者たちが何の責任も追及されることもなく、公職に返り咲き、今日、その係累に属する者どもが、政権について、同様の悪行を繰り返そうとしているのである。その最たるものが麻生と安倍。

八重氏が取り上げた詩「人々」においては、一八七六年のいわゆる「琉球処分」に端を発した日本国の琉球・沖縄に対する悪行の歴史を挙げ、それに抗って悶死していった琉球人の無念・憤怒の底から涌き出た言葉として「日毒」が使われている。日本国の悪行の歴史は、祖先にまで及んでいたということだ。八重氏はこの一語を知らしめるためにこそ、講演を引き受けたと述べていた。

「戦獣」という言葉と出会ったのは大城静子歌集『摩文仁の浜』（ながらみ書房）と氏の第二歌集『記憶の音』（砂子屋書房）においてである。この言葉を見つけた時も、衝撃は大きかった。

子らが哭けば臨月の母解き放す戦獣もまた人の子なれば　『摩文仁の浜』
流れ星絹代という女性《ひと》在りき　戦獣の傷抱いて流るる　『記憶の音』

戦場で、砲火に晒され、飢えと恐怖で逃げまどう中、獣の如く女性を襲う米兵を「戦獣」と称している。その獣性は臨月の女性にまで降りかかる。「戦獣の傷抱いて流るる」とは、どういうことか。まともな結婚を諦めさせられ、「パンパン」に堕ちていく女性らが存在していたことをこの歌は告知する。だが、戦獣は米兵だけではなかった。友軍のはずの日本兵が、時に、「戦獣」と化して女性を襲ったのである。

（二〇一六年三月）

（『天荒』54号　二〇一六年五月一日発行）

「集団自決」跡地に立つ

――強いられた虐殺

三月二十八日のことでした。「米軍が上陸した。全員、役場近くの忠魂碑の前に集まるように」との伝令が、各壕に潜む村人の間を駆け回りました。（略）私は、その伝令が何を意味するか知っていました。

壕の中では、すでに多くの人々が、無惨な姿で重なっていました。軍隊から渡された手榴弾で死んだ者、首に縄を巻き付けて死んでいる者、鎌で首筋を切り合ったと思われる者など、様々でした。一家玉砕の死体です。もはや逃げられないと覚悟し、敵の手に掛かるよりは互いに死のうと決意したのです。

父は、まず持っていた鎌で、母の首を切りました。返り血を浴びた顔で、私にも自分の妻を始末せよと声を上げました。Bさんが、Bさんの娘たちの首を切っているのが目に入りました。私は剃刀を持ち、妻を抱きしめました。涙が溢れて、止まりませんでした。／父が、妹の首を切るのを見ました。私は、手が震えました。震えては、いけないと思いました。壕の中のみんなが見ているんだ。私は、抱きしめた妻の喉に剃刀を当て、思い切り引きました。妻の血が、私の顔に飛沫のように掛かりました。妻は、私の腕の中で、私を抱きしめ両足を痙攣させながら息絶えました。／父は弟を頼むと、私に言い残して、自らの首を鎌で切りました。鮮血が奇妙な音を立てて、周りにシャワーのように降り注ぎました。

（大城貞俊「慶良間や見いゆしが」・『島影』所収）

俳句紀行で渡嘉敷島に渡り、「集団自決」の跡地を訪ねた。案内してくださったのは、吉川嘉勝氏である。氏は、「集団自決（強制集団死）」の生き残りである。右の文章は、小説の文であり、事実そのものではないが、しかし、同様な地獄が実際に繰り広げられたのだということを、吉川氏は、その惨劇の現場となった雑木林の跡地で、私たちに、静かに、具体的に語り、証言してくださった。吉川氏も惨劇に立ち会った生き残りでありながら、多くの島の人たち同様、長い間、惨劇については口を閉ざしてきた。そのような氏が「真実を証言しよう」と決意するに至ったのは、教科書が書き変えられ、「軍命はなかった」ことにされることへの危機感からであった。吉川氏は、そのような危機感に支えられて「沖縄戦における渡嘉敷島『集団自決』の真実」と題するレポートを執筆している。その、まだ、未完成だという論考を私たちにも提供してくださった。その論考をたどりつつ、「集団自決」についての幾つかを検証してみることにする。

まず、「軍命はあったか否か」について。吉川氏は、梅沢裕隊長や赤松嘉次隊長が証言する「自決命令は出さなかった」とか、「集団自決は私が命令したのではない」ということについて反論する。「文書や口頭による直接命令は出さなかったと言っているに過ぎない」と。また、これらの証言は『集団自決』に関する証言の一点にしか過ぎず、それらの『点』のみからは、慶良間諸島における「集団自決の実相はみえてこない」と。

吉川氏はここで、二つのことを鋭く指摘している。一つは、軍命を隊長が「直接」出したか否かというように問題を矮小化しようとする論のでたらめ性についてであり、二つ目は、「点」によっては真実は見えず、「点」を「線」で結び、「『集団自決』の立体面を構築し、その実相を誰にも納得がいくよう映し出すべきである」としていることである。

この点についてかつて岡本恵徳氏も同様なことを指摘している。「かりに（集団自決の）命令が下されなかったとしても、命令のあった場合と同質の状況がみられたとするならば、事実として、命令が下されたかどうかは、ことの本質の上にはかかわりをもたないのであり、事実のせんさくはほとんど無意味なこと」（「『沖縄』に生きる思想」）と。

吉川氏自身、当時六歳であり、確かに直接自決命令を受けたわけではない。また、「自決命令」も、軍の隊長が直接村人に向かってなされたわけではなく、駐在の巡査や防衛隊員や役場の職員を通して「北山（にしやま）に集まれ」と召集されたのであった。しかし、村人はそれが何を意味するか知っていたのである。その証拠に、皆、死を覚悟して晴れ着に着替え、鍬、鉈、鎌、剃刀などを用意していたのであり、さらに、手榴弾が渡されていたのだ。また、赤松隊長の愛人と目される蓉子姉さんこと伊礼蓉子という女性は、吉川氏もよく知っている女性であるが、親戚に対して「北山へ行くと玉砕だよ」と、「北山行きを引き留めていた」という。まさに点を線で結ぶことで、軍命の存在は歴然とするのである。

（二〇一四年十一月）

（『天荒』51号　二〇一五年五月一日発行）

はまなすにささやいてみる

――井口時男『永山則夫の罪と罰』

『永山則夫の罪と罰　せめて二十歳のその日まで』（コールサック社）という本が出版された。永山則夫とは誰か。

一九六八年十月から十一月の間に、東京、京都、函館、名古屋で警備員やタクシー運転手らを無差別に射殺。一九六九年四月に逮捕された犯人は十九歳の少年、それが永山則夫であった。一九七九年に東京地裁で死刑判決を受け、一九八一年東京高裁で無期懲役に減刑されるが、一九九〇年最高裁で死刑が確定。一九九七年八月一日、東京拘置所で死刑執行される。四十八歳であった。

永山則夫について次のように書いたことがある。

「永山則夫が世間を震撼させたのは、十九歳で四人を次々と射殺した凶悪犯人だということにあった。が、それだけではない。貧しさの中、小・中学もろくに出ることもできなかったこの少年が、獄中で貪るように活字を学び、夥しい数の詩、小説、評論などの文章を書き続け、それが『無知の涙』『木橋』等として出版され、次々とベストセラーになったからである。作品の一つ『木橋』は、新日本文学賞を受賞した」（一九九九年四月『天荒』四号）

永山が死刑執行された日の朝について、東京拘置所に収監されていた「連続企業爆破事件」の死刑囚、大道寺将司は次のように証言している。

「九時前ごろだったか、隣の舎棟から絶叫が聞こえました。抗議の声のようだったとしかわかりませんが、その声はすぐにくぐもったものになって聞こえなくなった」と。

絶叫も扼殺される処刑の朝　　武蕉

その大道寺も、今年の五月二十四日、刑執行を待たずに、獄中で病死した。句集『棺一基　大道寺将司全句集』（太田出版）を残している。

棺一基四顧茫々と霞みけり　　大道寺将司

ところで、永山則夫は、何故処刑されたのであろうか。死刑が確定して、七年後である。死刑が確定した死刑囚に、「何故、処刑されたのであろうか」と問うことは愚問であろうか。しかし、死刑が確定しても、二十余年も死刑が執行されない死刑囚もいる。まして、永山は、一度は無期懲役に減刑されてもいる。

私は、必ずしも、死刑絶対反対論者ではない。しかし、永山則夫の死刑執行は、あまりに、突然であり、不可解な謎が多い。死刑執行のことは、弁護士にさえ知らされず、「主任弁護士の遠藤誠は、翌日の新聞でそれを知って、腰を抜かすほど仰天した」という。「遺体は荼毘に付さず、遺体のまま引き取りたい」と、申し出ていたにもかかわらず、弁護士ら関係者が東京拘置所に遺体を引き取りにいったときは、すでに、ご丁寧にも荼毘に付され、遺骨だけを渡されたという。権力はいったい、何を怖れて、突然、永山を闇に葬ったのであろうか。死刑確定後、二十年余も刑が執行されない死刑囚がいる一方で、永山のように七年で死刑執行されることがある。いったい何を基準に死刑執行の順序が決められるのであろうか。

このことについて原裕司は『極刑を恐れし汝の名は——昭和の生贄にされた死刑囚たち』（洋泉社）において、次のように述べている。

「死刑執行は法務大臣の命令によって行われるのだが、実際は法務省刑事局付の検事が、死刑囚のすべての記録を当該検察庁から取り寄せて死刑執行命令書づくりにかかる。これを法務大臣に提出する」。この過程は秘密になっていて、どのように順序が決められたかは、当局以外、誰も分からない。「秘密主義のなかで、当局の都合のよいように解釈されて、死刑執行が決められていく。この意味を十分に考えてもらいたい。執行の順番など恣意的にしている。それを秘密にしているのだ。」

これを読むと、死刑執行には、国家権力の国家意思を代行する検事の意志が働いていることを窺い知ることができる。

この「国家意思」について、私の古い手記を引用しつつ、もう少し検討を加えてみることにする。「ここ数年、半年に一度の割合で、複数の死刑囚を同時処刑しているという。そうすることによって、国家権力は、『日本には死刑制度があり、それは治安維持に使いますよ』ということを、国民に誇示しているのである。次に誰を処刑するかは、もっぱら、当局にまかされているのであり、『法務省検事局付の検事』の意志にゆだねられているということなのである。永山則夫は、文学者であることによって、処刑されたのである。永山が優れた書き手として、これからも国家の暗部を告発し続ける存在であることが予想されるということ。しかも永山の場合、豊かな国、飽食日本にとっては考えも及ばない、貧しさのどん底を赤裸々にする地点から、日本の繁栄を告発しているのである。彼は、貧しさと無知が自分を犯罪に駆り立てたと主張し、そのことを立証する作品を次々と発表している。／しかも、それらが、次々とベストセラーとなり、世に評価されている。権力は永山の『文学の力』を恐れたのである。」（『天荒』五号）

『永山則夫の罪と罰』は、著者井口時男が、永山の「死刑執行から20年目の夏」、渾身の力を込めて綴った永山則夫論である。帯の文に、〈永山則夫論30年の集成〉とあり〈文学の立場から問う「連続射殺魔」永山則夫の罪と表現〉とある。

冒頭に俳句十句が掲載されている。句集『天束の獨楽』（深夜叢書社）からの抄出である。

網走　永山則夫の故郷　七句　二〇一二年晩夏

＊永山は網走で生まれ育った。

晩夏光網走川はとろとろと

網走刑務所

刑務官ら破顔《わら》へり若き父親《ちち》なれば

網膜《ネガ》を灼《や》く帽子岩陰画の夏

はまなすにささやいてみる「ひ・と・ご・ろ・し」
　永山則夫の出生地は「網走市呼人番外地」だった。
夏逝くや呼人《よびと》といふ名の無人駅
北の夏のビル解体を見てありぬ
昏《くら》く赤く晩夏の影絵となりて去る

横須賀二句　二〇一三年初夏
＊永山は横須賀の米軍宿舎に盗みに入って拳銃を入手した。
軍港霖雨薔薇は交配繰り返し
軍港霖雨白痴の娘の乳房かなしき

明治神宮　二〇一三年初冬
＊明治神宮の森は永山の好きな場所だった。
落ち葉踏んで錆びた殺意を埋め戻す

句を読むと、永山の作った作品かと思ってしまうが、これは『永山則夫―』の著者であり句集の著者でもある井口時男氏が、永山の立場に身を移し入れる形で作った俳句である。井口氏は、実際に永山の立ち寄ったであろうその現地を訪れてこれらの句を作っている。そのため、その場面や心境、永山の文章上のこだわりなども、永山のそれに擬している。「破顔《わら》へり」「灼《や》く」「夏逝く」「昏《くら》く」などの漢字の特異な使い方にも漢字表記にこだわったという永山のそれが表れている。〈はまなすにささやいてみる「ひ・と・ご・ろ・し」〉の句は一変して、漢字を退け全部平仮名を用いている。

飢え死にせんばかりの極貧と、母親やきょうだいたちからの虐待、そして捨て子にされた体験を負いつつも、はまなすの花の赤く咲く網走の砂浜は故郷の想い出として記憶に強く焼き付いている。が、しかし、四名も殺した人殺し——。この句は、人殺しという許されざるその行為を獄中において悔いたという設定で書いている。

北海道に渡り、函館、札幌、小樽、釧路を転々とした石川啄木にも北海道を詠んだ歌が多くある。

函館の青柳町こそかなしけれ／友の恋歌／矢ぐるまの花

かなしきは小樽の町よ／歌うことなき人人の／声の荒さよ

しらしらと氷かがやき／千鳥なく／釧路の海の冬の月かな

潮かをる北の浜辺の／砂山のかの浜薔薇よ／今年も咲けるや

四首目がはまなすを詠んでいる。一方は俳句であり、他方は短歌。また、場所も網走と函館の浜。同じ極貧にあえいでいたとはいえ、圧倒的生育経緯の違いがある。〈はまなすにささやいてみる――〉には、自分への呪詛と深い贖罪の問いがある。

（二〇一七年九月）

（『天荒』59号　二〇一八年一月一日発行）

児童文学の魅力

――もりおみずき作品集『ティダピルマ』

久しぶりに、児童小説を読み味わった。『ティダピルマ　もりおみずき作品集』。以前に、次の作品集が上梓される際は是非読みたいと述べたことがあり、それを覚えてくださっていて、作者から私にも恵贈されてきた。有り難いことである。「光のあふれる幻想的な」表紙に包まれた素敵な本である。六篇の作品が収録されている。「遠い夏」。「クッキングボーイ」。「真夜中バースデー」。「おいらの子」。「としより天使」。「ティダピルマ」。

「遠い夏」は、アメリカ将校の愛人として華やいだ雰囲気を持つ「国子おばちゃん」の栄光と悲嘆を一人の少女の目を通して描いた物語である。そのおばちゃんは主人公の少女りつ子のあこがれである。「国子おばちゃんのものは何もかもきれいだった。可愛らしく清潔だった。窓には真っ白なレースのカーテンがかかって、本箱にはぎっしり本が詰まっていた」。だが、やがて、そのアメリカ将校キャプテン・クレイはある日黙って本国に帰り、国子おばちゃんは裏切られたことを知り、悲嘆にくれる。そのような女性の様子を少女の曇りのない目で切り取った作品。

たしかに、私が小・中学生のころ、私の集落にも「国子おばちゃん」と同じ境遇の女性がいた。その女性は、周囲から「ハーニー」などと呼ばれていて、村人から蔑みと羨望の入り混じった目で見られていた。華やかなマフラーを粋に被り、ハイヒールを履いて颯爽としていた。「ハーニー」という呼称をその女性がどのような気持ちで受け止めていたか少年の私には知る由もなかったのであるが、この作品は、たしかに存在したそのような女性の内面に立ち入った「遠い夏」の光景を描いた作品として読むことができる。

「クッキングボーイ」は、「三度の食事が何より好きな料理天才」の少年の話である、「朝は目が覚めると真っ先にこんがり焼けたトーストを思い浮かべる。ピーターラビットのお皿にティーカップ。バターにジャム。マーガリンじゃだめだ。メーカーにもこだわっている。ジャムはその季節にぴったりのもの。春はもちろんイチゴ。夏はマーマレード。秋はイチジクとか。テーブルにそれらを並べトースターからはいましもぽんとパンが飛び出しそうな朝」。次々と新しい料理創作に挑戦する少年。料理事情に無知な私には、ただただ、まぶしいばかりであるが、何事にも自信がなく引っ込み思案だった少年の成長の様子が感動を呼び込むものとなっている。

「真夜中バースデー」。「バアバはクラスター爆弾だ」と、書き出しが会話から始まっているのがいい。場面が生き生きと伝わってくる。老いと介護と認知症について、極めて今日的なテーマをヒューマンなまなざしで描いている。家族の在り方について、感動的な物語を提示していると感じた。

「おいらの子」。「父さん、たいへん！」と、いきなり会話で始まる手法の効果は「真夜中バースデー」と同じ。さて、いったい何がたいへんか。読者はたちまち物語の世界へ誘われることになる。人間たちの快適なマンション建設によって、街の中の小さな沼に住んでいたカエルの一家が、危険を冒してそこを引っ越す話である。この話を読んだとき、金子みすずの詩、「大漁」を思い出した。

朝焼け小焼けだ
大漁だ
大羽鰮の
大漁だ。

浜は祭りの
ようだけど
海のなかでは
何万の
鰮のとむらい
するだろう。

「ティダピルマ」。六篇の中では、表題作の「ティダピルマ」が、質量ともに一番優れていて完成度も高いと感じた。読んでいて琴線が何度も掻き鳴らされる感動的作品である。主人公のワタル少年をはじめ、登場人物もそれぞれ魅力的で、宮古島という自然豊かな土地の、風習、風俗を背景に、島を侵す「近代」に抗う少年の真っ直ぐな生き方が、ヒューマンなタッチで生き生きと描きこまれている。「小川未明文学賞　優秀賞」に輝いたということが充分頷ける。

「ティダピルマ」とは、真っ昼間、時間が一瞬止まって、あの世とこの世が一つになる超常現象のことである。この超常現象の瞬間だけ、生者はあの世の死者と交流できるのである。一種のマジックリアリズムの手法を取り入れた作品で、その豊かな発想と想像力、詩的な文体が読者を魅了する。

物語は7章で構成されている。

「1　島へ」。物語はここから始まる。そして、この1章に、これから展開される物語の伏線と謎がすべて配置されている。

島を離れて東京に住むワタル少年が、夏休みになって島に向かう。島には大好きなオジイ、オバアが居て、親しく遊んだいとこの洋介もいる。犬のジョンもいる。機上から見た下地島パイロット訓練飛行場。何故かそれがワタルには、「島を切り裂く傷のようだ」と感じられる。そして、それは、これから後の、重要な伏線となっている。機中で偶然出くわした静江おばさん―。宮古島のそのまた離島の池間島に住んでいる。池間島という土地とこの人は後で重要な役割を帯びることになる。両親を東京に残して、単身で島に帰省したワタル少年であるが、単なる帰郷ではない。その真の目的は何か？　懐かしい島への帰省にワクワクして飛行機を降りたワタルであるが、出迎えた洋介の顔は何故かさえない。その理由がやがて開示されていく。

この導入の部分は実に見事で周到である。会うのを楽しみにしていたオジイはタマス（魂）を落として寝たきりになっていたのである。大好きな、かけがえのない存在であるオジイ。オジイとの濃密な物語が存在する。オジイはワタルにとって憧れであり、誇りであり、生きがいであり、島そのものである。そのオジイがタマスを落としているなんて。

物語はここから、オジイのタマスを取り戻すための、ワタルの葛藤と冒険物語として描かれていくことになる。物語の中で、宮古島の風習やシマフツ（方言）が随所に取り込まれているのも、作品を濃密なものにしている。

例えば、「タマスツリー」という言葉。小さいころ聞いたオバアの話によると、池間島には死んだ人のタマスを集めて光るタマスツリーという神の樹があるという。「タマスツリーは海上の遠くの島の遠くの森の、真っ暗な夜の中できらきらと光っている」と。タマスツリーという言葉には実に濃密な物語と島の人々の思いが込められていて、深く、素敵な響きを放っている。心の琴線を掻き鳴らす場面として次の箇所がある。

「ワタルの胸に湧いてくるものがあった。強いものだ。オジイはまだやることがある。そうだ、まだこの島を見届けなければいけないんだ」

かくして、オジイのタマスを呼び戻すために池間島に渡るワタルであるが、そこで再び会うことになった静江おばさんの、ワタルを諭すように語る言葉もまた実に味わい深い。

「きっと、ワタルくんの思いは通じるよ。世界を変えることができるのは人の思いだけなんだよ。思いが大切なんだよ」

「7　ティダピルマ」の章は圧巻である。ティダピルマ現象を綴る文章も感動的だ。真っ昼間のある瞬間、時間が一瞬止まって、あの世とこの世が一つになるとするこの想像力も感動的である。オジイはこの超常現象のなかで、戦争で死んだ母親と遭遇するのである。ここに至って、オジイの「秘密」が明らかにされていく。オジイの腕に刻まれた大きな傷が、フカに咬まれたせいではなく、下地島訓練場反対闘争の時に負った傷であること。反対する理由は、訓練場建設が必ず戦争を呼び込むことに繋がると感じたからであること。前の章では、オジイが何故、それほどまで戦争を嫌うかというのがはっきりせず、唐突な感じを受けたのであるが、ここにきて、実は、戦争で最愛の母を亡くしていたのだということが開示されるのである。また、これらの「秘密」を巡る話が挿入されることによって、物語は、単なるファンタジー物語や島物語に回収されない骨格を獲得しているのである。ティダピルマのなか、ワタルがオジイの母親と遭遇する次の箇所も感動を呼び込んでやまない場面である。

「オジイに僕を見せたい。中学生になったぼく。大人のぼくを見てもらいたい。オジイが大好きです。オジイの思いを受け継ぎたいのです。オジイはまだやることがあるのです……。／ワタルはぽろぽろ泣き出し、言葉が出てこなかった。／その時、女の人の心がワタルに伝わってきた。心と心がつながった。その人がうなずいたことが分かった。その人は後ろ向きになり、着物をはためかせながらゆっくりと遠ざかって行った」

東京にいるお母さんの手紙も心の琴線にふれる名文である。

「ワタルは島の子です。島が育てた島の子です。人にはそれぞれふさわしい場所があるのだと思います。島がワタルを呼んだのですね。／今は島がワタルの場所です。オジイ、オバアと暮らすのが、今はワタルには必要だと思いました。オジイ、オバアにとってもワタルが必要です」。

素敵な言葉と物語が随所に織り込まれた童話作品である。

「としより天使」。他の作品同様、この短編もまた感動と質疑を呼び込む素敵なファンタジー小品となっています。

主人公のフビンは天使界の天使です。天使は一人の人間の誕生から死ぬまでの生涯の守護神となって付き添う使命を負う。フビンはこれまですでに何百回も、この仕事を果たしてきました。今回はちょうど千回目。相手は南の島に生まれることになっている真砂という女の子。作者の詩的な文は、この作品でも随所に見届けることができます。

「今、胎内の海から生れたばかりの薄い透き通ったばら色の肌の、深い深い吸い込まれそうな水色の目の、花の蕾のようないい香りのする、ふっくらとしたあたたかい息するもの。それらが光につつまれてありました」

ここは真砂という女の子が生まれる場面です。フビンは一生懸命、真砂さんを愛し、守護してきました。だが、天使界には掟があります。人間に見られてはいけないこと。人間を愛しすぎてはいけないこと。だが、フビンはその掟を破ってしまいます。掟を破ることは、天使の資格を失うことであり、天使に与えられている永遠の命を失うことを意味するのです。フビンは真砂さんを愛しすぎたのです。

長い月日が過ぎ、真砂さんは、もう、六十五歳。脳の病気を患っています。車椅子の生活をしていますが、フビンは真砂さんから離れたくありません。大天使ガブリエルに呼ばれたフビンは、「私は、天使を止めたいのです。真砂さんと別れるのがつらく悲しいのです」と訴え、大天使から「では、お前は天使であることのすべてを失うのだぞ」と告げられるのであるが、フビンの決心は揺るぎません。

「はい。それが望みです。人間のように一度きりの命を生きてみたいのです。一人を愛しきりたいのです」と。

なぜ、フビンは、永遠の命を約束された天使の地位を捨ててまで、生き方を変えようとするのでしょうか。それは、フビンが、大震災を契機に、天使界に疑問を持つようになったからです。

「この間の地球を襲った地震と津波、放射能の災害は天使界にとっても前代未聞のできごとでした。（中略）でも地球はそれでも自転し続けています。／何万人の守護する人たちを失い哀しみにくれていた天使たちはもう仕事についています。天使界には何の影響もなかったのです。天使は忘れてしまうようになっているのです。／フビンが変わりだしたのは、その大震災の後からでした。人間がどんなに悲惨な目にあっても変わることのない天使界に疑問がわいたのです」

このくだりを読んだとき、私はハッとさせられました。

これは、あの東日本大震災後の人間の姿を痛烈に映し出していると思えたのです。あれだけの悲惨な体験をしながら、また人間は、そのことを忘れたかのように、「復興」という名で次の仕事にとりかかります。放射能流失をまだ止められないというのに、隠蔽と虚偽を重ね、原発を再稼働するといいます。他国に原発を売りつけています。熊本で発生した群発地震。その一帯に稼働する鹿児島の川内原発、愛媛の伊方原発が存在するのに、政府は原発を「停止させる必要はない」と公言してはばからない。国民の間から、原発を止めろという、圧倒的世論も湧かない。人間＝天使の持つ、根源的な罪深さです。天使の根源的罪深さと在り方にフビンは疑問を抱き、天使をやめる決意をするのです。

この文章のくだりは、「天使界」を、「俳句界」あるいは「文学界」に置き換えたら、それはそっくり、日本の俳句界、文学界の現在への根底的疑問と批判になり得ています。

高浜虚子は去る大戦にあっても「俳句はこの戦争で何の影響も受けません」と言い放ち、事実、その後も有季定型、花鳥諷詠の句を詠み続けました。今回の大震災に対しても「3・11は日本を襲った最初の大地震、大津波ではない。関東大震災があったし、阪神大震災もあった」「3・11で俳句は変わらない」という俳人がいます。多行形式俳句を提唱する高原耕治は、第二次大戦という地獄を潜ってもなお「俳句形式の内部に如何なる変貌や亀裂破壊」への問題意識も起こらない〈のっぺらぼう〉な俳句界への絶望を語っていました（『絶巓のアポリア』）が、まさに、俳句界・文学界の現状は、危機の時代にあってなお、花鳥諷詠を謳歌する恭順な作品に溢れかえっているかに思えます。そのような俳句界への絶望なしには、「新しい俳句の地平」は拓けないはずなのです。

児童文学の魅力とはなんでしょう。もちろんそれは、想像力と表現力によって、子どもたちを現世の秩序の枠を超えた虹の世界へ導いてくれることにあるでしょう。だが、それだけではない。もりおみずきは、児童文学が、文学の根源的な問題、人間の生き方にかかわる問題について問いかけ得ることを示していると思えたのです。

（二〇一六年四月）

（『天荒』55号　二〇一六年九月一日発行）

文学教育の危機
――「学習指導要領」の全面改訂の意味すること

1

「学習指導要領」が全面改訂されるという。幼稚園では二〇一八年度から、小学校では二〇二〇年度から、中学校では二〇二一年度から、高校は今年告示され二〇二二年度から実施されることになっている。この指導要領の改訂に伴い、教育・受験産業など民間企業による試験、検定等の参入、「大学入学共通テスト」が導入され、これによって従来のセンターテストは廃止されることになる。また、高校ではこれまでのマークシート方式の試験だけでなく、記述式の問題が新たに設けられることになる。

これらによって高校の教科書が一変することになるという。最も、沖縄においては、この記述式の問題は、高校入試に作文を課してずっと以前から実施しているので目新しくはない。いくつかの条件をつけてテーマを設け、論旨がしっかりしていれば、どのような意見であっても得点できる。勿論、深みのある意見やすぐれた発想による表現は討議の上加点されることになる。採点基準を決め、一つの作文を複数名で読み、点数が一致すればよし、一致しなければ討議して点数を調整するので時間がかかる。ただ、普通高校はまだいいとして国語教員が二～三名しかいない実業高校で二〇〇～五〇〇名以上の作文を採点するのは大変な労力を要する。これを大学入試に導入するというのだ。受験生は全国で五〇万人は超えると思われる。

したがって、数億円を使って、受験企業に依頼するということになる。しかも、共通テストだから、採点基準も全国共通でないといけないので大学独自の採点は許されない。また、問題文も、文学教材を用いていたのでは採点が複雑になるし、複数の正答は採点を困難にするので文学教材は排除されることになる。正答は一つでなければいけないということになる。沖縄の採用している複数回答を認める作文問題とは根本的に違うのである。とはいえ、このような記述問題導入によって、学校現場の授業内容も一変することになる。国語教科書から文学教材を露骨に排除するやり方ではなく、「文学国語」なるものを新設することによって、文学教育をも履修できるかのように装いながら、それを必修ではなく、選択にすることで、実質的に文学教材を排除するシステムを構築しようとしているのである。

教職を勧奨退職してもう十数年になる。時々会う現場教師たちの話によると十数年前とは比較にならないほど、教育の現場は厳しさを増し、閉塞感は深まっているという。学校現場の現状についてはほとんど知らないと言えるが、私が現役の頃から、日の丸・君が代の義務化、国家主義教育の重視、そして沖縄では主任制が敷かれるなど、学校現場は厳しくなっていた。国語教育に関して言うなら、一九九四年から全面実施された「新学習指導要領」以来の全面改訂となる。この新指導要領においては「現代語」という実用科目の新設、「古典講読」が新設された。これによって「言語の教育の重視」「古典の重視」が図られてきた。その狙いとするところは、国語教育における文学教育、芸術教育の排除であり、古典の重視とは、すぐれた古典文学を見直し鑑賞するためではなく、「我が国の文化と伝統」を尊重し、理解を深める古典を目的として設定されたものであり、「よき日本人の教育」

の一環として改訂されたのであった。この新指導要領の批判についてはそれが発表された当時『新学習指導要領の問題点―国語は何がどう変えられたのか』のレポートで分析し、教研集会等で発表したことがある。

この九四年実施の「新指導要領」はこの間も、道徳教育の義務化、単位化など部分的に改訂され、二〇〇四年に改訂・実施された「新指導要領」おいて文学教育は更に実用教科への度を強めてきた。二〇〇四年度版「新指導要領」の「国語科の改善の基本方針」で、《…特に文学的な文章の繊細な読解に偏りがちであった指導の在り方を改め、自分の考えをもち、論理的に意見を述べる能力、目的や場面に応じて適切に表現する能力……を育てることを重視する》という基本方針を挿入することによって、文学教育の排除を名指しで宣言したのであった。ここで目指されているのは「論理的」という名の「簡潔・単純」な実用的表現の訓練であり、「目的や場面に応じて適切に表現する」文章技術の習得である。平たく言えば、「繊細な読解」を必要とする文学教育（＝人間教育）などせずに、日常生活にすぐに役立つ読み書きができればいいという考えである。

だが、今回の「新指導要領改訂」は、それらの改訂とも抜本的に違う「戦後最大の改訂」だという。この戦後最大の国語教育改革について、「詳細かつ批判的に解説」した著書『国語教育の危機―大学入学共通テストと新学習指導要領』（紅野謙介著・筑摩書房・二〇一八年九月発行）がこのほど発刊された。

二〇一八年十月二十七日の沖縄タイムスの書評欄にこの本の書評が載っている。評者の伊藤氏貴・明治大准教授は次のような衝撃的文で評している。《高校教科書ならば「羅生門」「山月記」「こころ」

「舞姫」は、代々続く定番四天王となっている。／しかし、こうした定番教材が今、なくなろうとしている。それどころか、文学全般が高校の国語からほとんど消滅しようとしているのだ》と。もっとも、定番四天王教材が必ずしも文学教材として適切というわけではないし、それすら現場では、指導書等によって指導方法やテーマについて縛りがかけられている。（武蕉・「転向小説としての『羅生門』・二〇〇〇年五月・『天荒』八号）。著者の紅野氏は三十年近く国語教科書の編集も手掛けたということなので、その批判にもおのずと限界があると思える。しかしその人が、今回の「新学習指導要領」について、《「大学入学共通テスト」に記述問題をほんのわずか導入し、（略）これで思考力・判断力・表現力が育てられるのなら何の苦労も要りません。（略）／どうしてもっと冷静で合理的な判断ができないのでしょうか。いったん走り出したら、止められない。まさにその思考力・判断力・表現力に乏しい人たちが「指導者意識」だけで旗を振っているように見えます。それこそが「国語教育の危機」をもたらしているのです》と述べていることに、危機感をもって改訂の内容を見ていく必要がある。

（二〇一八年十一月）

2

新「学習指導要領」の改訂内容とその問題点について述べる前に、この指導要領を「国語教育の危機」として批判している批判点の問題についても指摘しておかねばならない。先の論考で、著者の紅野氏について《紅野氏は三十年ちかく国定国語教科書の編集も手掛けたということなので、その批判にもおのずと限界があると思える》と述べたが、その批判の最大の「限界」は、国の教育政策との関係で指導要領の改訂を論じていない点である。

改訂に携わった人たちを《思考力・判断力・表現力に乏しい人たちが「指導者意識」だけで旗を振っている》と、痛烈に批判する紅野氏であるが、その人たちは「指導者意識」だけで改訂に携わっているわけではない。また、自分一人の教育観で学習指導要領を改訂しているわけでもない。「学校教育法」「学校教育法施行規則」がある。それを踏まえて文科省の諮問機関である「中央教育審議会」の答申が発表されるわけであり、その過程で国家の意図や政策が盛り込まれることになる。今回の大改訂は、ファシズム化の完成へと突っ走るアベ政権の野望を担う教育の確立を目指すがゆえに、今回の「戦後最大の改訂」がなされているというべきであろう。ではアベ政権の野望は教育においてどのように実現され、国語教育においてはどのようにあらわれているのか？　しかし、紅野氏の分析にこのような視点からの批判は基本的に見られない。そこが最大の「限界」なのである。わずかに国策との関連で改訂の狙いを次のように記述した箇所はある。《二〇二〇年度は、もちろん東京で夏季オリンピック大会国際大会が開催される年にあたります。五六年ぶりに東京で開かれるオリンピック大会の招致が、敗戦から一九年後に開かれた東京オリンピック（一九六四年）と同じく国策として進められたことは言うまでもありません。これをきっかけに大きく国家の基礎を切り替える、そんな節目としたいという目的があるからです》と。「国家の基礎を切り替える」とはどういうことか、これ以上国家に物申すのはヤバイと感じたのか、紅野氏は何から何に「切り替えるのか」、その中身については述べていないのである。

さて、今回の「新学習指導要領」においては、国語の科目名がまず大きくかわる。現行の「国語総合」が必修で四単位。選択科目が「国語表現」三単位、「現代文A」二単位、「現代文B」四単位、「古典A」二単位、「古典B」四単位となっている。これが新「指導要領」では、「現代の国語」二単位と「言語文化」二単位が必修。「論理国語」四単位、「文学国語」四単位、「国語表現」四単位、「古典探求」が選択となる。元の名称で残ったのは「国語表現」だけである。いったいこのように国語教育をずたずたに変更したのは何故であろうか、何が狙いなのか、詳細な分析については本著に譲るしかないが、各科目において「情報を多面的・多角的に構造化する力」の育成が強調され、前面化されているわけで、コンピューターなど、情報産業の隆盛に対応した国語教育が目指されている。ではその時、文学教育はどうなるのか。例えば必修科目になっている「現代の国語」を見てみよう。目標が掲げられ、教育内容が示され、さらに「話や文章に含まれている情報の扱い方」について、「主張と論拠など情報と情報との関係」を理解することや、「個別の情報と一般化された情報との関係」、「情報の妥当性や信頼性の吟味」など、実に細かい事項が書かれ、その学習目標が指示されている。

「思考力、判断力、表現力等の学習」については《目的や場に応じて、実社会の中から適切な話題を決め、様々な観点から情報を収集、整理》することであったり、《論理の展開を予想しながら聞き、話の内容や構成、論理の展開、表現の仕方を評価》することや、《それに対応するように自らの考えをまとめ、表現し、相手の理解を得られるように構成したり、文体や修辞をどのように生かすかに考慮すること》などが掲げられている。ここにあるのはいったい何であろうか？「情報」という言葉が連発されているが、文学教育とは無縁な情報処理技術の習得が、国語科目の名のもとに目論まれているのである。筆者は述べている。《文学に属するテキストやフィクションの文章はここに盛り込まれていない、と。

同じく必修に設定されている「言語文化」はどうか。おそらくこの科目は、元の「古典A」「古典B」に科目対応して設定されていると思われるが、その「目標」について、筆者は《あきれることに、「現代の国語」とほとんど変わっていません》と述べている。つまり、現代文の教材を古典に置き換えて、その目標は同じにしているのである。

（二〇一八年　十二月）

3

新「学習指導要領」の改訂に対応して、「大学入学共通テスト」はどのように出題されようとしているのか、紅野氏の『国語教育の危機』に則して具体的に見てみよう。

新テストに向けてすでに全国規模のプレテストが何度か実施されていて、今後も実施予定だという。ここでは二〇一七年五月に全国の高校生を対象に実施されたというプレテストの国語問題を見てみよう。問題例が二つ示されている。一つは、ある日市役所から「街並み保存地区」についてのガイドラインが配布されるが、それについて是非の意見を問うというものであるが、ここでは二例目の問題に絞って検討してみることにする。

《転勤の多い会社に勤めているサユリさんは、通勤用に自動車を所有しており、自宅近くに駐車場を借りている。以下は、その駐車場の管理会社である原パークとサユリさんが締結した契約書の一部である。これを読んで、あとの問い（問1～3）に答えよ。》

このようなリード文があって、次に契約書が示されている。

《駐車場使用契約書

貸主　原パーク（以下、「甲」という。と借主　〇〇サユリ（以下、「乙」という。）は、次のとおり駐車場の使用契約を締結する。

合意内容

甲は、乙に対し、甲が所有する下記駐車場を自動車一台の保管場所として使用する目的で賃貸する。

（略）

第八条　返還義務

乙は、この契約を終了又は解約するときは、解約日の翌日から甲に駐車場を明け渡さなければならない。》

出題のねらいとして次のように書かれている。

《論理が明確な「契約書」という実社会とのかかわりが深い文章を題材とする言語活動の場を設定することにより、テクストを場面の中で的確に読み取る力、及び設問中の条件として示された目的等に応じて表現する力を問うた。》

はてさて、この問題は果して国語の問題と呼べるのであろうか。従来の問題と言えば、「次の文章を読んであとの問いに答えなさい」とあり、有名な作家や文筆家の文章が例文として掲示される。しかし、ここに示されたのは署名のない駐車場の無味乾燥な契約書であり、およそ文学作品とはほど遠い文であるだけでなく、学校現場で教える教材とも全く異質なものである。受験生や教員、保護者も発表されたプレテストの問題文を見て衝撃を受けたという。いったい何を解答させたいのであろうか。設問を見てみよう。

《問1　駐車場使用契約を行った三か月後のある日、サユリさんのもとに、原パークの担当者から電話があった。

「もしもし、原パークですが、サユリさんですか？　いつもご利用ありがとうございます。現在、サユリさんには駐車料金を毎月二一、六〇〇円払っていただいておりますが、このたび二四、八四〇円に値上げすることを決定いたしました。来月分より新料金でのお振込みをよろしくお願いいたします。」

サユリさんは、この突然の値上げに納得がいかないので、原パークに対して今回の値上げに関する質問をしたい。契約書に沿って、どの条文の、どのような点について質問したらよいと考えられるか。解答の文末が「～について質問する。」となるようにして、四〇字以内で答えよ（句読点をふくむ）。》

この問題文の問題点について、著者の紅野氏はつぎのように指摘している。

《(私たちは) 安直に同意書にサインしてしまうこともしばしばです。それにより損失をこうむった人も少なくないでしょう。ですから、契約書をしっかり読み込んで、矛盾や空白、隙間を見つける訓練は受けておいた方がいい。しかし、これがさまざまな情報のなかから適切に問題点を見つけて、解決にいたる道筋を見出す力を計ることになるのでしょうか。歯が浮くような抽象的で観念的な問題 (文学作品のこと?) について考える暇があるなら、まず社会で生き延びるために現実的で実用的な交渉術と、そのために必要な理解力を身につけよと言っているかのようである》と。

問1は四〇字以内と短い文章での解答をもとめているが、設問は問2、問3と続き、条件を増やして一二〇字以内という長い文の解答をもとめている。全国で五〇万余の受験生がいると推測できるが、正解文は一つでなければならない。受験生個々の自由な解答は許されない。大学当局も採点にはタッチできず受験企業の出番となるわけで、当然、企業間の競争や賄賂・癒着なども懸念される。これら大きな問題を孕んでいるが、最大の問題は、このような記述式問題の導入によって、この問題に沿うように、現場の教材や指導法が大きく変動し、従来の文学教材の名作が駆逐されていくに違いないということである。なにしろ、文学教材のような「抽象的で観念的な」教材をじっくり鑑賞していたのでは、受験競争から弾き飛ばされるしかないからである。文学教育の危機は、すでに学校現場を侵している。

(二〇一九年一月)

(『天荒』63号 二〇一九年五月一日発行)

新崎盛暉追悼

――民衆運動を理論的に主導

凄まじいファシズムの嵐が吹きすさぶなか、沖縄は、またひとり、偉大な人物を喪った。三月三十一日、春の嵐とも見まがうほどの強風のなか、私が所属する俳句会は「浜下り俳句紀行」を行った。場所は、海中道路の走る金武湾《きんわん》海浜。だが、海は、かつての命の母としての豊かな海ではなかった。珊瑚はほぼ死滅し、砂浜は泥溜まりとなり、たまに黒ナマコが転がっていたりするが、貝も、スヌイも、海藻もほぼ全滅の状態であった。わずかに残った白洲の砂浜にミナミコメツキガニが穴から出て、群れ成している。近づくと慌てて穴に隠れるひょうきんな様子が、微かに心をなごましてくれた。大潮で干潮の海浜は、死枯れていく死の海のごとくあえいでいた。沖にウインドサーフィンが波を切り、海中道路は真っすぐに平安座島に向かって走り、島の頂上には、石油タンクが銀色に鈍く座っていた。石油基地である。

豊かな海、金武湾を抱く島の周辺は、かつて反ＣＴＳ闘争が激しく闘われた現場であった。その闘争を担う住民に寄り添い、終始激励し支援してきた大学人が新崎盛暉氏であった。海中道路入口では何度も海中道路建設反対の集会が開かれ、新崎氏は常に寄り添うように顔を見せていた。新崎氏の命日となったその日、氏が、私たちを、民衆の闘いの原点ともいうべき金武湾の海に呼び寄せたのではないか。私は、その日、次のような句を作っていた。

浜下りや島の頭蓋の棺光る
風紋を砂に刻むタカラ貝
サーフィンにひれ伏す砂紋のシオマネキ
橋桁に幻蝶の飛ぶ海中道路
裏切りの橋を跨げばウインドサーフィン
死の海を命黙して黒ナマコ
橋桁の記憶の樹液錆びたまま
幻聴の闘魚跳ねる泥の海
銃眼の島の頭蓋石油タンク
潮騒が鈍色《にび》に哭く海中道路
掻き消した拳の叫《おら》び春嵐
連弾で敗亡を渡る海中道路
橋桁の記憶燃え立つ海中道
黒ナマコ自問のカタチでうずくまる
白棺を戴き黙す島の昼
ハマサンゴの死骸踏み踏み潮干狩り

新崎盛暉氏の訃報は突然であった。私たちが浜下りをした三月三一日のその日、病院入院中にあった氏は、肺炎で逝去なさったという。私はそのことを、翌日の新聞報道で知るしかなかった。つい先日（二月二七日）も、第二回の「新崎盛暉平和活動奨励基金」の公募を呼びかける選考委員らの記者会見が新聞等で報じられたばかりであった。昨年創設されたばかりの「新崎盛暉平和活動奨励基金」は、氏の著書の印税を原資として設立された。沖縄の平和と人権を守るために活動・研究する個人及びグループを資金的に援助するために支給されるものである。やり残した仕事がまだまだたくさんあったにちがいないのである。沖縄現代史の研究、沖縄の住民運動に絶大な功績を築いた方であった。長きにわたって沖縄大学の学長、理事長の要職にありながら、金湾ＣＴＳ闘争や一坪反戦地主会の闘いを牽引してきた。

金武湾ＣＴＳ闘争とは、国、石油企業が金武湾、中城湾の広大な海を埋め立てて、巨大な石油コンビナート建設を計画していることに対し、地域住民が反対闘争を展開した闘いのことである。一九七三年九月、「金武湾を守る会」（代表世話人・玉栄清良氏、後に安里清信、崎原盛秀氏に替わる）が結成された。従来の政党や組織に拠らず、住民個々の意思で集まる運動体であった。この運動の特徴は、これまでの沖縄の民衆の闘いが、復帰運動、反基地闘争として米軍相手に闘われてきたことに対し、直接には生活の糧である海が奪われることへの危機感から、生活権を守る闘いであり、環境破壊、自然破壊、ひいては反公害の闘いとして展開されたことにあった。その意味で、石油備蓄という国の政策に支えられた石油資本との闘いであり、沖縄が経験したことのない未踏の闘いであった。この闘いは、しかし、「軍事基地のない平和で豊かな沖縄」の建設構想を掲げ、東海岸一帯を重化学工業化＝石油コンビナート化し、そのために石油関連企業の誘致を構想する屋良革新県政と衝突することになる。そのため、屋良県政を支える革新共闘政党や労働組合もこの闘いの支援には背を向けた。過激派の運動と心無いレッテルを張る政党も現れた。わずかに中部地区労や沖教祖中頭支部などが支援闘争に起ちあがったが、誘致派の暴力的襲撃と相まって、ＣＴＳ闘争は孤立した状況に追い込まれた。こうした状況のなかで、沖縄の言論人に呼びかけて「ＣＴＳ阻止闘争を拡げる会」を結成して自ら代表世話人を引き受け、支援を呼びかけたのが新崎盛暉氏であった。その点、新崎氏の姿勢は、その闘いがたとえ少数派による闘いであっても、それが、正当なものであると判断すれば、その闘う主体としての民衆に寄り添おうとするものであった。そのことは、反戦地主の闘いにおいても貫かれた。軍事基地所有者の土地が国によって次々と買い取られ、新たな米軍基地建設へと提供されていくなかで、戦争のために二度と土地を提供しないとの信念で、軍用地契約を拒否する少数の反戦地主たちがいた。この孤立化する少数の反戦地主の土地の一部を国に代わって民衆が一坪ずつ買い取り、地主の数を拡大することで支援の輪を広げようというのが、「一坪反戦地主の会」の運動であった。反戦地主の百坪の軍用地を一坪ずつ買い取れば百人の反戦地主が誕生することになる。私自身もこの画期的な運動に共感して一坪を買い取り、現在も一坪反戦地主の一人として名前を連ねているのであるが、この一坪反戦地主の会の代表世話人を引き受けたのも、新崎氏であった。その当時、新崎氏は沖縄大学の学長の役職にありながら、これを引き受けたのであった。大学の学長という管理職と、民衆の立場を支援する反戦地主の代表世話人という、一見相矛盾する困難な役柄を引き受けて最後までまっとうするところに、氏の生きる姿勢と思想があったのだと感じる。

氏は、こうした生き方を示すかのように次のように語ったことがある。《若いときに現状打破の闘いに参加しながら、いつの間にか役職や立場を逃げ口上にして、自分のやれることをどんどん狭めていった人たちが多かった結果、いまのような世の中になったと僕は思います》《いまの言論人で言えば、高江の闘いにおける目取真俊の役割がある。彼は言論人として高江のことを書いているだけでなく、原稿を書く時間がないというぐらい高江にのめり込んでいる。もしかしたら、我々がCTS闘争にのめり込んだのと近い何かがあるのかもしれない。／彼は作家だから作家として表現すればいいのかもしれないし、現場に行って一緒に座り込んだりする必要はないのかもしれない。しかし、彼としてやらざるを得ないものがある。それが彼の文学活動を支えているのではないかと僕は遠くから見ていて思います》（図書新聞３１６８号・２０１４年7月19日）と、述べる。

新崎氏が学長の頃、沖縄大学への派遣学生として直接指導を受けた経歴を持つ若林千代氏（沖縄大学教授）は、新崎盛暉氏への追悼文で次のように述べている。

《先生は机上の知識で文章を書いていたのではなかった。むしろ、沖縄に生きる具体的な生身の人間が直面する不条理と苦悩に直に関わって生み出されたものであった》（沖縄タイムス・4月20日）。また沖縄タイムスは4月3日の社説で述べている。《国家権力に抗う民衆の運動に着目し、「民衆がつくる歴史」として書き続けてきた生涯だった。／平和・人権、自立―個人を主体にした復帰後の市民運動の支柱のような存在であった》と。

氏は、沖縄現代史、闘争史に関わるたくさんの著書を執筆し、日米両政府の沖縄の軍事支配、その構造的沖縄差別を告発し、住民運動の理論的支柱として信頼を集めてきた。

私自身も、政治動向の分析や具体的闘いの問題点や方向性など常に視野を開かされたものである。日本政府の沖縄への歴史的・現在的支配構造を表すのに「構造的沖縄差別」という造語を発明して説明したのも新崎氏であるが、私などもこの用語をよく用いてきた。講演やシンポジウムなども何度となく拝聴し、実際にお会いしてお話を交わしたことも何度かある。また、著書を発刊される度に贈ってくださり、私などが出している出版物に対しては、必ず、感想や激励の便りを寄せてくれたのである。教公二法闘争とか、沖縄の本土復帰とか、沖縄問題の歴史的転換の際に、その意味することを解き明かしてくれたのも新崎氏である。

私において新崎盛暉氏の名を強く焼きつけたのは、中野好夫、と共著で出した『沖縄問題二十年』（岩波新書・一九六五年刊）であった。私はこの著書によって、戦後沖縄の歴史と動向を体系的かつ実践的に学ぶことができたと思っている。

新崎氏の発言で強烈な印象を受けたのは、遠く、私の学生時代に遡る。それは、佐藤首相が初めて来沖した一九六五年のことであった。歴代首相として初めて沖縄を訪れた佐藤首相は、この時、「沖縄の祖国復帰が実現しない限り、わが国にとって戦後は終わっていない」と、虚偽に満ちた「名言」をぶち上げたのであるが、それはまさしく、沖縄返還を利用した軍事力増強を目論む新たな沖縄支配の宣言に過ぎなかった。この日米政府の策謀を読み解き、警鐘を鳴らしてくれたのが新崎氏の「琉大学生新聞」に寄せた論考であった。氏はその中で、たしか、沖縄返還が日米の軍事力強化と一体となった「核基地付き返還」であることを摘出し、復帰協を中心とした祖国日本に帰るといった心情的で民族主義的な復帰運動の危うさを指摘していた。また、そのような視点から、佐藤首相の来沖を歓迎する復帰協上層部を批判し、抗議すべきであるとする琉大学生会（自治会）などの声を支持していた。祖国日本を美化し、母なる祖国に帰るといった素朴な心情に依拠した「祖国復帰運動」の在り方を批判し、階級的視点に立った運動の方向を模索する学生らにとって、こうした新崎盛暉氏の論は力強い発言であった。一九六〇年前後から琉大学生会の間に根強く存在した復帰思想批判は、一九六五年頃から学生だけでなく、運動内部からも噴出し、また、新川明や川満信一ら知識人の呼びかけで「反復帰集会」が開かれるなどして公然化していた。それは、日米軍事同盟の強化を推し進める日本の危機的現状を指摘し、そのような日本を「祖国」として美化する復帰運動の限界と陥穽を批判し、それを乗り越えた新たな運動の創出を示唆するものであった。それはまた、佐藤首相の来沖を歓迎する「祖国復帰運動」の在り方を批判し、階級的視点に立った運動の方向を模索する学生らにとって力強い発言であった。私はこのことを次のように書き留めたことがある。

《祖国復帰運動の破綻は、一九六五年、佐藤首相の来沖においてドラスチックに露呈することになる。佐藤首相が、戦後日本の首相として初めて沖縄を訪れた時、復帰協内部は、歓迎か抗議かで揺れに揺れた。その結果、収拾がつかないままに、昼は歓迎集会が開かれ、夜は抗議集会が開かれた。昼の集会では日の丸の旗が打ち振られ、夜は赤旗が立ち並んだ。佐藤首相の宿泊する東急ホテル前から一号線（現在の58号線）路上には、核基地付返還に抗議する万余の労働者・学生・大衆が座り込んでいた。民族主義的復帰運動の質的転換を告げる画期的座り込みであった。》（『文学批評は成り立つか』所収）

新崎盛暉氏は、私の青春の頃から、復帰主義者としての私自身の思想的転換をも左右する大きな存在として在り続けたのである。合掌。

（『赤木』十四号　二〇一八年十月刊）

二〇一七年労働者文学賞（評論）

――「『戦後』ゼロ年」の島から

今年は戦後七二年。七〇年目の一昨年、私は、次のような文を綴っている。少々長くなるが引用する。

《「戦後七〇年」という言葉が、「戦《いくさ》が終わって七〇年」という意味で使われているのであれば、沖縄にはこの七〇年間、「戦後」はない。沖縄は今も戦争のさ中にあり、戦場である。これは決して誇張でも比喩でもない。戦時体制さながらに軍機が飛び交い、実弾軍事演習が繰り返され、ミサイルが配置、防諜網が島全域に張り巡らされている。地下にはその処理に今後七〇～八〇年はかかるとされる不発弾が埋もれたままであり、戦死者の遺骨は収集されず、荒ぶるままに眠っている。（略）国土の0・6％しかない島に在日米軍基地の74％がひしめくように君臨し、様々な基地被害を引き起こしている。しかも、それだけでは飽き足らず、新たにオスプレイを配備し、森を削り、豊かな海を埋め立てて巨大な新基地を造るという。これがこの国が沖縄に対して振り下ろしている戦後七〇年目の仕打ちである」（『天荒』52号）。

その沖縄で、またしても米軍人・軍属による非道な事件が引き起こされた。去る三月に、海兵隊員による観光客女性への強姦事件が発生したばかりである。今回は、さらに、より凶暴で酷い形で発生した。

事件は昨年4月28日に発生していた。自宅近くをウォーキング中の二〇歳の女性が、いきなり屈強な男に襲われた。後ろから棒で殴られ、車内に引きずり込まれ、凌辱され、ナイフで刺し殺され、スーツケースに詰めて運ばれ、雑木林に遺棄された。遺体が見つかったのは、事件が起きてから、三週間あとである。発見されたとき、野ざらしにされた遺体は腐敗し、損傷が激しく、半ば白骨化していてみるも無残な状態だったという。女性を襲った犯人は、元米国海兵隊員で現在は軍属の男。七年間兵役に就き、除隊後、嘉手納基地内のインターネット関係の会社に勤務。5月19日に逮捕されるまでの間、平然と勤務していたのである。犯行に及んだ当日は、犯人の住居（与那原町）からは30キロ以上も遠く離れている犯行現場（うるま市）一帯を二〜三時間も、強姦・殺害目的で女性を物色して車を走らせていたという。犯行に用いた棒も、其処等へんに転がっている棒ではない。軍隊用の特殊な棒だという。それに、なぜ、スーツケースなのか。スーツケースを車に日常的に持ち歩く人などいない。当初から殺害しスーツケースに詰めて運ぶことを構想していたに違いないのである。殺人鬼。レイプ魔。人非人。どんな言葉も事件の残忍さには届かない。

犯人は海兵隊員として七年の兵役を務め、二年前に退役している。いわゆる退役軍人であり、軍人として長期に亘って殺人訓練を受け、当然、戦場にも出動し、敵兵はもちろん、時には民間人への殺害を重ねている。通常の殺人事件犯の場合、犯人は長期に亘って刑務所に留置されて更生訓練を受け、釈放されるにはそれだけの更生の成果が認められた場合である。だが、軍人は、戦場で殺戮を重ねたであろうにも拘らず、何らの更生訓練も受けず、兵役を終えればいきなり娑婆に出される。

犯罪心理学に詳しい東洋大学の桐生正幸教授の、この事件への指摘は、聞く者を心底戦慄させるものがある。「供述が事実なら、今回が初犯ではない可能性もある。殺害に至らなくても、みずからの性的欲求を抑えきれず、同じ手口で性的暴行を繰り返していたのではないか」（沖縄タイムス／5月26日）。この島の人々はこんな淫獣と日々、同居させられているのだ。

今回の事件で、凶器のナイフはまだ発見されていない。事件発生の場合、真っ先に犯人の住居や職場、立ち入り先などが捜査の対象になる。当然、犯人の勤め先である嘉手納基地内の職場をはじめ米軍基地内の立ち入り先を捜査するべきであるが、またしても地位協定に阻まれてそれはなされていない。日本の捜査権が基地内には及ばないのだ。そのことに言及した報道もほとんど見られない（地元紙の琉球新報が、「基地内の捜査権を認めよ」と、六月十日の社説で報じているだけである）。

県内では直ちに追悼、抗議の催しが開かれた。被害にあった女性の実家のある名護市では告別式に八〇〇人余が参列した。犯人逮捕の翌日には女性団体が共同で抗議声明を発表した。翌日には、犯人の所属する嘉手納基地の第一ゲート前で緊急抗議集会が開かれた。二日後の23日には米軍司令部のあるキャンプ瑞慶覧ゲート前で女性団体主催の追悼抗議集会が開かれた。さらに25日には「辺野古基地を造らせないオール沖縄会議」の主催で、嘉手納基地第一ゲート前でさらに大規模の緊急抗議集会が開かれた。平日（木）の午後二時開催にも関わらず、四千人余が結集し、事件を糾弾する抗議の声を上げた。当日午前には、辺野古のキャンプ・シュワブゲート前でも四百人が激しい抗議闘争を展開している。筆者は辺野古以外の三つの集会に参加し、そこに集まった人たちの深い悲しみと本物の怒りを共有しつつも、それを報道するメディアと集会を統率する指導部のやり方にも違和感も覚えたことである。

メディアへの疑問とはなにか。

その最大の疑問は、在京大手メディアがこの事件をほとんど報じてないという事態である。四千人を結集した二五日の県民集会さえ基本的に無視である。集会翌日のテレビのニュース番組を見てみよう。

NHK総合　「おはよう日本」。▽伊勢志摩サミット開幕。▽日米首脳会談▽バンドで地域貢献を。8時15分の「あさイチ」。①また悲劇〝ストーカー対策に盲点〟?②絶品ステーキの焼き方③サミット開幕議題は、となっていて、午前の番組では、両法の局とも沖縄の凶悪事件については報じていない。「あさイチ」は②に「絶品ステーキの焼き方」を時間をたっぷりとって放映しているが、沖縄の事件は報じてさえない。放映の順番が、ニュースの重視度に比例するのであれば、②の「絶品ステーキ」の次に③のサミット関連のニュースが配置されていることも疑問とするところであるが、ただ、サミット関連のニュースはその後、4時50分の「ニュースシブ5時」の「オバマ米大統領あす広島へ」で放映され、7時の「ニュース7」で「伊勢志摩サミット開幕」で30分の特番、9時の「ニュースウォッチ9」ではたっぷり1時間をとって放送され、さらに、夜11時55分、「時論」で「G7初日の議論」としてそれぞれ違った角度から報じている。それに比して、沖縄の事件は、午後6時20分の「HOTeye」で、「女性遺棄事件逮捕から1週間・広がる抗議の動き」で他のニュースと一緒に報じているだけである。しかも放映されたのは肝心の嘉手納の抗議集会の模様ではなく、うるま市や各自治体の議会での抗議決議の模様が多くを占めている。政府・与党閣僚どもは、沖縄で発生した事件に対し、当日、ただちに抗議するでもなく「(サミットで日米同盟の深化を示す時期に) 最悪のタイミング」と発言してはばからないが、先の報道は、こうした政府の冷酷な態度にただ追随するだけの今日のメディアの堕落ぶりを示してあまりある企画である。また、この事件を「女性遺棄事件」として報じているのも気になる。殺害に使われた凶器のナイフがまだ見つかってないとはいえ、この犯人の自供と事件の経過を見れば、元海兵隊・米軍属の男による「女性強姦殺害事件」であり、「死体遺棄事件」であることは明らか。この事件を「女性遺棄事件」と報じることは、事件の衝撃性をやわらげ、そのおぞましい残忍性、残虐性を隠蔽する意図があるとしか思えない。広辞苑によれば、遺棄とは「すてること」であり、「おきざりにすること」であるにすぎない。事件は、単に女性を捨てて、置き去りにしたのではない。強姦して殺害し、あらかじめ準備していたスーツケースに詰めて運び、襤褸切れのように遺棄したのである。当然、嘉手納基地内にある犯人の職場を真っ先に捜索すべきであるにも関わらず、地位協定に阻まれてそれさえなされていないが、それについて疑問を挟む報道も見られない。

RBC琉球放送、琉球朝日放送、沖縄テレビ等地元メディアも夕方のニュース番組で他のニュースと一緒に報じているだけで午前のテレビ番組はもちろん、それ以後の番組でも放送されていない。沖縄の地元新聞2紙が抗議集会の現場で「号外」を発行し、さらに翌日の紙面でもトップと二面、三面、九面、十面、三〇面、三一面と大きく紙面を割いて報じていることに比してあまりにさびしい。日々強まる政府の報道統制の動きへの「自己規制」が働いていないか、大いに疑問とするところである。

また、日本テレビは「ｏｈａ！４」で次のように報じている。

「沖縄で米国軍の元兵士で軍属の男が20歳の女性の死体遺棄容疑で逮捕された事件を受けきのうの

午後、男が勤務していたカデナ基地のゲート前で、抗議集会が開かれた。基地の大幅な整理・縮小などを求めた」。

ただ、これだけである。参加人数もなければ、登壇者の発言内容もない。怒りに包まれた集会の雰囲気も伝わらない。おそらく、ろくに取材もせず、集会で配られた決議文をなぞって報じたのであろう。確かに決議文には集会の熱気や参加人数などは書き込まれていない。ちなみに、地元紙がどのように報じているか見てみよう。

「平日の昼間にもかかわらず、25日の緊急県民集会には四千人（主催者発表）が集まり、嘉手納基地第1ゲート前は怒りに包まれた。参加者らは、基地がある故の事件・事故をなくすには基地撤去しかないと訴えた」（沖縄タイムス／5月26日）。見出しは「全基地撤去へ団結」となっていて、登壇者の発言概要をカラー顔写真入りで紹介し、さらに集会の様子を写真で紹介するとともに、名前いりで集会参加者の感想を取材していて臨場感に溢れている。本土メディアの報道がいかに沖縄をおざなりに扱っているかが分かろうというものだ。

この日本テレビ報道の欺瞞性はどこにあるか。日常を営む一人の若い女性の命が、突然、暴行殺害され遺棄されるという事件の重大性という認識の欠如であり、残虐性への報道人としての何らの怒り、痛みもなく、他人事のように報じていることにまず怒りを覚えるが、報道そのものが事実を捏造していることに愕然とさせられる。抗議集会当日、従来の集会内容と大きく違うと思えたのは、（たしかに当日の決議文の中に、「基地の整理縮小」の文言があるとは言え）登壇者の誰もが、「基地の整理縮小」ではなく、「全基地撤去」を訴えていたことであり、また、参加者も全員が「そうだ！」と、躊躇なく呼応していたことである。そのことは、那覇市議団新風会を代表して登壇した保守政治家の知念博氏の発言に象徴的にあらわれていた。「私は自民党議員でした。革新系の基地撤去には距離を置いてきました。だがもう我慢できない。多くの保守系の皆さんも、もう米軍基地は全面撤去した方がいいのではと考えている」と、全基地撤去を堂々と訴えたのである。

ところで、こうした煮えたぎる県民の怒りを、有効的な闘いへと組織化すべき指導部の不在がこの間の闘いの随所に見られた。指導部が大衆の怒りの質的変化に追いついていないのである。次々と登壇する発言者の口から、「全基地撤去」「地位協定の抜本的改定」は発せられるが、それを根本的に規定している「安保条約」とその廃棄については誰の口からも言及されない、という問題もあるが、ここで問題にしたいのは、次の二点である。一つは、二十二日、女性団体の主催で緊急に行われた「追悼抗議集会」の在り方であり、もう一つは、怒りと悲しみにかられた大衆が止むにやまれず展開する抗議の行動への指導部の目に余る抑え付けである。

二十二日の集会は「追悼抗議集会」として開かれた。情報が錯綜し、世論も混乱する中で、いち早く各団体との連絡をとり、抗議声明を出し集会へと漕ぎつけたそのすばやい実践力と発想には、ただただ敬服するばかりである。おそらく、不眠不休の取り組みがなされたに違いない。当日は緊急集会にも関わらず二千人余が、基地司令部のあるキャンプ瑞慶覧ゲート前を埋め尽くした。「追悼抗議集会」。追悼と抗議—。この相矛盾する名称を付した集会は、しかし、もっぱら抗議の側面は削がれ、追悼集会としてのみ開かれた。抗議の声も上げなければ、犯人を糾弾するシュプレヒコールもない。紙に印刷した黒いチョウの絵をかざして静かに基地のゲート前を行進している。

思わぬ大渋滞で、会場から遠い場所に駐車せざるを得ず、後遺症の足を引きずりつつ遅れて集会に加わった筆者は、この光景に遭遇して虚をつかれた。怒りに漲る大衆で基地ゲートも封鎖されているに違いないと想定していただけに、声一つ上げない静かな光景を見てあっけにとられ、主催者への疑問が沸々と渦巻いた。煮えたぎる怒りをぶつけるべきこの時に、葬式デモとは――。黒いチョウの絵をかざすとは――。チョウの絵をかざしたフェンスの向こうは閑散として誰もいない。反対側のフェンスの内で、米兵3人が、あざけるように嗤いながら、大型ビデオカメラを向けて集会の様子を撮っている。何人かが拳をかざして「やめろ！」と抗議するが撮影をやめることはなく、完全に馬鹿にしきった態度である。このような米兵の態度を見るにつけ、行儀のいい静かな集会の在り方には、あきれて声もでない。相手は犯人と同様、殺人訓練を受けた米軍兵士。殺人鬼でケダモノ。その米軍に死者を悼む姿勢を示しても馬鹿にされるだけではないか。奇を衒ったマスコミ受けを狙った行動としか思えない。案の定、翌日の新聞はこの集会について好意的に報じている。

「大音量のシュプレヒコールもなければ、高く突き上げる拳もない。参加者は黒や白の服に身を包み、プラカードを掲げて、フェンス沿いを無言で行進する。」「参加者が手にしていたのは、亡くなった人の魂が宿るといわれるチョウの絵。僅か20歳で命を奪われた被害者の苦しみを思い、決して忘れないという気持ちを込め、15分置きに基地に向かってチョウをかざした」云々。

25日の嘉手納集会での指導部の振る舞いにも疑問が渦巻いた。壇上から繰り返しマイクで、抗議は整然と行うように。指笛もやめて。縁石から足をはみ出さないように。交通の邪魔にならないように、などと放送している。交通とは基地に出入りする米軍車両のこと。おそらく警備にあたる権力から周囲の住民に迷惑にならないようにと警告され、それを忠実に指示しているのであろう。高江や辺野古で厳しい闘いの指揮を執る指導者とは明らかに違う。面倒なことが起きず、大会を無難に終えることしか念頭にないのであろう。危機感も怒りもない、おそろしいまでの合法感覚である。さすがに厳しい体験を積んでいる大衆は誰も従おうとしなかった。指笛は吹き鳴らされるし、縁石からはみ出した足もそのまま。筆者の前の縁石に座っていたおばさん集団は「取り締まる相手が違うでしょう」と怒りをあらわにブーイング。一部の大衆は、整然とした型通りの集会に飽き足らず、ゲートを出入りする米軍車両の前に立ちはだかり、プラカードをかざし、米兵に怒号を浴びせて抗議したが、それに対しても連合や島ぐるみの役員たちが身体をはって執拗に抑えていた。何のことはない。警官の役割を指導部が演じているのである。平日とはいえ、依然として若者の参加が少ないことと合わせて、怒りが収まらず、後味の悪い集会であった。

それにしても、自分と同世代の女性が無惨に殺害されるという事態に直面しても、若者たちは何も感じないのであろうか。時代の危機と言うとき、まさしく、このような若者たちの象皮の感性と沈黙こそ時代の危機なのではないか。たしかに、6月19日に開かれた「被害者を追悼し、海兵隊の撤退を求める県民大会」には、炎天下6万5千人が結集し、若者も比較的多く参加した。学生自治会旗も見えた。しかし、圧倒的集団としての参加は見られなかった。また集会も、超党派であることを理由に、労組や団体の旗は降ろすようにとの壇上からの執拗な指示があり、労働者代表や、辺野古で最も闘っている代表の発言もない。遺族の父親は、大会に向けたメッセージにおいて「なぜ娘が殺されなければならないのか」と悲痛に問い、「次の犠牲者を出さないために、全基地撤去、辺野古新基地反対」

を提起し、「県民が一つになれば可能だと思います」と訴えていた。また、経済界からは、共同代表の一人金秀グループの呉屋守將会長が、「静かに冥福を祈るだけが追悼ではない。今日の集会を最後の集会にするために闘うことが我々の責務である」と、県民の起ちあがりを訴えた。若者を代表して登壇したシールズの窮迫した叫びも参加者の人々の心に強く訴えるものであった。こうした、若者たちの声が、もっと広がっていくことを願わずにはいられない。だが、そのシールズも、団体としての参加は見られなかったのである。

大会は一時間ほどで終了し解散となった。デモもない。全体のデモは無理としても、独自デモの呼びかけがあってもよさそうだが、それもない。集まった六万五千余の中には、遠く他県や離島から何時間もかけて参加した人たちもいる。シュプレヒコールもデモもなく、静かに解散した集会は、果して人々の怒りや、悲しみを有効に組織化したといいうるであろうか。

全国的には、シールズなど、若者を結集した運動や、ママの会などの新しい動きもみられる。国会前の戦争法案に反対する集会には学生を中心に数万規模の若者や市民が国会を取り巻いた。一過性の運動で終わらず、持続した闘いとして継続してほしい。だが、今のままでは危なっかしい。アベ政権が民主主義のベールさえかなぐり捨てて暴走しているときに、「民主主義ってなんだ」と、民主主義の大切さを訴え、独特のリズムでコールしていて、その主張は「民主主義」の枠にとどまっている。個人の自由参加で成り立っていて、組織をもたない。このことについて、東京で開かれたあるシンポジウムで、私はパネラーの一人として次のように述べたが、そこでのやり取りが強く印象に残っている。

〈シールズというのが出てきています。これまでにない新しい動きであり、その広がりに期待しています。しかしですね。そのたたかいには中心がない。個人の集まりで本当にたたかいとして持続していけるかという不安があります。彼らが学園で自治会を結成してたたかっていく。また、労働組合が本気になって、職場生産点から決起していく。そういうものが創りだされない限り、闘いの本当の展望は得られないと思います。(略)私の作った俳句に、「太陽からイデオロギーが消えていく」というのがあります。現在の脱イデオロギー状況を詠んだ俳句です。こんなのが俳句と言えるかと思うかもしれません。ここでいう「太陽のイデオロギー」とは何かと言うと、万人に等しく降り注ぐ太陽の光のことです。つまり普遍性であり、核となるものです。核となる普遍性、普遍性に通じる怒り、これを失うとき、その怒りは本物ではありません。私はたたかいの核となるべき労働者、労働者階級が中心となって闘いを組織する、そこまでいかないと本物の闘いにはなり得ないと思っています。

翁長知事は、オール沖縄、イデオロギーよりはアイデンティティー、こういうことを言います。保革を超えてということです。実際、そのことによって、一定の保守層や経済人の共感を得ています。しかし私は、イデオロギーのないアイデンティティーはだめだと思っています。イデオロギーもアイデンティティーも備えて闘いが組織されてこそ本物だと思います。脱イデオロギーではダメです。シールズの学生たちがツイッターで集めて居酒屋からたたかいの場に行きます。終わったらまた居酒屋です。そういう一過性のたたかい、それではだめです。現体制の矛盾と仕組みに気付き、体制を批判するイデオロギーを獲得するのでなければ、持続的な本当の闘いを組織することはできないのではないか、私はそういう考えをもっています。〉(シンポジウム「戦後・70年 俳句は戦争と平和にどう向き合うのか」 東京・晴海グランドホテル/2015・10・25)

この発言に対して、会場から次のような質問がだされた。〈辺野古に結集しているのは個人であるということで、労働組合とか自治会がまとまってストライキとか、そういう形でやらないとだめだというお話があったと思います。今の労働組合はそういうことにならない現状にあります。自治会もそうだと思います。そういう結集するところが全部こわされてきた。そこでそういう組織としてやらなければ展望がないということではなくて、今新しい形でここに参加していく、そういう新しい事態を今、生み出しているのではないか、そのへんの見解についておうかがいしたいとおもいます〉と。これに対し、パネラーの私は次のように応えている。

〈今、指摘されたことはその通りだと思います。労働組合が労働組合でなくなっています。組織率も20パーセントを割っているといいます。労働組合自体が、腐った組織になり果て、腐った労働貴族が牛耳っています。これをどのように再編していくか、そういう気持ち、方向性を持たせるようなたたかいを創りだすということです。また、労働者はいるのに、労働者階級を基礎とした政党が育っていないのはなぜか、こういうことを忘れてはならないと思います。ただちに労働組合を立て直すことは確かに難しいです。しかしその問題意識、方向性を失うとき、太陽から中心の彩りが消えていくのです。核となる本物の闘いを追求しつつ、当面できる闘いを場所的に創造する、そういうことが大切だと思います〉

沖縄の高江、辺野古では凄まじい弾圧に抗して、不屈のたたかいが連日展開されている。

「標的の村」「戦場ぬ止み」を製作した映画監督の三上智恵氏は、高江の異常な状況について次のようにレポートしている。

「夜明けとともに、大型車両からあふれるように降りてくる500人を超える機動隊員。あっという間に細い県道は埋め尽くされ、抵抗する県民の悲鳴と怒号があちこちから上がる。（略）／目の前で起きているのは間違いなく問答無用の『暴力』だ。法治国家の秩序も、民主主義の精神もかなぐり捨て、しかも全国の警察の力を結集して腕力で着工する工事など聞いたことがない。（略）これまで排除側にもある一定の良識があった。これ以上の無理は民意を敵に回すので加減するという線が、国家権力にもあった。／しかし、丸腰の県民に対し異常ともいえる物量で迫り、まるでモンスター退治のゲームのように抵抗をおしつぶしていった今回のやり方に、私は恐怖を感じた」（琉球新報・2016年7月25日）

三上監督がここで述べている事態は、いったいどういう状況なのであろうか。このむき出しの、なりふり構わぬ暴虐。白昼堂々と。ここ沖縄の小さな集落で。国家権力は法的根拠さえ示さずに生活道路を封鎖して交通を遮断し、記者の立ち入りさえ排除して暴力を振るい、反対者の車を強制撤去し、テント小屋を破壊し、横断幕や荷物を奪い去って工事の再開を強行しているのである。戒厳令下のごとき異常事態。アベ政権は、この暴挙を、現職閣僚が惨敗し、高江ヘリパッドに反対する候補者が大勝した翌日に、断行したのである。まつろわぬ民としての沖縄。その沖縄憎しの一念で沖縄を叩きつぶそうとしているのだ。もはや、ヤンバルの小さな集落の問題ではない。民意を蹴散らして剝き出しのファシズムと化したこの国の暴走が展開されている。にもかかわらず、在京の大手マスコミは依然として、この現実を報道せずに黙殺し、もっぱら「ポケモンＧＯ」騒ぎを煽っているだけなのである。

こうしたメディアの堕落に支えられて、国家権力は、この後、十月には、反対運動の象徴的リーダー、平和運動センターの山城博治議長らを「器物損壊」「威力業務妨害容疑」で逮捕し、三か月が経過した今日（一月二十三日現在）も拘留を続けている。また同時に、辺野古新基地反対運動の拠点である平和運動センターやテント村など八か所を強制捜査している。このような「微罪」による長期拘留、強制捜査は例がない。紛う方なきファシズムの嵐がこの島で吹き荒れている。戦慄すべき異常事態である。

昨年の4月から、4つある嘉手納基地のゲート前で「嘉手納ピースアクション」と名付けた、抗議行動が新たに展開されている。ピースアクションを取り組むに至った経緯と主旨について、リーダーの一人伊波義安氏は次のように提起している。一つは、嘉手納基地が、4月に発生した女性暴行殺害死体遺棄事件の犯人の、勤務先であること。二つは、思いはあるが辺野古や高江まで行くことができない人々の持続的闘いの場をつくること。三つは、嘉手納基地が極東最大の米軍基地として存在し、幾多の戦争の出撃拠点であり、基地被害をもたらす最大の根源であること。嘉手納基地こそ本丸であり、そこへの闘いこそ本丸への闘いとして創造される必要があり、それは一過性の闘いで終わらせてはならない、と。

高江、辺野古の闘いが当面最大の焦点であり、最大の闘いであることは言うまでもない。だが、そのことは、嘉手納及び他の基地を容認するものであってはならないのだ。嘉手納基地こそ本丸。辺野古や高江の闘いを嘉手納基地への闘いにつなげていくのでなければならない。

辺野古の海で、カヌー隊の一員として反対運動の最前線で闘う行動する作家目取真俊は次のように述べている。

「辺野古新基地問題は、行政や司法、議会の場だけでは決着がつきそうにない。（略）日本政府が建設を断念するのは、市民の抗議行動がキャンプ・シュワブから県内各地の米軍基地に広がり、嘉手納基地の機能にまで影響を与えて、米軍と米国政府が事の深刻さを認識したときではないか」（沖縄タイムス・2016年3月21日）と。

実際、いまや、民衆は、普天間基地閉鎖、辺野古新基地阻止、高江ヘリパッド阻止だけでなく、嘉手納基地閉鎖、全基地閉鎖を公然と口にし、行動するようになっている。

それは当初、嘉手納第一ゲート前で開かれた集会として実現された。既存団体の呼びかけではない。既存団体の闘争の在り方に飽き足りない少数の人たちの呼びかけに呼応する形で、開かれたのが始まりである。回を重ねるごとに人数は膨れ上がり、第一ゲートを出入りする米兵の車輌を阻止し、基地の機能に重大な影響を与えるに至っている。百名余の抗議を浴び、ゲート前でのデモや座り込みで往来が困難になった米兵・軍属らは、第一ゲートの通行を避け、他のゲートを利用するようになった。そこで、抗議行動は、嘉手納の第一だけでなく、第二、第三、（第四は閉鎖中）、第五ゲートへと拡大され、早朝抗議行動＝嘉手納ピースアクションとして継続され、今年一月時点で四十回余を数えるに至っている。筆者が行動に加わるようになったのは十回目ぐらいからだ。当初、第一ゲートに加わっていたのであるが、第二ゲートが手薄ということでそこに行くことにした。第二ゲートの通りは、通称、ゲート通りまたは空港通りと称され、米兵相手の繁華街に直結する通りであって、コザ暴動の時、焼き討ちにあったゲートである。毎週金曜日、出退勤時の朝七時から八時半まで。朝六時には起き、まだ明けきらぬ暗い時間に家を出る。参加者は二十人～三十人。年齢は八〇代から六〇代。高齢者だけの老人パワーである。現場では「Ｃｌｏｓｅ　Ｋａｄｅｎａ　Ｂａｓｅ！」（嘉手納基地はいらない！）「Ｃｌｏｓｅ　Ａｌｌ　Ｂａｓｅｓ！」（全基地を閉鎖せよ！）「Ｗｅ　ｄｏｎ，ｔ　Ｎｅｅｄ　Ｙｏｕ」（基地はいらない）「Ｓａｖｅ　Ｔｈｅ　Ｓｅａ，Ｊｏｉｎ　Ｕｓ！」（海を守れ！一緒に闘おう！）などと英語と日本語で両面に書いたボードを各自がかざしてゲート通りの両側に立つ場所に大きな横断幕や幟、マイクでの連呼。人数が三〇人ほどになると「嘉手納ピースアクション」の幟を高く掲げてデモに移り、シュプレヒコールを繰り返す。私服の権力が三、四人監視してい て、ゲートの奥にも軍警・ＭＰが数人張り付いている。夥しい数の車が通り過ぎラッシュになる。その数、五百台〜千台は超えると思える。これは、常時百人余が抗議する第一ゲートの激しい抗議行動を避けて第二ゲートに回ったためでもある。米兵の反応は様々だが、圧倒的に多いのが目を逸らしての無視、無表情、無反応。だが、それはかえって、ボードの文字、マイクの声が確実に届いていることを示している。彼ら、彼女らに、少なくとも招かれざる客であり、歓迎なんてされてないのだということを見せねばならない。なかには、苛立ちを見せて車をダッシュさせたり、エンジンをふかして、反発をあらわにする兵士がいる。ニヤニヤからかうのもいる。しかし、そういう者でも信号待ちの折り、「Ｎｏ　Ｂａｓｅ！　Ｎｏ　Ｒａｐｅ！」と、二度、三度と畳みかけて叫ぶと、笑いは消え、顔はこわばり、緊張する。彼らとて、元海兵隊員の女性レイプ殺害事件に無関心なはずはないのだ。ごくわずか、一日に五、六人くらいが、手を振ったり、微笑んだり、Ｖサインでエールを示したりする者がいる。

目取真俊は、小説「眼の奥の森」で、過去の罪に向き合う米兵の物語を描いてみせた。同僚らによる少女強姦を目撃しながらそれを黙認してきた米兵が、「いつまでも目をそむけるわけにはいけない」こととして、自分の罪に向き合い、その罪を問い続ける姿を描き出している。また、池澤夏樹は、小説「カデナ」で、米兵が沖縄人らと連帯して米軍に反逆するという新たな物語を描いてみせた。「米兵が自らの罪に向き合う」、「米兵と沖縄人が連帯して基地と対峙する」。嘉手納ピースアクションにも、その微かな願いはこめられている。そしてそれは、「オール沖縄」の理念をも超えて、タブーとされてきた「カデナ」に齧りつくことで、国家に抗うブラックタランチュラになれるかも知れないのである。

「嘉手納ピースアクション」は、各個人が各自の意思と責任に基づいて起こした高齢者が主力の行動である。労働者や若者たちはいつ起ち上がるのであろうか。

（『労働者文学』八一号・東京・より転載）

南溟の叫《おら》びと海笛

――令和が来たりて海笛が鳴る

新元号が「令和」に改訂され、令和フィーバーがとまらない。合わせて、天皇・皇室報道の異様な過熱状況もまだ続いている。特に、改元前後のテレビはどの局も、一日中、皇室報道に溢れ、その報道のほぼすべてが、皇室礼賛のオンパレードであり、祝祭・慶祝ムードに彩られている。十一月に大嘗祭が催されるということなので、天皇・皇室報道はこれからも続き、天皇制がより浸透するのであろう。過熱報道に便乗したバカ騒ぎもある。カウントダウン、花火、令和の人文字、道頓堀への飛び込み、街に繰り出し一晩中騒ぎ、踊り明かす、そして各新聞社による号外騒ぎと天皇のための特集記事ラッシュ。五月四日の一般参賀には十四万人余が皇居の庭に訪れ日の丸の小旗を打ち振っている。一瞬、戦前の出征兵士を壮行する光景を想起したことだ。メディアの罪深さは計り知れないが、この国は、いとも簡単に、戦前に回帰する。去る大戦で天皇の軍隊が、日本国民の三百万、アジアで二千万人を殺戮したというのに、それらがなかったかのように、忘却され、歴史から何も学ばない。社会全体が恐ろしい健忘症に罹患したかのようだ。八重山石垣市に在住する詩人、八重洋一郎（山之口貘賞、小野十三郎賞受賞）は次のような「日毒」という衝撃的な詩を書いている。

慶長の薩摩の侵入時にはさすがになかったが　明治の

琉球処分の前後からは確実にひそかにひそかに
ささやかれていた
言葉　私は
高祖父の書簡でそれを発見する　そして
曽祖父の書簡でまたそれを発見する
大東亜戦争　太平洋戦争
三百万の日本人を死に追いやり
二千万のアジア人をなぶり殺し　それを
みな忘れるという
意志　意識的記憶喪失
そのおぞましさ　えげつなさ　そのどす黒い
狂気の恐怖　そして私は
確認する
まさしくこれこそ今の日本の暗黒をまるごと表象する一語
「日毒」
（「イリプス」十三号、詩集『日毒』所収より抄出）

私はこの詩について次のように評したことがある。
《「日毒」とはまさしく明治の過去から現在に至るまで夥しい毒素を溜め込んできた日本というこの

国のことである。「日毒」の恐ろしさはしかし、その毒をまき散らす悪行にだけあるのではない。それを「みな忘れるという意志　意識的記憶喪失」にこそ、「そのおぞましさ　えげつなさ」があり、狂気の本質がある。忘れるとはどういうことか。過去の悪行に目をつぶることであり、再びそれを繰り返すということにほかならない。／昨今のアベ政治の暴走は、そのことを示して余りある》（沖縄タイムス・二〇一七年六月十七日）

壮行や深雪に犬のみ腰を落とし　　中村草田男
戦争が廊下の奥に立つてゐた　　渡辺白泉
皇居の庭で忽ち孕む竹箒　　西川徹郎

最初の二句は、戦争の不気味さを詠んだ句としてつとに知られる有名な句だ。草田男の句は、世の中が戦争ムードに染まる戦前に詠まれた句であるが、戦後、赤城さかえが、すぐれた戦争批判の句として評価することで脚光を浴び、「草田男の犬」論争として賛否両論の論議を呼んだ句である。

この句を、雪中の壮行の盛大さや民衆の熱狂振りを強調した戦争賛美の俳句（島田洋一）とする評者もいるが、筆者は赤城の評に同意する。戦争賛美なら「犬も」とするはずであるが、「犬のみ」としている。赤城は、人々が、軍歌を歌い、日の丸の小旗をふって戦地に行く兵士を壮行するなかで、「犬のみ」が、その喧噪に雷同することなく、じっと深雪《みゆき》に「腰を落とし」みつめている光景を捉え、その犬に注目したのである。赤城は、戦地に壮行されていく兵士の行く末、それを熱狂的に壮行する民衆の無知と残酷への批判を「犬のみ」と強調し、象徴的に表現することで、戦争へとなだれ込む当時の世相を批判していると捉えたのである。

《戦争が廊下の奥に立ってゐた》というのは、戦争の気配が廊下の奥、すなわち、日常生活のすぐ近くまで接近していた。それに気が付いた時はもはや手遅れで、その時の驚愕と恐怖を詠んでいるのであり、これは、まさに現在の沖縄、いや、日本の社会状況を詠んでいると感じるのである。

三句目の句は、極北の地北海道にあって、〈実存俳句〉を標榜する西川徹郎の一句である。難解な句であるが、ここでは、「皇居」と「竹箒」の関係がキーワード。天皇は、日本国の象徴として崇められる〈神聖不可侵〉な存在とされている。その天皇が住まうのが皇居であって、《皇居の庭》は、一般庶民の出入りが許されない聖域である。《竹箒》とは一般家庭のどこにでもある身近な家財道具の一つ。ここでは、高貴な存在とは無縁な家財、すなわち一般庶民の象徴とみなしていい。その庶民が何を孕むのか。神聖な《皇居の庭》に立ち入ったとたん、《忽ち》、天皇崇拝という信仰を孕んでしまうのである。皇居の庭で開かれた今回の一般参賀の光景を想起すればよい。十四万余の一般民衆が、日の丸の小旗を打ち振り、天皇神という幻想を孕み歓喜する光景が繰り広げられていたのである。私はこの現象を次のように書き留めたことがある。《この句は、高貴な身分や権威とは無縁な存在でありながら、権威には弱い庶民の本質を言い当てていると共に、天皇崇拝がどのように醸成されるに至るかを、見事に詠いきった句であり、その意味で、幻想共同体としての国家の本質をも措定して射抜く優れた思想俳句となっている》(「高倉健の文化勲章受賞に思う」・拙著『文学批評の音域と思想』所収)。

西川徹郎は天皇制について次のように述べている。

《平成の未だに続く国家権力や心ない市民による弱者差別・貧者差別・障害者差別・部落出身者差別。このような差別の思潮は、我々日本人が、同じ一人の日本人を『天皇』と仰いだその時から必然的に生まれ出た人間差別・人間蔑視の想念によるものである》（「銀河系通信第十九号」所収）

共同通信が実施した「令和」に好感が持てるかという世論調査で、「持てる」が73・4％に上り、内閣支持率も43・3パーセントから52・8％にはね上がったとのこと。むべなるかなというべきか。新元号への批判的意見はほとんどなく、まして天皇制そのものの是非には全く触れず、マスコミが連日、新元号フィーバーのお祝いムードを煽っているわけで、そのような中でよくぞ、73％にとどまったと言うべきかもしれない。後で紹介することになる与那覇恵子（元名桜大学教授）は、次のように述べている。《日本国民は、元号発表だけで政権の支持率を10％近く上げるレベルの国民になってしまった。不正や政治の私物化が次々起こってきたにもかかわらず、また悪法が可決され続けてきたにもかかわらず、平均40％台の支持率を維持している。／首をひねる国民も多いが、政権は揺るがない。となると、問題の責任は最終的に国民にあるという結論となる》（琉球新報・二〇一九年四月十八日）

政府に批判的な本土言論人の対応はどうか。《元号に関しても、前回同様報道界の代表（新聞協会、民放連、ＮＨＫの各会長）が、「元号に関する懇談会」メンバーとして参加した前回は、こうした報道界の関与を、天皇制と表裏の関係にある元号制定に直接関与することに問題視する声が業界内からもあがったが、今回、そうした話は聞かない》（琉球新報・４月13日）と、報道界の問題点を指摘するのは山田健太（専修大学教授・言論法）であるが、その山田も、かなり慎重におさえた文章になっていて、天皇制そのものの矛盾や昭和天皇・平成天皇への批判は控えているように思える。それに、政府主催の「元号に関する懇談会」に報道界が加わっているということも驚きである。政権・新元号批判などできるはずはないのである。

沖縄の言論人の場合はどうか。《ものの本によると、古代中国に始まる元号は、それを用いる間、時の皇帝に服従するという誓約の意味があるという。（略）現代の民主主義社会で、天皇に服従を誓うとは理解に苦しむ。沖縄は天皇の国体護持のための戦後処理で、アメリカの軍事支配下に処分され、そのために期せずして西暦を用いることになった。（略）旧憲法下では同化のための方言廃止や廃仏毀釈、御嶽信仰の整理などもなされた》（沖縄タイムス・五月三日）。一九七〇年初頭に「沖縄における天皇制思想」（『叢書　わが沖縄』谷川健一編第6巻「沖縄の思想」所収）という論考をいち早く発表し、《天皇〈制〉イデオロギーの極限的な発現としての沖縄戦》と喝破した川満信一（ジャーナリスト・詩人）の眼力は、さすが、今も健在である。

目取真俊（芥川賞作家）は、新天皇が即位した五月一日付沖縄タイムスで、「利益目的のお祭り騒ぎ」「騒動の裏で新基地建設　強行」の見出しで書いている。《安倍政権による天皇（制）の政治利用を支えているのが、テレビ、新聞、週刊誌などの報道姿勢だ》《政治家、マスコミから商売人まで、表向きは天皇夫妻や皇室を持ち上げながら、その裏では自分たちの利益を上げるために、お祭り騒ぎを演出しているだけではないか》《天皇家に生まれたということで自由に生きる権利やプライバシーを奪い、いくらかの特権と引き換えに憲法で保障された基本的人権を奪う。こんな不自然かつ愚劣な制度をいつまで続けるつもりなのだ。／沖縄からすれば天皇は、明治政府によって琉球国が滅ぼされ、併合されたことによって無理やり関係づけられたものだ》と明快に述べる。《天皇家に生まれたということで自由に生きる権利を奪う》とか、《いくらかの特権と引き換えに憲法で保障された基本的人権を奪う》といった同情的物言いには疑問を感じるが、《天皇の代替わり騒動の裏で、辺野古では沖縄の民意を踏みにじり、新基地建設が強行されている。「天皇メッセージ」は今も生きている》と呼びかける氏の声は、闘いの最前線からの叫びである。

新元号の「令和」について、アベ首相は国書の「万葉集」から選んだと胸を張ってみせた。『万葉集』の「梅花の歌32首」の序文「初春の令月にして、気淑《よ》風和らぎ」が典拠だとし、「人々が美しく心を寄せ合うなかで、文化が生まれ育つという意味が込められている」と得意げに説明してみせた。だが、その「序文」の大本が実は、後漢時代（二五～二二〇）の張衡（七八～一三九）の漢詩「帰田賦」の「於是仲春令月、時和気清」（仲春令月にして、時和し気清らかなり）なのだということは、識者たちがすでに指摘している。識者の一人、友寄貞丸（ライター）は《安倍首相は「令和」が漢詩由来だったことを知ると、なんと思うだろうか》（沖縄タイムス・四月十九日）と皮肉っているほどである。いや、そもそも、元号という制度そのものが、その始まりは中国であり、その中国も、とうの昔に廃止し、西暦に切り替えている。元号を用いているのは日本だけであり、世界に通用しないのである。

新元号の「令和」の典拠が国書の万葉集か、中国の漢詩かについて論議がかまびすしいのであるが、論議するそのこと自体が、実は、天皇制を前提とした論議の罠に絡めとられる危険があることを知るべきである。目取真俊の言うように、そもそも「沖縄からすれば天皇は、明治政府によって琉球国が滅ぼされ、併合されたことによって無理やり関係づけられたもの」であるにすぎない。万葉集が成立した時期については諸説があっていまだはっきりしないというが、おおよそ七〇〇年代から八〇〇年代とされている。「帰田賦」の詠まれた後漢は一二五年～一二五年の年代である。いずれの年代も、琉球・沖縄とは無縁の年代である。

「令月」を新元号として最終的に進言したのは、中西進氏（八九歳）だといわれている。中西氏は万葉集研究の第一人者として知られ、『万葉史の研究』、『万葉集全訳注原文付』、『中西進　万葉論集』（全八巻）などの大著を持ち、二〇一四年に文化勲章を受賞している。

『万葉集歌の力』（二〇一二年五月刊・徳間書房）という雑誌に中西進氏の特別インタビュー「万葉集と日本人」が掲載されている。雑誌を開くと見開きに「いま読み返したい／日本人の心の原点、／現存する最古の和歌集」と太文字で描かれていて、本文には次の文章がしたためられている。

《『万葉集』とは、その後「日本的なもの」として形を成していく、日本の素材となったものがたくさんつまった和歌集です。思想や喜怒哀楽といった感情、人間の好みなど、日本の心のルーツといえる、極めて本質的な〝日本の素〟が見られる文学です。／万葉の時代は、文化ならびに文明が整理され、日本的なさまざまなものが確立する前の時代でした》。万葉集研究の大家の言説であり、それを批判するだけの知識はもちあわせていない。また、中西氏は、《「万葉の心」とは、いったいどのようなものでしょうか》と問い、その一つに《普段の生活を拠り所とした確かな心、日常の中にこそ普遍的な真理があるとして生きる。つまりは、「人間としてごく普通に、確かに生きていくこと」であり、人間が人間である基本に根差した考え方です》と独自な解釈を述べていて共感するのも多いのであるが、しかし、以下の論述については疑問が残る。《日本人の心の原点》《日本的なもの》《日本の素材》《日本の心のルーツ》《日本の〝素〟》などと連発される日本・日本人の中に、琉球・沖縄は含まれているかということである。万葉集が成立したとされる七〇〇~八〇〇年代といえば、琉球は「古琉球」の時代である。琉球国が薩摩に武力で併合されたのが一六〇九年、さらに「琉球処分」によって明治天皇制国家に組み込まれたのが一八七九年（明治十二年）であることを考えれば、ここで言う「日本」「日本人」の範疇に琉球・沖縄は含まれない。こんな句ができた。

沖縄を見殺しにして　令和　　武蕉

沖縄の詩人、与那覇恵子が待望の評論集『沖縄の怒り』（コールサック社）と、初の詩集『沖縄から見えるもの』（コールサック社）を発刊した。ここでは『沖縄の怒り』に絞って紹介する。内容はⅣ章から成る。Ⅰ章　基地問題・辺野古・沖縄の尊厳回復、Ⅱ章　政治的リテラシー・教育・カジノ問題、Ⅲ章　政治への「怒」・TPP・憲法、Ⅳ章　新聞各紙への投稿・書評となっている。タイトルを見ただけでも、著書で取り扱われた内容が多岐の問題について論じているということが分かるが、急迫する辺野古・基地問題が真っ先に取り上げられている。

与那覇氏の論考の魅力は、なんといっても、論旨明快な論理展開と切れ味鋭い切り口にある。しっかりした現状把握とまっとうな歴史認識が氏の立ち位置を支えている。氏は物事へのあいまいな態度をとらない。自分の立場を臆せず明確に表明し、そこから批評の矢を放つ。自分の立場を曖昧にし、韜晦的で穏やかな発言を旨とする大学人が多い中で、彼女の発言は異色でさえある。最新の論考は二〇一九年二月四日の琉球新報の論壇である。「討議しない若者——『どちらでもない』は必要か」

の見出しがついている。去る二月二四日に実施された県民投票への論評である。与那覇は、二択が三択になったことについて、《選択肢増は争点隠しの延長線上にある》と指摘し、《「どちらでもない」は自分で考え結論を出す行為をしないで済む安易な姿勢となりかねない。何より、意見を出しての討議を生業とする政治家が住民の意見表明の機会を奪うという民主主義違反が「歩み寄り」という妥協で許されたという事実が、日本の未来に落とす影は暗く大きい》と主張する。三択導入によって全県投票が実施され、その功績者を讃える声が飛び交うなかで、この指摘は鋭く、極だっている。私などは、県政与党や「辺野古」県民投票の会が争点隠しに手を貸し、窮地にある五名の保守系市長を助けたと思っていただけに、痛く共感したことである。

「どちらでもない」と、中立であるかのように装って不正を見逃すことに加担する者を告発する氏の姿勢は、メディアの在り方に対してもはっきりしている。沖縄の2紙に対し、「偏向新聞」「つぶしてしまえ」と放言する政治家や作家に対し、《メディアは「反権力、反暴力で、表現の自由を守る」存在であるべきだ》と主張する。《中立は聞こえが良い。しかし中立とは往々にして、その問題に対し無知、無関心であるか、自己保身のために意見を明確にしないかということでもある》とその欺瞞性を指摘したうえで、アパルトヘイト（人種隔離）に立ち向かったツツ牧師の言葉を引用する。《もしあなたが不正義が行われている状況で中立なら、あなたは圧政者の側を選択したことになる》と。

外国の知識人や若者たちの日本（人）への評を紹介することで国際的視野を広げてくれるのも、本書の魅力の一つである。これは、彼女の堪能な英語力によるところが大きい。《ある韓国人留学生の言葉が忘れられない。日本人は問題について意見を聞かれても、黙って笑ったり『わからない』と答えたりする人が多い》《ベトナム人留学生は言った。日本人は自分の国や社会の問題について議論しない》。マレーシア人の留学生も同様のことを述べたと言う。アジアの若者に、日本がどう映っているかについて知ることができる。これらは彼女が、直接英語の会話を通して得たものである。彼女は国際会議などで同時通訳をもこなす。《第五回ＤＵＯ「占領下の対話」国際会議に通訳を手伝う形で参加》し、《沖縄の抱える問題について新たに学び…沖縄問題をグローバルな視点から捉え直す機会を与えられた》という。

与那覇恵子のペンの切っ先が、現政権の告発に向かうと、いよいよ鋭さを増す。

《テレビに首相の顔が映る度に怒りが噴出する私だが、（中略）沖縄のある年齢層には共通したものらしい。（中略）なぜ沖縄で現政権に対する怒りが強いのか。もちろん、辺野古新基地建設への民意無視の強硬姿勢ゆえである。（略）だが、それだけではなく、この怒りは現政権が積み重ねてきた施政に対する積み重なった怒りなのである》

このようにおのれの立場を明確にしたうえで、安倍政権のファシズム的暴走の数々を具体的・場所的に告発する。目取真俊は、時評的文章を書くにあたって、《「こと」が終わってから書くのではなく、「こと」が起こっているさなかに、あるいはその前に書くことを大切にした》（『沖縄／草の声・根の意志』）と述べていたが、与那覇の文から伝わってくるのはまさにこの文章を書くにあたっての覚悟であり、白熱する「こと」のただ中で書く、潔さである。

《「共謀罪」法案が23日、……衆議院で強行採決された。（中略）共謀罪は計画段階で罪とする場合の定義が不明瞭だ。辺野古の抗議に参加しようと誘い合うだけで適用される可能性が高い。国連特別

報告者も表現の自由、プライバシー侵害の恐れがあると指摘した》

彼女が告発・批判するのは、国のおかしな動きや政治家の問題発言だけではない。あきれて問題にさえしない言動や普段見過ごしがちな小さな異変、世間に流布しているデマにも丁寧に反論する。新聞など読まずネットに氾濫する偽情報に頼る若者たちにも一つ一つ言及する。《「辺野古基地建設反対運動をしている人たちってお金をもらってやってるんですよね」／20代の若者の発言に驚いた。友人、知人が身銭を切って辺野古に行き、バス賃がばかにならないことを嘆きながら、それでも自らの小遣いから差し入れをしたり、カンパをしたりしている状況を知っているからだ》《これから現場はさらに厳しい状況となる。それでも「平和な沖縄」をこれからの世代に残したいとの思いだけで、人は辺野古の現場に集まり続ける。若者にその背中をみてほしい》と呼びかける彼女の声は切実であり、その姿勢が共感を呼ぶ。与那覇の文章に共感しつつも、論の粗さや文章の緻密さに欠けると指摘する読者もいるかも知れない。そのような人は、「県民投票の結果は真摯に受け止めます」と言って、即座に土砂を投入する者どもの支離滅裂な論をも是非糺してもらいたい。とは言え、私とて、彼女の立論にすべて同意しているわけではない。故翁長雄志知事の提唱した「イデオロギーよりアイデンティティー」を理念とする「オール沖縄」の孕む矛盾と限界にふれてないことや、私が「品格を欠いた書物」と評した藤原正彦の『国家の品格』を推奨していることなど、違和感を覚えつつも、なお本書を大いに推奨したい。ファシズム化の進む危機の時代にあって、著者のように国家の害毒を告発し続ける反骨の大学人がどれほどいるかと思うからである。故新崎盛暉は生前に次のように書き留めていた。《若いときに現状打破の闘いに参加しながら、いつの間にか役職や立場を逃げ口上にして、自分のやれることをどんどん狭めていった人たちが多かった結果、いまのような世の中になった》と。
ファシズム完成に向けて垂れ流す「日毒」（八重洋一郎）を何としても阻止しなければならない。

軍機来る火炎カズラの焔《ほむら》立つ　　武蕉
神は掌に海は臍に杭打たれ　　〃
組み直す必敗のスクラム無産の民　　〃

（二〇一九年五月）

※タイトルの「海笛」について。八重山の詩人・砂川哲雄の造語と思える。『砂川哲雄詩集』のなかの「環礁」「渇いた空の夕暮れに」等に出てくる。「海風の奏でる風音」であり、「とうとうたる青い海原の記憶を孕み、島の原風景を喚起する言葉として、原始の象徴性を持たされている」と解釈して、今回、タイトルに借用した。

四章　書評の窓

沖縄題材に根源的な問い

――國吉高史『砂上の眸』

國吉高史、初の小説集『砂上の眸』。「砂上の眸」「海上の墓碑」「バードハウス」の三篇を収録。ここでは、織田作之助賞最終候補作に残った二篇について触れたい。斬新な発想、優れた構想力、鋭い問題意識に溢れた、読み応えのある作品集である。

「海上の墓碑」は、八重山の戦争マラリアとその慰霊碑建立の問題を独自な視点から描き出した意欲作。死者の数三千六百余。

「ここにはマラリアがある。軍の命令で疎開したことに端を発したマラリア地獄、それを売りに出さない手は無い」と観光資源として墓碑の建立を考える村長に対し、「オジイ」と「母親」は激しく反発する。「記念碑には戦没者の名が記されているよね。立派な御影石に刻んでね」「名誉だなんて、そんなこと絶対あり得ないわけでしょ! 阿鼻叫喚の中でパッタラゲーして死んでいった人人よ」。死者を弔う善意の陰で、死者さえ観光化し、冒瀆するあざとい者達がいることを、作品は炙り出す。

表題作の「砂上の眸」とは、不発弾のこと。それは地中で息を潜め、信管を震わせて待っている。いつ爆発するか知れない。沖縄にはその不発弾がいまだ数千トンもあり、その処理に今後七〇年は要するという。不発弾処理は命懸けであり、処理に失敗すれば爆発し大惨事を招く。作品は、その作業に初めて携わる自衛隊員、玉城洋平の葛藤と息詰まる作業の様子を克明に描き出す。洋平は、幼児の頃、不発弾の爆発で妹由乃を目の前で失いトラウマを抱えている。頭を吹き飛ばされた妹を抱きかかえ、そのまま気が狂ってしまった母も、長い療養の末、精神病院で息を引き取る。「由ちゃん……今、お前の口惜しさを晴らしてやるぞ。お前を首だけにした、あの仕打ちは絶対に許せないからな、兄ちゃんが、そうした運命をいっぺんにひっくり返してやるよ…」

作品は、戦争のトラウマは戦争体験者だけのものではないことを告知する。そもそもなぜ、沖縄にこれほど膨大な不発弾が埋もれているのか。いったい誰が撃ちこんだのか。これらの根源的問いが怒りと共に次々と噴き出してくる。

（「沖縄タイムス」二〇一六年七月二十三日）

弱き者に添う肝苦さの歌
――池原初子歌集『七歳の夏』

畏敬する池原初子さんが待望の歌集『七歳の夏』（ながらみ書房）を出版した。メルヘン風のすてきなタイトルは読む人に幼年の日の懐かしくも楽しい日々を想起させるかも知れない。だが、池原さんにとって、「七歳の夏」は、地獄の記憶として焼き付いている。メルヘンの世界が惨劇を孕む。

《焼け出され着の身着のまま逃げ惑ひ捕虜となりしは七歳の夏》

「米軍の上陸で、あの悲惨な沖縄地上戦が始まった。着の身着のままで山中を逃げ惑い捕虜となって、どうにか生き延びたが、戦後は更に、米軍の支配下の圧政に苦しめられた」（あとがき）

この戦中戦後の地獄の記憶は、多くの県民の記憶と体に染みついている。歌集には戦争・基地が多く詠まれている。

《両足を切断されし戦場の母は乳飲み子抱きて息絶ゆ》

《脇腹を砲弾に抉られ負傷せし父は「生きよ」と子ら励ましき》

《累累と続く死体を踏み分けてさまよひし孤児の戦場の記憶》

だが、多くの本土人にとって、このような歌や戦争体験談は類型的で退屈なことであるらしい。

《沖縄戦ひめゆり学徒の証言を退屈と聞きし大和の教師》

だか、そうであればこそ、沖縄の歌人は、基地・戦争を詠み続けるのである。

今年は、戦後七〇年目の節目の年。立ち止まって来し方を振り返った時、次のような歌は私の世代にも十分共有できる体験である。

《飲み水を缶で運びし子供らの肩に食ひ込む天秤の棒》

《夕されば家に明かりを点さむと子らはランプの火屋《ほや》を磨きし》

戦争を潜り、生きることの辛酸を嘗め尽くしてきたからであろうか、弱き者に視点を寄せた歌が目立つ。肝苦《ちむぐり》さの感覚で詠む歌だ。

《仏桑華ひつそりと咲く岩陰に香焚く媼の長き祈りは》

《ホームレスの吹き溜まりとふ公園の橋の袂に並ぶテント》

《貧農の村の住民置き去りに開会されしスポーツの祭典》

後ろの歌は、「貧農」を「福島」に置き換えれば、この国の貧しい政治の現在である。歌集には《すこやかに古稀を迎えし夫と居て酌み交はす屠蘇の深き味はひ》などの心なごむ歌も多い。次の歌もその一つである。

《肉厚の熟れたるグヮバの実を一つ与ふる君のやさしさとゐる》

このような穏やかで心和む歌がいっぱい詰まっている。この歌などは、「君のやさしさとゐる」とすることで、やさしさに包まれて心ときめかしている少女の鼓動さえ聞こえてくる。初々しい恋歌の香りさえ立ちのぼってくるようである。最後に、もう一つ。

《砲弾の中をくぐりて生き延びし沖縄戦と重なる被災地》

この歌には作者のチムグクルが表出されている。作者は、福島の痛みを自分の痛みとして捉え返している。ウチナーグチでこれを「肝苦りさ」（チムグリサ）という。人の不幸を見たとき、自分の心が痛むのである。それだけ切実に、身体的痛みをもって感受するのである。この感覚は、かわいそうという感覚とは違う。本土人が沖縄の歌人に対し、「沖縄の人は戦争と基地ばかり詠んでいる。もっといい素材がいっぱいあるのに」などというとき、実はこの肝苦りさが欠けているのである。

作者の心には、今なお、３・11のフクシマの荒涼たる風景が浮かび上がってくる。その風景を呼び起こすと、沖縄戦の風景が浮かび上がってくるのである。砲弾飛び交うなか、七歳の少女の眼に焼き付いた荒涼たる沖縄戦の風景は、眼前するフクシマの現在であり、今なお、基地の集中する沖縄の現在である。戦争が過去の記憶としてだけでなく、現在に地続きであることを告知し、内的衝動として詠みあげているのである。

（「琉球新報」二〇一五年九月二〇日掲載文を修正・加筆）

ハンセン病への差別被害とたたかう誠実な魂

――伊波敏男『父の三線と杏子の花』

本書は、『花に逢はん』で衝撃的デビューを果たした著者の最新コラム集である。『花に逢はん』では何度感動し、怒り、涙したかわからない。ハンセン病を患い、「人生を奪われ排除されつづけた人たち」のことを綴ったそれは、涙なしでは読むことができなかった。それゆえ、本書を読むに当たっても、ずいぶんと警戒したのだが、今回も、こみ上げる涙を堪えることはできなかった。例えば冒頭の「はじめに」で、次のような場面を綴る。

「残念ながら、お子さんはハンセン病を発症しています。法律に従いハンセン病療養所に隔離収容します。」

十四歳のとき、ハンセン病の発症を医師に告げられた著者は、以来、一番多感な時期の十四歳から二六歳までの十二年間をハンセン病療養所という、一般社会から隔離された世界で送ることになる。一族に災いが及ぶことを恐れ、名前も偽名をあてがわれた。村芝居の地謡でもあった父は、別れのとき、一つの曲を歌った。

「父は私を仏間に招き入れ、三線の弦を張り、正座して向かい合う息子を前にして、低く、長く、かすれた声で謡いだした。／『マコトカ……ジチカ……ワチム…フリ…プリト……』／三線の弦音に父の声がかぶさる。口惜しいことには、息子はその古典音楽名が『散山節』であること、その謡の意味が、人の別れや、亡き人を偲ぶ時にしか謡われない音曲であること」を知らなかった。

次の箇所も心揺さぶられた箇所である。

「（二〇一二年）九月二七日午後四時過ぎの野嵩ゲート前では、警官隊と基地警備員対オスプレイ配備に反対する抗議団とのつばぜり合いが続いていた。（略）機動隊の大型バスから機動隊員が降りたち、反対者の強制排除を始めた。スクラムを組んで座り込んでいる人たちが次々とはぎとられていく。怒号と悲鳴が渦巻く。／『あっ！』。妻の繁子がニュース画面を見て悲鳴にも似た声をあげた。機動隊員にゴボウ抜きされていく修羅にも似た顔のアップで撮られた兄義安が映し出されていた。映像は車から引きずり出される映像が続き、車のハンドルにしがみつき、涙を流しながら歌い続けていた。『安里屋ゆんた』である。（略）／テレビのニュース画面に見入っている私。遠い信州で、ただ落涙するしかすべがない」。

前者は父の別れの場面であり、後者はテレビ映像での兄との再会を描いている。テレビの映像に映し出された「兄義安」とは、伊波義安氏のことである。沖縄では知る人ぞ知る。数々の住民運動のリーダーとして知られている。

著者は、現在、沖縄から遠く離れた長野に住み、そこで二〇〇四年八月に「信州塾」を開き、ハンセン病について、沖縄のことについて発信し続けている。このコラム通信「かぎやで風」もその一つである。年間二四回ほどの発信を予定しているといい、その趣旨は「今ならまだ間に合いそうですから、この国の危ない駆け足に、誰にもおもねることなく、異議アリの警鐘を打ちつづけます」と、述べている。

本書はこの「かぎやで風」として発信したコラムを一冊に著書としてまとめたものである。遠く信州から発信される通信であるが、驚くほど適格でリアルに臨場感をもって沖縄の問題が論述されている。例えば普天間基地問題について著者は語る。

「ここで明確にしたいことは、沖縄県民が希求しているのは、普天間基地の撤去であって移設地の選択問題ではない。この危険な状態をこれまで目もくれなかった人たちが今、口を揃えて危険除去を言い出すとは、誠に笑止千万。」

日米同盟の悪化を懸念し、辺野古への移設が実現しなければ、危険な普天間基地の現状は固定化すると言い、「辺野古が唯一の選択肢」と言い募る政府や、それに同調する政治評論家・本土マスコミの欺瞞への痛烈な批判である。

コラムには様々な人との交流や自分の生き方に大きな影響を受けた人物が登場する。横田雄一氏もその一人である。横田氏は七十歳を過ぎてから沖縄国際大学大学院修士課程を卒業する。その修士論文は「ハンセン病差別被害からの人間回復に関する史的研究―沖縄・奄美の事例」というものである。伊波氏によれば、この論文がすぐれているのは、ハンセン病の差別被害を「被害者当事者である個人の側からアプローチすることによって、逆に、集団的、社会的差別被害を、より鮮明にしようとする視点である」という。つまり、「ハンセン病の烙印を押された人びとの苦しみは、『病』は同じでも、その人たちが直面する人間の苦しみは、個々、多種多様の様相を見せていたはずである。（略）対象をただ、共通項を持つ集団としてとらえるだけでは、その本質には迫れないように思える。」と。実に鋭い読み込みである。百人のハンセン病患者が居れば、百の様相の苦しみがある。それを一緒くたに数値的に示して事足れりとする方法の危うさを指摘しているのである。これは、沖縄戦の被害についても言えることである。二十万人が犠牲になったという。二十万人の死はひとしなみではない。戦闘死もあれば強制集団死もあり、スパイ視されて日本兵に殺された死もある。これらをすべて、戦争による戦死などと言うとき、沖縄戦の本質は見えていないのである。

生涯をハンセン病医療に捧げた犀川一夫氏もその一人である。犀川氏は「社会がハンセン病患者を受け入れ、同化させない限り、治療は終わらない」と説きつづけ、「生涯をハンセン病医療」に捧げた方である。著者の師でもあるその人が、八九歳の生涯を閉じられる寸前、幻覚の中で、「伊波君の講演会へ出かける用意をしなければとつぶやいていたという。

著書では青春時代に出会った大切な一冊として『クリム・サムギンの生涯』（マクシム・ゴーリキー）を挙げている。またコラムの特徴として、冒頭に俳句が配置されていることである。例えば2009年6月21日のコラムには次の句がある。

紫陽花や悲色のしずく地に染めて

「あれから六四年が経った故郷の沖縄。この時期を迎えると、しきりに驟雨に打たれて逃げまどう民人の映像が浮かぶ。そのせつない思いを重ねながら巻頭句を書いた」と綴っている。

この著書が読者を引き付けてやまないことの一つに、著者が強い使命感を持って発信していることにある。そのあまりに誠実な使命感が読む人の心を打つ。

（二〇一五年十月）

暗さに向き合う「希望」
——山口泉『重力の帝国』

3・11以後の世界をどのような形式と内容において書き留めうるか、そのことを最も切実に問い続けてきた著者による渾身の新作である。著者について次のように評したことがある。〈山口泉は、今日、日本という国家の悪行に対峙し、最も根底的かつラディカルに発言する作家である〉と。それは、氏の『辺野古の弁証法　ポスト・フクシマと「沖縄革命」』や琉球新報連載中の「まつろわぬ邦からの手紙」等々を踏まえてのことである。

それらの文脈で氏は、危機的状況への鋭い状況批評を容赦ない物言いで繰り広げてくれたのであるが、本書では「小説作品」として提示している。

だが無論、従来の「文学」概念に回収される「小説」ではない。新たな小説を志向する方法意識に支えられた13の物語を連作形式で提示している。それは3・11破局以降の世界を痛切に予言し告発する恐るべき未来小説である。文体と内容においても様々な形をとる。手紙形式があり、「重力の帝国」の悪行を抉り、韓国の民衆美術について述べる。第十一話では、ドストエフスキーの「罪と罰」のヒロイン、ソーニャが一七〇歳の高齢で登場する、という具合だ。

作中で、筆者と重なる作家、西埜森夫《とりのもりお》が新しい小説について述べている。〈「文学」が最優先で取り扱うべき…問題の数かずが…この国では当然のごとく禁忌とされ、それらを対象とすること自体が無視と黙殺、冷笑と憎悪を以て遇される〉〈こうした状況は、《灰色の虹》が立ち〝虹色の灰〟が飛散するに到って、ついに決定的となった。酉埜がそれを口にすると、たちまち人びとが一様に仮面のような表情になる言葉があるのだ。（略）語ろうとしたその瞬間に、その者が制度としての「文学」のみすぼらしいギルドから完全に排撃される〉と。さてその言葉とは？

著者は「後記」で〈世界が疑いなく暗いものであるとき、その暗さに正面から、どこまでも向き合いつづけることだけが、本当の意味での「希望」なのです〉と述べている。本書もまた、その「希望の物語」なのである。

魂の根源揺さぶる絶望

――新城貞夫歌文集『アジアの片隅で』

本書を開いて、無粋な装丁にまず戸惑ってしまう。目次もなければ見出しもない。人を食ったような饒舌な文体と著者の立ち位置には摑みどころがない。

「高々だが、基地負担の軽減を政府に要請・請願する『建白書』を携えて上京した沖縄の人たちを売国奴と罵る連中」を、「勇ましく見えて、あまりにみみっちい」「私には売る国家がない」と痛烈に皮肉る一方、要請団に対しても「いまなぜ時代錯誤的な建白書なのか」と疑義をはさみ、「県民は臣下なのか」「卑屈である」と批判する。《国家なんて一銭五厘で売るがよい父あらば父の怒りの塩よ》

とはいえ、読む人は本書から新城の広く深い思想と歌歴に触れ、かつて短歌で活躍した沖縄の青春群像の存在を知ることができる。その中には知念正真等の故人や作歌をやめた人もいる。現在も活躍している歌人として新城が取り上げている歌人は、屋部公子、比嘉美智子、喜屋武盛市、名嘉真恵美子、玉城洋子、當間實光、玉城寛子、伊志嶺節子等々である。スケールの大きい異色の歌人として注目するのが伊波瞳と歌集『サラートの声』。

新城は謎に包まれている。出生と来歴は？　影響を受けた歌人は？　政治歴は？　マル研との関わりは？　現在の時代をどう見るか？　これら謎のベールを本書は少しずつ剝がしてくれる。

新城は一九六二年の第八回角川短歌賞次席になっている。翌年、その短歌群を含む第一歌集『夏、暗い罠が……』を発刊。歌集を巡って、玉城徹、寺山修司、馬場あき子が、角川の『短歌』で論争している。その中で寺山は「暗いギラギラした詩情には、現代短歌全体の失っているなにかがある」と、評している。

自分を「時代の外に在る」とする著者の立ち位置には同意できない面もあるが、著者の、時代への絶望に根差した〈反政治〉の呪詛には魂の根源を揺さぶるものがある。「ひとは…、世界平和のための有益な人材などではない。ひとは何かの単なる素材ではあり得ない、ある何ものかである。どの地域にも生活するという事実だけがある」。

悪行に目をつぶる闇　表現
――八重洋一郎詩集『日毒』

詩集には21篇の詩が収録されていて、全編に国による沖縄への歴史的現在的暴虐の数々とそれへの憤怒と呪詛《じゅそ》が、絶望の底から血を吐く思いで書き込まれている。

詩人は、「詩とは一滴の血も流さずに世界を変えること。即ち、人々の感性にしみ入りその人格をゆすぶり、そのことによって社会を世界を変革する。その覚悟と使命感を持て！」と書いているが、それを実感させる詩集である。

本詩集のタイトルにもなっている「日毒」という衝撃的な言葉。表題の詩を含め、「人々」「山桜」等の詩篇にこの言葉が登場する。いったいどのような意味であろうか。

〈私は／高祖父の書簡でそれを発見する　そして／曽祖父の書簡でまたそれを発見する／大東亜戦争　太平洋戦争／三百万の日本人を死に追いやり／二千万のアジア人をなぶり殺し　それを／みな忘れるという／意志　意識的記憶喪失／そのおぞましさ　えげつなさ　そのどす黒い／狂気の恐怖　そして私は／確認する／まさしくこれこそ今の日本の闇黒をまるごと表象する一語／「日毒」〉（「日毒」）

「日毒」とはまさしく明治の過去から現在に至るまで夥《おびただ》しい毒素を溜《た》め込んできた日本というこの国のことである。「日毒」の恐ろしさはしかし、その毒をまき散らす悪行にだけあるのではない。それを「みな忘れるという意志　意識的記憶喪失」にこそ、「そのおぞましさ　えげつなさ」があり、その狂気の本質がある。忘れるとはどういうことか。過去の悪行に目をつぶることであり、再びそれを繰り返すということにほかならない。

昨今のアベ政治の暴走は、そのことを示して余りある。

〈めちゃくちゃですね　一番ひどく痛めつけられたところが　もう一／度さらに痛めつけられ　それが未来永劫ずっと続く　というので／すから　腹《はらわた》が煮えくり返るようです〉（「敗戦七十年談話　―沖縄から――」）

巻末の鈴木比佐雄の懇切な「解説」が詩の鑑賞を深めてくれる。

自己の生き方鋭く問う

――當間實光歌集『喜屋武岬』

目の覚めるような紺青の海と空に突き出した、緑青の岬。鮮やかな表紙絵が魅了する著者の第二歌集『喜屋武岬』。歌集のタイトルともなった喜屋武岬とは、著者にとっては「海が見たくなったら…訪れる」場所であるが、「岬の海底には沖縄戦の夥しい数の骸が沈んでいる」（あとがき）場所であり、著者の父、義父らの果てた激戦地の果ての岬である。

《喜屋武岬きりぎしの風に声聴かな父よ義父よと声上ぐ吾ら》

《真壁にて果てにし父よその額の弾痕の傷を戦友《とも》は語りぬ》

當間は岬に立ち、父ら戦死者の無念の記憶を呼び込むことで、已の生を鋭く生き抜こうとする。喜屋武岬は作者が常に立ち返り反すうする実存的生の原点である。

《「敗北の抒情」の病を生きるべし喜屋武の岬の切崖に立つ》

歌は、死者たちの無念を思い、已の生き方を問う思想歌でありながら独時の叙情を獲得している。「敗北の抒情」とは、前衛歌人、菱川善夫の歌集名。狂気の時代にあって、病のごとく身体に染みついた敗北感。《新宿で飲んで夜明けの始発電車　牛乳配達に出で行く君は》。早大時代の作品であろうか。同期の歌人、福島泰樹の《二日酔いの無念極まるぼくのためもっと電車よ　まじめに走れ》を想起させる歌だ。當間には次のような歌もある。

《早稲田には門の無ければ入るも去るも自由なのです劇団自由舞台》。

どんなに世の中を変えようともがいてもびくともしない時代への無力感が共通する。そのことを、痛切な痛みをもって感受しつつ、作者は理不尽な現実にあらがい、憤怒する。吹きすさぶ暴虐を決して見逃さない。この沖縄で、今何が本質的なことであり、歌うべきなのかを知っている。

《座り込む辺野古のゲートの眼前に米軍トラックの巨大なるタイヤ》。

闘いの現場に立つ者でなければ詠めない圧倒的な臨場感とリアリティー。

《平和日本と口が裂けても言うまいぞ辺野古来て見よ裂かれた海を》

《守るべき国などあるかと問うてみよ辺野古の海の黙す青さに》

當間の歌は、読む者の生きる姿勢をも問うてやまない。

豊かで自由な発想・精神

――親泊ちゅうしん句集『アイビーんすかい』

この句集の美点は、現代俳句の豊かさ、その多様性が鮮やかに表現されているところにある。自在な発想と自由な精神が読む人の想像力を豊かに広げてくれる。作者は、古い俳句形式に捉われず、口語で、日常生活から俳句を発想し、生活者の感覚で一句、一句を詠んでいる。

松尾芭蕉の辞世の句とされる《旅に病んで夢は枯野をかけ廻る》の句が、口語俳句の嚆矢を宣言した句であると喝破してみせたのは、北海道極北の地にあって、〈実存俳句〉を提唱する西川徹郎である。芭蕉が辞世の句を《旅に病み》と文語にせず、敢えて《旅に病んで》と字余りの口語で詠んだとき、多くの訣別と断念の覚悟があったはずである。口語で書くとは、日常生活から俳句を発想することであり、生活者の感覚で一句を詠むことである。作者もまた、古い俳句形式に捉われず、自由に大らかに口語俳句を詠んでいる。

《花でいご家族の墓は基地の中》

《寒風の街に群れてるミニスカート》

《梅雨最中窓の自画像濡れている》

一句目。なぜ家族の墓が基地の中にあるのか、句はその状況や背景を一切説明しない。だが、沖縄の人は知っている。米軍の強制土地接収による広大な軍事基地の建設。それは今も続いていて、花梯梧の頃に催される清明祭《シーミー》も米軍の許可を得なければならない。佳句とは、主観や一切の説明を排し、事実を提示し、事物に語らせるところに成立するものかもしれない。二句目。この句も、実際は、寒風の中、ミニスカートの女性らが群れているだけの光景かも知れない。だが、基地沖縄を知る沖縄人は、女たちが肌も露わに米兵に群がるゲート通りや北谷の宮城海岸で日本人女性が米兵らと戯れる風景を思い描いてしまう。

三句目。梅雨最中にあって、自己凝視の姿を捉えている。

《頭蓋骨曳いて遊んだ夏休み》

この句は強烈だ。共通の体験を痛みとともに喚起する句であり、句の背景に、今話題になっている真藤順丈の「宝島」の世界が広がって見える。

理不尽さに鋭く切り込む
――与那覇恵子『沖縄の怒り』

《もしあなたが不正義が行われている状況で中立なら、あなたは圧政者の側を選択したことになる》。これは、著者が引用しているアパルトヘイトに立ち向かったツツ牧師の言葉である。県知事選、県民投票、そして参議院補欠選と、「辺野古新基地建設反対」の県民意志が明確に示されたにも関わらず、辺野古の豊かな海に土砂を投入する暴虐が権力を導入して、暴力的に強行され続けている。このような時、私たちはどうしなければならないか。その理不尽を止めるために行動し、怒りの声をあげるというのが、仮にも国民主権を掲げる民主国家の国民の正常な感覚である。だが現実はそうはならない。「どちらとも言えない」、「分からない」という中立を装う立場が幅をきかす。《国民の政治的リテラシー低下》と氏は指摘する。《人権や自由が抑圧され……国連特別報告員に警告を受ける今の日本でさわやかな沖縄人や上品な女性でいるより、怒れる沖縄女性でありたい》と氏は決然と述べる。氏はこのようなきっぱりした姿勢から、沖縄の地元紙の論壇・声欄に投稿を続けてきた。本書はそのような怒りの声＝沖縄の怒りを一冊にまとめたものである。著書はⅣ章から成る。Ⅰ章　基地問題・辺野古・沖縄の尊厳回復、Ⅱ章　政治的リテラシー・教育・カジノ問題。Ⅲ章　政治への「怒」・TPP・憲法、Ⅳ章　新聞各紙への投稿・書評。取り上げた事象は多岐にわたり、個別的でありつつ、普遍的である。何よりも、起こった事象に即座に自分の見解を鋭く切り込んでいる。《東京で通訳の手伝いでオリバー・ストーン監督とピーター・カズニック氏の末席を汚した》という経歴を持つ著者は、名桜大の英語の教授であり、国際会議で同時通訳をこなす国際的な体験の持ち主である。氏の怒りは辺野古問題にとどまらない。暴走するアベ政権全般に向けられている。理不尽な事象への激しい怒りを述べる彼女であるが、本書と同時に発刊した詩集『沖縄から　見えるもの』においては、実にナイーブな知性と感性を見せてくれる。本書と併せて薦めたい本である。

解説　沖縄の「修羅と豊饒」とは何か

平敷武蕉『修羅と豊饒　――沖縄文学の深層を照らす』に寄せて

鈴木比佐雄

現在、最も旺盛に沖縄文学全般を視野に入れて批評活動をしている平敷武蕉氏が、『修羅と豊饒　――沖縄文学の深層を照らす』を刊行した。一章「小説」、二章「俳句・短歌・詩」、三章「社会時評と文芸」、四章「書評の窓」に分かれ三八四頁にもなる大冊だ。平敷氏の批評する姿勢は、たとえ大家であっても新人であっても決して手を緩めることなく作品に向きあって、沖縄文学の優れた試みであるか否かを内面に問いながら記述していく、純粋な批評精神に貫かれている。多様なテーマの中から一章「小説」を主に紹介したい。

一章の冒頭には「内的必然と作品との関係――大城立裕「普天間よ」」が置かれている。『カクテル・パーティー』で、沖縄で初めての芥川賞作家になった大城立裕氏の『普天間よ』には、七篇の短編が収録されている。批評家の宮内勝典氏は「大城文学の頂点」と沖縄タイムスの書評でこの『普天間よ』を手放しで絶賛したという。それに対して平敷氏は左記のように評価の違いを明らかにする。

〈「収録作品で一番の秀作は『首里城下町線』である。この作品は学徒兵の戦場での苛烈な体験を書きとめただけでなく、苛烈な戦場での記憶の継承という問題を問いかけた作品としてインパクトがあり、文句なしの秀作といえる。それはまた、文科省が教科書から軍命による『集団自決』を削除し、沖縄戦を偽造せんとする動向への、文学的抵抗を示した作品として意義を持つものであり、作家としての内的必然に突き動かされて書いた作品といえる」（『天荒』四一号）。／このように「首里城下町線」を称賛したのであるが、しかし、「普天間よ」の作品を含めて「大城文学の頂点」とすることには、いささか抵抗がある。〉と言う。そして大城立裕氏が「普天間よ」を執筆する動機に「内的必然」があるかどうかを詳細に問うていく。平敷氏は大城立裕氏が「普天間よ」で試みた四つの「奇妙なたたかい」(一つは、「私」の祖母の、基地から鼈甲の櫛を掘り出そうとする試みであり、二つは「私」の、琉球舞踊で基地と対峙するたたかい、三つは父の基地返還運動であり、四つが新聞記者平安名の洞窟潜入というばかげた行為である。)の想像力の中に分け入っていく。「つまりこの作品は、基地に対しては、正面から大勢で基地反対を掲げて挑む正攻法の闘いよりも、個人個人が、知恵を絞ってしたたかなたたかいを捻出することの方が効果があり、息の長いたたかいとして持続できるのだと暗示しているのである。」と了解する。

けれどもあえて平敷氏は、「普天間問題とは何だったのか。(略)普天間問題とは、戦争のための飛行場が市街地のど真ん中に存在し、住民の命と生活を脅かしているということであった。爆音は基地から発生している。この基地をどうするかということが、作品の意志=内的必然として要請されている。作者はもはやこの作品の意志に従って書くしかない。」と作品の内部生命の行方を透視していく。ところが大城氏がそこまで踏み込んでいかないことにもどかしさを覚えて、大城立裕氏の「普天間」に関わる「内的必然」の希薄さをその物語の展開の中に感じ取っているかのようだ。

一章の二番目『戦場での罪――目取真俊「露」を読む』と三番目『「忘れてぃやならんど」とは――目取真俊「神ウナギ」』では、芥川賞作家で高江のヘリパッド基地や辺野古の海上基地などの建設に反対する活動を身体を張って行っている、目取真俊氏の二篇の小説について論じている。

一つ目の「露」は、職場で、戦争中に兵士だった男から日本軍兵士の加害者としての告白を聞いてしまい、次のように書き記したことを平敷氏は、元の小説を引用しながら語る。

〈宮城さんが口を開く。それは、中国での行軍中の凄惨な体験であった。

飲み水が一滴もない状況のなかで、行く先々の村の井戸は村人によって毒が投げ込まれて飲めない。水がなくて同僚たちがばたばた倒れていく。《倒れとる仲間の口開けてぃ、白くなとーぬ舌引っ張り出して、自分の唾を指先につけてぃ舌にすりこんでとらし》たという。そうすると、よろよろと立ち上かって、歩き始めるのだが、それでもダメな者はもう最期。見捨てていくしかなかったという。この、水のない渇きのため、中国人への憎しみが募る。《次の村つきねー、なー収《うさ》まらんよ。わじわじーしちふしがらん。シナ人を見つけしだい殺《くる》さんねー、気がすまん。男《いきが》や逃《ぴんぎ》げてぃ、年寄、女子《いなぐ》、童《わらび》しか居らんてぃん、見境は無《ねー》いらん。片っ端から皆殺してー。女子は強姦して、陰部《ぼー》んかい棒を突っ込んでぃ蹴《き》り殺《くる》ち、童は母親の目の前で切り殺して、足を摑まえてぃ振り巡らち頭を石で叩き割ったしん居ったさ。（略）戦場で水飲まらぬ苦しさ。当たてーぬ人《ちゅー》しか分からんさ。これのどこが良い思いが？》と、金城さんを見据える。

ここで宮城さんは、中国戦線で体験したおぞましい出来事を皆の前で語っている。中国人への日本軍による極悪非道な鬼畜同然の振る舞いである。そして、その中にまぎれもなく沖縄人がいたのであり、宮城さん自身がその中の一人だったという厳然たる事実である。詩人、八重洋一郎の言う「二千万のアジア人をなぶり殺し」た「日毒」そのものである。〉

ここでは日本兵が中国戦線で犯したことに沖縄人もまた加担していたことを断罪し、「露」の枯渇がもたらした兵士たちの狂気を抉り出した目取真俊の試みを、沖縄文学の課題を引き継ぐ者として高く評価している。さらに「沖縄人の戦争体験が、沖縄内にとどまらず、アジア太平洋地域まで視野を広げるとき、侵略戦争に出征した沖縄人の加害者としての罪と責任の問題が浮上してくるのである。」と言う。そして詩人の八重洋一郎の先祖たちが使用していた「日毒」という「日本の侵略性」によって沖縄人もまた加担させられていることを真剣に受け止めるべきだと語る。そうであるからこそ、戦争の体験者ではなくても高江や辺野古の軍事基地に反対する目取真俊が戦争を物語る「内的必然」の確かな根拠を指摘している。

また「神うなぎ」において、主人公の父勝栄は村の守り神である「神うなぎ」を守ろうとしたことや、米軍に投降することを言い出して実行したこともあり、日本軍に恨まれてスパイとして殺されてしまう。その息子の勝昭は村の「神うなぎ」の末裔を釣っても沼に戻し、父の遺志を引き継ごうとする。〈彼は戦時下にあっても、理不尽なことを許さず、戦争を憎み、勇気をもって果敢に抵抗した。日本軍は、彼の勇気をこそ一番恐れて殺害したのだ。最後に主人公が、父の遺影に向かって「忘れてぃやならんど」といっているのは、その勇気のことにほかならない。〉と言う平敷氏は、目取真俊氏自身が勝昭の分身として高江や辺野古で今も闘っているのではないかと推察している。

四番目の「〈陽性の惨劇〉・戦後世代作家の力強い挑戦――大城貞俊短編集『記憶から記憶へ』」では、大城貞俊氏の小説が、大城立裕氏や目取真俊氏とは異なる手法で独自の沖縄文学の可能性を押し広げて執筆していることを紹介している。

〈「アメリカ兵より日本兵の方が恐かった」と、日本軍の恐さを骨身に沁みて味わった人々にとって、その恐怖の体験は戦争と軍隊への強力な抗体となる。だが、なまじっか、日本兵との心地よい思い出を記憶にとどめて居る者にとって、日本兵は恐い存在ではなく、軍隊に対し無防備になるしかない。国はそこを狙ってくるのだ。／（略）そのようなとき、セツや鈴子や加那のようなヤマト人に無防備な庶民の〈愛〉は利用され、また犠牲にされるしかない。当然、沖縄も、新たな対応が迫られている。ヤマトの巧妙な精神的侵略の罠に搦め捕られないためにも、〈沖縄の心〉はいったんヤマトの〈優しさ〉を潜って、それへの抗体を準備するのでなければならないのだ。その抗体とは何か。軍人は住民に優しかろうが、その本質は同じであり、〈良い軍隊〉など存在しないのだと喝破する眼を養うことである。大城貞俊の作品は、そのような抗体を涵養してくれる文学である。／大城貞俊は、この作品で、目取真俊とは逆の方法意識で、日本国家の新たな沖縄統合への、心優しい、だが、したたかな抵抗を豊饒な文学として提示した。沖縄文学の新たな広がりである。〉

平敷氏は、大城貞俊氏の試みを「目取真俊とは逆の方法意識」で「日本国家の新たな沖縄統合へ」の「したたかな抵抗を豊饒な文学として提示した」と、沖縄文学が抱える抵抗の精神性の可能性を示したと語っている。そして大城貞俊氏の沖縄戦や沖縄の戦後において翻弄された人びとを分け隔てなく、その固有性において一人ひとりの存在を語らす手法は、善悪を超えた普遍的な「沖縄文学の新たな広がり」を獲得していると物語っているかのようだ。さらに〈大城貞俊は、「戦争によっても変わらないのは何か」を、戦時中の日本兵と沖縄住民との心温まる人間的交流を描くことで、これまた逆説的に、「戦争は人間を悪魔に変える」という真実の〈虚偽性〉を、私たちに提示して見せているのである。〉と明らかにする。

平敷氏は、大城貞俊氏の「心優しさ」を通して「真実の〈虚偽性〉」を抉り出す手法を「したたかな抵抗を豊饒な文学として提示した」と高く評価している。つまり沖縄の歴史が抱えている「修羅」を「豊饒」な世界文学にかえる可能性を見出しているかのようだ。

一章五番目の「新たな小説のスタイル――崎山多美の新作「ユンタクサンド（or 砂の手紙）」を愉しむ」では、崎山多美氏の「しまくとぅば」・「ウチナーグチ」を駆使した実験的な小説を紹介している。平敷氏は冒頭でタイトルを次のように紹介している。

〈タイトルの「ユンタク」は、日本語（標準語）で「おしゃべり」、「サンド」は英語で「砂」。意味するところは「砂のおしゃべり」（or 砂の手紙）ということになるわけで、表題からして、日本語は消えてい

て、ウチナーグチと英語をカチャース（まぜこぜにする）記述になっている。〉

「しまくとぅば」と英語と日本が「カチャース」（まぜこぜにする）する文体が崎山氏の文体ということだ。沖縄のお祝いの踊りの「カチャーシー」を文学に応用したということなのだろう。崎山氏の左記の文体は、今まで読んだことのない手法で、沖縄の世界に私たちを引き込んでくる魅力を感じさせる。

《ハイよ、ロイ、ガンジューイ？／どうしてるネエ、アンタ。ウチはネェもう、先のことも後のこともなにもかもが想われなくなってしまって、（傍線は引用者、以下同じ）このごろは昔のことを思い出そうとすると、ユマンギィの道を当てもなく歩きまわっているみたいに、世界がうすぐらぁい霧で覆われてしまってからに、そのうち、何もかもが記憶から消えてしまうんじゃないかって、ウチとしては、心配《シワ》なわけ。だからよ、すっかりアンタのことが想われなくなってしまう前に、こうして書き慣れない手紙なんかをサ、指を舐めなめ、書くことにしたってわけよ。（略）》

平敷氏は、この崎山氏の《「ウチナーグチ」のリズムで日本語を「カチャース（まぜこぜにする）」》という《「無謀」な「冒険」》こそが、崎山氏だけにとどまらない今の沖縄文学の様々な表現者たちの「内的必然」であると指摘しているかのようだ。

平敷氏の批評は、その後の真藤順丈の「米軍基地内に侵入して物資を盗み出す」長編小説『宝島』を始め、二章『俳句・短歌・詩』の玉城寛子氏の豊饒な短歌の解説、三章「社会時評と文芸」の山口泉氏などの辺野古に関わる実践的な記録、四章「書評の窓」の元ハンセン病患者の伊波敏男氏のコラム集の紹介などで沖縄の「修羅と豊饒」を体感できるであろう。この評論集はそのような沖縄の修羅の現場から沖縄の真の豊かさを伝えてくれている。そんな沖縄の深層を照らす評論集が多くの人びとに読まれることを願っている。

あとがき

今度初めて、東京の出版社コールサック社から本を出版することになった。これまで、季刊文芸誌『コールサック（石炭袋）』を始め、同社の新刊書を贈っていただいたことや、同社の企画に参加した経緯もある。加えて、友人らの紹介や鈴木比佐雄氏の熱心な薦めに、つい、絆された面もある。鈴木氏には、直接、何度も沖縄に来ていただき、編集の労をとってもらった。話していて、文学全般に造詣が深く、いかにも優れた編集者という印象を受けた。発行日を設定し、そこから逆算して編集の工程をたてるので、ゆったり型の私にはこれまでになく、シンドイ作業であった。ページ数を三八〇頁余と決め、とりあえず原稿を渡したのであるが、五〇〇頁近くにふくれ上がっているとのこと。今回は評論だけでなく、一章を紀行文特集に充てようとの当方の思惑は、結局、今回も、断念せざるを得なかった。

《平和日本と口が裂けても言うまいぞ辺野古来て見よ裂かれた海を・當間實光》

権力の理不尽と対峙し、《辺野古来て見よ裂かれた海を》と歌う歌人の声がずしりと響く。東京から沖縄に移住し、恐るべき未来小説『重力の帝国』を上梓した作家・山口泉はその「後記」に書き記している。《世界が疑いなく暗いものであるとき、その暗さに正面から、どこまでも向き合いつづけることだけが、本当の意味での「希望」なのです》と。八重山の詩人砂川哲雄は書く。《希望のない時代だからこそ希望を抱く／激しい怒りや　こらえきれない悲しみ／時には打ちのめされる　そんなこともあるけれど／あきらめるのはまだはやい》（「希望」『南溟』五号）。詩の現状に対して《詩から破壊力が失われ、詩まで遵法的になっている》（「遵法的」『あすら』四一号）と書いた新城兵一は、辺野古の「座り込み闘争」という「非暴力直接行動」を、「遵法的」と喝破し、《いまや、ぼくらの真なる実存（生）は、〈違法性〉の領域でのみ顕現する他ない》とする。そして、《決定打はないが、しかし、いつでも事態の激変は、思わぬところからやってくる》と、《深い絶望と諦念の底に固く秘匿された》微かな「希望」を忘れないと書く。《「非暴力直接行動」という定型を疑う》（『飢餓陣営』四九号）

〈文学は何のためにあるか〉。表現者に永遠の問いのように突きつけてくる言葉であるが、現実と対峙し、矛盾の根源を問うことを志す私の姿勢もまた、右に掲示した先達らの言葉や思想と、決して無縁ではない。

二〇一九年　十月

平敷武蕉

平敷武蕉（へしき　ぶしょう）略歴

1945年、沖縄県うるま市（旧具志川市）生まれ。1968年、琉球大学法文学部国文科卒業。2005年、評論集『文学批評は成り立つか』（第3回銀河系俳句大賞）発刊。2007年､評論集『沖縄からの文学批評　思想と批評の現在』発刊。2013年、「『野ざらし延男論』序説」で第41回新俳句人連盟賞（評論）。2015年、評論集『文学批評の音域と思想』発刊。2016年、『南瞑の文学と思想』発刊。2017年、労働者文学賞（評論）受賞。2019年、『修羅と豊饒――沖縄文学の深層を照らす』発刊。

合同句集に『炎帝の仮面』(2000年)､『大海の振り子』(2004年)､『遊星の切株ら』(2008年)､『金環食』(2012年)､『真実の帆』(2016年)。

俳句同人誌「天荒」同人、文学同人誌「非世界」編集責任者。

現住所　〒904-2166　沖縄県沖縄市古謝津嘉山町8番9号

石炭袋

修羅と豊饒――沖縄文学の深層を照らす

2019年11月16日　初版発行
著者　　　　平敷武蕉
編集・発行者　鈴木比佐雄
発行所　株式会社 コールサック社
〒173-0004　東京都板橋区板橋2-63-4-209
電話 03-5944-3258　FAX 03-5944-3238
suzuki@coal-sack.com　http://www.coal-sack.com

郵便振替　00180-4-741802
印刷管理　（株）コールサック社　製作部

＊装丁　奥川はるみ　＊装画　野津唯市

落丁本・乱丁本はお取り替えいたします。

ISBN978-4-86435-415-8　C1095　￥2000E